新 潮 文 庫

ソ 連 帝 国 再 建

トム・クランシー
スティーヴ・ピチェニック
伏 見 威 蕃 訳

新 潮 社 版

6520

ソ連帝国再建

主要登場人物

ポール・フッド………………オプ・センター長官
マイク・ロジャーズ…………　〃　副長官。陸軍少将
バグズ・ベネット……………　〃　首席補佐官
リズ・ゴードン………………　〃　主任心理分析官
マット・ストール……………　〃　作戦支援官
マーサ・マッコール…………　〃　政策担当官
アン・ファリス………………　〃　広報官
ボブ・ハーバート……………　〃　情報官
チャーリー・スクワイア……ストライカー・チーム指揮官。陸軍中佐
ペギー・ジェイムズ…………ＤＩ６情報部員
デイヴィッド・ジョージ……アメリカ陸軍二等兵
ニコライ・ドーギン…………ロシア内務大臣
ミハイル・コシガン…………　〃　陸軍大将
ドミトリー・ショヴィッチ…ロシア・マフィアのボス
セルゲイ・オルロフ…………ロシア作戦センター指揮官
レオニード・ロスキー………　〃　副指揮官
ニキータ・オルロフ…………セルゲイの息子。〈スペツナズ〉少尉

謝辞

執筆の準備にあたって創意にみちたアイデアをさずけてくれ、計り知れない貢献をなしたジェフ・ローヴィンにお礼申し上げる。また、マーティン・H・グリーンバーグ、ラリー・セグリフ、ロバート・ユーデルマンの三氏および、フィリス・グラン、デイヴィッド・シャンクス、エリザベス・バイアーをはじめとするパットナム・バークレー・グループのすばらしい社員のみなさんの支援に感謝する。いつものとおり、われわれのエージェントで友人でもあるウィリアム・モリス・エージェンシーのロバート・ゴットリーブにも感謝したい。彼がいなければ、この作品は生まれなかったであろう。だが、なによりも大切なのは、われわれふたりの努力がこうして実を結んでいるのは、あなたがた読者のおかげということである。

——トム・クランシー、スティーヴ・ピチェニック

プロローグ

金曜日　午後五時五十分　サンクト・ペテルブルグ

「どうもよくわからないんだ」パーヴェル・ヴァロージャがいった。横の助手席に座っているパーヴェル・オジナは、不愉快そうに見る。「なにがわからないんだよ、ピョートル?」

「おまえ、フランス人は許すんだろう」ピョートルが、もじゃもじゃのもみあげを掻《か》きながら答えた。「それじゃドイツ人だって許せばいいんだ。どっちも母なるロシアを侵略したんだぜ」

パーヴェルが、顔をしかめた。「ちがいがわからないんなら、おまえは馬鹿《ばか》だよ」

「それじゃ答になってない」うしろに座っている四人のうちのひとり、イワンがいった。

「たしかにピョートルは馬鹿だ」そのとなりのエデュアルドが、にやりと笑った。「だけど、イワンのいうとおり、答になってない」

パーヴェルが、ギア・チェンジした。ニェパカリョンヌイ大通りのアパートメントまで半時間の毎夜の退勤が不愉快なのは、こういうところだ。エルミタージュを出て二分とたたないうちに、ネヴァ川の手前で渋滞にひっかかり、速度を落とさなければならない。車の列のなかでこっちが動きがとれなくなっている横を、自分には敵すべくもない政治家どもがフル・スピードで走ってゆく。

パーヴェルがきれいに巻いた煙草《たばこ》を一本、シャツのポケットから出し、ピョートルが火を貸した。

「どうも、ピョートル」

「まだ答をいわないね」と、ピョートルがいった。

「いうよ」パーヴェルが、頑固にいった。「橋まで行ったらいう。悪態をついてたら考えられないからな」

パーヴェルが急ハンドルを切り、中央の車線から左の車線に突っ込んだので、乗っていた男たちは右に体をふられた。エルミタージュを出てすぐに眠り込んだオリェグとコンスタンチンが、びっくりして目を醒《さ》ました。

「おまえ、気が短すぎるよ」イワンがいった。「うちに帰るのに、なんでそんなに急ぐんだ。かみさんが恋しいか？　ごぶさたなのか？」

「おもしろくもねえ」パーヴェルがいった。ほんとうのところは、どこかへ行きたくて急いでいるのではなかった。その逆で、重圧から急いで逃げようとしていたのだ。何カ月ものあいだ、彼らを疲れさせてきた納期という重圧から。それもようやく終わりに近づいている。モスフィルムでコンピュータ・グラフィックスのアニメのデザインをする仕事に早く戻りたい。

パーヴェルはまたギア・チェンジして、四十三馬力のエンジンをバタバタいわせているザポロージェッツ968や、それより大きい五人乗りのヴォルガM－124のあいだをジグザグに走った。外車もすこしは走っているが、運転しているのは政府高官や闇屋《やみや》ばかりだ。そうでないものには、とうてい買えない。テレビ・スタジオが貸してくれなかったら、パーヴェルと仲間たちは、こんなワゴン車にも乗れないのだ。あとになって懐《なつ》かしむのは、スイス製のこの馬力のある車のことだけだろう。

いや、それはちがう。ネヴァ川の対岸のペトロパヴロフスク要塞《ようさい》を惚《ほ》れ惚《ぼ》れと眺めながら、パーヴェルは思った。折りしも、沈みゆく太陽の光が、ペトロパウロ寺院の優美な高い尖塔《せんとう》からきらきら反射していた。

サンクト・ペテルブルグのことも懐かしくなるはずだ。フィンランド湾に沈むオレンジ色の燃える夕陽、心を落ち着かせてくれるネヴァ川の青い流れ、フォンタンカ運河、イェカチェリンゴフ公園の小川、そして何本もの運河の輝き。ロシアのヴェニスともいわれる古都の中心部をくねくねとのびている水路の水は、共産主義者が永年にわたって整備を怠っていたために、まだかなり濁っているが、悪臭をはなつ産業廃棄物はもうあまり見られない。ルビーのように紅《あか》いベロゼルスキー宮殿の壮麗さ、ときどき礼拝にいったアレクサンドル・ネフスキー修道院の金色の屋内、プーシキン市のエカテリーナ宮殿の聳《そび》え立つ金色のたまねぎドーム、ペトロドヴォレッツのピョートル大帝の宮殿の静かな庭園と大滝と呼ばれる噴水も、懐かしくなるだろう。スタニスワフ・レムのSFに出てきそうなつるんとした形の白い水中翼船がネヴァ川の水面《みなも》をかすめ、アプチェカルスキー島を出入りするナヒーモフ海軍幼年学校の雄大な軍艦が、それをひどくちっぽけなものに見せる――そんな光景もきっと懐かしくなるにちがいない。

それに、もちろん比類なきエルミタージュ美術館も。館内をうろついてはいけないことになっていたが、ロスキー大佐が手いっぱいな隙《すき》に、パーヴェルはよく歩きまわった。毎日のように姿を見られても、作業員のひとりなのだから、だれも不審には思わない。だいいち、ルーベンスの〈十字架降下〉やカラッチの〈キリストの嘆き〉、それに彼の大好きなリバルタ親子の〈地下牢《ちかろう》の聖ヴィンセンティ〉といった絵があるところへ信仰篤《あつ》い人間を連れていって、鑑賞するなというほうが無理だ。ましてパーヴェルは、罠《わな》に落ちても決意を崩さない聖ヴィンセンティに、近親の情のようなものを感じている。

だが、仕事そのものから――ストレス、休みなしの一週間、そしてロスキー大佐の執念深い監視の目から離れられるのは嬉《うれ》しい。アフガニスタンで大佐の部下だったパーヴェルは、この一年半、またぞろ顔を突き合わせるはめになった運命を呪《のろ》った。

キーロフ橋まで行くと、パーヴェルはいつものように、低いコンクリートの欄干があって命知らずのバイク乗りがたくさん走っている外側の車線に向けて、じりじりと移動していった。やや速い車の流れに乗ると、やっと息をつくことができるようになった。

「答が聞きたいか?」煙草を深く吸いながら、パーヴェルがいった。

「どの質問の答だ?」イワンが茶化した。「かみさんのことか?」

パーヴェルは、渋面をこしらえた。「ドイツ人とフランス人のちがいを教えてやる。フランス人は、腹が減っていたからナポレオンについていった。やつらは体面よりとにかく楽することを考える」

「レジスタンスというのがあったぜ」ピョートルが反論する。

「そっちが異常なんだ。死体が反射的にぴくんと動くようなものさ。フランスのレジスタンスが、スターリングラードでのロシアのレジスタンスぐらい強かったら、パリは陥落しなかった」

パーヴェルは、フォルクスワーゲンが右に車線変更して前に割り込むのを許すまいと、アクセルを踏みつけた。運転している女のふくれっ面《つら》を見て、闇屋だろうとあたりをつけた。ミラーでうしろを見ると、トラックが中央の車線から出てきて、うしろにつけていた。

「フランス人は性悪じゃない」パーヴェルは話をつづけた。「だけど、ドイツ人は、いまも根が野蛮人だから、ヒトラーについていったんだ。まあ見ているがいいさ。やつらの工場はまた戦車や爆撃機をこしらえるだろう。まちがいない」

ピョートルが首をふった。「それじゃ日本は?」

「やはり危険なやつらだ」パーヴェルが答えた。「ドーギンが選挙に勝ったときは、やつらにも気をつけたほうがいい」

「大統領に投票するときに根拠のない妄想で決めるなんて、まともじゃないぜ」

「敵を恐れるのは妄想じゃない。用心だ」

「挑発行為じゃないか!」ピョートルが大声をあげた。「ドイツがふたたび軍事国家になる気配が見えたらただちに攻撃すると言明している人間を、よくも応援できるな」

「だからこそ応援するんだ」道路の前方が空いたので、パーヴェルはワゴン車の速度をあげて、黒々とした大河の橋を渡っていった。身を切るような風を避けようと、男たちは窓を閉めた。「ドーギンは宇宙開発計画を復活すると約束した。それで経済は活性化する。おれたちのスタジオみたいなのをもっとこしらえ、シベリア鉄道に沿って新しい工場を建設して、消費物資の値段を下げ、住宅をもっと用意するといっている」

「そんな夢想を実現する資金がどこにある」ピョートルが反論した。「おれたちのあのモスクワのスタジオを建てるのには、二百五十億ルーブルもかかっているんだぞ! たとえドーギンが勝ったとしても、政府や外国のベンチャーから、そんな金がひねり出せると、ほんとうに信じているのか？」

パーヴェルが煙を吐き出し、うなずいた。

ピョートルは眉《まゆ》を寄せた。親指で肩ごしにうしろを示した。「おれが向こうで聞いたのは、そういう話じゃなかった。ナンバー2は、補佐官にギャングとの縁故がどうとかしゃべったそうだ。あいつはそこから金を搾《しぼ》り取ろうとしている。非常に危ない結びつき――」

そのとき、フォルクスワーゲンがやにわに急ハンドルで前に出ようとして、パーヴェルがとっさに反応した。ブレーキを強く踏み、ハンドルを右に切った。そのときパンという音が聞こえ、ダッシュボードの下から濃い緑色の煙が噴き出した。

「これはなんだ――？」ピョートルが咳《せ》き込んだ。

「窓をあけろ！」うしろに乗っている連中もみんな息苦しくなり、だれかが叫んだ。

だが、パーヴェルはすでにハンドルに突っ伏して、ほとんど意識がなかった。うしろからトラックが追突したとき、ワゴン車はだれにも運転されていない状態だった。

フォルクスワーゲンが右の車線になかば割り込んだところへ、トラックに追突されたワゴン車が突っ込んだ。ワゴン車の左のフェンダーがフォルクスワーゲンにぶつかり、その車体の右側をがりがりとこすりながら火花を散らした。橋の右側に向いたワゴン車が低いコンクリートの欄干に激突し、なおもトラックに押されて、それに乗っかった。

右のタイヤが破裂し、曲がった車軸が欄干を越えて、ワゴン車は風に波立つ川に向けて頭から落ちていった。

水面にぶつかったときにバチャンという音がして、ワゴン車はしばしまっすぐに立っていたが、やがて裏返しになった。左右から蒸気とあぶくが噴き出し、それがもう薄れつつある緑色の煙と混じる。腹を見せたワゴン車は、そのままぷかぷかと浮き沈みしていた。車体のその他の部分は、完全に水に没していた。

たくましい体つきのトラックの運転手と、フォルクスワーゲンを運転していた若い女が、壊れた欄干のところへ最初に行った。車からどたばたとおりてきた運転手たちが、まもなくそこへ集まった。

トラックの運転手とフォルクスワーゲンを運転していた女は、たがいにひとことも口を利《き》かなかった。流れのなかでゆっくりと向きを変え、南西に向けて漂っていくワゴン車を、ただじっと眺めていた。あぶくは徐々に消え、煙はもうほとんど薄くなっている。もうだいぶ遠くまで流されているので、飛び込んで生存者を捜すのは無理だ。

だいじょうぶかときかれると、ふたりは心配はいらないことを相手に告げ、やがてそれぞれの車に戻って、警察が来るのを待った。

トラックの運転手が、きびすを返すときに小さな直方体の箱を川に捨てたのを、だれも見ていなかった。

1

土曜日　午前十時　モスクワ

がっしりした長軀《ちょうく》のニコライ・ドーギン内務大臣が、クレムリンの執務室の数世紀を経ているオークのデスクに向かっている。古びた荘重なデスクの中央には、コンピュータが一台置いてある。ドーギンから見て右手には黒い電話機が、左手には写真立てに入れた両親の写真がある。そのスナップ写真は、なかごろに真横に折れ目がはいっている。ドーギンの父親が、戦争中、ポケットに入れるためにふたつに折ったからだ。

ドーギンのシルヴァー・グレイの髪は、まっすぐうしろに梳《と》かしつけてある。頰がくぼみ、黒い目には疲れの色が見える。国営百貨店《グム》で買った地味な茶色のスーツは皺《しわ》が寄り、薄茶色の靴は底が磨《す》り減っている――計算ずくでわざとくたびれた格好をしているのだが、それがこれまでずっと功を奏してきた。

だが、今週はそうはいかない。ドーギンはそれがおもしろくなかった。

三十年間の公務生活ではじめて、ひとりの人民という彼のイメージが不首尾をもたらした。いつものように熱のこもった口調で、ドーギンは国民がみずから望んだナショナリズムを訴えた。あらためて軍隊に誇りを持とうと説き、昔の仇敵《きゅうてき》への疑念を煽《あお》った。

ところが、民衆は反発した。

その理由を、むろんドーギンは知っている。宿敵のキリル・ジャーニンが、穴だらけの網を最後の土壇場《どたんば》で派手に投じて、古《いにしえ》のピョートルの御伽噺《おとぎばなし》のヒラメ、すべての願いをかなえてくれるという海の魚を捕らえようとした。

つまり資本主義を。

補佐官が来るのを待つあいだに、ドーギンは目の前の七人の男たちの向こうに目を向けた。黒い双眸《そうぼう》を壁に据えて、全体主義の成功の歴史を眺めた。

くだんのデスクとおなじように、その壁もまた歴史をにじませている。凝ったつくりの額縁に収められた地図がいたるところに飾られ、なかには何百年も前のさまざまな皇帝の時代のロシアの地図があって、イワン一世の治世まで遡《さかのぼ》るものまである。ドーギンは、疲れた目でそれらをすべてじっくりと鑑賞した。捕虜にしたチュートン人の騎士の血で上質の皮紙に描いたという色褪《いろあ》せた地図、殺されたドイツ人暗殺者のズボンの内側に縫いこまれていたという布製のクレムリンの地図。

世界はこうあるべきなのだ、と思いながら、ドーギンはゲルマン・S・チトーフが一九六一年に宇宙へ持っていったソ連の地図のところで視線をとめた。世界はふたたび本来の姿に戻るのだ。

ソファや肘掛《ひじか》け椅子《いす》に座っている七人の男たちもまた、齢《とし》相応にくたびれている。ほとんどが五十代か、あるいはもっと上で、なかには六十代のものもいる。スーツのものもいれば、軍服のものもいる。だれも口を利かない。沈黙を破るのはコンピュータの内部でうなるファンの音だけだ——やがて、ようやくドアにノックがあった。

「はいれ」

ドアがあき、初々《ういうい》しい顔の若者がはいってくると、ドーギンは大きな失望をおぼえた。若者の目には深い悲しみが宿っていた。ドーギンはそれがなにを意味するかを知っていた。

「どうした？」ドーギンは、語気鋭くたずねた。

「残念です」若い補佐官が、低い声でいった。「ですが、正式な数字です。わたしが検算いたしました」

ドーギンがうなずいた。「ご苦労だった」

「手配いたしましょうか？」

ドーギンがもう一度うなずくと、若い補佐官が執務室を後ずさりで出た。そしてドアをそうっと閉めた。

ドーギンは、ようやく男たちに目を向けた。ドーギンとおなじように、彼らも表情を変えていない。「予想されたことではあった」と、ドーギンがいった。両親の写真を手もとに置き、ガラスの表面を手の甲でなでた。まるで両親に語りかけるようにつぶやいた。「ジャーニン外相が選挙に勝った。まあそういう時機なのだろう。だれもが自由に夢中だ。しかし、それは責任のない自由、正気を失った自由、無鉄砲な実験だ。ロシアは、新しい通貨を発行し、われわれの経済を輸出に依存させることを望む大統領を選んだ。ブラック・マーケットの所有するルーブルと商品の価値をなくしてブラック・マーケットを消滅させると豪語し、自分を追放すれば外国の市場が動揺するといって政敵を打ち払い、ロシアを護《まも》るのをやめて自分の政策を支持すればもっと金をやると将軍たちを口説くようなやつだ。〃ドイツや日本を見ろ〃そうやつはわれわれにいう。〃経済的に強いロシアは、敵を恐れる必要はないのだ……〃うんぬん」写真の父親を見ているうちに、ドーギンの目が鋭くなった。「われわれはこの七十年間、敵を恐れたことなどない！　英雄スターリンが支配していたのはロシアではなく、全世界だった！　スターリンの名は鋼鉄《スターリ》に由来する。当時のロシア人は、鋼鉄でできていた。そして力にきちんと反応した。こんにちでは安逸しか頭になく、厚かましい行為や空約束に反応する」

「民主主義の世界にようこそ、親愛なるニコライ」ヴィクトール・マヴィク陸軍砲兵大将がいった。胸の分厚いマヴィクは、大音声の持ち主である。「ＮＡＴＯが、われわれにさしたる相談もなく、チェコ、ハンガリー、ポーランドなど、もとワルシャワ条約機構諸国を口説いて西側の同盟国とした世界にようこそ」

イェフゲーニー・グロヴリェフ財務省第一次官が、身を乗り出し、とがった顎《あご》の下に両の親指を持っていって、細い指を鷲鼻《わしばな》の下でまっすぐにのばして、掌《てのひら》を合わせた。「われわれは、過剰な反応を示さないよう、用心しなければなりません」と、グロヴリェフがいった。「ジャーニンの改革は、さほど早くはなされないでしょう。国民は、ゴルバチョフやエリツィンのときよりも早く、ジャーニンに背を向けるでしょう」

「わたしの政敵は若いが、馬鹿《ばか》ではない」と、ドーギンが反駁《はんばく》した。「あの男は、協定が定まらないうちに約束をするようなことはしない。それに、その協定が結ばれれば、ドイツと日本は、第二次世界大戦で手に入れられなかったものを手に入れることになる。アメリカは、冷戦中に得られなかったものを所有することになる。つまりやつらはみな、母なるロシアを我が物にするわけだ」

ドーギンは、べつの地図に目を向けた。コンピュータの画面のロシアと東欧の地図である。キイをひとつ押すと、東欧の部分が拡大され、ロシアが消滅した。

「歴史の要石《かなめいし》をひとつはずせば、われわれは消え失《う》せる」と、ドーギンはいった。

「それもわれわれの怠惰により」と、瘦身《そうしん》のグロヴリェフがいい添えた。

「そのとおり」ドーギンが答えた。「われわれの怠惰により」執務室が息詰まるような感じになり、ドーギンは上唇ににじんだ汗をティッシュで拭《ぬぐ》った。「国民は、裕福になるという約束に釣られて、外国人への不信を捨ててしまった。だが、それがまちがいであることを、われわれが示す」ドーギンは、執務室に集まっているものたちを見渡した。「諸君や諸君の派閥の候補が選挙に負けたのは、わが国民の混乱のひどさを表わしている。だが、けさ諸君がここに集まったのは、それをなんとかしたいという諸君の気持ちのあらわれだろう」

「そのとおりだ」マヴィク将軍が、襟の内側を指でなぞりながらいった。「われわれはきみの能力を信じている。もっとも権威あるモスクワ市長であり、政治局きっての忠実な共産主義者だったきみのことだからね。だが、最初の会合では、保守派がクレムリン奪回に失敗した場合に、どんな計画があるかということは、あまり話してくれなかった。まあ、こうして失敗したわけだ。では、くわしい話を聞かせてもらえるかね」

「わたしも同感だ」ディヤーカ空軍大将がいった。太い眉《まゆ》の下で、灰色の目がぎらぎら輝いている。「ここにいる七人は、いずれも相当に力を持つ野党党首になれる。それがどうしてきみの後押しをしなければならないのだ？　きみはウクライナと協力して行動を起こすと約束した。これまでのところ、ロシア軍歩兵部隊が国境の近くで演習を行なっているだけだが、それとてジャーニンが即座に承認したものだ。仮に統合演習が行なわれたとして、それでなにが成就《じょうじゅ》できる？　旧ソ連の同胞がふたたび手を結び、西側諸国がちょっぴりふるえる。それしきのことがロシア再建に役立つのか？　われわれに参画しろというのなら、もっとはっきりした話をしてもらおう」

ドーギンは、ディヤーカの顔を見た。ぼってりした頬を紅潮させ、顎の肉のあまっているところが、きつく締めたネクタイですれている。ディヤーカのいうはっきりした話とは、マヴィクを頭にするか、あるいはジャーニンのもとへはしることだと、ドーギンは見抜いた。

ドーギンは、七人をひとりひとり見ていった。たいがいのものの顔には、自信と力がみなぎっている。だが何人かは——ことにマヴィクとディヤーカにその傾向が強い——好奇心はあるようだが、慎重な構えだった。ドーギンは、ロシアを救済できるのは自分だけだと思っているので、そうした逡巡《しゅんじゅん》に腹が立った。それでもなお、冷静をたもった。

「はっきりした話が聞きたい？」ドーギンがきき返した。コンピュータのキイボードを使ってコマンドを打ち込み、七人のほうにモニターを向けた。ハードディスクのブーンという回転音を聞きながら、ドーギンは父親の写真を見つめた。ドーギンの父親は、大戦中に叙勲された軍人で、その後、スターリンのもっとも信頼する護衛官となった。たったひとつのもの——国旗を持ち歩くことを大戦中に学んだ、そう父親が語ったことがある。どこにいようが、どんな状況だろうが、つねに友人や味方を見分けることができる。

ディスク・ドライヴの音がとまると、ドーギンと五人が一斉に立ちあがった。マヴィクとグロヴリェフは、疑念のこもった目配せを交わしてから、のろのろと立ちあがり、ふたりとも敬礼をした。

「ロシアをわたしはこうして再建するつもりだ」と、ドーギンがいった。デスクをまわり、コンピュータのモニターいっぱいに映っている画像を指差した。赤地に黄色の星、ハンマー、そして鎌《かま》——旧ソ連の国旗。「ひとびとにみずからの責務を教えさとすことによって。愛国者は躊躇《ちゅうちょ》せず必要とされることをやるだろう。どのような計画であろうと、代償をいとわず」

男たちは腰をおろした。グロヴリェフだけが立っていた。

「われわれはみな愛国者だ」グロヴリェフがいった。「それに、こういう芝居がかったやりかたは不愉快だ。わたしは自分の資産をきみの手に委《ゆだ》ねることになるのだから、どのように使われるのかを知りたい。クーデターか？　第二革命か？　あるいはわれわれは信用できないから、そういう情報は明かせないというのか、内相？」

ドーギンは、グロヴリェフの顔を見た。グロヴリェフにいっさいがっさい打ち明けるわけにはいかない。軍に関する計画やロシア・マフィアにかかわっていることは話せない。たいがいのロシア人は、いまだに自分たちは世界観など持たない田舎の農民だと思っている。計画を聞いたら、グロヴリェフは手を引くか、あるいはジャーニンを応援する腹を決めるだろう。

ドーギンはいった。「次官、あんたは信用できん」

グロヴリェフが、身をこわばらせた。

「だいいち、あんたのそういう質問からして」ドーギンはなおもいった。「わたしを信用していないことが見え透いている。わたしは行動を通じて信用を得るつもりでいる。あんたもおなじようにしなければならない。ジャーニンは、だれが自分の敵であるかを知っているし、いま大統領という権力の座についた。ジャーニンは、あんたが拝領したくなるようなポストか大臣の地位を提供しようというだろう。そうなったら、あんたはわたしと対立することを求められる。これから七十二時間、あんたには我慢してもらうしかない」

「なぜ七十二時間なんですか？」若く世間知らずのスクレ保安局副長官がたずねた。

「わたしの指揮センターが運用できるようになるまで、それだけかかるからだ」

スクレが顔をひきつらせた。「七十二時間？　まさかサンクト・ペテルブルグのことでは」

ドーギンが、一度うなずいた。

「内相があれを統制しておられるのですか？」

ドーギンが、もう一度うなずいた。

スクレが大きく息を吐いたので、あとの男たちが彼の顔を見た。「心より慶賀申しあげます、内相。全世界が内相の掌中に収められたわけですから」

「文字どおりそうだな」ドーギンがにやりと笑った。「スターリン書記長のように」

「失礼だが」グロヴリェフがいった。「またしてもわたしは部外者扱いを受けているようだ。ドーギン内相、あなたが統制しているというその〝物〟はいったいなんだ?」

「サンクト・ペテルブルグ作戦《オペレーションズ》センター」と、ドーギンが答えた。「ロシアでもっとも高度な設備の整った偵察通信施設だ。それがあれば、世界の衛星画像から電気通信に至るまで、あらゆるものにアクセスできる。同センターには、〝精密速攻〟作戦を実行できる現場要員もいる」

グロヴリェフは、まごついているようだった。「エルミタージュのテレビ・スタジオのことか?」

「そうだ」ドーギンがいった。「あれは世間を欺《あざむ》くための偽装だ、グロヴリェフ次官。財務省はテレビのスタジオという表向きの営業のための予算を承認した。だが、地下の施設の建設資金は、内務省が出した。内務省は、ひきつづき資金を提供する」ドーギンが、自分の胸を親指で示した。「このわたしが」

グロヴリェフは腰をおろした。「あなたはこの事業をだいぶ前から計画していたんだろうな」

「二年以上になる」と、ドーギンが答えた。「月曜の晩には、オンライン化される」

「それで、このセンターとやらは」ディヤーカ空軍大将がいった。「これから七十二時間、たんにジャーニンをスパイする指揮所として機能するだけではないんだろうな」

「もちろんスパイ活動だけをやるのではない」ドーギンがいった。

「だが、なにをやるのか、われわれにはいわないんだな？」グロヴリェフが、怒りをにじませていった。「われわれの協力はほしいが、そっちは協調しないわけだ！」

ドーギンが、不気味な口調でいった。「あんたを信じて秘密を打ち明けろというのか、次官？　いいだろう。半年前から、作戦センターのわたしの部下は、わたしの政敵ばかりではなく味方になる可能性のある人物を監視するために設置した電子機器と人間を使って情報を集めてきた。不正利得、秘密のつながり、そして——」ドーギンは、グロヴリェフをにらみつけた。「異常な個人的関心。いまでもあとでもいい——この情報を、個人的に、もしくはみんなに、喜んで教えよう」

何人かが、椅子に座ったまま、居心地悪そうにもぞもぞした。グロヴリェフは、岩のように身じろぎもせずにいた。

「下種野郎《げす》」グロヴリェフがうなるようにいった。

「そう」ドーギンがいった。「わたしは下種だ。仕事をきちんとやる下種だ」時計を見ると、目を怒らせているグロヴリェフに近づいて、にらみ返した。「もう行かなければならない、次官。新大統領との会議がある。祝賀会をひらき、大統領の必要とする書類

に サインしなければならない。だが、十二時間以内には、わたしが空疎《くうそ》なもののために働いているのか、あるいは——」モニターの国旗を指差した。「——これのために働いているのか、あんたも自分で判断できるだろう」

沈黙している一同にひとつうなずいて見せると、ドーギン内務大臣は執務室を出た。副官を従え、ジャーニンのところへ行ってからまたここに戻るのに使う車に向けて、足早に歩いていった。車のドアが閉まって独りになると、世界を変えるであろう出来事の開始を指示する電話をかけた。

2

土曜日　午前十時半　モスクワ

キース・フィールズ＝ハットンは、修復されたばかりのロシア・ホテルの部屋に駆け込むと、キイをドレッサーの上にほうり、バスルームに走りこんだ。ついでに、持参してきてドレッサーの上に設置しておいたファクスから落ちていた二枚の丸まったプリントアウトを拾いあげる。

これがこの仕事のもっともいやなところだ。ときにはかなり危険な目にも遭うが、それはへっちゃらだ。待てども待てどもアエロフロートの便が来ないのは、いつものことで、空港で延々待つ場合もある。ペギーと何週間も会えないことがあって、それはかなり腹立たしい。

だが、いちばん不愉快なのは、この紅茶を飲まなければならないことだ。

ひと月に一度モスクワに来るフィールズ＝ハットンは、たいがいクレムリンのすぐ東にあるこのロシア・ホテルに投宿し、ゆったりした美しいカフェで時間をかけて朝食をとる。そのあいだに新聞を隅から隅まで読める。それよりも肝心なのは、紅茶を何杯も飲むから、ウェイターのアンドレイがそばに来て、三袋か四袋、多いときには五袋、換えのティーバッグを持ってきても怪しまれないことだった。ティーバッグの糸の先のタグの表には一杯の紅茶《チャシュカ・チャイ》とある。二つ折りのタグは、小さな点のようなマイクロドット(訳注　縮小撮影したフィルムから切り取った幅一ミリほどのもの)を封じて糊付《のりづ》けしてある。だれも見ていないときに、フィールズ‐ハットンは、そのタグをポケットに突っ込む。たいがい給仕長が見ているので、マイクロドットの回収は、客がレストランにはいってきて給仕長の注意がそれたときとかぎられている。

アンドレイは、ペギーの掘り出した人間だ。彼の名は退役兵士の名簿にあり、もともとは西シベリアの石油開発地域で働いて金を貯《た》めようともくろんでいたのだということを、ペギーはあとで知った。だが、アンドレイはアフガニスタンで負傷し、背中を手術して、重い装備を運ぶのは無理になった。ゴルバチョフ以降、彼は生活できなくなった。アンドレイは、名前も顔も知らない潜入工作員とフィールズ‐ハットンとのデータのやりとりに使うのに、まさにうってつけの人間だった。アンドレイが捕まったとしても、危険がおよぶのはフィールズ‐ハットンまで……それはこの稼業《かぎょう》につきものだからしかたがない。

情報機関と縁のないものが思っているのとはちがい、ＫＧＢ(国家保安委員会)は共産主義とともに崩壊してはいない。それどころか、保安局として生まれ変わり、前にも増して勢力をふるっている。プロフェッショナルの一団が、より規模の大きな民間人のフリーランサーの組織へと変わっただけのことだ。こうした工作員たちは、それぞれが密告する確実な手がかりと引き換えに報酬を得る。その結果、ヴェテランもアマチュアも、おなじように至るところでスパイを捜している。ペギーは、至るところに通信員のいる〈エンターテインメント・トゥナイト〉（訳注　衛星通信を利用して各地のニュースを各局に配信し、それを各局が取捨選択して自由な時間に流すというシステムの全国番組）とおなじだといったことがある。たしかにそのとおりだ。狙《ねら》う獲物は有名人ではなく外国人だが、こそこそした動きや怪しげな行動を報告するという目的はおなじだ。しかも、たいがいのビジネス関係者が、もう危険はないと思っているものだから、ロシア人の助手のルーブルをドルやマルクに換えてやったり、ブラック・マーケット向けの宝石や高価な衣類を持ち込んだり、ロシアで商売をやるのに競争相手の会社をスパイしたりして、厄介に巻き込まれる。外国人の容疑者は、告訴をまぬがれるかわりに、たいがい金を払ってトラブルから逃れる。本省は国家の安全保障を護《まも》るより、商取引の監督をしていることのほうが多い、とフィールズ－ハットンはよく冗談をいう。日本の企業だけとってみても、自分たちのロシアでの活動に注意の目を向ける競争相手を監視させるために、ロシアの諜報員《ちょうほういん》に年間数億ルーブルを払っている。殺到する外国の投資家が締め出されることのないように、選挙に負けたニコライ・ドーギン内相の側に、日本企業が五千万ルーブル以上をつぎ込んだという噂《うわさ》もある。

スパイ稼業は元気いっぱい生きているし、英国情報部員フィールズ－ハットンは、こうして七年たったいまも、まだそのまっただなかにいる。

フィールズ－ハットンは、ロシア文学の修士号を持つケンブリッジ大学の卒業生で、小説家になりたいと思っていた。卒業したつぎの日曜日、ケンジントンのコーヒー・ハウスに腰を据えて、たまたまドストエフスキーの『地下室の手記』を読んでいた――すると、となりのボックス席にいた女がふりむいてたずねた。「ロシアのことをもっと勉強したくない？」声をあげてわらってから、またいった。「もっともっと深く」

そうして英国情報部に採用され、かつまたペギーを知った。名高いドイツのエニグマ暗号機に取り組んだウルトラと呼ばれる暗号解読班もふくめて、第二次世界大戦中からDI6がケンブリッジと深いつながりがあることはあとで知った。

ペギーとすこし散歩したあと、フィールズ－ハットンは彼女の上司と会うことを承諾した。一年とたたないうちに、DI6は彼をヨーロッパで出版するためにロシアの漫画家の原作や絵を買い付けるコミック・ブックの出版社の経営者に仕立てあげた。書類のいっぱい詰まったかばんや何冊もの雑誌、ロシア人のデザインによる玩具《おもちゃ》、ビデオ・カセットなどを持って頻繁に訪れるのには、都合のいい理由だった。スーパーヒーローのマグカップやバスタオル、スウェットシャツといったもので、航空会社の社員やホテルの従業員や警察官の好意が得られることに、最初はずいぶんびっくりした。即座にブラック・マーケットで売るのか、それとも子供にやるのかは知らないが、物々交換は、ロシアでは強力な手段になる。

玩具やら雑誌やらをいっぱい持っているので、マイクロフィルムやマイクロドットを隠すのは楽だ。コミック・ブックを綴《と》じているステープルに巻きつけたり、タイガーマンの動く人形の中空になっている爪《つめ》のなかに入れたりする。皮肉なことに、コミック・ブックの商売も活発に進んでいて、英国情報部はライセンス契約によってかなりの特許権使用料を得ている。情報部の規約は、営利を目的とした事業を禁じている。「ここも政府の部局なのだ」暗号解読機の玩具を売り出そうとした職員に、ウィンストン・チャーチルがそういっていさめたことがある。しかし、ジョン・メイジャー首相と議会は、殺されたり体が不自由になったりした英国の工作員の家族を援助する社会保障計画に、コミック・ブックで得た利益をまわすことを承認した。

フィールズ-ハットンは、コミック・ブックの事業が気に入りはじめていたし、引退したら小説家になろうと思っていた――現実に即した国際謀略小説を書くのにじゅうぶんな材料はある――が、英国情報部の諜報員としてのフィールズ-ハットンのほんとうの仕事は、東ロシアの外国企業および国内企業による建設計画の監視だった。秘密の部屋、盗聴器、地下二階の下に隠された地下三階といったものが、あいかわらず作られているので、それを見つけて盗み聞きをすれば、豊富な情報を収集できる。フィールズ－ハットンの現在の手先――アンドレイと、サンクト・ペテルブルグのアパートメントに住むイラストレイターのレオンが、建築中のすべての建物と、担当範囲内の改修中の建物の青写真と現場の写真を手に入れてくれる。

バスルームを出ると、フィールズ－ハットンはベッドの縁《へり》に腰をおろし、ティーバッグのタグをポケットから出すと、端をちぎってひろげた。用心しいしい、小さなマイクロドットを出して、倍率の高い拡大鏡で一枚ずつ見た。税関には、カヴァー・アートの透明度を見るための道具だという話をする。（「ええ、グリム・ゴーストの野球帽なら、余分にありますよ。どうぞお坊ちゃんのためにおひとつ。お友だちにもいくつかいかがですか」）

一枚のマイクロドットには、きょうの新聞で目に留まった小さな記事に関係のあるものが写っていた。エルミタージュ美術館の従業員用エレベーターに、防水布が運び込まれている。何日もつづけて撮影した写真には、木箱に収めた大きな美術品が運び込まれる様子も写っていた。

それだけなら疑わしいところはなにもない。二〇〇三年のサンクト・ペテルブルグ三百周年記念式典に向けて美術館を近代化し、拡張する建築作業が、あちこちで行なわれている。それに美術館はネヴァ川に面しているから、美術品を湿気から守るために、壁を防水布で覆《おお》うというのは、ありえないことではない。

だが、レオンが送ってきた二枚のファクスの一枚目、完全に象徴的なキャプテン・レジェンド――エルメスの世界に飛んでいったスーパーヒーロー――の漫画は、写真が撮影された一週間後に、レオンがエルミタージュへ行ったことをほのめかしている。レオンはさらに、三棟の建物の三つの階のどこでも、防水布は使われていないことを伝えている。また木箱に関していえば、美術品がエルミタージュに貸し出されるのはよくあることだが、新しい展示物はまったくなく、これからあらたに特別展がひらかれるという発表もないという。近代化のためにあちこちが閉鎖されているので、展示スペースはそれでなくてもたいへん貴重なのだ。フィールズ－ハットンは、DI6に連絡して、どこかの美術館もしくは民間のコレクターが、最近なにかをエルミタージュに送ったかどうかを調べさせるつもりだった。もっとも、そういう事実はないだろうとにらんでいた。

それに、防水布や木箱をエレベーターに運び込んだ作業員たちの働いていた時間のこともある。レオンの漫画によれば、作業員たち――武器や食料を秘密基地に運ぶヘラの世界の奴隷《どれい》――は、朝、地下におりていって、晩方まで出てこなかった。そのなかのふたりは毎日来ているので、フィールズ－ハットンはことに注目していた。DI6に求められたなら、尾行してもいいと考えていた。ほんとうに改修作業をしているのかもしれないが、そうしたものを地下で行なわれている秘密の作業を隠すのに使っている可能性もある。

そうしたことすべてが、その日の朝刊に載っていた事故とぴったり符合するうえに、レオンの二枚目のファクスとも一致している。きのう、美術館で作業をしていた六人の男たちが、帰宅する途中で車のスリップ事故のためにキーロフ通りからネヴァ川に落ち、全員が溺死《できし》した。現場へ行ったレオンは、キャプテン・レジェンドのカヴァーのラフ・スケッチによって、幅二インチの記事よりずっとくわしい事実を告げていた。そのヒーローは、流砂のなかに墜落したロケットから奴隷たちを救おうとしている。流砂から立ちのぼる煙に、〝グリーン〟という添え書きがある。塩素か？

この男たちは、ガスで殺されたのか？　殺人であることをごまかすために、トラックが追突して、彼らの車を橋から川に落としたのか？

この事故は、あるいは偶然の一致であるかもしれないが、情報活動においては、どのような可能性も見過ごしてはならない。これらの兆候は、サンクト・ペテルブルグでなにか異常な事柄が進行していることを示している。それがなんであるのか、フィールズ－ハットンは突き止めるつもりだった。

レオンの絵をロンドンのオフィスにファクスするときに、フィールズ－ハットンは二十七ポンドを送金してほしい——つまりけさの《今日《ジェーニ》》の七ページを見ろという意味——という指示と、カヴァーのデザインのことで画家に会うためにサンクト・ペテルブルグへ行く旨《むね》を記した一枚を付した。

〝なにかいいものがつかめそうだ〟と、フィールズ－ハットンは書いた。〝原作者が流砂の池とヘラの世界の地下の鉱山のつながりについてなにか思いついてくれれば、すばらしいストーリーができるような気がする。レオンの考えを聞いたら知らせる〟

ロンドンの承諾が出ると、フィールズ－ハットンはカメラとわずかな洗面道具、ウォークマン、挿絵類や玩具をショルダー・バッグに詰めて、足早にロビーへおりてゆき、二マイル北西までタクシーで行った。クラスノプルードゥナヤ通りのサンクト・ペテルブルグ駅で、四百マイルという長距離列車の乗車券を買い、固いベンチに腰を落ち着けて、フィンランド湾に面した古都へ向かうつぎの列車を待った。

3

土曜日　午後十二時二十分　ワシントンDC

冷戦の時代、アンドルーズ空軍基地の海軍予備役飛行隊の飛行列線に近いその二階建てのビルは、受命室――つまり最高の搭乗員の進発する中間準備地域に使われていた。核攻撃の際には、ワシントンDCの政府高官を後送するのが、彼らの任務だった。

しかし、象牙色《ぞうげいろ》のそのビルは、古ぼけた冷戦の遺物にはなっていない。芝生も前よりきちんと刈り整えられ、かつて兵士たちが教練を行なっていた未舗装の狭い敷地にも庭園がある。自動車に爆弾を仕掛けたものが近づけないように、四方をコンクリートのプランターで囲んである。また、ここに勤務するひとびとは、ジープやヒューズ・ディフエンダー・ヘリコプターではなく、ステーション・ワゴンやボルボに乗ってくる。サーブやBMWも何台か見られる。

ここにフル・タイムで勤務する七十八名の職員は、NCMC（国家危機管理センター）に所属する。彼らは、選りすぐりの技術者、将官、外交官、情報分析官、コンピュータ専門家、心理学者、偵察専門家、環境問題専門家、弁護士などで、マスコミの操作にたけた人間、報道対策の顧問までいる。NCMCは、そのほかに四十二名の支援要員を、国防総省《ペンタゴン》およびCIAと共有し、ここからさして遠くないクォンテコーのFBI訓練基地内に本拠を置くストライカーと呼ばれる隊員十二名の戦術攻撃チームを擁している。

NCMCの基本方針は、アメリカの歴史にあっても類を見ないものである。二年以上をかけ、装備やハイテク改造に一億ドルを費やして、かつての受命室をCIA、NSA（国家安全保障局）、ホワイトハウス、国務省、国防総省、国防情報局、NRO（国家偵察室）、情報脅威分析センターと直結した作戦《オペレーションズ》センターに作り変えた。ところが、六カ月の試運転期間中に国内および海外での危機をさばいたことにより、気安く〝オプ・センター〟と呼ばれているこの組織は、これらの政府機関やその他の組織と肩をならべる存在となった。ポール・フッド長官は、マイクル・ローレンス大統領に直属し、当初はSWAT（特殊火器戦術部隊）の機能をそなえた情報センターであったものが、いまや単独で世界中の作戦を監視し、主導し、宰領する能力を持つようになった。

彼らは、現場の工作員を重んじて組織的かつ実際的なやりかたで情報を収集する昔ながらのプロフェッショナルと、もっぱらハイテクと大胆な手段を重視する若い秀才たちという、奇抜な取り合わせから成っている。そのつぎはぎの綴《つづ》れ織りの頂点にいるのが、ポール・フッドである。フッドはたいして慈愛深い人間《セイント》ではないが、私心というものがまったくないので、辟易《へきえき》した同僚や部下が〝法王《ポープ》〟という綽名《あだな》をつけた。レーガン政権時代は切れ者の銀行家だったにもかかわらず、フッドは馬鹿《ばか》正直といってもいいくらい律儀《りちぎ》だ。また、二年間ロサンジェルス市長をつとめたほどであるのに、まったく目立とうとしない。フッドは、自分のチームに危機管理の新しい技法を絶えず伝授している。座視するか全面戦争か、極端な方向に傾きがちなワシントンの昔ながらの反応に代わるのがそれだと、彼は考えている。ロサンジェルス市長のころ、難問を解決しやすい細かい問題に切り分けて、それぞれを専門家に処理させ、なおかつたがいに連絡を密にして作業させるという技法を、彼ははじめて実行した。それがロサンジェルスで効果をあげ、ワシントンにはびこる〝ここではおれが采配《さいはい》をふるっている〟というものの考えかたに反するにもかかわらず、ここでも効果をあげている。フッドのナンバー2のマイク・ロジャーズは、世界のどこよりもアメリカの首都のほうが敵の数が多いのではないかといったことがある。局長、長官、選出による公務員といった連中は、オプ・センターの運営のやりかたを自分たちの領地を脅《おびや》かすものと見ている。だから、オプ・センターの有能さをひそかに害しようと思っているものはすくなくない。

「ワシントンはゾンビみたいなものだ」と、ロジャーズはいった。「時勢や動向が変われば、政治的に死んでいてもよみがえる――ニクソンを見ろ、カーターを見ろ。だから、政敵の出世をだめにするだけでは足りないんだ。生活まで破壊しようとする。それでだめなら、つぎは家族や友人まで攻撃する」

しかし、フッドは意に介さない。自分たちの大方針は、アメリカの安全保障に目を配ることであり、オプ・センターやその職員の評判を高めることではないし、フッドはその使命をもちろんたいへん真摯《しんし》に受けとめている。また、やるべきことをやれば、〝政敵〟は手出しできないと信じている。

そのときのアン・ファリスの目に映っていた長官席の男は、ばりばりの遣《や》り手でも、政治家でも、〝法王〟でもなかった。濃い赤茶色の目が見ていたのは、大人の体を借りて心地悪そうにしている少年だった。いかつい顎《あご》、うしろになでつけた黒い髪、冷たく暗い薄茶色の目という風貌《ふうぼう》にもかかわらず、フッドは家族と休みにどこかへ遊びにいくよりは、このワシントンで友だちやスパイ衛星や現場の工作員と遊んでいるほうがいいと思っている子供のように見える。自分の子供たちが前の友だちと会えないのを淋《さび》しがっていることと、東部に越してきたために結婚生活に大きな負担がかかっているということがなければ、きっと行かないにちがいない。それをアンは知っていた。

齢《よわい》四十三のオプ・センター長官は、高度の保安措置がほどこされた施設の広いオフィスで、自分のデスクに向かっている。副長官のマイク・ロジャーズがデスクに向かって左手の肘掛《ひじか》け椅子《いす》に、広報官のアン・ファリスが右手のソファに座っている。フッドの南カリフォルニアへの旅行の日程が、コンピュータに映っている。

「シャロンは、ボスのアンディ・マクダネルからようやく一週間の休みをもぎとったんだ。彼女のヘルシー・クッキングのひとこまがないと、ケーブル・テレビの番組が成り立たないというんだよ」と、フッドがいった。「それで、結局、〈ブルーパーズ〉へ行くことで話がまとまった。ヘルシー・クッキングのアンチテーゼだな。とにかく最初の日はそこへ泊まる。子供らがMTVで見つけたところだから、ポケベルを鳴らされても、きっと聞こえないぞ」

アンが身を乗り出し、長い茶色の髪をまとめているデザイナー・ブランドの黄色いスカーフよりもっとまぶしい笑みを浮かべて、フッドの手の甲にそっと触れた。

「そんなふうに思っていることをべらべらしゃべったら、叱《しか》られますよ」と、アンはいった。「〈ブルーパーズ〉のことは《スピン》で読みました。ピクルス・ドッグとフレンチ・フライド・パイを頼むといいわ。きっと好きになりますよ」

フッドが鼻を鳴らした。「オプ・センターの紋章に入れたらどうだ？　〝オプ・センターはピクルス入りホットドッグのために世界の安全を護《まも》っています〟」

「ラテン語でどう書くのか、ローウェルに聞いてみなくちゃ」アンがにこにこ笑った。「すこしは高尚に見せないとね」

ロジャーズが嘆息を漏らしたので、フッドとアンがそっちを見た。ロジャーズ陸軍少将は、片足の脛《すね》をもういっぽうの膝《ひざ》に載せるように足を組み、それをそわそわと揺らしている。

「すまない、マイク」フッドがいった。「いまから気がゆるんでしまったようだ」

「そうじゃないんだ」ロジャーズがいった。「ただ、きみたちがわたしには通じない言葉でしゃべっているものでね」

アンは広報の責任者なので、抑えた物言いの裏に隠された本音を聞き取るのに慣れている。ロジャーズの声には、批判とうらやましく思う気持ちの両方が感じられた。

「わたしにもよくわからない言葉だ」フッドが認めた。「しかし、子供のことではひとつおぼえなければいけないことがあって——それをアンは手伝ってくれようとしているんだが——つまり、順応できないといけないんだ。なあ、ラップ・ミュージックやヘヴィ・メタルのことで、昔、ヤング・ラスカルズについて親にいわれたのとおなじ文句をいおうとして、はっと気づいたりするんだ。そういうのとは調子を合わせていくしかない」

ロジャーズが、疑わしげな表情になった。「順応についてジョージ・バーナード・ショウがなんといったか、知っているか？」

「いや、知らないな」フッドが白状した。

「こういったんだよ。〝理性的な人間は、この世に順応する。理性的でない人間は、この世を自分に順応させようとする。よって、すべての進歩は理性的でない人間に左右される〟わたしはラップは嫌いだし、これからもぜったいに好きにはならない。それだけではなく、好きなふりもぜったいにしない」

フッドがいった。「スクワイア中佐がラップを聞いているときはどうするんだ？」

ロジャーズがいった。「消せと命令する。スクワイアは、わたしのことを話のわからない人間だという」

「そこでバーナード・ショウを引用するんでしょう」と、アンがいった。

ロジャーズが、アンの顔を見てうなずいた。

フッドが、両の眉《まゆ》をあげた。「なるほどな。さて、とにかく今後数日間の作業に関してわれわれの意見が一致するかどうか、話し合ってみよう。まずは予定から」

フッドが、少年じみた笑みを引っ込め、きびきびした態度になって、コンピュータの画面に目を戻した。アンはロジャーズに目配せして笑みを返させようとしたが、だめだった。じつのところ、ロジャーズはめったに笑わない。ほんとうに嬉《うれ》しそうな顔をするのは、イノシシや全体主義者を狩っているときや、戦う男女の安全より自分の出世を優先する人間を追及しているときだけだ。

「月曜日にはマグナ・スタジオの見学だ」フッドがいった。「火曜日はウォーレス遊園地。子供らが波乗りをやりたがっているから、水曜日はビーチ――とまあ、そんな調子だよ。携帯電話を持っていくから、用があるときは、それに連絡してくれ。急いで秘話回線で話がしたいときは、近くの警察署かFBI支局へ行けば問題ないだろう」

「今週はなにもないはずです」アンがいった。この会議の前に、情報担当官のボブ・ハーバートのところで、けさの最新情報をパワーブックに落《ダンプ》としてある。アンはそのディスプレイ・パネルをあけた。「東欧の各国境と中東は、比較的落ち着いています。CIAはメキシコの官憲に協力して、ハラパの反乱軍基地をなにごともなく閉鎖しました。朝鮮半島であやうく戦争が起こりかけたあと、アジアの事態は沈静しています。それから、ウクライナとロシアは、クリミア半島の領有権について、とにかく話し合いを持つようです」

「マイク、ロシアの大統領選挙の結果は、それに影響があるか？」と、フッドがたずねた。

「いや、たいした影響はないと、われわれは考えている」と、ロジャーズがいった。「ロシアのキリル・ジャーニン新大統領は、前にウクライナの最高指導者のヴェスニクとかなり激しくやりあったことがあるが、ジャーニンはやはりプロだ。オリーヴの小枝を差し出すにちがいない。いずれにせよ、来週はわれわれの予測ではコード・レッドは起こりそうにない」

フッドはうなずいた。アンは、彼が三つのPと呼ぶもの——現在の傾向に基づく予測《プロジェクション》、世論調査《ポール》、心理学用語《サイコバブル》を信用していないことを知っている。だが、いまはいちおう聞くふりをしている。フッドがオプ・センターに着任したころの、フッドと主任心理分析官のリズ・ゴードンの関係は、クラレンス・ダローとウィリアム・ジェニングズ・ブライアン（訳注 ダローは弁護士で社会改良家、ブライアンは法律家・政治家、州法に反して進化論を教えたことで罪に問われた高校教師をめぐって、両者が裁判で論戦をくりひろげた）を彷彿《ほうふつ》させた。

「その予想が当たることを願っているよ」フッドがいった。「しかし、オプ・センターがコード・ブルー以上の段階で召集をかけられたときは、われわれの行動を承認するのはわたしにやらせてもらいたい」

ロジャーズの脚の動きがとまった。ふだんは金色に見える瞳《ひとみ》が、黒っぽくなった。

「わたしが処理できる、ポール」

「きみに処理できないとはいっていない。北朝鮮で例のミサイルの発射を阻止したときに、どれほどのことができるかをみんなに示している」

「では、なにが問題なんだ？」

「なにも問題はない」フッドが答えた。「能力ではなく責任の所在の問題なんだ、マイク」

「それはわかる」ロジャーズが、彼らしく品のいい議論のしかたでなおもいった。「しかし、規則では許されているだろう。副長官は、長官がいないときは、代理として作戦を承認することができる」

「〝いないとき〟ではない。〝不都合な状態にあるとき〟だ」と、フッドが正した。「わたしは不都合な状態に置かれはしないし、議会が海外での冒険をどうとるかは、きみも知っているはずだ。まちがいが起きた場合、上院委員会に引き出されて釈明するのは、わたしなんだ。自分が現場にいれば、ちゃんとした話もできるが、きみの報告書を読んだのでは、そうはいかない」

大学のバスケット・ボールで四回骨折したロジャーズの高い鼻が、ちょっと下を向いた。「わかった」

「でも納得してはいない」

「正直いって、そのとおりだ。議会と渡り合う機会は大歓迎だよ。椅子を暖めているやつらに、国家はコンセンサスではなく行動で運営することを教えてやる」

フッドがいった。「だから議会の相手はわたしがやるというんだ、マイク。なんといっても、あの連中が予算を握っているんだから」

「オリー・ノースのような人間がああいうことをやるのは、それが原因だよ」ロジャーズがいった。「副長官の調整委員会を通さずにすむように。弱虫どもが、建議を顧問に諮《はか》り、何カ月も寝かせておいて、ようやく戻ってきたときには希釈され、手遅れで、何の役にも立たなくなっている」

フッドがなにかをいいたそうな顔をして、ロジャーズがそれを聞いて投げ返しそうな顔をした。だが、言葉はなく、ふたりは沈黙のうちに顔をじっと見合わせた。

「それじゃ」アンが明るい口調でいった。「わたしたちが処理するのは、この人質ひとりの事件のコード・グリーン一件と、国内の人質数名の事件のブルーが数件。海外の簡単な人質事件のイエローが数件と、交戦状態のレッド数件は、長官の責任というわけですね」パワーブックのディスプレイを閉めて時計を見ると、アンは立ちあがった。「長官、スケジュールをみんなのコンピュータに転送してもらえますか」

フッドが、コンピュータのほうを見た。Alt と F6 を同時に押してから、PB、Enter、MR、Enter と押していった。「やったよ」

「よかった。すばらしい旅行をのんびりと楽しむ気持ちになりました？」

フッドはうなずいた。それから、またロジャーズの顔を見た。「応援ありがとう」立ちあがり、デスクごしにロジャーズと握手を交わした。「これをきみにとってもっといい方向に持っていけたらと思っているんだ、マイク」

「それじゃ一週間後に」といって、ロジャーズは向きを変え、アンの横を通った。

「それじゃまた」アンが手をふり、はげますような笑みをフッドに向けた。「手紙を書くのを忘れないでね……のんびりするのよ」

「〈ブルーパーズ〉から葉書を出すよ」と、フッドが答えた。

アンはドアを閉めて、廊下を歩いているロジャーズのあとを追った。同僚たちを肘でかきわけるようにして進み、あけっぱなしのドアや、情報収集部門の閉まっているドアの前をいくつも通り過ぎた。

「だいじょうぶですか?」ロジャーズの横にならぶと、アンはたずねた。

ロジャーズがうなずいた。

「そうは見えないけど」

「どうもいまだにあいつとうまく折り合えなくてね」

「そうね」アンがいった。「少将はときどき、あのひとがやたらと大きな世界観みたいな悟りをひらいているように思えるんでしょうね。そうでないときは、まるで偉ぶった学級委員みたいに、少将が列からはみださないようにしていると」

ロジャーズが、アンの顔を見た。「それはじつにぴったりの評価だよ、アン。きみはこの——彼のことを、ずいぶんと考えているんだね」

アンが顔を赤くした。「みんなのことをどう要約して表現すればいいかを考えているだけ。悪い癖ね」

会話の方向を変えるために、アンは〝みんな〟という言葉を使った。それがまちがいだったと、すぐに悟った。

「わ、た、し、を要約するとどうなる?」と、ロジャーズがたずねた。

アンは、ロジャーズを真っ向から見据えた。「率直で決断力のある男だけれど、そのひとがいる世界はそうした性情には向かないほど複雑に成長している」

ふたりは、ロジャーズのオフィスの前で足をとめた。「それはよいことなのか、それとも悪いことなのか？」ロジャーズがたずねた。

「七面倒ではありますね」アンが答えた。「すこし譲れば、もっと多くが手にはいるかもしれません」

ロジャーズは、アンから目をそらさずにドアの脇《わき》のキイパッドを叩《たた》き、暗証を入力した。「しかし、ほしくないものだったら、手にはいってもしかたがないだろう？」

「無よりは半分がいいと、わたしはいつも思っています」と、アンが答えた。

「なるほど。ただ、賛成はできない」ロジャーズは、頬をゆるめていた。「なあ、アン。このつぎは、おれが頑固だといいたいときは、はっきりそういってくれ」

ロジャーズは、アンに向かって軽く敬礼し、オフィスにはいると、ドアを閉めた。

アンはしばしその場に佇《たたず》んでいたが、やがて向きを変え、自分のオフィスへゆっくりと歩いていった。ロジャーズのことが気の毒に思えた。立派な人間で、頭もいい。それなのに、駆け引きより行動を重んじるという致命的な欠陥がある。その行動が、国家の主権や議会の承認といった些細《ささい》なことに対する配慮を欠いている場合でもそうなのだ。血気にはやって無茶をするという評判のために、国防次官補の候補からははずされて、残念賞としていまの地位がまわってきた。優秀な軍人であるという自負がなにものにもまさっているので、ロジャーズはそれを受けたが、けっして満足しているわけではない……軍人ではない上司に従っているのも気に入らない。

アンは思った。だけど、だれだってなにかしら問題を抱えている。たとえば自分もそうだ。それをロジャーズは、軽々しくほのめかしていた。

ポールがいなくなると淋《さび》しい。善良な誉れ高い騎士。妻にいくらないがしろにされても、別れようとしない騎士。それより困るのは、シャロンとその子供たちではなく、自分と自分の産んだ息子が、ポールといっしょに南カリフォルニアへ行くのなら、どれだけ彼をゆったりとさせてあげられるだろうと、想像してしまうことだ……。

4

土曜日　午後二時　ブライトン・ビーチ

一九八九年にロシアからアメリカへ密航してきた黒い髪の美男子、ハーマン・ジョーゼフは、ブルックリンのブライトン・ビーチにある〈ベストニア・ベーグル・ショップ〉で、ずっと働いている。彼の仕事は温かいパン生地に、塩、胡麻《ごま》、ガーリック、オニオン、罌粟《けし》の実その他を、さまざまな組み合わせでふりかけることだった。オーヴンのそばで働くのは、夏はみじめだが、冬は楽しく、一年を通じて、厄介とは無縁で、気楽そのものだ。たいがいの場合、ここで働くのは、モスクワで働くのとはまるで比較にならない。

店主のアーノルド・ビェルニクが、インターフォンで呼んだ。「ハーマン、事務室に来てくれ。特別な注文がある」

そう聞いたとたんに、三十七歳のすらりとしたモスクワっ子は、もはや厄介と無縁ではなくなった。昔の直感と心境がよみがえる。生き延び、成し遂げ、国の役に立たなければならない。姿を変える前のKGBで十年間仕事をして磨いた技倆《ぎりょう》は、そのためのものだ。

ハーマンはエプロンをカウンターにほうり、ベーグルの仕上げの過程はビェルニクの若い息子に任せて、きしむ階段を二段ずつ駆けあがった。蛍光灯のデスク・スタンドと汚れた天窓から差す陽光に照らされた事務室に、すたすたとはいっていく。ドアを閉め、ロックし、それからデスクに向かっている年配の男の脇に立った。

煙草《たばこ》の煙をすかして、ビェルニクがハーマンをじろりと見た。「こいつだ」といって、一枚の紙片を渡した。

ハーマンは、紙片を一瞥《いちべつ》して、ビェルニクに返した。丸々と肥《ふと》り、頭の禿《は》げかかっているビェルニクが、それを灰皿に入れ、煙草の赤く燃えている先端で触れて火をつけた。しばらくすると、燃え尽きたものを床に落とし、足で踏みにじった。

「なにか質問は？」

「ええ。おれは隠れ家へ行くことになるんですか？」

「いや」ビェルニクが言った。「たとえ見張られていたとしても、おまえと事件を結びつける理由はなにもない」

ハーマンはうなずいた。分離独立の資金を募るためにやってきたチェチェン人の反乱分子を殺したあと、ヴァリー・ストリームのフォレスト・ロードのその家へ何度も行っている。そこはロシア・マフィアが工作員のために用意した隠れ家だった。ＪＦＫ空港まで車で十五分、ジャマイカ湾までは二十分のところにある。どちらを使っても、まずい事態になったときに、工作員を簡単に出国させることができる。そういう事態にならなければ、臭跡が消えたころにブライトン・ビーチの店に戻る。

ハーマンは、事務室の隅のロッカーへ行って、奥の偽《にせ》の裏板をはずし、手を入れた。塩や罌粟の実を取っているようなのんきな態度で、必要なものを出しはじめた。

5

日曜日　正午　サンクト・ペテルブルグ

キース・フィールズ＝ハットンは、信頼できる古いボルシーの三十五ミリ・カメラを首からぶらさげ、ネヴァ川のすぐそばにあるエルミタージュ美術館の外の売り場で入館券を買って、金色のドームを持つだだっぴろい美術館に向けて、わずかな距離を歩いていった。一階の白い大理石の柱のあいだを歩くとき、例によって謙虚な気持ちになった。世界各地の歴史的にとても貴重な建物にはいると、つねにそういう感情をおぼえる。

エルミタージュ国立美術館は、ロシア最大の美術館である。建設されてから二年を経ていた冬宮の別棟として一七六四年にエカテリーナ女帝が建てた小隠遁所《エルミタージュ》もふくめて、おおまかにいうと三棟の建物から成っている。エカテリーナ女帝が購入した二百二十五点の美術品が、現在は三百万点の収集品にふくれあがっている。所蔵品のなかには、レオナルド・ダ・ヴィンチ、ヴァン・ゴッホ、レンブラント、エル・グレコ、モネなど多数の巨匠にくわえ、旧石器時代、中石器時代、新石器時代、青銅器時代、鉄器時代のような古代遺跡からの出土品もふくまれている。

現在のエルミタージュ美術館は、主な三つの建物が横一列にならんでいる。冬宮の北東に小エルミタージュが、そしてその北東に大エルミタージュがある。一九一七年以前は、皇帝一族とその友人や貴族階級しかはいることができなかった。一般大衆に公開されたのは、革命後のことである。

もぎりがいて土産物の店がある大広間にはいると、フィールズ－ハットンは自分がここにいることが嘆かわしくなった。エカテリーナは、この美術館をこしらえたときに、客人のふるまいに関し、たいへん賢明な規則を示した。いちばん肝心なのは、その第一項である。〝入館するものは、剣や帽子とともに、称号や階級を脱ぎ捨てなければならない〟

エカテリーナはまことに正しい。美術の鑑賞は、個人的、政治的ないさかいを隠すのではなく、それを和らげてしかるべきなのだ。しかし、フィールズ－ハットンとレオンは、ロシア人がその盟約を破ったと考えている。作業員六名の死と、資材の搬入にくわえ、電磁波の放射量が増大しているという事実がある。フィールズ－ハットンの到着に先駆けて、レオンが美術館のあちこちで携帯電話を使ってみた。川に近づくほど、接続が切れやすいとわかった。それで防水布が持ち込まれた理由がわかる。ロシアがこの地下の水面より低いところに通信センターのようなものを建設したのだとすれば、電子機器を湿気から守るために防水措置をほどこす必要がある。

美術館に通信センターを設置しているというのは、戦略的に納得がいく。美術品は金《きん》とおなじように流通性があるし、美術館は戦時でも爆撃されるおそれがすくない。ただヒトラーのみが、この美術館を爆撃して尊厳を汚《けが》した。しかし、当時レニングラードと呼ばれていたこの街の市民は、その前に大事をとってたいせつな美術品をウラル地方のスヴェルドロフスクに移していた。

ロシア人がここに通信センターをこしらえたのは、戦争を予期しているからなのか？

とフィールズ-ハットンはいぶかった。

フィールズ-ハットンは、『ブルー・ガイド』の美術館の見取り図を眺めた。列車内で暗記してはいたが、行く場所を心得ていると見られて警備員に不審を抱かれてはいけない。警備員はすべて保安局のフリーランサーの可能性がある。

見取り図をちらと見てから、フィールズ-ハットンは左に折れ、円柱に囲まれた細長いラストレッリ・ギャラリーに向かった。どこも床面が露出して、秘密の部屋や地下に通じる隠れた階段をこしらえる余地はない。ラストレッリ・ギャラリーと東館の境の壁のあたりをぶらぶら歩き、聖体容器をしまう物置部屋だったとおぼしいところで足をとめた。ドアの脇にキイパッドがある。左手のイーゼルに立てた活字体の注意書きを読んで、フィールズ-ハットンはにやりと笑った。そこにはロシア語で、こう書いてあった。

《ここは近い将来エルミタージュ美術館の宝物を全国の学校の生徒に向けて映像で紹介するテレビ・スタジオ〈子供のための芸術〉の本部となる》

なるほど、とフィールズ－ハットンは思った。そのとおりかもしれないし、そうではないかもしれない。

『ブルー・ガイド』を読むふりをしながら、警備員に注意を払いつつ待っていると、やがて警備員がそっぽを向いたので、急いでそのドアの前に行った。上に監視カメラがあるので、顔が映らないようにうつむいて本を見ていた。くしゃみの真似《まね》をして、顔を片手で覆《おお》い、レンズをちらと見た。二十ミリ以下とおぼしい焦点の短いものだった。左右にくわえてドアの前も監視しなければならないので、当然、広角レンズなのだ。だが、下は見えない。

フィールズ－ハットンは、ズボンのポケットに手を入れて、ハンカチを出した。なかにはメキシコの一ペソ硬貨が一枚はいっている。ロシアでなんの価値もない数すくない貨幣のひとつである。最悪の場合、見つかったとしても、拾って記念に持っているだけだろう――それもできれば内密の場で役に立ちそうなことを口にする政府高官であればありがたい。

またくしゃみをして、精いっぱいしゃがみこむと、フィールズ－ハットンはその一ペソをドアの下から滑り込ませた。ドアの奥に感知装置があることはまずまちがいないが、硬貨一枚を探知するほど敏感ではないだろう。そうでなかったら、館内のゴキブリや鼠《ねずみ》にもいちいち反応してしまう。フィールズ－ハットンは、顔をハンカチで覆ったまま、すばやく身を起こしてそこを離れた。

のんびりと歩きまわりながら正面玄関に戻ると、ショルダー・バッグを警備員にあためさせ、表に出て、川沿いの一本の木の下に格好の場所を見つけて、バッグからCDウォークマンを出した。ボタンを押して、ディスクのトラックをあちこちに飛ばす——トラックの番号が、美術館内でさきほど見たものを表わす暗号になる。それが書き込み可能なディスクに保存される。美術館に設置されている可能性のある受信機から遠ざかったら、ウォークマンを使ってそれを信号に変え、ヘルシンキの英国領事館に向けて発信する。領事館が、それをロンドンに伝える。

テレビ・スタジオについての報告を打ち込んでしまうと、フィールズ－ハットンは腰を落ち着けて、小さな一ペソ硬貨形の盗聴装置の周囲で行なわれているスパイ活動の音が聞こえないかと耳を澄ました。

6

日曜日　午後十二時五十分　サンクト・ペテルブルグ

入口のドアの下からペソ硬貨が滑っていくとき、電磁気ＣＩＳ（カウンター・インパルス・スクリーン）のなかを通過した。ＣＩＳは、デジタル時計のカドミウム電池のようなものもふくめ、どんな電気的な信号が下を通過しても、破裂放電が起きる。

その破裂放電によって警報が鳴った。作戦センターのグリンカ保安班長のヘッドセットからは、他の情報も聞こえていたが、その警報は最優先すべきだった。グリンカは心配性ではないが、ロスキー大佐はその傾向がある――ましてゼロ・アワーまで丸一日ほどだし、この二、三日、外部のものが状況に目を光らせているという噂《うわさ》がたっている。

グリンカは受付に確認したが、出入りはまったくないという。小柄だがたくましい体つきのグリンカは、受付の女性に礼をいい、ヘッドセットをはずして、狭い廊下を大佐の小さな個室に向けて歩いていった。

グリンカは、世界中の大使館の開放式盗聴装置のテストを九時間ぶっつづけでやっていたので、脚をのばす口実がほしかった。その前は四時間ずっと、断続時電圧、直結聞き取り、トーン掃引、高電圧パルス試験、全回線聞き取りテストなど、作戦センターの電話線二本の一連のテストをやった。

中央の廊下は、幅も長さもバス二台をつらねたほどだった。天井の三カ所に黒い照明器具があり、その二十五ワットの電球が廊下を照らしている。徹底した防音措置が施されているので、大砲や削岩機でもないかぎり、外の人間が音を聞いたり、振動を感じたりすることはない。内側の壁も外側の壁も、繊維ガラスと厚さ一インチの固く黒いゴムを交互に重ねて覆った煉瓦《れんが》でできている。その上が施設内を湿気から守るための防水布で、その上にさらに板紙が重ねられている。艶消《つやけ》しの黒の塗料が、美術館の床の隙間《すきま》から上に光が漏れるのを防いでいる。

廊下はまるで木の幹のように枝分かれして、それぞれいくつかの部分に通じている——コンピュータ、音響監視、空中監視、通信、資料室、出口等々。オルロフ将軍のオフィスがいっぽうの突き当たりに、ロスキー大佐のオフィスがその反対の突き当たりにある。

グリンカは、ロスキー大佐のオフィスの前まで行って、ドア脇のインターフォンの赤いボタンを押した。

「なんだ？」甲高い声が、インターフォンのスピーカーから聞こえた。

「大佐、グリンカです。さきほど〇・九八秒間の電磁気の乱れが受付で発生しました。短いので人間が歩いて通ったのではないようですが、なにかあれば報告するようにとの――」

「警備員はどこにいる?」

グリンカはいった。「クルゲンの棟にいて――」

「ご苦労だった」ロスキーがいった。「わたしが見にいく」

「大佐、わたしが行っても――」

「用は終わったな」ロスキーが、ぴしゃりといった。

グリンカは、クルーカットにしたブロンドの髪を片手でなでた。「はい、大佐」ドアに背を向け、自分の持ち場に引き返した。

これで階段をちょっと昇ることはできなくなった、と思った。だが、執念深いロスキー大佐に逆らうより、みじめな思いを味わうほうが、ずっとましだ。あわれなパーヴェル・オジナは、この施設の装備を盗んだばかりにあんなことになった。グリンカがその盗みのことを大佐に報告したのは、罪をかぶりたくなかったからだった。あのコンピュータ・ソフトウェアのプログラマーが、あんな悲惨な運命をたどるとは、思ってもみなかった。ここの人間はみんな、あれがロスキーの仕組んだことだと知っている。

よろよろと椅子《いす》にかけると、グリンカはヘッドセットをかけて、また五時間以上も休あみのつづくはずの当番を再開した。

勇気さえあればあの威張りくさった馬鹿野郎《ばか》の足をひっぱってやれるのにと思い、ありとあらゆる手口をひそかに想像した……


ラペルの赤い襟章が際立《きわだ》つ折り目の正しい古い黒の軍服をきちんと着て、形を整えた制帽をかぶった、小柄で痩身《そうしん》のレオニード・ロスキー大佐が、オフィスを出て、階段に通じる防火扉に向けて大股《おおまた》に歩いていった。特命部隊《スペチアルノエ・ナズナチエーニエ》、いわゆるスペッナズの隊員はすべからくそうだが、ロスキー大佐も、岩のように固い神経と性格の持ち主だった。厳しい表情を見ても、それがわかる。まっすぐな長い鼻、はっきりと左右に分かれている黒い下がり眉《まゆ》。薄い唇はへの字になって、鼻の脇《わき》の気難しそうな深い皺《しわ》と交わっている。濃い口髭《くちひげ》は、こうした軍人には珍しい。だが、その足取りは特殊部隊員そのものだった。速く、自信に満ち、目に見えない革紐《かわひも》でつながれていなかったら、眼前のゴールに向けて突進するのではないかと思われる。

ドアをあけ、通ってからまたしっかりと閉めると、ロスキーはキイパッドに暗証を打ち込んで、しっかりとロックした。それから、その横のインターコムのボタンを押した。

「ライサ、表のドアをロックしてくれ」

「かしこまりました」ライサと呼ばれた受付が答えた。

つぎにロスキーは暗い廊下を足早に進み、またべつの階段を登って、ふたたびキイパッドのあるドアを通って、テレビ・スタジオに出た。ふつうなら私服に着替えてからあがるのだが、いまは時間がない。

スタジオの職員が、常設の照明やモニターやテレビ・カメラを設置していた。ケーブルや木箱や装備のあいだを縫って歩くロスキーに、彼らは目もくれなかった。ガラス張りの制御室の向こうに、照明の明るい急な階段がある。ロスキーは、そこを登って、てっぺんの狭い受付へ行った。デスクに向かっていたライサが立ちあがり、会釈《えしやく》して迎えた。そしてなにかをいいかけたが、ロスキーが唇に指を当てて制し、あたりを見まわした。

例のペソ硬貨を、ロスキーは即座に見つけた。部屋の右側の受付のデスクの下に、なんの害もなさそうに転がっていた。装備の梱包《こんぽう》を解いていたふたりの職員が、手をとめてロスキーの顔を見た。ロスキーはふたりに手で合図して、そのまま雑談をつづけさせた。作業員たちがサッカーの試合の話をつづけるあいだに、ロスキーは硬貨を丹念に眺めた。獲物を囲む蛇のようにそのまわりをめぐり、けっして触れず、息を吐きかけるのも避ける。電流の瞬間的な異常で、グリンカのヘッドセットに警報が響いたのかもしれない。ペソ硬貨は、見かけどおりのものなのかもしれない。しかし、特殊部隊で二十年間生き抜いてきたのは、なにごともおろそかにしなかったからだ。

そのペソ硬貨は、だいぶ前のものらしく、かなり磨《す》り減っているとわかった。一九八二年と記された発行年度が、それを裏付けた。ロスキーは、硬貨の側面、磨耗したギザギザ、そのあいだにはさまった汚れを眺めた。どこをとっても本物のようだ。だが、人間の目をごまかすのは難しいことではない。ロスキーは、長い黒い髪の毛を後頭部から一本抜き、硬貨の上にかざした。その一本の頭髪が、水脈を探す占いの棒よろしく曲がる。人差し指で舌先に触れ、硬貨の表面を、唾液《だえき》のついた指でなぞった。その指をよくみると、埃《ほこり》がついていて、硬貨のほうはなぞったところがきれいになっていた。

静電気は、埃や頭髪を引き寄せる。つまり、この硬貨のなかには、静電気を発生させるなにかがある。怒りに口もとをこわばらせて、ロスキーは作戦センターへ引き返した。ペソ硬貨に収められた発信機は、そう強力ではない。盗聴している人間は、美術館の数百メートル以内にいるはずだ。それが何者であるのかは、監視カメラの映像でわかる。そうしたら、このスパイを始末する。

7

日曜日　午前九時　ワシントンDC

マイク・ロジャーズは、上機嫌でオプ・センターの一階のキイパッドで守られた入口を通過した。防弾のポリカーボネート樹脂の奥に座っている武装した警衛に挨拶《あいさつ》し、本日のパスワードを教わった。そして、かつての後送チーム本部の幹部将官がオフィスを持っていた中二階の監理部を足早に通り抜けた。長官のポール・フッド同様、ロジャーズも、オプ・センターのほんとうの作業の場である新しい地下の施設のほうを好んでいる。

エレベーターの脇に、もうひとり武装した女性の警衛がいる。ロジャーズはパスワードを告げ、エレベーターに乗ることを許された。オプ・センターでは、他の部局で採用されているような精密なハイテク・システムではなく、時代錯誤だが経費はまったくかからない、〝そこを行くのはだれか？〟と歩哨《ほしよう》が誰何《すいか》する方式を採用している。指紋による身許《みもと》識別はコンピュータで複製してレーザーでプリントした手袋によってごまかされ、音声識別システムはシンセサイザーにだまされる。ロジャーズは、六カ月間、毎日この警衛と顔を合わせていて、夫や子供たちの名前まで知っているが、パスワードをいわなかったら、ぜったいに通してもらえない。むりやりはいろうとすれば、逮捕されるだろう。抵抗すれば、撃たれるかもしれない。オプ・センターでは、精確、権限、愛国心が、友情より優先される。

〝ブルペン〟と呼ばれるオプ・センターの心臓部にはいると、ロジャーズは迷路のような小部屋を抜け、輪をなして中心《ハブ》を囲んでいる作戦運用部門のオフィスへ行った。上の階のオフィスとはちがって、ここは衛星画像から、世界中の工作員との直接連絡、五年後のヤンゴンの米の収穫の予想を精確に予測できるコンピュータやデータベースへのアクセスに至るまで、あらゆる分野の情報をじかに受け取ることができる。

ロジャーズは、フッドが留守のあいだ、長官室を使っている。そこと隣り合って、内輪の人間が〝タンク〟と呼んでいる会議室がある。タンクは電子的な監視を防止するために電磁波の壁をこしらえたなかにある。噂では、その電磁波によって不妊症になったり、頭がおかしくなったりするという。この壁の内側でよくおかしな態度を見受けるのはその電磁波のせいにちがいないと、主任心理分析官のリズ・ゴードンは冗談まじりにいうのだった。

都会の土曜日の晩であるにもかかわらず、ロジャーズは眼光鋭く精力をみなぎらせて、フッドのオフィスのドアの脇のキイパッドに暗証を打ち込んだ。ドアがパッとあき、照明がつくと、ロジャーズはこの六カ月間ではじめて、満足げな笑みをもらした。ようやくオプ・センターの指揮権を握ったのだ。

とはいえ、フッドに対してとことんフェアだとはいい切れないことはわかっていた。アンのいうとおり、フッドはカブスカウトの女性指導者みたいに細かいところがある。だが、立派な男だ。つねに善意から行動するし、なんといっても物事を運営する手腕に長《た》けている。それに、マーサ・マッコール、ローウェル・コフィー二世、マット・ストール、アン・ファリスなど、比較的自立した専門家の集団に、内部で権限を分けあたえるのは、効果的でもある。しかし、ロジャーズは、オプ・センターは、行動する前にCIAや国家安全保障委員会といった外部の組織に相談するのをやめて、かつてのFBIのフーバー長官のようなワンマンの意思で運営すべきではないかと、日増しに思うようになっていた。よその組織には、なにをやっているかを事後に知らせればいい。朝鮮の戦争と、日本へのミサイル攻撃を未然に防いだあと、ロジャーズは、オプ・センターは事態に即応するのではなく、もっと攻撃的に世界の舞台に躍り出るべきではないかという考えを強めていた。

だからこそ、いつまでも無名のままではいられない、とロジャーズは思った。しかし、それをなんとかする時間は、じゅうぶんにある……マスコミにリークするというような目立たないことをなにかやる。あるいは劇的なことをやってもいい。イスラエルの特殊奇襲部隊《コマンドウ》もおそれをなし、敬意をいだくようなたぐいの任務に、ストライカー・チームを派遣する。韓国軍に功名をほどこした先日の北朝鮮のミサイル基地攻撃とはちがい、他の特殊部隊に手柄をゆずる必要のない任務を。

ロジャーズとフッドは、この手の話し合いを何度となくやっているが、フッドはかならず、冒険主義を慎むという自分たちの基本方針を挙げる。われわれは第五列（スパイ）ではなく、警察のようにふるまうことになっている、そうフッドはいう。だが、ロジャーズにしてみれば、その基本方針はポピュラー・ミュージックの一枚の楽譜にすぎない。音符をたどり、作曲者の指示どおりに演奏しても、解釈の幅はものすごく広い。ヴェトナムにいるころ、ロジャーズはエドワード・ギボンの『ローマ帝国衰亡史』を何度も読み返し、数ある現実的な天恵のうちでもっとも重要なものは独立であるという作者の言葉が座右の銘となった。

ギボンのこの著書や、父親にもらったページの端の折れたジョージ・パットン将軍の『わたしの見てきた戦争』に焚《た》きつけられたロジャーズは、ヴェトナムで二年間の出征期間をつとめた。アメリカに戻ると、テンプル大学で世界史の修士号を得て、そのあとドイツに、そして日本に転勤になった。湾岸戦争では機械化旅団を指揮し、サウジアラビアにしばらくいたあと、帰国して国務省の仕事を探した。だが、大統領はオプ・センターの副長官というポストを勧めた。けっして嫌々その仕事を受けたわけではない。世界中の危機にかかわりを持つのは、じつに気分がいい。このあいだの北朝鮮潜入に成功したあと口が、まだ忘れられない。だが、だれかの相棒になるのはいやだった。まして相手がポール・フッドときては。

コンピュータがビーッという音を発した。ロジャーズは、デスクに向かって歩いていった。CtrlとAを押して受信する。ボブ・ハーバートの丸顔が画面いっぱいに映った。モニターの上のカメラから、光ファイバーを通じて送られてきた画像である。三十八歳の情報官は、疲れた顔をしていた。

「おはよう、マイク」

「やあ、ボブ」ロジャーズがいった。「日曜日にこんなところでなにをしているんだ？」

「きのうの夜からずっといる。NRO（国家偵察室）のスティーヴン・ヴィアンズが家に電話してきて、それで出てきたんだよ。わたしのメモを読んでいないのか？」

「まだ読んでいない」ロジャーズは答えた。「なにが起きた？」

「Eメールの受信箱を見てから、鳴《ビープ》らしてくれないか」ハーバートがいった。「メモに時間や正確なつづりや衛星偵察画像が――」

「あんたが口で説明してくれればいいじゃないか」顔を片手でさすりながら、ロジャーズがいった。Eメール、鳴《ビープ》らす、光ファイバー会議。スパイ活動は、どこで道を誤って、不屈のネイサン・ヘイル（訳注 アメリカ独立戦争の英雄。諜報活動をして英軍に捕らわれ、処刑された）から、マット・ストールの〈白鳥の湖〉を踊るデレク・フリント（訳注 スパイ小説『電撃フリント』の主人公。ジェイムズ・コバーン主演で映画化されている）のスクリーン・セーバーへと変わってしまったのか？ 諜報《ちょうほう》活動は、電子機器を使った覗《のぞ》きではなく、セックスとおなじように肉体を使うものでなければならない。

「そうだな、マイク。それじゃ、ざっと説明する」ハーバートが、なんとなく不安をおぼえながらいった。「だいじょうぶか？」

「ああ」ロジャーズがいった。「世紀末というやつに、ちょっと調子が合わせられなくてね」

「そういうことにしておこう」と、ハーバートが答えた。

ロジャーズは、くどくどしく説明しなかった。ハーバートは立派な男だし、自分の仕事にともなう代償を払っている。一九八三年のベイルートのアメリカ大使館爆弾事件で、妻を亡《な》くし、両脚が不自由になった。だが、最初はかなり渋っていたものの、彼もまたコンピュータ、衛星、光ファイバー・ケーブルといったものの誘惑に屈しつつある。これら科学技術の三本柱を、ハーバートは〝世界を見る神の目〟と呼んでいる。

「われわれがつかんでいるのは」と、ハーバートが切り出した。「ふたつの事実で、あるいはつながりがあるのかもしれないし、まったくつながりがないのかもしれない。ネヴァ川のサンクト・ペテルブルグのエルミタージュ美術館付近でマイクロ波の放射を探知したのは知っているだろう」

「ああ」と、ロジャーズが答えた。

「最初は、美術館から各地の学校向けに美術品の映像を流す建設中のテレビ・スタジオからの放射だと考えていた。しかし、テレビの専門家がそこのテスト放送を見て、すべて一五三kHzから一一九五〇kHzの範囲だというんだ。ネヴァ川の電波は、そうではない」

「つまり、テレビ・スタジオは、なんらかの作戦用の偽装だ」と、ロジャーズがいった。

「その可能性が濃厚だ。サンクト・ペテルブルグの三百周年記念式典に観光客がおおぜい訪れるのを予測して、そのためにあらたに警備のための設備をこしらえているというふうにも考えたんだが、それではつじつまが合わない」

「どんなふうに？」

「マーサ・マッコールが、財務省の友人に電話して、ロシアの文化省と教育省の予算を調べてくれた。五百万ドルから七百万ドルは必要と見られる設備に、どちらの省も一ルーブルも出していない。そこで、いろいろ調べてみると、スタジオ建設の資金が内務省の予算から出ていることがわかった」

「それだけでは、なんの意味も持たない」ロジャーズが反駁《はんばく》した。「われわれの政府だって、予算はあちこちに融通する」

「そうだ」ハーバートがいった。「しかし、内務省はこの計画に二千万ドルもの予算を計上している」

「内務省の親玉はドーギン内務大臣、ロシアの大統領選挙に負けたばかりの強硬派だ。予算の一部は大統領選挙にまわしたのかもしれない」

「考えられないことではない」ハーバートが同意した。「しかし、このテレビ・スタジオがたんなるテレビ・スタジオではないことを示す事実が、ほかにもある。きのうの午後一時半、サンクト・ペテルブルグの北の一角からニューヨークへ、ベーグルの注文があった」

「なんだって？」ロジャーズがきき返した。

「サンクト・ペテルブルグからブライトン・ビーチの〈ベストニア・ベーグル・ショップ〉へ、ファクスでブランチの注文だ。オニオン・ベーグルにクリーム・チーズ一個、ソルト・ベーグルにバター一個、ぜんぶの風味のなにも入れないベーグル一個、ガーリック・ベーグルにスモーク・サーモンを二個」

「地球を半周したところにテイクアウトの注文か」ロジャーズがいった。「ジョークではなかったんだろう？」

「ジョークではない。〈ベストニア〉は確認の応答をした。まちがいなくスパイ行為だ」

「たしかに」ロジャーズが相槌《あいづち》を打った。「どういうことかわかるか？」

「暗号班に渡した」ハーバートが、説明をつづけた。「連中も悩んでいる。リン・ドミニクがいうには、ベーグルは都市か世界の地域を示している可能性があるという。あるいは諜報員かもしれない。ベーグルに塗るものは、攻撃目標《ターゲット》かもしれない。ひきつづき解読につとめるとリンはいったが、〈ベストニア〉に電話で問い合わせたところ、ベーグルが十数種、クリーム・チーズなどのスプレッドが二十種類あるそうだ。時間がかかる」

「〈ベストニア〉という店そのものはどうなんだ？」ロジャーズがたずねた。

「これまでは犯罪等にはいっさいかかわっていない。所有者のビェルニク一家は、一九六一年にキエフからモントリオール経由でアメリカに来た」

「つまり長期潜入工作員か」

「だろうな」ハーバートが同意した。「ダレルがＦＢＩに連絡して、張り込みのチームに店を見張らせている。いまのところベーグルの配達が行なわれているだけで、なにも起きていない」

ダレル・マキャスキーは、オプ・センターのＦＢＩおよびインターポールとの連絡官である。両者の活動を調整することにより、それぞれが他の機関の資産を有効に使えるように気を配っている。

ロジャーズがたずねた。「配達されているのは、たしかにベーグルなのか？」

「屋上から口のあいた袋をビデオで撮影したものを調べた」ハーバートが答えた。「まちがいなくベーグルだった。それに、配達している男は、注文の分量に見合った金額を受け取っているようだ。配達してもらったのに外へ食事にいったものは、ひとりもいないから、袋の中身を食べたことはまちがいない」

ロジャーズがうなずいた。「では、サンクト・ペテルブルグで起ころうとしているなにかの話に戻ろう。DI6はそれに関してなにかやっているのか?」

「現場にひとり送り込んだ」ハーバートが説明した。「ハバード課長が、ひきつづき知らせてくれると約束した」

「よし」ロジャーズがいった。「それで、あんたはこれをどう考えているんだ?」

「〈ミステリー・ゾーン〉ではないが、しばし一九六〇年代に舞い戻ったような心地を味わっている」と、ハーバートが答えた。「この時代にロシアがなにかに巨額の金を使うというのは、不安だ」

ロジャーズがうなずくと、情報官はサインアウトした。ハーバートのいうとおりだ。ロシア人というのは負けても鷹揚《おうよう》になれる人種ではないし、大統領選挙に負けた人物が、アメリカに潜入させた諜報員がからむ秘密作戦に手を染めている。

ロジャーズもまた、不安をおぼえていた。

8

日曜日　午後四時三十五分　サンクト・ペテルブルグ

どの季節でも、夕方になるとフィンランド湾に風が立ち、昼間の暖かさはそれに追い払われてサンクト・ペテルブルグを去ってしまう。蜘蛛《くも》の巣のように縦横に走る川や運河を伝って、冷気が街の至るところへ運ばれる。だから、室内の暖かそうな明かりは、早々とともされる。戸外をたいがい支配している獰猛《どうもう》な風とナイフでえぐるような冱寒《ごかん》を衝《つ》いて歩くものたちが、日が暮れるとたがいに格別な親近感をおぼえるのも、そのためである。

日没のおよぼす効果が、フィールズ－ハットンには超自然的に思えた。二時間近くネヴァ川の岸の木の下に座り、東芝のラップトップに保存した原稿を読んでいた。そのいっぽうで、ＣＤウォークマンに偽装した受信機を、ドアの下に滑り込ませたペソ硬貨の発信周波数に合わせて聞いていた。太陽が低くなり、通りが閑散として、河岸の遊歩道はもうほとんどひと気がないのを見て、ふと考えた。このあたりの住民は吸血鬼や幽霊が獲物を探しに出てくる前に家にはいらなければならないとでも思っているのだろうか。ひょっとして、ホラーやSFのコミック・ブックの編集ばかり、長くやりすぎたかもしれない。

体が冷えてきた。ロンドンで鍛えられた皮膚でもこたえるほどだ。さらに不愉快なことに、この午後はまったく無駄だったと思えてきた。盗聴器に周波数を合わせてからずっと、聞こえるのはスポーツや女や厳しいボスについてのくだらないおしゃべりと、木箱をバールで開ける音、テレビ・スタジオを行き来する人間のたてる音だけだ。DI6の連中の動悸《どうき》が激しくなるようなことは、なにもない。

フィールズ－ハットンは、川の向こうを見やってから、エルミタージュ美術館に視線を戻した。何十という白い円柱が夕陽で薄紅に染まり、放射状に条《すじ》のはいったドームが輝いて、じつにすばらしい光景だった。何台ものツアーのバスが、団体を乗せて出発している。昼間の勤務の職員が、退勤しはじめている。夜間当直の職員が出勤しつつある。日曜日をずっと美術館で過ごしていた市民たちが、トロリー・バスや歩いて十五分のところの地下鉄のネフスキー大通り駅に向かおうと、ぞろぞろと出てくる。まもなく通りとおなじように美術館の館内も閑散とするはずだ。

レオンがホテルの部屋を手配できていればいいのだが、とフィールズ－ハットンは思った。明朝また来て監視をつづけなければならない。ここでなにか不都合なことが進行しているとすれば、テレビ・スタジオがその現場にちがいない。

フィールズ-ハットンは、館内に戻って、もう一度スタジオを覗き見することにした。作業員以外のものが、閉館時間のまぎわにそこにいるかどうかをたしかめる。DI6の写真部に特徴を伝えられるような人間——私服を着た軍人、政府高官、外国の諜報員がいるかどうかを見届ける。それに、新しい作戦が開始されるとき、その前日や直後は、かならず混乱が生じるものだ。そこから出てくる作業員の言葉や行動から、なかでなにが行なわれているかがわかることもある。

デスクトップのディスプレイ・カヴァーを閉めると、フィールズ-ハットンは、アメリカの諜報員に指揮者のアーサー・フィードラーのようだといわれた体をのばして——その男は軽音楽の管弦楽が好きなのだ——立ちあがり、ズボンについたものをはらって、ウォークマンのイヤフォンはかけたまま、美術館に向けて足早に歩いていった。

さきほど美術館から出てきた男女が、手をつないで川沿いを歩いているのが、右手に見える。ペギーと歩いたことを思い出した。最初の運命的な散歩、スパイ稼業《かぎょう》へといざなわれたあの散歩ではなく、たった五日前に、テムズ川の堤防を歩いたときのことを。はじめてふたりは結婚を口にし、そういう気持ちに傾きつつあることをペギーが認めた。もちろんペギーはピサの斜塔のように傾いただけで、完全に倒れるには果てしない歳月がかかるかもしれない——だが、フィールズ-ハットンはその危険に賭《か》けるつもりだった。ペギーは、フィールズ－ハットンが添い遂げたいとつねづね思っていたような控えめな女性ではないが、その胆力には惚《ほ》れ惚《ぼ》れする。顔は天使のように愛らしい。いちばん重要なのは、彼女が待つ値打ちのある女性だということだ。

ジャック・ラッセルと呼ばれるテリアの一種を連れた若い女性が、川に向かいゆっくりと駆けているのを見て、フィールズ－ハットンは頰をゆるめた。ロシアにこの品種がいようとは思ってもいなかったが、ちかごろのブラック・マーケットは、西側で流行している犬もふくめ、ありとあらゆるものを密輸している。

女はスウェットの上下を着て野球帽をかぶり、小さなペットボトルを持っていた。近づいた女が汗をかいていないのに、フィールズ－ハットンは目を留めた。奇妙に思えた。いちばん近い共同住宅は半マイル離れているし、それだけ走れば汗をかくはずだ。女がにっこり笑いかけた。フィールズ－ハットンが笑みを返した。と、不意に犬が革紐《かわひも》から放れた。突進してきて、飼い主が引き離す前に、フィールズ－ハットンのふくらはぎの内側を咬《か》んだ。

「ごめんなさい！」女が、犬を抱きかかえていった。

「だいじょうぶだよ」フィールズ－ハットンは、顔をしかめ、右の膝《ひざ》を突いて、かなり痛い傷を調べた。コンピュータを脇《わき》に置き、ハンカチを出して、ふたつの半円を描いている歯形からにじむ血を拭《ぬぐ》った。

　女がそばにひざまずき、心配そうな顔をした。逆上したように吠《ほ》えているテリアを右手でぎゅっとつかみ、左手をのばして、ペットボトルを差し出した。

「これを使うといいわ」女がいった。

「いや、結構だ」歯形からまた血がにじむのを見ながら、フィールズ－ハットンはいった。どうもおかしい。この女は、心配しすぎだし、やけに気を遣う。ロシア人はそういうふうではない。早くここを離れたほうがいい。

　フィールズ－ハットンがとめる間もなく、女がペットボトルの水を傷口にかけた。血が細い流れとなって靴下に伝い落ち、フィールズ－ハットンは手をのばしてやめさせようとした。

「なにをしている?」ペットボトルの中身をぜんぶ傷口に注いだ女に、彼は鋭い口調でいった。「たのむから――」

　立ちあがった。つぎに女が立ちあがりながら、あとずさった。もはや心配そうな顔ではなく、表情がまったく消えている。犬までおとなしくなっている。フィールズ－ハットンの疑惑は、脚の疼痛《とうつう》が消えるとともに――感覚そのものがなくなっている――おそろしい現実に変わった。

「おまえは何者だ?」フィールズ－ハットンが詰問《きつもん》したとき、しびれが脚を昇ってきて、頭がふらふらしはじめていた。「なにをした?」

女は答えなかった。その必要もなかった。即効性の化学エージェントでやられたのだと、フィールズ-ハットンは思った。世界がぐるぐるまわりはじめたとき、レオンのことを思い出し、コンピュータを拾いあげようとした。倒れ、ラップトップの把手《とって》を持って、川に向けて這《は》いずっていた。脚の感覚が完全になくなったときも、意識をたもって這いつづけようとした。コンピュータをネヴァ川に投げ込むまでは死ねない。だが、やがて背中から肩にかけての感覚がなくなった。上腕がひどく重く、とうとう突っ伏した。

キース・フィールズ-ハットンが最後に見たのは、数メートル先を流れる金色の川だった。最後に聞いたのは、うしろの女の「さよなら」という言葉だった。そして、最後に考えたのは、恋人がサンクト・ペテルブルグで任務のために命を落としたとハバード課長に告げられたとき、ペギーはどんなにか泣くだろうということだった。

ゆっくりと横向きになったとき、VX神経エージェントが彼の心臓を停止させた。

9

日曜日　午後九時　ビェルゴロド、ロシア―ウクライナ国境

星型エンジンのカモフKa―26ヘリコプターが、投光照明を浴びている地面に着陸した。同軸反転式のツイン・ローターがたてる土埃《つちぼこり》が、タツノオトシゴをさかさまにしたような模様に渦を巻く。兵士たちが駆け寄り、操縦席のうしろの貨物室から通信器材の木箱を運び出す間に、ドーギン内相が降り立った。片手でソフト帽を持ち、もういっぽうの手で長いオーヴァー・コートの前を押さえ、頭を下げて、きびきびと発着場から離れた。

ドーギンは、つねにこうした一時的な仮設基地を好む――なにもない野原が一夜にして力の脈動する中枢《センター》に変わり、吹きさらしの地面にはブーツの足跡がつき、土埃の舞う空気にはディーゼル燃料のにおいが充満する。

その基地は、アフガニスタンでの戦争の末期に設計された仕様をもとに、山岳戦のために設営されたものだった。右手の百ヤードほど離れたあたりから、大きなテントが何

列もならび、ひと張りに十数名の兵士が収容されている。一列が二十張りで、投光照明が届かないはるか向こうの山の麓《ふもと》まで達している。その先、野営地の北と南の角には、小銃手用の射撃壕《ごう》と掩蓋《オーヴァーヘッド・カヴァー》付きの地下掩蔽部《ダッグアウト》がある。戦時にはそれらの陣地が基地をゲリラ攻撃から護《まも》る。左手は山がなく、戦車、装甲車輛《しゃりょう》、ヘリコプターがずらりとならび、食堂やカンバスで囲んだシャワー、ゴミを捨てる穴、救護所のテント、そして補給処がある。夜間でも、この基地は活発に動いている——機械化され、電気が流れ、活気づいている。

　正面のはるか彼方《かなた》に、ドミトリー・ショヴィッチの所有する完璧《かんぺき》そのもののヴィンテージのPS－89双発単葉機がとまっている。ふたりが警衛に立ち、どちらも自動小銃を持っている。パイロットは座席についたまま、即座に離陸できるように待機している。

　その飛行機を見て、ドーギンはさむけをおぼえた。これまではたんなる話だったのが、現実になろうとしている。ここの将兵と資材、それにいま運ばれている最中の装備だけでは、ここまでやるのが精いっぱいだ。選挙の惨憺《さんたん》たる結果を覆《くつがえ》すのに必要な資金を得るために、ドーギンは悪魔と協定を結ぼうとしていた。コシガンのいうとおり、時機が来たときにあの免責条項がものをいうといいのだが、とドーギンは思った。

　補給処の向こうに、さらに三張りのテントがある。表には三脚に立てた感知装置がある。コンピュータを設置した気象観測所、衛星通信用のディッシュ・アンテナのひとつを北西に、もうひとつを南東に向けた通信センター、それに指揮所。

ミハイル・コシガン陸軍大将が、うしろで手を組み、顔をしゃちほこばってそらし、脚を大きくひろげて、その指揮所のテントの前に立っていた。右ななめうしろに従卒が、やはり略帽を押さえて立っている。

上着やズボンの裾《すそ》、テントの垂れ幕が、ヘリコプターのたてる風のためにばたついていたが、コシガンは意に介するふうもなかった。鉄のように黒い瞳《ひとみ》、深く割れた顎《あご》、そこをななめに走る赤い傷痕《きずあと》――六フィート四インチという長軀《ちょうく》のコシガンは、どこをとっても強く自信にあふれたコサックそのものだった。

「よく来たな、ニコライ！」コシガンがいった。「いや、きみに会えて嬉《うれ》しい！」コシガンは大声でどなっていないのに、ヘリコプターの騒音よりひときわ高く声が届いた。

ドーギンは、コシガンの手を握った。「わたしもきみに会えて嬉しいよ、ミハイル」

「そうか。それじゃ、どうしてそんな難しい顔をしている？」

「難しい顔はしていない」ドーギンが弁解した。「ちょっと考えごとをしていたもので」

「ほほう、偉大なる頭脳は、つねに働いているんだな。亡命中のトロツキーとおなじだ」

ドーギンが、コシガンをじろりとにらんだ。「その比喩《ひゆ》はあまり嬉しくないぞ。わたしはスターリンの敵にまわったことは一度もないし、切り刻まれて死ぬのはごめんだ」

ドーギンは、コシガンと視線を合わせた。コシガンは、ひとを惹《ひ》きつける力があり、まったく物に動じない。青年のころ、陸軍、空軍、海軍と協力して、若者に軍隊で応用できるスポーツの訓練をほどこす準軍事組織DOSAAF（全ソ陸海軍後援会）に属して、ピストル射撃で二度世界チャンピオンになり、オリンピックの選手に選ばれた。そのあと軍隊でたちまち華々しい出世を遂げた——とはいえ、その過大な自尊心を満足させるのには、それでも不足だった。コシガンはいまのところは信用できる、とドーギンは確信した。こんどの辞令で上官たちをごぼう抜きにするのに、こちらの力がほしいはずだ。だが、将来はどうか？　コシガンのような人間が相手の場合、将来どうなるかが、つねに問題となる。

コシガンが、にっこり笑った。「心配するな。ここに刺客《しかく》はいない。味方だけだ。演習に飽き飽きして、なにかをやりたくてたまらない味方だよ……しかも」笑みがさらにひろがった。「そのものたちは、内相のために尽くす決意でいる」

「そして、指揮官である将軍のために」ドーギンがいった。

「むろんだよ」コシガンが笑い、向きを変えて、テントのほうを片手で示した。

テントにはいったドーギンは、不思議な取り合わせの三人の巨頭の最後のひとりと顔を合わせた。ドミトリー・ショヴィッチである。ギャングの親玉は、小さな緑色の金属テーブルのまわりに置かれた三つの折りたたみ椅子《いす》のうちの一脚に座っていた。

ドーギンがはいってゆくと、ショヴィッチが立ち、「よき友よ」と、低い声でいった。悪魔《フィエンド》を友《フレンド》と呼ぶことは、ドーギンにはできなかった。「ドミトリー」ドーギンはうなずき、ほっそりした男の薄茶色の目を覗《のぞ》き込んで、軽く一礼した。その目はひどく冷たく、過酸化水素水で漂白したように白い短く刈りつめた髪と眉《まゆ》のせいで、いっそうその印象が強かった。ショヴィッチの長い顔には表情というものがなく、肌が不自然なほどつるつるしている。シベリアの監獄に九年間いたために硬くなってひび割れた皮膚を化学薬品で剝《は》がす治療を受けたという話を、ドーギンはなにかで読んだことがあった。

ショヴィッチが、ドーギンから視線をまったくそらすことなく、また腰をおろした。

「あまり嬉しくなさそうだな、内相」

「ほらな、ニコライ」コシガン将軍がいった。「だれだって気がつく」椅子を逆にしてまたがると、人差し指をのばし、親指を立てて、手で拳銃《けんじゅう》の形をこしらえ、ドーギンに狙《ねら》いをつけた。「あんたがそれほど真剣でなかったら、われわれはここには来なかっただろう。新しいロシアは、世界を両肩に背負っているような顔をしている指導者ではなく、ともに笑いともに飲む指導者が好きなんだ」

ドーギンは、コートのボタンをはずし、残った一脚の椅子に座った。カップ、ティー・ポット、ウォトカが一本載っているトレイがあった。ドーギンは紅茶を注いだ。

「新しいロシアは、笑ったり飲んだりしながら破滅へと導く笛吹きのあとをついていこうとしている」

「それは楽しそうだが」コシガンが相槌《あいづち》を打った。「ロシア人は、なにが自分たちにとって最善であるか、わかったためしがない――幸い、こうしてわれわれがそれを教えようとしている。いやまったく、われわれは高潔な一団だよ」

ショヴィッチが、テーブルの上で手を組んだ。「将軍、おれは高潔ではないし、ロシアを救うことにも興味がない。ゴルバチョフの大赦で解放されるまで、ロシアのために地獄に九年間追いやられていた。おれが興味があるのは、前に話し合った条件だけだ。あんたたちは、いまもその条件を呑《の》めると考えているんだろう？」

「そうだ」と、コシガンが答えた。

ギャングの親玉の冷たい目が、ドーギンに向けられた。「将軍は、あんたの代弁もしてくれたのかね、内相？」

ドーギンは、砂糖を紅茶に入れてかき混ぜた。解放されてから五年のあいだに、ショヴィッチは実刑に処せられた一介の強盗から、ロシア、ヨーロッパ、アメリカ、日本など、至るところに併せて十万人の配下のいる世界的な犯罪網の首領になった――多くのものは、友人や親族を殺して忠誠を示すという昔ながらのしきたりを済ませて、仲間になることを許された。

この男に協力するのは、正気の沙汰ではないのではないか？　と、ドーギンは自問した。ショヴィッチが忠節を守るのは、世界最大の埋蔵量の石油、アマゾンの倍の量の木材、地球上でまだ掘り出されていないダイヤモンドと金の四分の一、ウラニウム、プルトニウム、鉛、鉄、石炭、銅、ニッケル、銀、プラチナの世界有数の鉱床をふくむ旧ソ連の全資源の二〇パーセントをあたえているあいだだけだ。この男は愛国者ではない。再建されたソ連の天然資源から利益を搾《しぼ》り取り、ドラッグ・マネーをロンダリングする合法的な事業にそれを使うつもりでいる。

考えれば考えるほどドーギンはむかむかしたが、自分と仲間が世界最大の常備軍を統《とう》帥《すい》し、かつまたドーギンがサンクト・ペテルブルグの新しい秘密監視組織を牛耳っていれば、ショヴィッチなど恐れることはない、そうコシガンは主張した。いずれショヴィッチは排除し、国外に追放して、ニューヨーク、ロンドン、メキシコシティ、香港《ホンコン》、ブエノスアイレスなど、海外に持っている家に行かせればいい。あるいは、立ち去るのを拒んだ場合は、飛行機に乗っているところを撃墜してもいい。

ドーギンは、そこまで自信はなかったが、ほかに選択肢はないように思われた。政治家や軍の幹部を買収し、クレムリンの同意を得ずに正当な事由のない戦争を行なうには、巨額の金が要る。アフガニスタンの場合とはちがい、ロシアはこの戦争に勝てる見込みがある。だが、金がその勝利の鍵《かぎ》となる。マルクスが知ったらさぞかし怒るにちがいない。

「わたしは自分のことは自分でいう」ドーギンが、ショヴィッチにいった。「きみの条件はわたしも受諾できる。ジャーニンの政府を放逐した暁には、わたしが大統領に任命され、きみの選んだ人間が内相に就任する」

ショヴィッチが、背すじの冷たくなるような笑みを浮かべた。「おれが自分を選んだとしたら？」

ドーギンは、一瞬の恐怖に襲われたが、そこは老練な政治家のことで、顔には出さなかった。「いったとおりだ。それはきみが選ぶ」

双方の相手に対する不信が、緊張をつのらせているところに、コシガンが大声で割ってはいった。「ウクライナはどうする？　ヴェスニクは？」

ドーギンは、ショヴィッチから視線をはずした。「ウクライナのヴェスニク大統領は、われわれと組む」

「なぜだ？」ショヴィッチがきいた。「ウクライナは、何十年ものあいだ追い求めていた独立を手にしたばかりなのに」

「ヴェスニクは、ウクライナ軍の力では処理できない社会問題や民族問題をかかえている」と、ドーギンが答えた。「収拾できなくなる前にそれを押しつぶしたいと考えている。われわれはそれを手伝う。それに、ヴェスニクは、コシガンやわたしとおなじように、栄光の日々に焦《こ》がれている」目の前の怪物のような男を、じっと見据えてつづけた。

「ポーランドのわたしの盟友も、現地時間で火曜日の午前零時三十分に、ある出来事を起こすことになっている」

「どんな出来事だ？」ショヴィッチがたずねた。

「サンクト・ペテルブルグにいるわたしの補佐官の特命部隊将校《スペッナズ》が、ポーランドの国境の町プシェミシルに、すでに秘密チームを派遣している」ドーギンが説明した。「そこのポーランド共産党本部で爆発が起きるようにする。共産主義者はその攻撃に反発するはずだ。われわれの手のものは、抗議が激しくなるように煽《あお》る。ポーランド軍が派遣され、小競《こぜ》り合いが六マイルの距離のウクライナとの国境にまでおよぶ。夜間、混乱した状態で、ヴェスニクのウクライナ軍がポーランド軍に発砲する」

「そうなったところで」コシガンが、不意に口をはさんだ。「ヴェスニクは、わたしに連絡し、軍事的支援を要請する。ジャーニンは、そのころには自分がほんとうの権力の世界には属していないことを悟っているはずだ。どの将軍がどちらについているのかを見極めようと、ジャーニンは奔走する。軍部がチェチェンを叩《たた》こうと決めたときのエリツィンとおなじだ。ジャーニンの味方はごく少数だし、政治家たちはわれわれが買収しているから、やつの側にはつかない。ウクライナ系ポーランド人、ベラルーシ系ポーランド人が処刑される。ウクライナとわたしの軍が反撃し、そこにベラルーシがくわわって、旧ワルシャワ条約機構諸国まで百マイル以内のところまで前線を押し出す。ロシアでは熱烈なナショナリズムの発揚がひろがり、いっぽうジャーニンは味方だった外国の銀行家や企業家に見捨てられる。それで一巻の終わりだ」

「成功の鍵は」ドーギンがいった。「アメリカやヨーロッパ諸国が軍事的に関与するのを阻止することにある」ショヴィッチの顔を見た。「それは外交的にやる。この攻撃は帝国主義的なものではなく、連邦に対する攻撃であると。だが、それでだめな場合は、将軍がきみに話したように、重要な政治家を脅迫し――」

「その話はしたが」コシガンがいった。「ドミトリーは、もっといい考えがあるというんだ。聞かせてやれよ、ドミトリー」

ドーギンがじっと見ていると、ショヴィッチが椅子に座ったまま姿勢を直した。気を持たせるためにやっているのだと、ドーギンは察した。ショヴィッチは、ゆったりと座り、脚を組んで、黒いブーツの横についた泥を払い落とした。

「アメリカにいるおれの手のものの話では、ＦＢＩは〝カウンターパンチ〟が得意だそうだ」と、ショヴィッチがいった。「おれたちがギャンブルや麻薬の事業をやっているときは、たんにそれを阻止しようとするだけだ。だが、おれたちが捜査官を襲ったら、激しく反撃する。だから市街は戦場にならないんだ。ギャングは、だいたいが政治じゃなくて金が目当てでやっているから、政府のようなものは攻撃したがらない」

「それで、きみはなにがいいたいんだ？」ドーギンがたずねた。

「一般市民をターゲットに、教訓となる実例を示す」と、ショヴィッチが答えた。

「なんのために?」

コシガンが、代わりに答えた。「アメリカの全面的な注目を得るためだ。アメリカがわれわれに注目したら、東欧でわれわれのやることに手出ししなければ、もうテロ行為は行なわれないとやつらにいう。ローレンス大統領が迅速に決断力を示したと見られるように、テロリストも渡してやる」

「むろん」ショヴィッチがいった。「アメリカのおれの仲間に、その人間ひとりの分を弁償しなければならない。それはあんたの宝の山から出してもらうよ」

「いいだろう」コシガンが同意した。ウォトカの罎《びん》をつかんで、ドーギンの顔をじっと見た。「われわれがこれまで話し合ってきたとおり、内相、毎夜のニュース番組で重傷を負った兵隊や死んだ兵隊の映像が流れるまで、アメリカを押さえておけばいいだけだ。いまのアメリカ国民は、アメリカ兵に死傷者が出ることを容認しない。数カ月後には選挙だから、ローレンス大統領は干渉しないだろう」

ドーギンが、ショヴィッチに目を向けた。「どんな一般市民をターゲットにするつもりだ?」

「わからん」ショヴィッチが、どうでもいいという口調でいった。「向こうで暮らしているロシア人がいる。傭兵《ようへい》もいれば、愛国者もいる。だれが選ばれるにせよ、アメリカ人の精神をぶっ叩く方法はこころえているはずだ。そいつは連中にまかせてあるんだよ」ユーモアのまったく感じられない笑みを浮かべた。「あすのいまごろには、ニュースで見られるだろう」

「あすか！」コシガンがいった。「われわれは活動的だな！」ウォトカを自分とショヴィッチのカップに注いだ。「わが友ニコライは飲まないから、紅茶で乾杯するのを許してやろう」カップを掲げた。「われわれの同盟に乾杯」

三人でカップの縁を軽く打ち合わせたとき、ドーギンは腹の底が燃えあがるような感覚をおぼえた。これはクーデター、第二革命だ。帝国を肇《はじ》めるのだ。人民が死ぬだろう。それは受け入れられるとしても、ショヴィッチの平然とした態度は容認しがたい。このギャングは、誘拐も殺人もたいしたちがいはないというような口を利《き》く。

ドーギンは、紅茶をゆっくりと飲み、このいまわしい結合は必要なのだと、自分にいい聞かせた。指導者はすべて、前進のために妥協する。ピョートル大帝は、ヨーロッパから持ち帰った発想で、ロシアの芸術と産業を変えた。レーニンは、ドイツの協力を得て、帝政を転覆させ、第一次世界大戦から撤退した。スターリンは、トロツキーをはじめとする数十万人を殺すことで、権力を固めた。エリツィンは、ロシア経済が完全に崩壊するのを防ぐために、ブラック・マーケットと同盟を結んだ。

そしていま、自分が、こうしてギャングの親玉と手を結ぼうとしている。ショヴィッチはとりあえずロシア人ではある。ゴルバチョフやいまのジャーニンがやってきたように、卑屈な態度でアメリカに金や精神的な援助を懇願するよりはずっといい。

コシガンとショヴィッチがカップのウォトカを飲み終えると、ドーギンはショヴィッチの目を避けた。手段のことは考えず、結果だけを考えようとした。脳裏に現われたのは、執務室の壁の地図、新生就《な》った大ソビエト連邦の地図だった。

10

日曜日　午後八時　ニューヨーク

サンクト・ペテルブルグからのファクスでベーグルの注文を受けたハーマンは、ショッピング・バッグにプラスティック爆薬十ポンドを入れた。その上にベーグルを載せる。それから、ロシアの本やビデオなどを売っている〈エヴリシング・ラシアン〉まで三ブロック歩いていった。それから一時間後には、ブライトン・ビーチの〈ミッキー質店〉へ、またプラスティック爆薬十ポンドを運んでいた。

一日のうちにハーマンは十五軒に配達した。それらの場所の爆薬を合計すると、百五十ポンドになる。尾行されているのかどうかはわからなかったが、尾行されているものと判断していた。だから、十五軒のそれぞれで代金を受け取り、チップがすくないとぶつぶつ文句をいった。

ハーマンが配達を終えたころには、それらの爆薬を他のメッセンジャーがニコラス養老院に運び、そこで爆薬は死体袋に詰められて、マンハッタンのセント・マークス・プレイス付近にあるチェルカーソフ葬儀店に運ばれ、棺桶《かんおけ》に収められた。チャイコフ・ファミリーは、武器と爆発物の調達をビェルニクに任せている。ファミリーの担当は、作戦の立案と実行である。

クイーンズ－ミッドタウン・トンネルは、イースト川の下をくぐって、三十六丁目、二番街と三番街のあいだに出る。建設されてから五十年を経たこのトンネルは、マンハッタンを出る大動脈のうちの一本で、マンハッタンとクイーンズ区を結ぶロング・アイランド高速道路に直結し、どんな時間であろうと、全長六千フィートのどこもかしこもが車で埋まっている。

暖かな日曜日のこの時間、通勤の車がトンネルを通っていることはない。明るいオレンジ色の照明は、いちにち市内にいて家に帰る家族連れか、ＪＦＫもしくはラガーディア国際空港へ向かう旅客のために、道を照らしている。

白髪頭《しらが》に白い顎鬚《あごひげ》という長身の男、エイヴァル・エクドルが、霊柩車《れいきゅうしゃ》の窓をあけた。オイルのにおいが充満した空気を吸うと、モスクワを思い出した。自分の周りの人々が何者なのか、なにをしているのかということは、まったく考えなかった。どうでもいい。彼らの死は、新世界を築く戦いの代償だ。

トンネルの出口が近づくと、ロシアで生まれ育ったエクドルは、シガレット・ライターを押し込んだ。左の前輪がパンクし、横滑りしかけた霊柩車を、エクドルは壁に寄せた。よけるために車線を変更しなければならなくなった運転手の悪態には耳を貸さない。まるで悪いことが起きるのは理不尽だし、自分だけがそういう目に遭っているとでもいうように、アメリカ人はしょっちゅう悪態をつく。

エクドルは、ハザード・ランプを点滅させ、霊柩車をおりて、トンネルの出口に向けて歩いていった。トンネルを出たところで携帯電話をポケットから出して、しゃべっているふりをした。しゃべりつづけながら、料金所を目指した。

料金所のブースのそばにとめたパトカーに乗っている交通課の警官の前を通り過ぎる。若い警官が、なにか手伝おうかといった。

「ありがとう。結構です」エクドルが、なまりの強い英語で答えた。「電話で応援を呼んだので」

「タイヤのパンクだけ?」警官がたずねた。

「いや」エクドルが、きっぱりといった。「アクセルもです」

「そうか。なかは暗い。撥《は》ねられるといけない。発煙筒はあるか?」

「いいえ」

警官が、トランクを開錠した。「燃やしておいたほうがいいな」

「ありがとうございます」エクドルがいった。「すぐに行きます。遺族に電話しなければなりませんので」

「そうだな」警官が、にやりと笑った。「遺体なしで葬式じゃみっともない」

「まことに」

警官がパトカーをおりて、後部にまわった。箱入りの発煙筒を出すと、口笛を吹きながらトンネルに向かった。

また電話で話をするふりをして、エクドルは料金所を迂回《うかい》して通り抜けた。ほどなく一台のカトラスが料金所を通ってそばにとまった。乗り込む前に、エクドルは数字のキイパッドの〝£〟を押した。

カトラスが加速して遠ざかるうちに、トンネルの口から黄色い火の玉が噴き出し、煙や石の破片や金属片が四方に撒《ま》き散らされた。トンネルを抜けたばかりの車が飛ばされてひっくり返る。一台が交通警官の上をまわりながら飛び越えて、料金所でとまっていたワゴン車に激突した。二台ともめちゃめちゃになり、料金所のブースが炎に包まれた。出口付近で、落下する残骸《ざんがい》によってぺしゃんこにつぶれた車もあった。いっぽうトンネル内では、燃える車が二次爆発を起こす鈍い音が響いていた。料金所のあたりは、たちまち渦巻く白い煙と濃密な恐ろしい沈黙に包まれた。

ややあって、その沈黙は、梁《はり》が曲がり、コンクリートが割れる、コントラバスの音を思わせるうめきによって破られた。つぎの瞬間、トンネルの天井が崩壊し、高速道路の距離四分の一マイルの部分とその周辺の建物がぐらぐら揺れた。トンネルの裂け目になだれ込む水の轟音《ごうおん》は、海の怒声のようだった。トンネルの壁が激しい水流や押し流された車や落ちた岩に激しく叩かれて崩れ、破片が出口から流れ出た。火の消えるジュー ッという音は、高速道路にまで氾濫《はんらん》した川が、まだ折れていなかった照明灯や車を押し流しながらひろがっていく音にかき消された。崩れたトンネルの出口から蒸気が流れ出し、空に昇って黒煙と混じりあった。

水の勢いが弱まり、残骸が打ち上げられたころに、遠くのサイレンが聞こえた。ほどなく警察のヘリコプターが高速道路に沿って飛び、現場から走り去る車をビデオ・カメラで撮影した。

だが、エクドルはなんの不安も感じていなかった。三十分とたたないうちに隠れ家に着く。車はガレージのなかで解体し、付け髭の口髭と顎鬚、サングラス、野球帽は燃やす。

仕事を終えたアーノルド・ビェルニクとその傭兵〝ベーグル旅団〟は、この役柄を演じた報酬をたんまりもらい、このあとは恐ろしき細胞《グローズヌイ》の他の兵隊たちが引き継ぐ。いずれ命を落とすことになるだろうが、ビェルニクは新ソヴィエト連邦のために喜んで一命を捧《ささ》げるつもりだった。

11

日曜日　午後九時五分　ワシントンＤＣ

マイク・ロジャーズは、〈カーツーム〉が大好きだった。

エリザベスやリンダやケイトやルーシーとはちがって、暖かくやわらかではないが、真夜中に出かけていって連れてくる必要はまったくない。〈エル・シド〉、〈アラビアのロレンス〉、〈王になろうとした男〉などの好きな映画や、ジョン・ウェイン主演の作品のほぼぜんぶといっしょに、レーザー・ディスクの収納場所にいつもちゃんとある。しかも、これのいいところは、愛想をふりまく必要がないことだ。レーザー・ディスク・プレイヤーにかけて、ゆったりと座り、楽しむこと以外は、なにも要求されない。ロジャーズは、〈カーツーム〉を観《み》るのを、朝からずっと楽しみにしていた。だからこそ、こういうときは得てして映画と自分の仲を割くものがいるということに、気づいてしかるべきだった。

日曜日の皮切りは、日課になっている五マイルのジョギングだった。そのあとでコーヒーをいれ――ブラック、砂糖は入れない――ダイニング・ルームのテーブルに置いたラップトップの前に座って、ポール・フッドの来週の予定――いまはそれが副長官の自分の予定になっている――について新しいデータを確認する。情報をもっと効率よく共有する件について、他の情報機関の長との会議がある。仮の予算についての聴聞会。フランス国家憲兵隊のベンジャミン司令官との昼食。そうした場所で話をすることを考えただけで、喉《のど》がからからになった。だが、いくつかやりがいのある仕事も控えている。ボブ・ハーバートや、コンピュータの天才のマット・ストールと腰を据えて、新たなED（電子攪乱《かくらん》）衛星の覆域についての開発計画を練りあげる。ED衛星は、日本上空でテストされているが、デスクトップのコンピュータのような小さなものの電子インパルスまで攪乱できる。中東や南米やその他の地上の要員からのデータも受け取ることになっている。また、ロシア陸軍内の諜報員《ちょうほういん》からの報告もある。ガソリン、石油、潤滑油の配分に関する徹底的な調査の報告が楽しみだし、新ロシア大統領が後方部隊の兵員と幕僚の人員削減をどう埋め合わせるつもりなのかということに、興味がある。

なんといっても楽しみなのは、局地オプ・センターの建議のために、技術者たちとおおまかな概念をざっくばらんに話し合う会議だ。朝鮮半島の事件のあと、世界のどこへでもすぐに移動できる機動性の高い施設があったほうがいいと、ロジャーズは思いついた。それが実行可能であるなら、一個もしくは二個の局地オプ・センターがあれば、情報部隊として、より高い効果を挙げられるかもしれない。

昼食のあと、ロジャーズはアンドルーズの射場へ行った。四五口径のM3サブ・マシンガンで金的めがけてさんざん撃ちまくっても、一発も当たらない日もある。コルト・ウッズマンの二二口径弾で歯をほじくることができるのではないかと思うほど当たる日もある。きょうは調子がいいほうの日だった。二時間にわたって二等射手の腕前を見せつけられて唖然《あぜん》としている空軍の係官を尻目《しりめ》に、ロジャーズはヴァン・ゲルダー老人ホームの母親を見舞った。二年前に発作を起こしたときとくらべて明晰《めいせき》になっている気配はまったくない。それでもロジャーズはいつもどおり母親の好きなホイットマンの詩を朗読し、そのあとしばらく手を握っている。そこを出ると、ヴェトナム時代の戦友と食事をした。アンドルー・ポーターは、東海岸でコメディ・クラブのチェーンを持っていて、だれよりも上手にロジャーズを笑わせる。

コーヒーを飲み、これから勘定を払おうかというときに、ロジャーズのポケベルが鳴った。国家安全保障局長官代理のトビー・グルメットからだった。ロジャーズは、携帯電話で彼女の番号にかけた。

トビーは、さきほど起きたニューヨークの爆弾事件と、大統領が大統領執務室《オーヴァル・オフィス》で緊急会議をひらくことを告げた。ロジャーズは、ポーターにあやまり、即座にそこを出た。

ハイウェイを飛ばしているとき、ロジャーズはまたチャールズ・〝チャイニーズ〟・ゴードン将軍のことを思った。防御が難しいハルツーム（カーツーム）をマフディ（訳注　英国に対する反乱を指揮したムハンマド・アフマドのこと）の率いる逆上した暴徒から護《まも》ろうとしたゴードンの努力は、歴史上もっとも大胆かつ常軌を逸した軍事的冒険だった。ゴードンは槍《やり》で胸を刺されて、みずからの命をヒロイズムの代価となし、穂先に刺した彼の首を持って暴徒が練り歩いた。だが、ゴードンはそういう死にかたを望んでいたのだと、ロジャーズは知っていた。ゴードンは、暴君に対して〝だめだ。おまえは一戦も交えずにここを手に入れることはできない〟といい放つ機会と命を引き換えにしたのだ。

ロジャーズも、おなじ気持ちだった。こういうことをアメリカに対してやるのを許しはしない。一戦も交えずにそんなことはやらせない。

ラジオのニュースをじっと聞き、電話で話をしながら、ホワイトハウスに向けて車を走らせた。やることがあってよかったと思った。おぞましい事件のことをくよくよ考えずにすむ。死者は二百人を超えている。イースト川の通航はとめられ、マンハッタンの東を通るＦＤＲドライヴは、構造に損傷がないことを検査するまで、何日か通行止めになる。他の交通機関――橋、鉄道、空港、ハイウェイ、地下鉄の乗り換えの場所に爆発物がないかどうか、捜索が行なわれている。つまり世界経済の中心は、月曜日の朝、実質的に閉鎖したも同然になる。

オプ・センターのＦＢＩ連絡官であるダレル・マキャスキーが、ロジャーズに電話してきて、捜査の指揮はFBIがとっており、エイゲンズ長官が会議に出席すると告げた。例によって過激派が何人も電話をかけてきて、自分たちがやったといっている、そうマキャスキーはロジャーズにいった。しかし、真犯人が名乗り出たと考えているものはいないし、犯行を行なったテロリストが何者なのかということにかんして、まだマキャスキーはなんの意見も持っていない。

ロジャーズは、週末にオプ・センターを運営するカレン・ウォン副長官補からの電話も受けた。

「将軍」カレンがいった。「会議に呼ばれたんでしょう」

「ああ、そうだ」

「それなら、そこで報告したほうがいい情報がありますよ。暗号班のリン・ドミニクが、爆発のことを聞いてすぐに、海外からのベーグルの注文の件を再検討したんです。時間と受信者の場所からして、それが符合するそうです」

「なにがわかったんだ？」

「結果がわかったので、彼女は解読作業を逆に進めることができたんです」と、ウォンが説明した。「といっても、急いでざっとやったんですが。それで符合するとわかりました。最後のベーグルがトンネルを意味すると想定して、リンは地図をこしらえました。あとの注文は、マンハッタンのいくつかの場所だろうと——たとえば、爆弾の部分を配達する場所など」

　では、われわれの敵はロシアか。ロジャーズは戦慄《せんりつ》した。やつらが背後にいるとすれば、テロリズムと見なすべきではない。宣戦布告なしの不法戦闘行為と見なすべきだ。

「リンに、よく機敏にやってくれたと伝えてくれ」ロジャーズはいった。「わかったことを簡単にまとめ、秘話ファクスでオーヴァル・オフィスへ送ってくれ」

「すぐにやります。ただ、ほかにもあるんです。こちらはサンクト・ペテルブルグで起きたんですが」ウォンがいった。「ロンドンのDI6のハリー・ハバード課長が先ほど知らせてきたんですが、サンクト・ペテルブルグで二名失ったそうです。最初のひとり、エキース・フィールズ－ハットンというヴェテランは、きのうの夕方にやられました。エルミタージュのそばのネヴァ川のほとりにいました。ロシア側は心臓発作だといっています」

「〝われわれが殺した〟という意味の婉曲《えんきょく》表現だよ」と、ロジャーズはいった。「その男は、例のスタジオを調べていたんだろう？」

「そうです」ウォンが答えた。「でも、報告はひとつもなされていません。それほどあっという間に見つかって始末されたということですね」

「ありがとう。ポールには説明したか？」

「はい」ウォンがいった。「爆発のことを聞いて、電話をかけてこられました。会議が終わったら副長官と話がしたいとおっしゃっていました」

「こちらから電話する」というと、ロジャーズはホワイトハウスの曲がりくねったドライヴウェイに通じるゲートの歩哨《ほしょう》の前で車をとめた。

12

月曜日　午前六時　サンクト・ペテルブルグ

北極海に面したナリャン‐マールという小さな町で一九五〇年代に少年時代を過ごしたころ、セルゲイ・オルロフは、家の近くの小さな湖で釣った二匹か三匹の魚をカンバスの袋に入れて、雪のなかをとぼとぼと歩きながら、生家の暖炉のオレンジ色の輝きほど胸に残る光景はないだろうと思ったものだ。オルロフにとって、その赤々と燃える暖炉は、寒い暗夜に導いてくれる目印というだけではなかった。荒涼とした冱《ご》寒《かん》の地におけるひとつの明るく希望に満ちた生命のしるしだった。

一九七〇年代の後半に人工衛星〈連邦《サユース》〉で八日ないし十八日間の任務を五度行なって、地球を周回し、そのうちあとの三度は指揮官をつとめたオルロフは、そんなものよりずっと印象的な光景を見ている。いまではもう目新しくはない。何十人もの宇宙飛行士が、宇宙から地球を見た。だが、われわれの住んでいるこの世界について、青いあぶく、美しいマーブル、クリスマス・ツリーの飾りなど、さまざまな表現をする彼らがいちように口にするのは、それを見て人生のあらたな眺望がひらけたという言葉だ。この壊れやすい天体の力にかなう政治的な観念論者はどこにもいない。宇宙を旅したものはみな、仮に人間に定めというものがあるとすれば、それは自分の棲家《すみか》を支配しようと戦うことではなく、その平和と暖かさを大切にしながら、星へ向けて旅立つことだと悟るのである。

　そして、地球に帰ってくることだ、とオルロフは思いながら、ネフスキー大通りで四十四番のバスをおりた。国のためと称して拒絶できないことをやらされるうちに、そうした決意と深遠なひらめきは弱まる。ロシア人は、拒むことができないのだ。オルロフの祖父は帝政主義者だったのに、革命のときは白軍（反ボリシェヴィキ派）と戦った。父親は、第二次世界大戦中に第二ウクライナ戦線にくわわって戦うことを拒まなかった。いっぽう、自分が新世代の宇宙飛行士に宇宙からアメリカとＮＡＴＯ軍をスパイし、重力ゼロのなかで新しい毒素の研究をするように訓練をほどこしたのは、ブレジネフのためではなく、ロシア人のためだった。自分は地球を全人類のふるさととして見ずに、レーニンという男に成り代わって皮を剝《む》き、細切れにしてむさぼり食うように教育されてきた。

　また、そこにはドーギン内相のような人間が横取りしたがる部分もある。大通りを足早に歩きながら、オルロフは思った。まだ早朝なのに、エルミタージュでは、毎日群れをなしてやってくる観光客にそなえるために、もう職員たちが出勤しはじめている。

ドーギンは、人当たりがよく、ロシアの歴史、ことにスターリン時代の話をするときは、まるで麻薬に陶酔して満足にひたっているように見えるが、その世界観は時代と大きくずれている。一カ月に一度、サンクト・ペテルブルグに来るたびに、ドーギンのソ連時代の思い出は、どんどん理想化されていくように思われる。

それに、世界観などはなから持っていないらしいロスキーのような人間もいる。そういう連中は、ただ力と支配を楽しむ。グリンカ保安班長がひそかに自宅に電話してきて、オルロフは警戒を強めた。グリンカは敵と味方の両方とうまくやるような男だが、この二十四時間のロスキーの行動はいやに秘密にされているという彼の言葉を、オルロフは信じた。きのうの侵入事件の瑣末《さまつ》な捜査を自分が処理するとロスキーがいったのが、そもそものはじまりだった。そのあと、記録に残さない暗号通信をコンピュータから現場の工作員に発信し、行き先を告げずに外出し、地元の検死官と謎《なぞ》の取り引きをした。

オルロフは、心のなかでつぶやいた。たしかに、ロスキーと力を合わせるようにと命じられてはいる。だが、あいつが統制を無視した作戦を実行するのは許さない。ロスキーの好むと好まざるとにかかわらず、統制に服するか、あるいはデスク・ワークだけをやるか、ふたつにひとつなのだ。ロスキーがドーギン内相の後押しを受けているあいだは、脅しつけるのは難しい。しかし、そういう困難を乗り越えたことは、これまでいくらでもある。それを証明するために傷を負った。必要とあれば、これからも傷を負う覚悟がある。各国で親しみのあるよい大使に見られるように、オルロフは英語を学んだが、じつは、外国ではどのような考えが敷衍《ふえん》し、どのような本が読まれているのかを知るために、それぞれの国の本をせっせと購入したり盗んだりしていた。

オルロフは、ナイフで切りつけるような風をしのぐために、オフ・ホワイトのトレンチ・コートの襟を立て、黒い縁の眼鏡をポケットに入れた。暖房が強すぎることもあればきかないこともあるバスをおりると、眼鏡がいつも曇るのだが、それをいちいち拭《ふ》いているようなひまはない。だいたい、眼鏡を使うこと自体、いらだたしくてたまらない。かつては三百海里近く離れた宇宙から万里の長城を見分けられるほどの視力だったのだ。ロスキーの問題があるにもかかわらず、オルロフの厚い唇はほころんでいたし、灰色のソフト帽の下の秀でた額《ひい》には皺《しわ》ひとつ現われていなかった。印象的な茶色の瞳《ひとみ》、高い頬、浅黒い肌、それに冒険好きな心は、アジアの——満洲族の血を引いているからだ。曽祖父《そうそふ》がずっと前に話してくれたところによると、祖先は十七世紀に中国とロシアに殺到した第一波の戦士だったという。どうしてそこまではっきりといえるのか、オルロフにはわからなかった。だが、自分が先駆者——征服者であったにもかかわらず情け深かったタタール人の末裔《まつえい》であるというのは、おおいに気に入った。

五フィート七インチにすこし欠けるオルロフは、肩幅があまり広くなく、ほっそりした体つきで、機敏な動きをもとめられる宇宙飛行士にはうってつけだった。戦闘機パイロットとしての経歴は完璧《かんぺき》そのものだったが、オルロフの肉体と精神には、宇宙飛行の名残の傷痕《きずあと》が残っている。一生足をひきずって歩かなければならないのは、パラシュートがきちんとひらかず、左脚と腰を骨折したためで、それが最後の任務になった。右腕のひどい傷痕は、訓練中の宇宙飛行士をミグ27D戦闘機の残骸《ざんがい》からひきだしたときのものだ。歩くことができるように、腰には骨釘《ペグ》を埋め込んだが、腕の形成手術は拒んだ。あわれにも焼かれた飛行士の体を見るたびに妻がウワーッとか、ウヒャーッというのがおもしろかったからだ。

いとしいマーシャのことを思うと、オルロフは頰をゆるめた。けさの食事はグリンカの電話に邪魔されてしまったが、妻といっしょにいたときの余韻が、まだ残っている。この件のために、どうしてもあすまでは会えないから、なおさらそう感じるのだろう。任務に出かける前に、ふたりはいつも、二十年近く前にオルロフが炎を吐くロケットに乗って最初に宇宙に飛び出したときにはじめた儀式を執り行なう。たとえ彼が帰れなくとも悔やむことのないように、思い残したことや腹立ちがないのを確認するために、たがいをぎゅっと抱きしめる。そのしきたりを破ったなら夫は戻らない、そうマーシャは信じるようになっている。

宇宙ステーション〈宇宙《ミール》〉や〈表敬《サリュート》〉の時代か。オルロフは思わず口もとをほころばせた。キジム、ソロヴィヨフ、チトフ、マナロフその他の宇宙飛行士たちが、何週間も何カ月も宇宙にいた。乗員一名の〈東《ヴォストーク》方〉、複数乗員の〈日出ずる方《ヴォスホート》〉の両宇宙船や〈量子《クヴァント》〉宇宙を探検するための天文モジュールのけがれなき美しさ。ペイロードを空へと運ぶ強力な〈エネルギヤ〉打ち上げロケットの轟音《ごうおん》とすさまじい勢い。そうしたものすべてが、オルロフには懐《なつ》かしくてたまらなかった。だが、十一カ月前に、宇宙開発計画は中断され、空中分解に近い状態になったので、オルロフは四十九歳にしてこの海外とロシア国内の敵と味方をスパイするためのハイテク作戦センターの指揮官になった。きみは温和だし、それでいて細かいところまで判断が行き届いているから、こういう極度の緊張を強いられる情報施設にはぴったりだ、とチリコフ保安局長官はいったが、降格された感じは否《いな》めなかった。空の天井に触れるところまで昇ったのに、地下の地獄に投げ込まれたのだ。それに、モスクワ郊外のユーリ・ガガーリン宇宙センターでは、ともに働いていた人道主義者の科学者たちに、ずっとやさしくされていた。満洲族がかつて理解していたように、進歩と力は、ひとびとを支配して嚮導《きょうどう》するのではなく、名誉を高めてやり、自分を犠牲にするよう励ますために使われるべきだ。

だが、マーシャはチリコフとおなじ意見だった。作戦センターの運営は、ロスキーのようなやからではなく、あなたのような気質の人間がやったほうがいい、そうマーシャはオルロフにいった。そのとおりだ。ロスキー大佐も、その新しい親友のドーギン内相も、ロシアの権益と自分たちの野心の区別を判ずることがまったくできないように見える。

オルロフは、妻がこしらえた昼食と夕食のはいった袋を小脇《こわき》に抱えて、大通りをきびきびした足取りで歩きながら、川向こうのフルンゼ海軍大学をじっと眺めた。作戦センターの特殊作戦部隊〝大槌《モーラト》〟チームの兵士十数名が、そこに配置されている。

ロスキーに関しても、マーシャのいったことは正しかった。次級者（訳注　指揮系統におけるナンバー2）がロスキーになると告げたとき——ロスキーは、オルロフの息子のニキータと、モスクワの事件でかかわりがあった——ドーギンにロスキーを押し付けられないようにしたほうがいい、とマーシャは忠告した。彼女は、ロスキーとオルロフが衝突するにちがいないと考えていた。いっぽうオルロフは、そういう規模の小さい組織でひとつの計画を協力してやっていけば、否《いや》が応でも信頼が生まれ、たがいに敬意を表するようになると思っていた。

だが、いま、予測は定まったかに思える。マーシャはどうしてこんなに知恵がまわるのか……それに引きかえ、自分はどうしてこうも単純なのか。

オルロフは、ネヴァ川の対岸の建物に沿って視線を動かしていった。ななめに差す朝の光が、真向かいの荘厳な人類学民俗学博物館を黄色く染め、その向こうに長い茶色の影を投じている。オルロフはそうした美しい光景を心ゆくまでしばらく眺めてから、エルミタージュ美術館へはいり、地下の施設に向かった。もう宇宙から地球を眺めることはできないが、地上にも楽しみはたくさんある。ロスキーやドーギンが、川や建物、さらには芸術品をまったく見ようともしないことが、オルロフには不安だった。彼らにとって美とは、たんに身を隠すための偽装にすぎないのだ。

美術館にはいると、オルロフは、ヨルダンの階段とクレムリンのあらたな秘密部門――実際的であるとともに異様な施設の入口に向けて歩いていった。

エルミタージュに置かれたこと自体が、実際的といえる。モスクワやヴォルゴグラードのような候補地をしりぞけてここが選ばれたのは、工作員が観光客の群れに混じって、ひと目につかずに出入りできるからである。諜報員《ちょうほういん》がスカンジナヴィアやヨーロッパへ行くのも容易だし、センターの機器類の発する電波の大部分は、ネヴァ川が隠し、分散してくれる。テレビ・スタジオがあるので、衛星通信が行なえる。もっとも重要なのは、エルミタージュを攻撃するものはいないはずだということである。

異様な部分は、ドーギンの歴史への執着に端を発している。ドーギンは地図を収集しており、コレクションのなかにクレムリンの地下に作られたスターリンの戦時司令部の青写真がある――爆撃に耐えるというだけではなく、秘密の地下トンネルがあり、攻撃された際にはスターリンがそこを通ってモスクワから脱出することになっていた。ドーギンは、スターリンを崇敬していて、エリツィンのためにこの通信スパイ施設の計画をジャーニンや保安局長官とともにはじめて立案したとき、スターリンにとって有益だったこのレイアウトを使うべきだと強く主張した。たしかに設計そのものはうまくできている、とオルロフも思っていた。潜水艦のように狭く、閉所恐怖症を起こしそうな空間は、目前の仕事に集中するにはうってつけだ。

オルロフは、警衛の前を通りながら、挨拶《あいさつ》を返した。キイパッドに暗証を打ち込んで、施設内にはいる。それから、受付にIDカードを見せる。受付の女性はマーシャの従姉妹《いとこ》で、オルロフをよく知っているが、それでもそうする。受付を抜けて、階段をおりると、そこがテレビ・スタジオになっている。その突き当りで本日の四桁の暗証をキイパッドに打ち込むと、ドアがさっとあいた。なかにはいってからドアを閉めると、暗い階段の頭の上のたったひとつの電球が、自動的につく。階段をおりて、もう一カ所のキイパッドに暗証を打ち込むと、センター内にはいれる。照明の暗い中央の廊下に出ると、オルロフは右に曲がり、ロスキー大佐のオフィスに向けて、すたすたと歩いていった。

13

日曜日　午後九時四十分　ワシントンDC

ロジャーズは、二重のゲートをすみやかに通され、ホワイトハウスの前でグルメット国家安全保障局長官代理の出迎えを受けた。五十歳になるグルメットは、身の丈六フィートと、女性にしては長身で、ブロンドのまっすぐな髪を長くのばし、ほとんど化粧をしていない。ヴェトナム戦争中にヘリコプターの墜落で左腕を失った退役軍人のグルメットを、ロジャーズはたいへん尊敬している。

「待っていてくれたのか」ロジャーズがいった。「遅かったかな?」

「そんなことはありませんよ」グルメットが、敬礼しながら答えた。「将軍をのぞけば、みんな結婚してから長い夫婦ばかりなので、爆発があったときはテレビを見ていましたよ。それで来るのが早かったんです。まったく、世の中がこれ以上ひどくなることはないだろうと思っていると――」

「わたしは歴史を読むからね」ロジャーズはいった。「そんな楽観はしていない」

ロジャーズは、戸口をはいるときに軍服の上着を脱ぎ、表の武装した海兵隊員に渡した。そうしないと、真鍮《しんちゅう》のボタンでドアの脇柱に隠された金属探知機が反応する。探知機は鳴らなかった。手持ちの探知機で調べた上着を、海兵隊員はロジャーズに返し、敬礼した。

「これまでになにが行なわれている？」短い廊下をオーヴァル・オフィスに向けて歩きながら、ロジャーズはグルメットにたずねた。

「教科書どおりのやりかたですよ」グルメットがいった。「出国審査をただちに閉鎖し、ごくあたりまえの要注意人物を駆り集める。ＦＢＩが、あちこちの政府機関に警告を伝える。残骸の回収のためにダイヴァーが潜る。ＣＩＡのラックリン長官は、ＣＩＡは政治面の感受性訓練ばかりに予算を使って、反社会的なやから、奇矯な科学者《マッド・サイエンティスト》、思想的な敵の追跡には金を使わないと、ぼやいています」

「ラリーらしいな。キッド前長官よりもずばずばと思ったことをいう。ここの連中は、どういうことを望んでいるんだ、トビー？」

「もっといろいろなことがわかるまでは、平均的なテロ攻撃として扱うことになっています。たんなる犯罪行為で、金の要求がなされる可能性もあります。社会に恨みを持つ個人もしくは国内のテロ集団の犯行の可能性もあります」

「オクラホマ・シティの事件のように？」

「そうです。執念深い怒りや、社会からのけものにされたために、なにかの集団が実行した」

「だが、きみはちがうと思っている」

「ええ、マイク。われわれの推理はちがいます。外国のテロリスト集団の犯行だと見ています」

「テロリスト」

「そうです。もしそうなら、その連中は大義のために名を知られたいはずです。もっとも、テロ行為が間接的な手段である場合もあります――つまり、もっと大きな目的を達成する計画の一部であるかもしれない」

「問題は、そいつらの究極の目的がなにか、ということだな」

「じきにわかるでしょう」と、グルメットがいった。「五分前に、テロリストから大統領に連絡がいくはずだという電話をFBIがニューヨーク市内で受けました。電話してきた人間は、爆発の規模と場所と使用された爆薬についてFBIに告げました。それらが完全に一致することが確認されています」

「大統領は電話に出るのか?」ロジャーズがたずねた。

「厳密にいうなら、出ません」グルメットがいった。「ですが、電話を受ける部屋にはいることになるでしょう。それで相手は納得すると――いけない!」ポケベルが鳴ったので、グルメットが叫んだ。「早く来いといっています」

　ふたりは廊下を駆け出した。オーヴァル・オフィスの控えの間にいた補佐官が、手をふってふたりを奥へ進ませた。

　マイクル・ローレンス大統領は、デスクの向こうに立っていた。六フィート四インチの長躯《ちょうく》をまっすぐにのばし、両手を腰に当てている。シャツの袖《そで》が、きちんと一度折返してある。その正面にアーヴ・リンカーン国務長官がいる。リンカーンは、元はメジャー・リーグのピッチャーで、丸顔の額の左右の生え際《ぎわ》がかなり後退している。

　ほかにも政府関係者がいた。グリフェン・エイゲンズFBI長官、ラリー・ラックリンCIA長官、メルヴィン・パーカー統合参謀本部議長、スティーヴ・バーカウ国家安全保障問題担当大統領補佐官。

　いずれも深刻な顔で、大統領のスピーカーフォンから聞こえる声をじっと聞いている。

「……逆探知の手間をはぶいてやろう」かすかにロシアなまりのある声だった。「おれの名はエイヴァル・エクドル。ロング・アイランド・シティ、ヴァリー・ストリームのフォレスト・ロード一〇一六にいる。ここは〈グローズヌイ〉の隠れ家だ。ここを押さえ、おれを捕まえればいい。公判にも出て、おれをいやしめた当局を弾劾《だんがい》してやろう。さぞかし見ものだろうな」

　恐ろしきか《グローズヌイ》、ロジャーズは気鋭の若い国家安全保障問題担当大統領補佐官のとなりに席を占めながら思った。なんたることだ。

禁欲的なエイゲンズ長官が、黄色いメモ用紙に書いた。〝うちの手のものをそこに行かせてもいいですね〟それを差しあげた。

大統領がうなずき、エイゲンズが出ていった。

「おれを捕まえれば、もうテロ行為は起こらない」エクドルが締めくくった。

「どうしてトンネルを爆破してから、名乗り出たのだ？」バーカウがたずねた。「見返りはなんだ？」

「なにもない。つまり、アメリカがなにもしないことを、われわれは望んでいる」

「いつ？　どこで？　どうして？」バーカウがきいた。

「東欧だ」エクドルがいった。「状況はまもなく軍事的なものになるが、アメリカおよびその同盟国には関与してもらいたくない」

パーカー統合参謀本部議長が、近くの電話を取りあげた。声が聞こえないように、背中を向ける。

バーカウがいった。「それは約束できない。アメリカは、東欧と重要な利害関係にある。ポーランド、ハンガリー——」

「アメリカ国内の利害もあるだろう、バーカウ補佐官」

バーカウは、意表を衝《つ》かれたようだった。ロジャーズは、ただじっと座り、注意深く耳を澄ましていた。

「ほかのアメリカ人の利害を脅《おびや》かすといっているのか？」と、バーカウがきいた。

「そうだよ」エクドルがいった。「じつは十時十五分過ぎに、アメリカのべつの街の大きな吊《つ》り橋で爆発が起こる。むろん、それまでにわれわれが合意に達しなければの話だが」

オーヴァル・オフィスにいたものは、いちように時計を見た。

「気づいたことと思うが」エクドルがいった。「あと四分もない」

大統領が口をひらいた。「ミスター・エクドル、こちらはローレンス大統領だ。もっと時間がほしい」

「いくらでも時間をかければいいさ、大統領」エクドルが答えた。「だが、その分は人間の命で払うんだな。おれが住所をいった瞬間にだれかをよこしたとしても、こっちへ着いたときにはもう間に合わない。それに、おれを阻止しても、〈グローズヌイ〉を阻止することはできない」

大統領が片手で水平に空を切る仕草をして、バーカウが電話をミュートにした。

「意見をいえ」大統領がいった。「早く」

「われわれは、テロリストとは取り引きしない」バーカウがいった。「以上」

「そのとおりだ」リンカーンがいった。「公《おおやけ》には。しかし、この男と取り引きするほか

「また爆弾をかかえたカミカゼ特攻隊もどきのやつが出てきたらどうします？」バーカウがいい返した。「サダム・フセインがまたやったら？　アメリカ国内にネオ・ナチがいたら？」

「二度とこういうことは許さない」ラックリンCIA長官がいった。「今回の事件から、われわれは学んでいる。準備ができている。いままたニューヨークでやられたらこまる。まずは爆弾の信管を抜こう。犯人どもを捕まえるのはあとだ」

「しかし、はったりかもしれない」バーカウが、なおもいった。「イースト川の底に全財産が沈んで頭がおかしくなったやつかもしれない」

「大統領」ロジャーズが口をひらいた。「ここはこいつに勝ちを譲りましょう。〈グローズヌイ〉の狂信者どものことは、いくらか知っています。はったりをかますような連中ではありませんし、この爆弾攻撃の威力はごらんになったでしょう。やつらに勝たせておいて、最終コーナーで捕まえましょう」

「なにか考えがあるんだな？」

「はい」

「それはなによりだ」と、大統領がいった。

「いまは紙つぶてをパチンコで撃ちたい気分でしょうが、それが正しいことですかね」

と、バーカウがいった。

ローレンス大統領が両手で顔をこするあいだ、バーカウはロジャーズをにらみつけていた。バーカウはあっさりと降伏するような男ではないし、そういった意味でも、てっきりロジャーズが味方をするものと思っていたらしい。ふつうであれば、ロジャーズもそうしただろう。しかし、いま起きていることはきわめて重大だし、頭をすっきりさせて対処する時間が必要だ。

「すまない、スティーヴ」大統領がいった。「原則的にはきみの意見に賛成だ。いや、賛成したい気持ちでいっぱいだ。しかし、この極悪非道な男のいうとおりにするしかない。電話のスイッチを戻してくれ」

バーカウがスイッチを動かして、電話が聞こえるようにした。

「聞いているか？」大統領がたずねた。

「ああ」

「そっちの条件を受け入れれば、爆発が起こらないようにしてくれるんだな？」

「いますぐでないとだめだ。もう一分を切っている」

「では同意しよう」大統領がいった。「くそ、同意するといっているんだ」

「そいつは結構」エクドルがいった。

電話がしばし沈黙した。

「爆発物はどこだ?」バーカウがきいた。

「ある橋を渡っているあるトラックの荷台だ」と、エクドルが答えた。「運転手に、配達するなと命じた。さあ、約束したとおり、おれを捕まえにこい。われわれの同意のことはなにもしゃべらない。だが、大統領、約束をたがえたら、べつの都会や町にいるわれわれの手のものを阻止することはできない。わかったな?」

「わかった」大統領はいった。

そこで電話は切れた。

14

月曜日　午前六時四十五分　サンクト・ペテルブルグ

オルロフは、ロスキー大佐のドアの外のスピーカーのボタンを押した。

「ああ」耳障《みみざわ》りな声で、ロスキーがいった。

「大佐、わたしだ。オルロフだ」

ドアのブザーが鳴って開錠され、オルロフははいっていった。ロスキーは、左手の小さなデスクに向かっていた。コンピュータが一台、電話機、コーヒーのマグカップ、ファクス、旗が、灰色のデスクトップに置いてある。右手には補佐官兼秘書のヴァレンティーナ・ベルイエワ伍長《ごちょう》の散らかったデスクがある。オルロフがはいると、ふたりが立って敬礼した。ベルイエワはきびきびと、そしてロスキーはいくぶんのろのろと。

オルロフが答礼し、ベルイエワに席をはずしてほしいといった。ドアがカチリという音とともに閉まると、オルロフはロスキーの顔をじっと見つめた。

「きのう起きたことで、わたしが知っておいたほうがいいことがあるかね？」と、オルロフはたずねた。

ロスキーが、ゆっくりと腰をおろした。「いろいろなことがありましたよ。知っておいたほうがいいこととおっしゃいますが——将軍、われわれの衛星、現場の工作員、暗号の作成と解読、通信の傍受、すべてきょうのうちにわれわれの担当となります。注意を払っていただくことは、たくさんあります」

「わたしは将軍だよ」オルロフがいった。「そんな仕事は副官たちがやる。わたしが質問しているのは、大佐、きみがやるべきでない仕事までやってはいないかということだ」

「具体的には、どういうことでしょう？」

「検死官にどんな用件があったのだ？」オルロフはたずねた。

「始末しなければならない死体がありました」と、ロスキーが答えた。「英国の情報部員です。勇敢なやつでした——われわれは何日もそいつを見張っていたんです。こちらの手のものが迫ると、みずから命を絶ちましたよ」

「いつのことだ？」

「きのうです」

「どうして報告しなかった」

「しましたよ」ロスキーが答えた。「ドーギン内相に」

オルロフの顔が赤黒くなった。「報告はすべてコンピュータにファイルし、わたしのオフィスに届けることになっている――」

「おっしゃるとおりです、将軍」ロスキーがいった。「運用中の施設では。しかし、ここはまだ完全に稼動《かどう》しているわけではない。あと四時間たたないと、将軍と内相のデスクのデータ・リンクの秘密保全が準備できません。わたしのリンクは点検済みで、保全されている。だからこっちから連絡したんです」

「では、きみのオフィスとわたしのオフィスのリンクは？」オルロフが詰問《きつもん》した。「保全されているだろうが」

「報告を受け取っておられないのですか？」

「わかっているはずだ――」

「手落ちですね」ロスキーが、にっこり笑った。「ベルイエワ伍長を懲戒します。完全な報告をお届けしますよ――ベルイエワを呼び戻してもよろしければ――すぐにできます」

オルロフは、ロスキーの顔をかなり長いあいだ見つめていた。「きみはDOSAAFに十四のときにはいったんだろう？」

「そうです」と、ロスキーがいった。

「十六で特級狙撃手《そげきしゅ》になり、ほかの連中がトラック・スーツにランニング・シューズという格好で走り幅跳びで悪魔の濠《ほり》を越えたとき、きみは重い背嚢《はいのう》に編上靴《へんじょうか》を身につけて、もっとも幅が広い場所でスパイクの上を飛び越した。オディンスチョフ大将がみずから、きみをはじめとするテロリズムと暗殺の技術に長《た》けた集団を訓練した。たしかきみは、アフガニスタンで、五十メートル離れたところから円匙《えんぴ》を投げて、スパイを処刑したことがあったな」

「五十二メートルでした」ロスキーが、オルロフから視線をそらした。「スペツナズにおける殺人のひとつの記録です」

オルロフがデスクをまわり、その縁に腰かけた。「きみはアフガニスタンに三年いたが、あるとき隊員のひとりがアフガンの指導者を捕らえる任務の際に負傷した。小隊長は、負傷兵を楽に死なせるのをやめて連れ帰るという決定を下した。副長だったきみは、致死性の薬物を注射するよう命じるのが指揮官の義務だと小隊長を諭したが、聞き入れられなかったので、小隊長を殺した――手で口を覆《おお》い、喉《のど》にナイフを突き刺して。それから負傷兵を殺した」

「わたしがちがうことをやっていたら、最高統帥部《とうすい》は、隊員をすべて裏切り者として処刑していたはずです」

「むろんそうだろう」オルロフがいった。「しかし、その後、査問会議があり、負傷兵の怪我《けが》の程度が、死なせたほうがいいようなものであったかどうかが問題となった」

「負傷の個所は脚でした」ロスキーがいった。「それで、隊の進む速度が遅くなった。その点に関して、規則はきわめて明確です。査問は形式だけのことでした」

「とはいうものの」オルロフがつづけた。「きみのやったことをこころよく思わない隊員もいた。野心、なにがなんでも昇級したいという欲望――そういうものを彼らは非難したんだろう。身の安全に懸念《けねん》があったので、きみは本国に呼び戻され、軍事外交大学の特別学部の教官となった。そこでわたしの息子を教え、当時モスクワ市長だったドーギン内相と知り合った。ここまでは合っているね？」

「はい」

オルロフがさらに近づき、ほとんどささやきと変わらない声でいった。「きみは二十年以上も熱心に国と軍のために働き、命と名声を危険にさらしてきた。それだけの経験があるきみにひとつ聞きたいのだが、大佐、上官の前で許しも得ないで座ってはいけないということは習わなかったのかね？」

ロスキーが、顔を真っ赤にした。のろのろと立ち、身をこわばらせた。「おそれいります」

オルロフは、デスクの縁に座ったままだった。「わたしの経歴は、きみの経歴とはずいぶんちがう。父は、第二次大戦中にドイツ空軍が赤軍に対してやったことを、じかに見ている。航空力への畏怖《いふ》の念を、父はわたしに伝えた。わたしは防空軍に八年いて、四年間偵察飛行をやり、そのあとはパイロットたちに待ち伏せを教えた——敵機を対空砲火の死地に誘い込むのだ」オルロフが立ち、ロスキーの怒りに燃える目を覗《のぞ》き込んだ。「こうしたことは、みんな知っているな、大佐？　わたしの身上調書は読んだんだろう？」

「読みました」

「では、わたしが部下を一度も公式に譴責《けんせき》したことがないのを知っているはずだ。徴集兵もふくめて、たいがいの兵士はまともな人間なんだ。自分の仕事をきちんとやり、それが報われることを願っている。なかには悪気のないまちがいを犯すものもいるが、そんなことのために経歴に傷をつけるのは無意味だ。わたしは、兵隊と愛国者に対しては、つねに疑わしきは罰せずの原則を適用することにしている。きみもふくめてな、大佐」

オルロフは、顔がほとんどくっつきそうなぐらいに近寄った。「だが、もう一度わたしの目をごまかしてなにかをやろうとしたら、ひっとらえて大学に戻す——抗命という添え書きをつけてな。おたがいに諒解《りょうかい》に達したな、大佐？」

「わかりました——将軍」ロスキーが、吐き捨てるようにいった。

「よろしい」

ふたりは敬礼し、オルロフはうしろを向いてドアに向かいかけた。

「将軍」ロスキーが呼びとめた。

オルロフがふりかえった。ロスキーは、まだ気をつけの姿勢のままだった。「なんだ？」

「ご子息がモスクワでやったことも、悪気のないあやまちですか？」

「あれはおろかなばかりではなく、無責任な行為だった」と、オルロフが答えた。「きみとドーギン内相は、彼に対して公平どころか、ずいぶん寛大だった」

「それはわれわれが将軍の業績に敬意を表したからです」と、ロスキーはいった。「それにご子息には輝かしい未来がある。事件のファイルをお読みになりましたか？」

オルロフの目が鋭くなった。「興味を持ったことはない。読んでいない」

「わたしはコピーを持っています」ロスキーがいった。「一般幕僚部から持ち出したものです。上中書がついています。ご存じでしたか？」

オルロフは黙っていた。

「ニキータの中隊の上級軍曹が、暴力行為により放校すべしと進言しています。ウリスタ・アルヒポヴァのロシア正教会の建物を汚し、聖職者を叩《たた》きのめしたからではありません。大学の補給処に押し入ってペンキを盗み、それをとめようとした警衛に襲いかかったからです」ロスキーが、にやりと笑った。「ご子息は、わたしが講義のときに、ギリシャ軍がアフガニスタンに武器を売っていたという話をしたので、血気にはやったようですな」

「なにがいいたい？」オルロフがきいた。「無力な市民を攻撃するようニキータを教唆《きょうさ》できるということか？」

「市民は軍隊にもなりうる組織のやわらかな下腹ですよ」と、ロスキーがいった。「スペッツナズの観点からすれば、正当な攻撃目標です。しかし、すでに定着している軍の方針をわたしと議論するつもりではないでしょうな」

「なにごとであろうが、きみと議論するつもりはない、大佐」オルロフがいった。「われわれは作戦センターを始動しなければならないのだ」ドアに向かいかけたが、ロスキーの声にふたたび足をとめた。

「それはそうでしょう、将軍。しかし、わたしの公の活動にかかわりのあることには、すべて留意するようにとのご指示でしたので、この会話の詳細も記録にとどめます――それには、これから申しあげることもふくまれます。ご子息に対する告発は、取り下げられてはおりません。この上級軍曹の報告は、たんに裁断されていないだけで、それによって大きく物事がちがってきます。それが人事局の目に留まれば、裁定が下されるはずです」

オルロフは、ドアのノブに手をかけ、ロスキーに背中を向けていた。「息子は自分の行ないの結果の責任を負わねばならないが、軍の裁判官は、彼のこれまでの軍歴を考慮してくれるものと思う。記録はしまいこまれ、やがては破棄されるものと」

「ファイルは妙なところから出てくることがありますからね」

オルロフがドアをあけた。ベルイエワ伍長が表に立っていて、きびきびと敬礼をした。

「きみの無礼な言動もわたしの記録に残しておく、大佐」オルロフは、ベルイエワからロスキーに視線を移した。「ほかにつけくわえたいことはあるかね？」

ロスキーは、身をこわばらせてデスクの脇《わき》に立っていた。「いいえ、将軍。いまのところは」

オルロフが廊下に出ると、ベルイエワが大佐のオフィスにはいった。ベルイエワがドアを閉めたので、その防音ドアの奥の出来事については、憶測するしかない。

どうでもいい。ロスキーには忠告した。しばらくは規則どおりにやらざるをえないだろう……とはいえ、ロスキーが電話でドーギンに連絡したとたんに、その規則そのものが変わるのではないか、とオルロフは感じていた。

15

日曜日　午後十時十五分　ワシントンDC

エイゲンズFBI長官が、オーヴァル・オフィスに戻ってきた。

「州警察がフォレスト・ロードに向かっています」と、エイゲンズがいった。「うちのチームもニューヨークからヘリで出発しました。十時半までにこいつを捕らえられるでしょう」

「そいつは抵抗しないよ」と、バーカウがいった。

エイゲンズが、どさりと座った。「どういう意味だ？」

「われわれがそいつの望みをかなえてやったからだ。過激なことを適当にわめいたら、すぐに投降するはずだ」

「くそ」エイゲンズがいった。「締め上げてやりたいのに」

「わたしだっておなじだよ」

バーカウは、ロジャーズのほうを向いた。オーヴァル・オフィスは暗い雰囲気だったが、バーカウはそのなかでもいちばん沈鬱《ちんうつ》な顔をしていた。

「で、マイク」バーカウがいった。「この野郎は何者なんだ？　こいつの仲間を叩き潰《つぶ》すには、どうすればいい？」

「その質問に答える前に」大統領がいった。「侵攻に発展しかねないような軍事行動をロシアがやっているのかどうかという点について、だれか説明してくれないか？　そういうことを見越しておいたほうがいいのか？」

現政権の補佐官のなかでは寡黙《かもく》なメル・パーカー統合参謀本部議長が、口をひらいた。

「エクドルが無条件降伏を指示しているあいだに、コロン国防長官に電話しました。コロン長官がペンタゴンに連絡して調べたところ、ロシア軍数個師団が、ウクライナ国境付近で演習を行なっています。その地域でいつも演習を行なっている部隊と比較すると、ずいぶん大規模ですが、警戒をうながすような前触れは、いまのところなにもありません」

「ほかで部隊の移動は？」ロジャーズがたずねた。

「NRO（国家偵察室）が全資産を投入して調べている」と、パーカーが答えた。

「しかし、その国境は中間準備地域とも考えられるな」と、大統領がいった。

「その可能性が濃厚です」と、パーカーがいった。

「まったくこれが問題なんだ」エイゲンズFBI長官がいった。「なにもかもダウンサイジングだ。HUMINT（人間情報収集）の資産がすくなすぎる。衛星では、歩兵があしたは行軍だとぼやくのを聞くことができないし、野営地のテントのなかの地図も読めない。ほんとうの情報とは、そういうものだ」

「まったくそれが問題だ」ロジャーズが相槌《あいづち》を打った。「しかし、いまの状況では、それはいかんともしがたい」

「どうしてだ？」ラックリンCIA長官がたずねた。

「この〈グローズヌイ〉の細胞は、いてもいなくてもおなじだった」と、ロジャーズがいった。

「どういうことですか？」バーカウのためにメモをとっていて、ひとことも発していなかったグルメットがたずねた。

「仮に侵攻が行なわれたとして」ロジャーズがいった。「ロシアがウクライナを侵略したとしよう。われわれは干渉しないはずだ」

「どうしてですか？」

「干渉すればロシアと戦争になる」ロジャーズは答えた。「そのあとどうなる？　われわれは通常兵器で実効的な戦争を行なう能力がない。ハイチやソマリアで、それが実証されている。われわれが疲弊すれば、死傷者はたちまち増え、それがテレビで流される。国民や議会は即座に撤兵をもとめるよ。教会で骰子博打《さいころばくち》をやっているのを見つけたときよりもすばやく反応する。それに、ミサイル、爆撃機、大規模な攻撃はできない。付帯的損害や一般市民の死傷が甚大《じんだい》になる」

「肥《ふと》ったでかいベティ・ブープみたいに涙をぼろぼろこぼしてやるか」バーカウがいった。「これは戦争なんだ。だれもが傷つく。それに、わたしの思いちがいでなければ、ニューヨーク市の一般市民に対して最初の爆弾攻撃を行なったのは、ロシアのほうだ」

「ロシア政府が承認したことかどうか、わかっていない」と、エイゲンズが指摘した。

「そのとおりだ」リンカーンが同意した。「それに、率直にいって、こういう考えかたは評判が悪いかもしれないが、たとえ正義の戦いであろうと、東欧でアメリカが戦うのはごめんという気持ちがある。ドイツとフランスは参加しないだろう。支援すら拒むかもしれない。NATOの反発は、当然考えられる。ロシアを追い払い、戦後それらの国を復興させる費用は、とてつもない額になる」

「それはちがう」バーカウが、嫌悪《けんお》をにじませて反論した。「三匹の子豚の藁《わら》の家の話ではないが、敵を防ぐためにマジノ線をもう一度建設するはめになるよりはいい。そういう考えには賛成できない。悪い狼《おおかみ》の棲家《すみか》へ行って徹底的に叩きのめし、残った皮でコートをこしらえるべきだ。政治的には繊細を欠くやりかただが、そもそもはじめたのはわれわれではないんだ」

「教えてくれないか」リンカーンが、ロジャーズにたずねた。「東京が北朝鮮のノドン・ミサイルによって消滅するのをきみが防いだとき、連中は箱入りのチョコレートにお礼のカードをつけたのを送ってきたか？」

「ほめられたいからやったんじゃない」ロジャーズがいった。「正しいことだからやったんだ」

「そして、われわれは、きみのことをとても誇りに思った」リンカーンはいった。「しかし、アメリカ人がふたり死んだのに対し、日本人はひとりも死ななかった」

大統領がいった。「この件については、わたしはメルに賛成だが、当面の問題を見過ごしてはいないか。つまり、何者が背後にいるのか、理由はなにかということだ」時計を見た。「十一時十分に、爆破事件についてテレビ演説を行なう予定だ。トビー、ＦＢＩ、ＣＩＡその他の関係機関の敏速な働きで爆破犯を捕らえたことを原稿に書きくわえてくれ」

国家安全保障局長官代理がうなずき、手近の電話のところへ行った。

大統領は、ロジャーズの顔をじっと見た。「将軍、爆破犯の条件を呑《の》むよう進言したのは、だからなんだな？　どのみち、われわれはやつが要求したのと、おなじことをやるしかなかった」

「ちがいます」ロジャーズが答えた。「条件を呑んだのではなく、やつの注意をそらした、というのが事実です」

大統領が、背をそらし、頭のうしろで手を組んだ。「なにから注意をそらしたというんだ？」

「われわれの反撃から」

「何者に対する反撃だ？」バーカウが質問した。「やつは自分がどういう組織の仲間であるかを告げてから投降している」

「その糸をたぐっていくんだよ」と、ロジャーズがいった。

「話を聞こう」大統領がいった。

ロジャーズが膝《ひざ》に肘《ひじ》をついて身を乗り出した。「大統領、〈恐ろしき《グローズヌィ》〉は、恐ろしきイワン《イヴァン・グローズヌィ》——イワン雷帝から、その名をとっています——」

「そんなことは先刻承知だ」と、ラックリンがつぶやいた。

「革命当時、この組織は金ではなく、政治的な利得のために活動しました」ロジャーズが、説明をつづけた。「第二次世界大戦中は第五列（スパイ）をつとめ、冷戦中もアメリカ国内で何度かたいしたことのない事件を起こしています。レッドストーン無人ロケットの初期のころの失敗は、彼らの仕業だとわかっています」

「資金を供給しているのは？」パーカーが質問した。

「最近までは、テロ行為を実行する人間を必要とする過激な国家主義政治組織が金を出していました。ゴルバチョフが一九八〇年代に解散させたのですが、爾来《じらい》、海外ことにアメリカと南米に身を潜め、西欧化した指導者の政権を転覆させるために、いよいよ力を増しているロシア・マフィアの傘下《さんか》にはいりました」

「つまり、ジャーニンのことを心底憎んでいるわけだ」と、リンカーンがいった。

「まさにそのとおり」

「しかし、ロシア政府と結びついていないのなら」大統領が疑問を投げた。「東欧でいったいなにをやろうとたくらんでいるんだ？　軍事作戦は、どういう規模のものであろうと、クレムリンの認可がなかったらできないだろう。現場のひと握りの将軍が軍の方針をエリツィンに押し付けたチェチェンとは、まったく事情がちがう」

「しまった」ラックリンが意見を漏らした。「彼が万事に終始一貫して権勢をふるっていたわけではなかったとは、思いもしなかった」

「それだよ」ロジャーズがいった。「なにかでかいことが、クレムリン抜きで進められている可能性があります。一九九四年のロシアのチェチェンへの軍事介入で、われわれはロシアに中央集権排除の流れがあることを知りました。なにしろ標準時が八つある広大な国です。だれかがようやく目を醒《さ》まして、こういったんでしょう。〝これは恐竜とおなじだ。総身を動かすには脳みそがふたつ要る〟」

大統領は、ロジャーズの顔を見つめていた。「そのだれかが、これをやったのか？」

ロジャーズがいった。「大統領、われわれは爆発の前にサンクト・ペテルブルグからニューヨークの店に出されたベーグルの注文を傍受しました」

「ベーグルの注文？」バーカウがいった。「冗談はよせ」

「わたしも最初はそう思いました」ロジャーズがいった。「さんざん首をひねったが、さっぱりわからなかった。爆破事件が起きたあとでやっとわかった。われわれのところの暗号解読者は、ミッドタウンのあのトンネルを座標の一点と見なして、それがニューヨークの地図を表わすことを見抜いた。トンネルはそこに強調表示されたもののひとつだったんです」

「他の点が、第二次攻撃の目標か？」エイゲンズがきいた。「世界貿易センターの爆破犯は、代替目標を設定している。リンカーン・トンネルもふくめて」

「そうではないと思う」ロジャーズが答えた。「われわれの分析官は、爆弾を製造する過程で立ち寄った場所と見ている。なあ、ラリー――きみもきっと賛成してくれるはずだ。二カ月前からずっと、われわれはサンクト・ペテルブルグのネヴァ川付近からの電波放射を捉《とら》えている」

「それもかなりさかんに発信している」ラックリンが相槌を打った。

「はじめは、エルミタージュ美術館内に建設中のテレビ・スタジオの電波かと思った」ロジャーズが説明した。「スタジオはなにか極秘の作戦の偽装だと、いまは考えている」

「恐竜のふたつ目の脳みそか」と、リンカーンがいった。

「そのとおり」ロジャーズがいった。「どうやらニコライ・ドーギン内務大臣の承認した予算が資金源のようだ」

「大統領選挙に負けた男」大統領がいった。

「そうです」ロジャーズがなおもいった。「もうひとつあります。英国の情報部員が、そこを調べようとして殺されました。つまり、まちがいなく、そこで重大ななにかが行なわれています。それがなんであるにせよ——おそらく指揮所か軍事基地でしょうが——ベーグルの注文を通じて、ニューヨークの爆弾攻撃とかかわりがあるものと思われます」

「つまり」リンカーンがそれを受けていった。「ロシア政府もしくはその内部の派閥が、はみだし者のテロリスト集団と手を組み、そこにロシア・マフィアがくわわっている可能性が高いというわけだ。また、その連中はある程度まで軍を掌握しているから、東欧で重大な事態を引き起こすことができる」

「そのとおり」と、ロジャーズがいった。

ラックリンがいった。「この高慢ちきな〈グローズヌイ〉の小鼠《こねずみ》をひっとらえたら、こっぴどく尋問してやる」

「そいつからは役に立つようなことは聞き出せないだろうな」エイゲンズがいった。「なにかを知っているような人間を、やつらがわれわれに引き渡すはずがない」

「たしかにそんな馬鹿《ばか》なことはしないだろうな」ラックリンが同意した。「われわれが正義の剣をすばやく一閃《いっせん》させたように見せるために、やつらはそいつを引き渡したんだ」

「それにケチをつけるのはやめておこう」と、大統領がいった。「フルシチョフにキューバのミサイルを撤去させるために、ケネディがトルコのアメリカ軍を撤退させるという妥協をしたことを、われわれはみな知っている。取り引きの半分だけが公《おおやけ》にされたから、ケネディは英雄に、フルシチョフは間抜けに見えたわけだ。さて、そうすると、サンクト・ペテルブルグを通してニューヨークを爆弾で攻撃するように命じた政府高官がいたわけだ。それがジャーニン大統領である可能性は？」

「それはないでしょう」リンカーン国務長官がいった。「彼は西側との親密な結びつきを望んでいます。戦争ではなく」

「たしかにそうだといえるかな？」バーカウがいった。「ボリス・エリツィンの場合は、まんまとだまされたぞ」

「ジャーニンにはなにも得るところがない」リンカーンが反駁《はんばく》した。「彼は軍事費を減らせとずっといってきた。だいいち、〈グローズヌイ〉は彼の天敵だ」

「ドーギンはどうだ？」大統領が疑問を投げた。「これは彼の仕業だろうか？」

「ドーギンのほうがずっと疑わしいでしょう」と、ロジャーズがいった。「サンクト・

ペテルブルグの施設の資金を出しているのは彼だし、そこにいる人間も彼の配下でしょう」

「この件でジャーニンと話し合うすべはあるでしょうか？」グルメットがたずねた。

「わたしなら、そういうリスクは避ける」ロジャーズがいった。「たとえジャーニンがかかわっていないとしても、彼の周囲の人間すべてが信用できるとは考えられない」

「それじゃ、きみにはどんな計画があるんだ、マイク？」バーカウが、つっけんどんにきいた。「爆弾一発で、もののみごとにアメリカは傍観者の立場に置かれてしまった。昔だったら、それがきっかけで戦争に突入するということだってあったんだ」

ロジャーズがいった。「スティーヴ、爆弾はわれわれを阻止してはいない。戦略的な観点からいえば、かえってそれが役に立つかもしれない」

「どんなふうに？」バーカウがきき返した。

「この裏にいるのが何者であるにせよ、今後はわれわれにさほど注意しなくてもいいと考えるかもしれない。ヒトラーが不可侵条約にサインしたあとのソ連のように」

「とんだ思いちがいだった」リンカーンがいった。「ヒトラーは、どのみち侵攻した」

「そのとおり」ロジャーズはいった。大統領の顔を見た。「大統領、おなじことをやりましょう。ストライカーをサンクト・ペテルブルグに派遣させてください。約束したとおり、われわれは東欧ではなにもやらない。それどころか、孤立主義によって、ヨーロッパ諸国を、ちょっとばかりおびえさせるのです」

「孤立主義は、最近のアメリカの国民感情とぴったり一致します」と、リンカーンがいった。

「その間に」ロジャーズがいった。「脳みそから分離したその連中を、ストライカーが斃《たお》す」

大統領は、補佐官たちの顔を順繰りに見ていった。ロジャーズは、周囲の雰囲気が変化するのを感じた。

バーカウがいった。「おおいに気に入った」

大統領の視線が、ロジャーズの顔に据えられた。「やってくれ。悪い狼の首を取ってこい」

16

日曜日　午後八時　ロサンジェルス

ポール・フッドは、ホテルのプール脇《わき》のラウンジに座っていた。ポケベルと携帯電話をそばに置き、パナマ帽を目深《まぶか》にかぶって、顔を見分けられないようにしている。いまは、かつての有権者たちとおしゃべりをする気分ではない。日に焼けていないのが怪しげなところをのぞけば、モダンで自己陶酔的な独立系の映画のプロデューサーのように見える。

じつのところ、数十ヤード離れたプールの深い側で、シャロンや子供たちが大騒ぎしているにもかかわらず、フッドは鬱々《うつうつ》として、妙に孤独だった。ウォークマンをつけて二十四時間ニュースをやっている放送局を聞き、大統領の国民に向けた演説がはじまるのを待っていた。政府関係者ではなく一市民として展開中の事件のニュースを追うのは久しぶりで、それがいやでたまらなかった。なんとも歯がゆく、マスコミや他の政府関係者と悲嘆をともにできないのが不愉快だった。癒《いや》し、怒り、いや復讐《ふくしゅう》でもいいから、かかわりが持ちたかった。

いまの自分は、そこいらの人間とおなじように、合成樹脂の椅子《いす》に座ってニュースが発表されるのを待っているだけだ。

いや、そこいらの人間とおなじではない。それはわかっている。マイク・ロジャーズの電話を待っている。この携帯電話は秘話ではないが、ロジャーズはなんらかの形で伝えるはずだ。伝えるようなことがあればだが。

待っているあいだに、フッドはまた爆破事件のことを考えた。攻撃目標《ターゲット》は、かならずしもあのトンネルでなくてもよかった。アジアから観光客やビジネスマンが、イタリア、スペイン、南米、ロシアから映画会社の人間が来るようなホテルのロビーでもおなじだったはずだ。彼らをふるえあがらせ、追い払って、リムジン・サーヴィスからレストランに至る地元経済に打撃をあたえる。ロサンジェルス市長だったころ、フッドはテロリストに関するセミナーに数知れず出席した。手口やテロを実行する目的はテロリストによって異なるが、共通していることがひとつある。軍の指揮所であろうが、交通手段であろうが、オフィス・ビルであろうが、とにかくひとが使わなければならない場所を、彼らは攻撃する。そうして、政府の公の立場はともかくとして、交渉の座につかせる。

テロリストの爆弾で妻を失い、両足が不自由になった、ボブ・ハーバートのことを考えた。今回の事件がどんな影響を彼に及ぼしているだろうかと、考えずにはいられなかった。

ブリーチしたブロンドの若いウェイターが、フッドの椅子のそばで足をとめ、飲み物はどうかとたずねた。フッドは、クラブ・ソーダを注文した。戻ってきたウェイターが、一瞬、フッドの顔を見た。

「ご本人でしょう？」

フッドは、ウォークマンのヘッドフォンをはずした。「なんだね？」

「フッド市長でしょう？」

「そうだよ」フッドが笑みを向けて、うなずいた。

「すごいや」若いウェイターはいった。「きのうはボリス・カーロフの娘さんがいましたよ」不安定な金属製のテーブルに、グラスを置いた。「ニューヨークの事件、まったく信じられませんね。考えたくもないようなことだけど、考えずにはいられない」

「そのとおりだね」

ウェイターが身をのばし、炭酸水を注いだ。「気に入ってもらえるかもしれませんし、いやだと思うかもしれませんが、モスラ支配人はうちの専属探偵に、避難訓練を毎日やるように保険会社が要求しているといったそうですよ。爆破された場合に、会社全体が訴えられることのないように」

「客と資産を護《まも》れというわけだな」と、フッドがいった。

「そのとおりですよ」と、ウェイターが答えた。

フッドが伝票にサインし、ウェイターに礼をいったとたんに、電話が鳴った。フッドは即座に出た。

「どんな気分だ、マイク？」フッドはたずねた。電話を持ち、客がだれもいない日蔭《ひかげ》に向けて歩いていった。

「みんなといっしょだ」ロジャーズがいった。「むかむかして、怒りに燃えている」

「わたしに話せることは？」

「ボスとの会議が終わって、これからオフィスに戻るところだ。いろいろなことが起きた。まず、実行したやつが電話してきた。両手を高く挙げてね。捕まえてある」

「そんなに簡単に？」

「じつは紐《ひも》（付帯条件）つきでね」ロジャーズが、ぼかしていった。「海外でやっているビジネスに手出しをするなというわけだ。かつての赤い地域だよ。さもないと、おなじのをもう一度やると」

「大規模なビジネスなのか？」

「はっきりとはわからない。軍に関係のある仕事らしい」

「新大統領から頼まれた？」

「そうではないと考えている。彼への反発から起きたことのようだし、彼がかかわる必然性がない」

「なるほど」フッドはつぶやいた。

「じつは、オーケーを出したのは、われわれがずっと見ていたあのテレビ局ではないかと思う。書類を調べていって裏付けられた。ボスは書類仕事は中止して見にいっていいと許可してくれたよ。そっちはローウェルにまかせてある」

フッドは、椰子《やし》の木の下で足をとめた。大統領が、ストライカーのサンクト・ペテルブルグ潜入を許可し、オプ・センターの法律顧問のローウェル・コフィー二世が議会統合情報監督委員会の承認を求めにいく。これは重大事だ。

フッドは時計を見た。「マイク、そっちに戻る夜間便に乗れるかどうかやってみる」

「やめておけ」ロジャーズがいった。「まだ時間の余裕がある。いよいよたいへんなことになったら、サクラメントまでヘリで送るから、マーチからだれかに乗せてもらえばいい」

フッドは、子供たちのほうを見た。あすの朝にはマグナ・スタジオのツアーに連れていくことになっている。それに、ロジャーズのいうことにも一理ある。マーチ空軍基地まで三十分。そこからワシントンDCまでは、五時間もかからない。だが、責務を果たすという誓約がある。これこそその責務ではないか――いや、より正確にいうなら、重荷、責任だ。それを他人に負わせたくはない。

心臓の鼓動が速くなるのがわかる。それがなにをやろうとしているのか、フッドは知っていた。飛行機に間に合うように、脚に血液を送り込んでいるのだ。

「シャロンと話をさせてくれ」と、フッドはロジャーズにいった。

「殺されるぞ」ロジャーズがいった。「ひとつ深呼吸して、駐車場を一周、ジョギングしろ。こいつはおれたちで処理できる」

「それはどうも」フッドはいった。「とにかく、どうするか知らせる。情報を知らせてくれてありがとう。あとで話をしよう」

「わかった」ロジャーズが、ぶすっとしていった。

フッドは接続を切って、電話をふたつに折った。それを掌《てのひら》にそっと叩《たた》きつける。シャロンに殺されるにちがいないし、子供らはがっかりする。アレグザンダーはヴァーチャル・リアリティの〈テクノフェイジ〉をやるのをとても楽しみにしている。

まったく、物事はどうして単純ではないのだ？　と自分に問いかけながら、フッドはプールに向けて歩いていった。「なぜなら、それでは人間のあいだに原動力は生まれない」声を殺してつぶやいた。「そして、人生は退屈そのものになる」

もっとも、いまはすこしぐらい退屈でもかまわない。ロサンジェルスに戻ってきたのは、それがここで見つかるかもしれないと思ったからなのだが。

「パパ、プールにはいらない？」フッドが近づくと、娘のハーレーがきんきん声で呼んだ。

「だめだよ、バーカ」アレグザンダーがいった。「電話を持ってるのが見えないの?」

「眼鏡がないと見えないんだもん、アホ」ハーレーがいい返す。

シャロンが、水鉄砲で息子を撃つのをやめて、立ち泳ぎしていた。その表情から、なにをいわれるか察しているとわかる。

「みんな集まって」フッドがプールの脇でしゃがむと、シャロンがいった。「パパがなにか話があるんだと思う」

フッドは手短にいった。「帰らないといけない。きょうの事件のことだ――われわれが対応しなければならない」

「パパにやっつけてもらいたいんだね」アレグザンダーがいった。

「シーッ」フッドがいった。「いいか、口が軽いと――」

「船が沈む」十歳の息子がいった。「しっつれーしました」いいながら潜った。

十二歳の姉が押さえつけにいったが、アレグザンダーはすばやく逃げた。

シャロンは、夫をにらみつけた。「その対応とやらは」低い声できいた。「あなたなしではできないの?」

「できる」

「じゃあ、いいじゃない」

「わたしがそれはできない」フッドが視線を伏せ、そっぽを向いた。シャロンの視線を避けられる方向なら、どっちでもいい。「すまない。あとで電話する」

フッドが立ちあがり、子供たちを呼んだ。ふたりの子供は、手をふるだけふって、また追いかけっこをつづけた。「パパのTシャツを〈テクノフェイジ〉で買ってくれよ」

「わかった」アレグザンダーが答えた。

フッドは向きを変え、歩いていこうとした。

「ポール」シャロンが呼んだ。

フッドが足をとめ、ふりかえった。

「たいへんなのはわかってる」シャロンがいった。「わたしがよけいそう仕向けているし。でも、わたしたちだって、あなたが必要なの。ことにアレグザンダーが。これからどんどん必要になるわ。あしたはいちにち、〝パパがいたらこれはいいっていうよ〟〝パパがいたらあれはいいっていうよ〟って、いいつづけるわよ。もうじきあなたは、留守がちなことにも〝対応〟しなければならなくなる」

「わたしがつらくないと思っているのか？」フッドがきいた。

「そんな程度じゃだめよ」シャロンが、プールの壁を押して離れた。「ワシントンの電車と離れているほどにはつらくないでしょう。よく考えてみてよ、ポール」

いずれ考えよう、そうフッドは自分に約束した。

いまはとにかく飛行機に乗らなければならない。

17

月曜日　午前三時三十五分　ワシントンDC

W・チャールズ・スクワイア中佐は、クォンテコー基地の暗い飛行場に立っていた。私服の上に革ジャケットという格好で、舗装面に立てたラップトップのコンピュータを脚ではさみ、ストライカー・チームの部下六名をせかして、アンドルーズ空軍基地まで彼らを運ぶベル・ジェットレインジャー・ヘリコプターに乗り込ませていた。アンドルーズでストライカー・チーム専用のC－141Bスターリフター輸送機に乗り換え、ヘルシンキまで十一時間かけて飛ぶ。

凜々《りんりん》として気持のいい晩だったが、例によって気分をいちばん高めてくれるのは、任務そのものだった。ジャマイカで過ごした少年時代、スクワイアは試合前にサッカー場に駆け込むことになにより興奮をおぼえた。ことに勝ち目が薄いときほどそうだった。ストライカー・チームが戦闘に飛び込むときも、そんなふうに感じる。フッドが、チームの名をスクワイアのポジションだったストライカー（センター・フォワード）とするのを許可したのは、彼がサッカーを熱愛しているのを知っていたからだ。

スクワイアが、基地内の狭い官舎で眠っているところへ、ロジャーズが電話をかけてきて、フィンランドへ行くようにという命令をあたえた。議会の許可をとるのに、通常の十二名ではなく七名のチームしか認められなかったことを、ロジャーズはあやまった。議会はなんでも自分たちのところにまわってきたものをいじくりまわす。今回は、人数をいじられた。その根拠は、捕まった場合に、全部隊を派遣したのではないと、ロシアに対して弁解できるというものだ。国際政治の世界では、そういう区別が重大な意味を持つのだろう。幸い、前回の任務のあとで、チームの人数が変わった場合でも作業できるように、スクワイアは攻撃・防御要領《プレイブック》を改訂していた。

スクワイアは、妻に別れのキスをしなかった。眠っていてくれたほうが、別れが楽だ。秘話電話機をバスルームへ持っていき、服を着ながらロジャーズと話をした。仮の計画は、到着したら観光客をよそおうというものだった。チームが輸送機に乗ったら、ロジャーズがスクワイアに連絡し、計画の補遺、付加を行なう。当面の予定では、三人がサンクト・ペテルブルグへ行き、バックアップとして四人がヘルシンキに残る。

あとに残るストライカーのメンバーはがっかりするだろうし、その気持ちはよくわかる。ストライカーが実戦に投入されるのはそう頻繁ではないが、スクワイアは、教練、スポーツ、シミュレーションによって、チームを準備万端ととのった研ぎ澄まされた状態に保っている。ヘルシンキに残るものたちは、間近まで行きながら実戦に参加できないので、よけい口惜《くや》しい思いをするだろう。しかし、経験が豊富で有能な軍人なら当然のことだが、ロジャーズは必要とあれば撤退を助ける人間を用意することに固執した。

チームがジェットレインジャーに乗ると、スクワイアはそのうちの二番機に乗った。離昇する前からコンピュータを膝《ひざ》に載せ、機長から渡されたフロッピー・ディスクを入れて、すでにスターリフターに積み込まれている品目の確認をはじめた。武器ばかりではない。中国、ロシア、中東や中南米のいくつかの国のように、即刻現地で情報を収集する必要が生じる可能性のある火薬樽《かやくだる》のような国の軍服もある。チーム全員の下着、防寒衣料まであるが、観光客をよそおうためにいるカメラ、ビデオ・カメラ、ガイドブック、案内のパンフレット、民間航空会社の航空券といったものが、まだそろっていない。だが、ロジャーズは、細かいところまで気がまわるのが自慢だから、もうアンドルーズに用意されているにちがいないと、スクワイアは思った。

スクワイアはキャビンを見まわして、今回の任務に参加する隊員たちをひとしきり見た。にこにこしているブロンドの髪のデイヴィッド・ジョージは、マイク・ロジャーズが割り込んだために、前回は任務からはずされた。新人のソンドラ・デヴォンは、SEAL（アメリカ海軍特殊作戦チーム）の訓練を受けはじめたところを、北朝鮮で死亡した隊員の交替要員としてストライカーに配置換えになった。

彼らの顔を眺めているうちに、スクワイアはいつものように誇りがこみあげるのを感じた……そして、彼らが全員戻れるとはかぎらないとわかっているので、強い責任を感じた。むろんスクワイアはなにごとにも力を尽くすが、〝武器を持っているかぎり、自分の運命は神に委《ゆだ》ねない〟ことを座右の銘とするロジャーズよりも、ずっと宿命論者的だった。

スクワイアは、コンピュータに視線を戻し、妻と幼いビリーがぐっすり眠っている光景を思い描いて、口もとをほころばせた。熱烈に信じる民主主義を護るために馬や船や車や飛行機に乗って戦いに向かう男女が、二百年以上前からこのおなじ思いを胸に恐怖と闘ってきたからこそ、ふたりは安心して眠れるのだと思い、また誇らしい気持ちになった……。

18

月曜日　午前八時二十分　ワシントンDC

　オプ・センターの一階に、幹部用の小さなカフェテリアがある。一般従業員用のカフェテリアの奥にあって、秘密保全措置がほどこされている。壁は防音で、ブラインドはつねに閉めたまま、表の使用されていない滑走路にマイクロ波の発信機があって、盗み聞きをするものがいれば耳がおかしくなるはずの持続低音を発している。

　フッドは、着任早々、その二カ所のカフェテリアで、ぱさぱさになった卵を載せたマフィンから一人前のピザに至るまで、ファースト・フードのメニューをひとそろい出せるようにしてほしいと要求した。オプ・センターの職員にとって便利なだけではない。国家の安全保障上の問題でもある。砂漠の嵐《あらし》作戦の最中、敵はペンタゴンに急に配達されるようになったテイクアウトのピザや中華料理の量から、なにかがはじまりつつあることを知った。オプ・センターがなんらかの理由で警戒態勢にはいったとき、バイクでビッグ・マックを配達する若者からスパイやジャーナリストなどが事情を察するようなことは避けたい、とフッドは思っていた。

幹部用カフェテリアは、いつも朝の八時から九時のあいだが混みあっている。昼間の当直が夜間の当直と交替するのが午前六時、日中勤務の職員はそれから二時間かけて、世界中からはいってきた情報を検討する。八時にはデータが吸収され、ファイルされるか、あるいは捨てられる。そして、危機を防止した各部門の長が、朝食をとり、メモを交換するためにカフェテリアにやってくる。けさはロジャーズがEメールで九時に幹部全員の会議を招集している。全員がそれに間に合うように会議室《タンク》に行くから、九時前にはカフェテリアはがらがらになるはずだった。

広報官のアン・ファリスがカフェテリアにはいっていくと、ローウェル・コフィー二世が、彼女の小粋《こいき》なデザインの赤いパンツ・スーツに感嘆のまなざしを向けてうなずいた。それでコフィーが徹夜の仕事で疲れきっていることがわかった。敏活なときのコフィーは、ファッションから文学に至るまで、あらゆることに積極的な批判精神を示す。

「きのうの晩は忙しかった?」アンがたずねた。

「議会統合情報監督委員会に出ていた」といって、コフィーはきちんと折った《ワシントン・ポスト》に視線を戻した。

「あらそう」アンがいった。「それじゃ長い晩だったわね。どうだった?」

「マイクは、トンネル爆破の背後にいるロシア人たちの尻尾《しっぽ》をつかんだと考えている。

そいつらをやっつけるためにストライカーを出発させた」

「つまり、警察が捕まえたエイヴァル・エクドルという男は、単独犯ではなかったのね」

「もちろんだよ」と、コフィーが答えた。

アンが、コーヒーの自動販売機の前で足をとめた。一ドル札を入れる。「ポールは知っているの？」

「ポールは戻ってきた」

アンが、ぱっと顔を輝かせた。「ほんとう？」

「ほんとうだよ。まちがいのない事実」コフィーがいった。「LAから夜間便で帰ってきた。けさ出てくるそうだ。マイクが、九時にタンクでチーム全員に要旨説明《ブリーフィング》をする」

かわいそうなポール、エスプレッソのダブルを持ち、釣り銭を取りながら、アンは思った。出かけていってから、二十四時間と経たないうちに戻ってきた。シャロンはさぞかし怒っているだろう。

六つの丸いテーブルのまわりの席は、びっくりするぐらい安閑としている幹部たちで占められていた。主任心理分析官のリズ・ゴードンは、ここが禁煙なのでニコチン・ガムを噛《か》みながら、短い茶色の髪のひと房をそわそわといじり、砂糖を三つ入れた濃いコーヒーをちびちび飲みながら、低俗なタブロイド版の週刊紙の最新号を読んでいる。

作戦支援官のマット・ストールは、環境整備官のフィル・カーツェンとポーカーをしている。ふたりのあいだには二十五セント玉の小さな山ができていた。ふたりは、カードを使わず、ラップトップをケーブルで接続してポーカーをやっている。アンはふたりのそばを通っただけで、ストールが負けているのを見破った。ぼくは地球でいちばんだめな〝ポーカー・フェイス〟だと、ストールも大様《おおよう》に認めている。カードをやっているときであろうが、自由世界防衛のためのコンピュータを修理しようとしているときであろうが、状況がかんばしくないときは、ストールの丸い童顔のすべての毛穴から汗が噴き出す。

ストールが、スペードの六とクラブの四を捨てた。カーツェンがスペードの五とハートの七を配る。

「まあ、さっきよりは高い札が来たよ」いいながら、ストールは札を伏せておりた。「もう一度。量子計算処理じゃないのが残念だな。磁界と電界の網の目にイオンを封じ込め、動けなくなった素粒子にレーザー光線を当てて、励起エネルギー状態にしてから、もう一度レーザーを当ててすりつぶす。それがスイッチになる。量子の論理ゲートのイオンの列により、世界最小、最速のコンピュータができる。簡潔で、整然としていて、完璧《かんぺき》そのものだ」

「そうだな」カーツェンがいった。「これがそうじゃないのは残念だ」

「皮肉をいうなよ」ストールが、チョコレートのかかったドーナツの最後のひと切れを口にほうり込み、ブラック・コーヒーで流し込んだ。「つぎはバカラをやろう。そうしたらこうはいかない」

「いや、おなじさ」勝った金をかき集めながら、カーツェンがいった。「きみはそっちも、ぜんぜん勝てないよ」

「わかってる」ストールがいった。「だけど、ポーカーで負けるたびに、いやんなっちゃうんだ。どうしてか知らないけど」

「男らしさの喪失」リズ・ゴードンが、《ナショナル・インクワイアラー》を読んでいる視線をあげもせずにいった。

ストールがちらと目を向けた。「なんだって？」

「いろいろな要素を考えてごらんなさい」と、リズがいった。「強い手、無表情でブラフをかます、ショバ代《アンティ》の額……葉巻をふかす、大西部時代、奥の間、男たちだけで夜っぴて過ごす、などなど」

ストールとカーツェンは、顔を見合わせた。

「わたしを信用しなさいよ」リズが、ページをめくりながらいった。「わたしの分析はたしかなんだから」

「タブロイド版の新聞でニュースを読むような人間を信用しろっていうの？」カーツェ

ンがいった。

「ニュースじゃないわよ」リズが答えた。「変人奇人の話。格調高い雰囲気のなかで暮らしている有名人たちは、最高の研究の対象よ。博打打ち《ギャンブラー》に関していえば、前にアトランティック・シティで慢性の症例を扱ったことがあるわ。ポーカーと玉突きは、負けるのを男がいやがる二大ゲームなの。魚釣りやピンポンをやってみなさい――そのほうがエゴのダメージが小さいから」

アンが、リズのテーブルに座った。「チェスやスクラブルみたいな知的なゲームはどうなの？」

「そういうゲームは、べつの意味で男性的なのよ」と、リズがいった。「男はやっぱり負けるのを嫌がるけど、相手が男のときのほうが、相手が女の場合より、負けを受け入れやすいの」

ローウェル・コフィーが、鼻で笑った。「女のいいそうなことだな。ねえ、バーバラ・フォックス上院議員は、きのうおれを、どんな男もいまだかつてやったことがなかったくらい痛烈にぶっ叩《たた》いたんだぜ」

「それは彼女が、いままでのどんな男よりも優秀だからでしょうよ」と、リズがいい返した。

「ちがうね」コフィーがいった。「委員会で相手が男のときに使える急場の意思疎通《そつう》が、彼女には通じなかった。マーサに聞いてみるといい。その場にいたから」

アンがいった。「フォックス上院議員は、何年も前にお嬢さんがフランスで殺されてから、狂信的な孤立主義者になったのよ」

「あのね」リズがいった。「これはわたしだけの意見じゃないの。数知れない論文が、この問題に関して書かれているのよ」

「UFOについても、数知れない論文が書かれている」と、コフィーがいった。「だけどおれはいまも、そんなものはみんな嘘《うそ》っぱちだと思っている。人間は、性別に関係なく、その相手によって反応するんだ」

リズが、嬉《うれ》しそうな笑みを浮かべた。「キャロル・ラニングね、ローウェル」

「なんだって？」

「わたしはこの話はできない」リズがいった。「でも、あなたはできる――度胸があればば」

「ラニング判事のことか？　フレイザー対メリーランドの？　おれの心理プロファイルに、それが載っているのか？」

リズは黙っていた。

コフィーが、顔を赤らめた。新聞のページをめくり、何度もたたんでから眺めた。

「きみの意見は見当ちがいだよ、エリザベス。公判のあと、彼女の車にぶつかったのは、事故だった。おれの最初の事件で、注意がおろそかになっていたんだ。女に負けることとそれとは、まったく関係がない」

「あらそう」と、リズがいった。

「ほんとうだよ」コフィーがいったときに、ポケベルが鳴った。表示された番号を見て、コフィーは新聞をテーブルにほうり出し、立ちあがった。「悪いな、みんな。おれの最終弁論はまたの機会に聞いてもらうしかない。世界の指導者がお呼びだ」

「男？　女？」カーツェンがきいた。

コフィーがしかめ面《つら》をして、出ていった。

コフィーがいなくなると、アンがいった。「リズ、彼にすこしつらく当たりすぎたんじゃないの？」

リズは《インクワイアラー》を読み終えて、《スター》と《グローブ》を取り、立ちあがった。薔薇色《ばらいろ》の頬のブルネットをみおろしていった。「ちょっとだけね、アン。でも、それが彼のためなの。あんなふうに威張っているけど、ローウェルはひとの意見をよく聞くし、納得する場合もある。ほかのひとたちとはちがってね」

「どうもありがとうよ」ストールが、コンピュータの電源を切って、接続ケーブルをはずした。「アン、きみが来る前にリズとぼくは、リズがハードウェアを扱うのが苦手なのは、物理的な限界によるものなのか、それとも潜在意識に男性に対する反発という偏見があるからかということについて、〝討論〟していたんだよ」

「前者よ」リズがいった。「そうでなかったら、あなたのハードウェアに関する技倆《ぎりよう》そのものがあなたを男にするというのとおなじじゃない」

「まいどおおきに」と、ストールがいった。

「まったく」アンがいった。「みんなの朝のカフェインと砂糖の摂取を減らしてもらうわよ」

「ちがうんだよ」リズが出ていくと、ストールがいった。「国際的大事件が起きた直後の月曜日だからなんだ。一週間ずっとここに詰めることになるのに、そのあいだのテレビの録画予約をするのを忘れていたもので、みんなちょっと怒りっぽくなっているのさ」

カーツェンが、ラップトップを小脇《こわき》にかかえて立ちあがった。「会議のために用意しなけりゃならないものがある。それじゃ十五分後に」

「そのあとも十五分おきに」ストールがカーツェンを追って出ていった。「みんな年取って白髪《しらが》になるまでずっと」

ひとり残されたアンは、エスプレッソをすこし飲み、オプ・センターの第一チームのことを考えた。いちばん大きな子供のマット・ストールや、いちばん大きないじめっ子のリズ・ゴードンをはじめ、個性豊かな人間ばかりだ。しかし、どんな分野であろうと、優秀な人間というのはいっぷう変わっている。こうした狭い場所で、そういう連中をいっしょに働かせるのは、報われない仕事だ。ポール・フッドが折衷主義の幹部たちに期待できるのは、平和共存や目的の共有、たがいをある程度までプロフェッショナルとして尊敬するという程度のことだろう。高度な整備保守《メインテナンス》と実地的な運営によって、フッドはそれをものにしている——だが、それによって私生活がそこなわれていることを、アンは知っている。

会議に出るためにカフェテリアを出たアンは、マーサ・マッコールと鉢合わせしそうになった。数カ国語に堪能《たんのう》な四十九歳の政策担当官も、会議室に急いでいくところだったが、ぜんぜん急いでいるようには見えなかった。物故したソウル・シンガー、マック・マッコールの娘のマーサは、口が裂けそうな笑みと低いハスキーな声の持ち主で、のんびりした雰囲気がある——それが鋼鉄の芯《しん》を覆《おお》い隠している。父親とともに旅回りをしたマーサは、酔っ払いや粗野な労働者階級の白人や頭の固い保守的な連中は、鋭利なナイフよりも鋭利な頭脳と機知をこわがるものだということを学んだ。父親が自動車事故で死ぬと、マーサは伯母のもとで猛勉強させられ、大学へ行った。父親の〝ソウルをひろめる〟時代から国務省へとマーサがのしあがるのを、伯母はずっと見守っていた。

「おはよう、別嬪《べっぴん》さん」アンが長身の相手に合わせようと歩度を速めると、マーサはいった。

「おはよう、マーサ」アンがいった。「昨夜《ゆうべ》は、さぞかし忙しかったんでしょうね」

「ローウェルとわたしは、議会《ザ・ヒル》で七枚のヴェールの踊りをやったのよ」と、マーサがいった。「ほんとうに議会のひとたちというのは、説得するのがたいへん」

そのあと、ふたりはずっと無言で歩きつづけた。マーサは、どの言語であろうと、相手がたいへんな実力者でないかぎり、世間話はしない。ポール・フッドのポストを狙《ねら》っているものがいるとすれば、それはロジャーズではないだろうというアンの予感は、日増しに強まるいっぽうだった。

アンとマーサが会議室《タンク》へ行くと、マイク・ロジャーズ、ボブ・ハーバート、マット・ストール、フィル・カーツェン、リズ・ゴードンが、すでに大きな楕円形《だえんけい》のテーブルを囲んで席についていた。ボブ・ハーバートがやつれた様子なのに、アンは目を留めた。ハーバートとその古い友人のロジャーズは、夜通しストライカー任務について検討を重ねたのだろう――それに、車椅子《くるまいす》の情報担当官のハーバートは、今回の爆弾テロによって感情を乱されたに相違なく、それにも対処しなければならなかったはずだ。

ふたりのあとから、ポール・フッドと、せかせかした様子のローウェル・コフィーがはいってきた。コフィーがはいり切る前にロジャーズがテーブルの脇のボタンを押し、厚いドアが閉まりはじめた。

狭い会議室は、蛍光灯に照らされていた。ロジャーズの席の向かいの壁に大きなデジタル式のカウントダウン・クロックがあり、ゼロを表示したままでとまっている。時間割のある危機の場合、この時計とすべてのオフィスの時計がおなじ数字を表示する――いつ実行するかということに関して誤解が生じないように。

タンクの壁、床、ドア、天井は、すべてグレイと黒の斑《まだら》の〈アクースティクス〉吸音材に覆われている。その裏にコルクが何層か重ねられ、つぎが厚さ一フィートのコンクリート、そしてまた〈アクースティクス〉がはいっている。部屋の四方の壁と天井と床のコンクリートには、振動の激しい可聴波を発するケーブルが網目状に埋め込まれている。この部屋を出入りする電子情報は、すべてもとに戻せないほどひずむことになる。

フッドは、テーブルの上席に座っていた。コンピュータのモニターとキイボードを置く部分が右にすこしのびていて、電話のモジュラー・ジャックもある。モニターの上にちっちゃな光ファイバー・カメラが取り付けられ、おなじようにカメラの前に座っている相手を見ることができる。

ドアが閉ざされると、フッドはいった。「きのうの事件には、みんなさぞかしむかむかしていると思うから、そのことはここでくどくどしくいうのはやめよう。マイクのすばらしい働きっぷりに、まず感謝したい。それについては、本人からあとで説明してもらおう。聞いていないものがいるかもしれないので、念のためにいうが、今回の事件には、ニュースで報じられていない裏の面がある。わたしは飛行機をおりてまっすぐここに来て、さっとシャワーを浴びただけだから、みんなとおなじように早くマイクの話が聞きたい。ただ、ひとつ強調しておきたいが、これから諸君が耳にすることは、第一級機密情報に属する。この会議室の外でそれらの情報を知る資格のない人間に教える場合には、マイクかマーサかわたしの承認を得なければならない」ロジャーズに目を向けた。

「マイク」

ロジャーズが、フッドにひとこと礼をいってから、オーヴァル・オフィスでなにがあったかを説明した。ストライカーが午前四時四十七分にアンドルーズを出発し、現地時間で午後八時五十分ごろにヘルシンキに到着するはずだ、と告げた。

「ローウェル」ロジャーズがいった。「フィンランド大使との話はどこまで進んでいる？」

「いちおうの承諾はもらった」コフィーが答えた。「あとは大統領のゴム印をもらえばいいだけだ」

「それはいつもらえる？」

「きょうの午前中」と、コフィーが答えた。

ロジャーズは時計を見た。「むこうはもう午後四時だぞ。だい、い、い、じょうぶだろうな？」

「だいじょうぶだ。フィンランドでは始業も終業も遅い。昼食前に重要な決定を下すものなんかいない」

ロジャーズが、コフィーからダレル・マキャスキーに視線を移した。「われわれの要望をそのままフィンランド政府が認めたとして、サンクト・ペテルブルグの情報に関してインターポールが協力してくれる見込みは？」

「それは時と場合による。エルミタージュのことだろう？」

ロジャーズがうなずいた。

「このあいだその近くで殺されたイギリスの情報部員のことをインターポールにいうのか？」

ロジャーズが、フッドの顔を見た。「ＤＩ6が、テレビ・スタジオを探っていた人間をひとり失った」

「インターポールにそれと実質的におなじような偵察をやってくれと頼むのか？」

ロジャーズが、またうなずいた。

「では、情報部員のことは打ち明けたほうがいい」と、フッドはいった。「インターポールには、そういう仕事を喜んで引き受ける腕っこきがいるはずだ」

「国境はどうする？」ロジャーズがたずねた。「陸上を行くしかない場合、フィンランドがわれわれのチームをこっそり潜入させられるような方法はあるか？」

「向こうの国防省に知り合いがいる」マキャスキーがいった。「なにかうまい手があるかどうか、調べよう。だがな、マイク、国境警備隊の実兵力は四千名以下だ。フィンランドはロシアを刺激して怒らせるのは避けたいだろうな」

「わかった」というと、ロジャーズは、マット・ストールのほうを向いた。丸々と肥《ふと》ったコンピュータの権威は、掌《てのひら》を合わせて、指先を打ち合わせている。

「マット」ロジャーズはいった。「コンピュータのコネを使って、ロシアの備蓄品や注文にふつうでないものがあるかどうかを調べてくれ。あるいは、昨年中に、サンクト・ペテルブルグに転勤になったロシアの一流の技術者がいないかどうか」

「そういう連中は、ものすごく口が固いですよ」ストールがいった。「だって、政府に信用されなくなった場合、彼らが勤められるような民間企業は、ほとんどないわけですからね。でも、やってみます」

「みます、じゃない――やれ」ロジャーズが、語気鋭くいった。いったとたんに視線を伏せ、唇を嚙《か》んだ。「すまない」一瞬の間を置いていった。「長い夜だった。マット、わたしはロシアへチームを送り込まなければならない。それも、昼間、ビーチでのんびりさせるわけではない。攻撃目標《ターゲット》についてあらゆることを彼らに教えてやりたい。どういうやつらと遭遇する可能性があるかも教えてやりたい。電子機器についてある程度のことがわかれば、とっても助かるんだ」

「わかりました」ストールが、ぎこちなくいった。「ハッキングやインターネットで、できるだけのことを調べます」

「ありがとう」

アンは、ロジャーズがリズ・ゴードンのほうを向くのを見守っていた。外国の指導者の心理プロファイルというものをあまり信用しないフッドとはちがい、ロジャーズはそれが正しいものと信じている。

「リズ」ロジャーズがいった。「ロシア内相ドーギンのデータをコンピュータで分析してくれ。大統領選挙でジャーニンに負けたという要素、ミハイル・コシガン将軍の影響などを加味して。将軍のデータが必要なら、ボブのところにある」

「聞いたことのある名前ですね」マーサがいった。「たしかわたしのファイルにもあります」

ロジャーズは、ラップトップのディスプレイ・カヴァーをあけて待ち構えていた環境整備官のフィル・カーツェンのほうを向いた。「フィル、フィンランド湾からネヴァ川にかけての精密な情報がほしい。エルミタージュ付近のネヴァ川のあたりもだ。気温、流れの速さ、風向、風力――」

フッドの右手のコンピュータが、ビーッという音を発した。フッドがF6のキイを押して応《こた》え、Ctrl キイを押して待機にした。

ロジャーズが、語を継いだ。「それから、エルミタージュの下の地層についてわかっていることも聞きたい。ロシア人がどれぐらい深く掘ったのか、知りたいんだ」

カーツェンが打ち込み終えてからうなずいた。

フッドが、もう一度Ctrlを押した。首席補佐官のスティーヴン・〝バグズ〟・ベネットの顔が、画面に現われた。

「長官」ベネットがいった。「DI6のハバード課長から緊急連絡です。この問題に関係があるので、おつなぎしたほうが――」

「ありがとう」フッドはいった。「つないでくれ」

フッドは電話機のスピーカー・ボタンを即座に押して、待った。ブラッドハウンドのような顔が画面に現われた。

「おはよう、課長」フッドがいった。「ここにはチームのものがそろっているから、勝手ながらスピーカーフォンに接続させてもらった」

「結構」ハバードがいった。なまりが強く、よく響く低い声はしわがれている。「こっちもおなじようにしただろう、長官。さっそく本題にはいらせてもらうよ。そちらがヘルシンキへ派遣したチームにくわえてもらいたい工作員が、ここにひとりいる」

ロジャーズが、渋い顔をして、かぶりをふった。

フッドはいった。「課長、われわれの部隊は慎重にバランスをとって――」

「わかっている」ハバードがさえぎった。「しかし、最後まで聞いてくれ。こっちは諜《ちょう》報員《ほういん》二名を失い、残った一名は身を隠している。幕僚たちはうちのベンガル部隊を派遣しろといっているが、ふたつのグループが鉢合わせするようなことがあっては困る」

「ベンガル部隊は、サンクト・ペテルブルグのこの作戦を指揮している人間にわたしの電話をつないでくれるのかね？」

「はあ？」

「つまり、そちらは、わたしが自分で手に入れられないようなことは、ひとつも差し出していないじゃないか。わかったことは、いつもどおり、これからも教え合うことにしよう」

「むろんだ」ハバードがいった。「だが、きみのいうことはまちがっている。われわれはそちらにひとつ差し出すものがある。ミス・ペギー・ジェイムズだ」

フッドはすぐにCtrlとF5キイを押して、諜報員のファイルにアクセスした。DI6、ジェイムズと打ち込むと、彼女の身上調書が表示された。

ロジャーズが立ちあがって、ファイルをざっと見ているフッドのうしろから覗《のぞ》いた。DI6から得たデータのほかに、オプ・センター、CIA、その他のアメリカの情報機関の収集した独自の情報もふくまれている。

「なかなかたいした経歴の持ち主だな」と、フッドがいった。「貴族の孫、南アフリカで現場に三年、シリアに二年、本部に七年。特殊部隊の訓練を受け、六カ国語を話し、褒賞《ほうしょう》四度。ヴィンテージのバイクを再生《レストア》してレースに出場」

マイク・ロジャーズがべつのファイルと照らし合わせて指差し、フッドは言葉を切った。

「ハバード課長、マイク・ロジャーズです」ロジャーズがいった。「フィールズ－ハットンを徴募したのもミズ・ジェイムズですね」

「そうだ、将軍」ハバードが認めた。「ふたりはきわめて近しい関係だった」

「個人的な恨みからの戦いには注意すべし」リズが、首をふりながらつぶやいた。

「聞いたかね、課長？」フッドがたずねた。「うちの主任心理分析官だ」

「聞いています」女性の声が鋭い口調で応じた。「きっぱりと申しあげますが、わたしは復讐《ふくしゅう》のために参加するのではありません。キースがはじめた任務が完遂されるのを見届けたいだけです」

「だれもあなたの能力に疑問を呈してはいません、ジェイムズ情報部員」リズが、謝罪する気配もなく、反駁《はんばく》を許さない力強い口調でいった。「しかし、感情からの離脱と客観性はいっそうの警戒をうながすし、われわれはわれわれの作戦において――」

「たわごとよ」ペギーがいった。「あなたがたといっしょに行くか、それともひとりで行くか、ふたつにひとつよ。どのみちわたしは行きます」

「いいかげんにしないか」ハバードがきっぱりといった。

コフィーが咳払《せきばら》いをして、テーブルの上で手を組んだ。「ハバード課長、ジェイムズ情報部員――わたしは、オプ・センターの法律顧問のローウェル・コフィー二世です」

フッドの顔を見た。「ポール、あとでおまえの首をよこせといわれるかもしれないが、ぼくはおふたりの提案を検討すべきだと思う」

フッドの表情は変わらなかったが、ロジャーズの目が凶暴な怒りを宿した。コフィーは彼の視線を避けた。

「マーサとぼくは、議会統合情報監督委員会とまだいくつか調整しなければならないことが残っている」コフィーがいった。「これが多国籍チームだと委員会にいうことができたら、時間を延長させたり、地域を拡大させたりするなど、いろいろ交渉の範囲がひろがる」

「わたしが自刃《じじん》することをきみは望むかもしれないが、『マイク』マキャスキーもいった。「ジェイムズ情報部員がチームにくわわると、わたしも助かるんだ。フィンランドの国防大臣は、英国海兵隊のマロウ提督とたいへん親しい。事態が進むにつれてほかにも頼み事ができた場合には、提督のほうから口をきいてもらうのがいちばんだ」

ロジャーズは、かなり長いあいだ、言葉を発しなかった。ロンドンの側の沈黙も、挑発的だった。フッドはついにボブ・ハーバートの顔を見た。情報担当官のハーバートは、口をきっと結び、車椅子の革の肘掛《ひじかけ》をしきりと指で叩《たた》いている。

「ボブ」フッドがたずねた。「きみの意見は？」

ミシシッピで過ごした少年時代の名残をとどめた物柔らかな口調で、ハーバートがいった。「ではいうが、われわれだけで任務はきちんと実行できる。その女性が独りで行きたいのなら、それはハバード課長の考えることだ。細かな調整まで終えている機械に、よぶんな部品をつけくわえる理由はどこにもないと思う」

マーサ・マッコールがいった。「わたしたちは縄張り意識にとらわれかけていると思う。ジェイムズ情報部員はプロフェッショナルよ。細かな調整を終えた機械に、きちんと合わせられる」

「ありがとう」ペギーがいった。「どなたか存じませんが」

「マーサ・マッコールです」マーサが名乗った。「政策担当官。いいのよ。男性専用クラブから締め出されるのがどんなものか、わかっているから」

「馬鹿《ばか》をいうな」ハーバートが、手をふってしりぞけた。「これは黒人と白人、男性と女性、英米協力がどうのこうのという話じゃないんだ。この任務には、もうひとり一流の女性、バース・ムーアの代わりにはいったソンドラ・デヴォンが参加している。そこへもうひとりくわえるのは正気の沙汰《さた》じゃないといっているだけだ」

「もうひとりの女性をね」と、マーサがいった。

「もうひとりの新人をだ」ハーバートが切り返した。「やれやれ、いったいいつから、指揮官の決定がだれに不利な命令かということばかりが取りあげられるようになったんだ」

フッドがいった。「みんな意見をありがとう。課長、そちらの部下について、ご本人がいる前であれこれ意見をいうのを勘弁してもらいたい」

「かえってありがたいわ」ペギーがいった。「どんなときでも、自分の立場はよく知っておきたいから」

フッドがいった。「わたしもためらいはあるんだが、コフィーのいうとおりだと思う。二国のグループというのは妥当だし、ミズ・ジェイムズはそれにうってつけのようだ」

ハーバートが、両方の掌をテーブルの縁《へり》に打ち付け、〈小さな世界《イッツ・ア・スモール・ワールド》〉の数小節を口笛で吹いた。ロジャーズが、席に戻った。制服の襟の上の首が紅潮し、陰気な眉宇《びう》が、いつもよりいっそう暗く見える。

「細部について、そちらもわれわれとおなじだけのことを知るようにはからう」フッドがいった。「そちらがストライカーと完全に連絡が保てるようにする。いうまでもないとは思うが、課長、ストライカーの指揮官のスクワイア中佐に、われわれは全幅の信頼を置いている。ジェイムズ情報部員には、彼の命令に従ってもらう」

「むろんだ、長官」ハバードがいった。「ありがとう」

フッドがロジャーズに顔を向けたとき、モニターの画像が消えた。

「マイク」フッドはいった。「ハバードはどのみち彼女を派遣するつもりだったんだ。

とにかくこれでこっちは彼女の居場所を把握できる」

「あんたが決めたことだ」と、ロジャーズがいった。「わたしならそういう決定は下さない」フッドの顔をじっと見た。「こいつはノルマンディ上陸でも、砂漠の嵐《あらし》作戦でもないんだ。いくつもの国の総意《コンセンサス》など必要ない。アメリカ合衆国が攻撃され、それにアメリカ軍が対応している。以上《ピリオド》」

「ただし《セミコロン》」フッドが正した。「DI6にも死傷者が出ている。彼らの教えてくれた情報により、われわれのターゲットについての疑念が裏付けられた。彼らにもターゲットに一発見舞う権利がある」

「なんどもいうが、われわれはそれには不賛成だ」ロジャーズがいった。「ミズ・ジェイムズは、上官に懲戒されてしかるべきだった。それに、スクワイアの命令にはぜったいに耳を貸さないだろう。だが、あんたは戻ってきたし、こうして指揮をとっている」

テーブルの周囲をみまわした。「わたしの説明はこれで終わりだ。傾聴ありがとう、諸君」

フッドも、一同の顔を見まわした。「ほかになにかあるか?」

「ある」ハーバートがいった。「マイク・ロジャーズと、リン・ドミニクと、カレン・ウォンは、きのうの粗悪な情報から立派な分析をやってのけたことで、勲章をもらってもいいぐらいだと思う。爆破事件のことを聞いて、アメリカ中の人間が、両手をもみ絞りながら走りまわっていたときに、三人は犯人はこういうもので、理由はおそらくこうだろうということを探り当てた。ところが、名誉戦傷章をあげるどころか、われわれはマイクの急所を蹴飛《けと》ばした。申しわけないが、納得がいかない」

「彼の意見に賛成しなかったからといって」と、ローウェル・コフィーがいった。「彼のやったことをおそろかに思っているわけじゃない」

「あなたは疲れているうえに、怒っている」リズ・ゴードンがいった。「これはマイクとは関係がないのよ。いまの世界でどう生きるかなのよ」

ハーバートが、いまの世界に対する不満をつぶやき、車椅子《くるまいす》を動かしてテーブルから離れた。

フッドが立ちあがった。「わたしは、午前中にみんなのところへ行って、進展をみる」そういってから、ロジャーズのほうを向いた。「だれかが忘れているといけないから念のためにもう一度いうが、ここにいるものは、だれひとりとして、きのうのマイクのような働きはできなかっただろう」

ロジャーズが、フッドに向かって小さくうなずき、ドアをあけると、ボブ・ハーバートのあとから会議室《タンク》を出ていった。

19

月曜日　午後八時　サンクト・ペテルブルグ

コンピュータのモニターの隅に表示されたデジタル時刻表示が7:59:59から八時ちょうどへと変わったとき、作戦センターにひとつの変化が起きた。あたりを青っぽくしていた二十台以上のコンピュータの画面が、あふれんばかりのとりどりの色へと変わって、それが部屋のなかにいるものの衣服や顔を染めた。雰囲気も一変した。拍手するものはなかったが、センターが生き生きとしはじめると、緊張が和らぐのがはっきりとわかった。

作戦支援官フョードル・ブーリバは、正面右の隅に据え付けられた彼専用のコンソールから、オルロフのほうを見た。きちんと刈り込んだ黒い顎鬚《あごひげ》の上の口をほころばせ、黒い目を輝かせて、若い技術者はいった。「一〇〇パーセント稼動《かどう》されました」

セルゲイ・オルロフは、天井の低い広い部屋の真中に立ち、うしろで手を組み、画面から画面へと視線を動かしていった。「ありがとう、ブーリバ君」オルロフはいった。

「よくやった、みんな。全部署、作戦のカウントダウン開始をモスクワに知らせる前に、データを再度確認しろ」

オルロフは、肩ごしに部下たちを眺めながら、ゆっくりと端から端まで歩いた。二十四台のコンピュータとモニターが、ほとんど馬蹄《ばていけい》形に近いつぶれた半円形のテーブルにならんでいる。モニター一台にひとりのオペレーターがいる。八時ちょうどにそれらの青い画面がデータや写真や地図や海図に変わると、オルロフはいくぶん緊張を解いた。モニターのうちの十台は監視衛星用である。四台は世界中の情報データベースに接続されているが、そのなかには、合法的な情報ばかりではなく、警察本部、大使館、政府機関などからハッキングで情報を得ているデータベースもある。九台は無線や携帯電話の傍受、世界中の諜報員からの報告の受信に使用される。残る一台は、ドーギン内相もふくめたクレムリンの各省の大臣室に直結している。このデータリンクの担当は、ロスキー大佐がみずから選んだイヴァーシン伍長《ごちょう》で、大佐の直属とされている。地図の画面以外のものは、すべて暗号文がずらりと表示されている。それをオルロフやとなりのモニターの担当やセンターの他の職員が見ても、なんのことか見当がつかない。部署それぞれに暗号がちがうので、たとえ潜入工作員がいたとしても、被害は最小限に抑えられる。ふたりのオペレーターが病気のときは、平文への翻訳をオルロフとロスキーのふたりがやる。ふたりとも、ふたつに分かれたパスワードの半分しか知らされていない。

点検とバグの除去に数週間をかけたあとで、こうして画面が息を吹き返すと、オルロフは巨大なロケットが自分の下で轟然《ごうぜん》と息を吹き返したときとおなじ感じを味わった。すべてが予定どおりに作動したという安堵《あんど》。ロケットに乗ったときとはちがい、自分の生命が危険にさらされているわけではない。しかし、宇宙に乗り出すとき、オルロフは生き死ににについて深く考えたことは一度もなかった。探検とはそういうものではないし、戦闘機パイロットであることも、ひいては毎日の生活も、そんなものではない。命より名のほうがずっと大切だし、最善を尽くして成功させるということしか、頭になかった。

この部屋の正面の壁は、一枚の大きな世界地図になっている。天井の映写機《プロジェクター》を使って、そこへモニターの画像を重ねて映すことができる。左右の壁には、フロッピー・ディスクその他のバックアップ・メディア、極秘データ、ファイル、世界各国の政府や軍や機関についての資料の棚がある。奥の壁の中央にドアがあり、廊下の先には暗号解析センター、警衛詰所、食堂、洗面所、出口がある。オルロフとロスキーのオフィスに通じるドアは、それぞれ右と左の壁にある。

センターの中央に立ったオルロフは、未来の軍艦を指揮しているような心地がした——この軍艦はどこへも行かないが、それでいて天から地上を眺め、地面の石の下を覗《のぞ》き込むことができる。地球上のほとんどの人間について、あらゆる事柄を瞬時に知ることができる。宇宙にいて、下のほうで地球がゆっくりと回転していたときでさえ、これほどの全知を味わうことはなかった。また、どこの国の政府でも、情報に関しては精確かつタイムリーなものを望むので、ロシアの各方面における混乱も、作戦センターの予算獲得と運営に影響をおよぼすことはなかった。最期《さいご》がおとずれるまで華麗なる孤立のうちに過ごしたロシア皇帝ニコライ二世の気持ちがわかるような気がする。こうした場所にいると、外界の日常的な問題がまったく関係なく思えてくるものだ。現実から乖離《かいり》してしまわないように、オルロフは一日に三、四紙の新聞を読むことにしていた。

イヴァーシン伍長が不意に立ちあがり、オルロフの前に来て、さっと敬礼をした。ヘッドセットをはずし、差し出した。「将軍、通信室から、将軍に名宛《なあて》通信がはいっているとのことです」

「ありがとう」オルロフは、手をふってヘッドセットを受け取らなかった。「オフィスで受ける」向きを変え、右手のドアに向かった。

オルロフは、ドアの左のキイパッドに個人暗証を打ち込んで自分のオフィスへはいった。助手のニーナ・テローワが、奥の隅のパーティションの向こうから顔を覗かせた。テローワは肩幅の広い堂々とした女性で、齢《とし》は三十五、紺のジャケットとスカートはぴっちりしている。栗色《くりいろ》の髪はひっつめて団子にしている。目は大きく、鼻は格好のいい弧を描き、銃弾が頭蓋《ずがい》をかすってできた傷が額にななめに残っている。サンクト・ペテルブルグ警察に勤務していたテローワは、ほかにも胸と右腕に傷痕《きずあと》がある。持ち場を堅守してふたりの銀行強盗を斃《たお》したときの古傷である。

「おめでとうございます、将軍」テローワがいった。

「ありがとう」オルロフが、ドアを閉めながら答えた。「しかし、まだチェックポイントは何百もある――」

「そうですわね」テローワがいった。「それが済んでも、将軍は、成功を収めたその日から一日たち、一週間たち、一年たつまで、安心できないんでしょうね」

「あらたな目標のない人生がなんになる？」と問いかけ、オルロフはデスクに向かって腰をおろした。黒いアクリルの天板を支える細い白い脚は、かつてオルロフを宇宙へ運んだヴォストークのブースターの残骸《ざんがい》からこしらえたものだ。オフィスのあちこちに、写真、模型、勲章や賞状など、宇宙飛行士時代の記念品がある。なかでもユーリ・ガガーリンが世界初の有人飛行を行なったときに乗った粗末なカプセルの計器盤を収めた陳列ケースは、オルロフのいちばんの宝物だった。

　革張りのバケット・シートに座ったオルロフは、それをまわしてコンピュータに向かい、アクセス・コードを打ち込んだ。画面にたちまちドーギン内相の頭のうしろ側が映った。

「大臣」オルロフは、モニターの左下の隅に組み込まれたコンデンサー・マイクに向かっていった。

ドーギンがこちらを向くまで、しばらく間があった。ひとを待たせるのが好きなのか、それとも自分が待たされていたと思われるのがいやなのか、オルロフには見当がつかなかった。いずれにせよ駆け引きのたぐいにはちがいなく、オルロフはそれが不愉快だった。

ドーギンがにっこりと笑った。「イヴァーシン伍長が、万事予定どおり進んでいると教えてくれた」

「伍長は僭越《せんえつ》にすぎます。しかも、そういうのは早すぎる」オルロフがいった。「まだデータの再検討が済んでいません」

「検討は完了すると確信している」ドーギンがいった。「それに、伍長は熱心なのだから、責めてはいかん、将軍。きょうはチーム全体にとってすばらしい日なのだ」

チーム全体。オルロフは、その言葉を胸のなかで反復した。宇宙開発計画に参加していたころ、チームとは、宇宙における人間の能力をひろげるというたったひとつの目標に向けて専心していたひとびとの集まりだった。もちろん、政治的な意図はあったが、作業そのものが重大なので、それがちっぽけなことに思えた。オルロフのここにいる部下たちは、ひとつのチームではない。複数のチームが、逆の方向を目指している。センターを稼動させようと働いているものもいれば、ドーギンに情報を流しているものもいる。グリンカ保安班長の率いる偏執的などっちつかずの集団もいて、どちらを支援すべきかを必死で模索している。指揮権を奪われる可能性が高いとはいえ、オルロフはここがひとつのチームとして働くようにしようと、心に誓っていた。

「それはそうと」ドーギンがいった。「カウントダウンのタイミングは、このうえなく好都合だ。ガルフストリーム一機が、南太平洋を日本に向けて飛んでいる。東京で給油したあと、ウラジオストックまで飛ぶことになっている。補佐官にそのガルフストリームのフライト・プランを送らせよう。センターに、その飛行機の飛行を監視してもらいたいのだ。パイロットには、ウラジオストック着陸後にそちらに連絡するよう指示してある。現地時間で午前五時ごろになる。連絡がはいったら、わたしに知らせてくれ。パイロットに送る指示をそのときに伝える」

「これはシステムのテストですか?」と、オルロフはたずねた。

「いや、将軍。ガルフストリームの積荷は、内務省にとって重要不可欠なものだ」

「そういうことでしたら、大臣。こちらの点検が完全に終わるまでは、防空軍に担当してもらったほうがいいのではありませんか? 防空軍の通信・電子技術部隊は――」

「用向きにそぐわず時代遅れだ」ドーギンがにやりと笑った。「わたしはきみにその飛行機を追跡してもらいたいのだ、将軍。センターにはそれができると確信している。その飛行機の送る通信は、むろんすべてそっちの通信室へ暗号で送られる。問題や遅滞が生じた場合には、きみかロスキー大佐がわたしにじかに報告する。なにか疑問はあるかね？」

「いくつかあります」オルロフが答えた。「ですが、ご命令は記録し、ご指示のとおりに実行します」コマンドを入力すると、即座にデータと時刻が記録され、画面の下のほうにウィンドウがひらいた。オルロフは打ち込んだ。ドーギン内相がウラジオストック行きのガルフストリームの監視を命ず。読み直して、保存ボタンをクリックした。保存が完了したことを示すビーッという音が鳴った。

「ありがとう、将軍」ドーギンがいった。「きみの抱いている疑問は、いずれ答が出る。いまはカウントダウンの幸運を祈ろうじゃないか。三時間たらずあとで、われわれの情報の王冠の宝玉が完全に機能しはじめたという報告が聞けるのを楽しみにしている」

「はい、内相」オルロフがいった。「ただ、わたしは不思議に思うのです。その王冠をだれが戴《いただ》くのでしょうか？」

ドーギンの笑みは消えなかった。「がっかりしたよ、将軍。無礼な言動はきみには似合わない」

「あやまります」オルロフがいった。「自分でも不安なのです。情報がそろわず、装置類のテストが完全に終わっていないような作戦を実行しろといわれたことも、部下が指揮系統をないがしろにしていいと思っているような状況に置かれたこともないものですから」

「われわれはみな成長し、変わっていくものだ」と、ドーギンがいった。「一九四一年七月にソ連国民に向かってスターリンが行なった演説の一節を聞かせよう。〃われわれの階級に弱虫や卑怯者《ひきょうもの》や恐慌《きょうこう》を煽《あお》るものや脱走兵のいる余地はない。わが国民は恐れを知らずにいなければならない〃きみは勇気ある理知的な人間だ、将軍。わたしを信じるのだ。きみの忠誠は、かならず報われる」

ドーギンがボタンをひとつ押すと、彼の画像は消えた。オルロフは、暗くなった画面をじっと見つめた。吐責《しっせき》されたことはともかく、ドーギンの返答は心休まるようなものではなかった。ひょっとしてドーギンを信用しすぎていたのかもしれない、とオルロフは思った。スターリンがそういう演説をしたきっかけが独ソ戦であったのを思い出し、ドーギン内相はロシアがいま戦争をしていると仮定しているのではないかと気づいた。その恐ろしい危惧《きぐ》を、どうしても打ち消すことができなかった……仮にそうだとすれば、相手国はどこだ？

20

火曜日　午前三時五分　東京

ホノルルで生まれ育ったサイモン・〝ジェット〟・リーは、一九六七年の八月二十四日、警察官の職務に一生を捧《ささ》げようと決意した。当時七歳だったリーは、巨体の映画エキストラだった父親が、テレビの連続ドラマの〈ハワイ5-0〉で主演のジャック・ロードとジェイムズ・マッカーサーが出てくる場面に登場するのを見た。ロードが強かったからか、それとも巨漢の父親を手荒く扱ったからか、自分でもわからなかったが、リーは警察の虫になった。それはともかく、ジェットという綽名《あだな》は、ロードに似せて髪をいつも真っ黒《ジェット・ブラック》に染めていたことに由来する。

理由はなんであれ、リーは一九八三年にＦＢＩに入局した。クラスで三番の成績でＦＢＩアカデミーを卒業し、一人前の捜査官としてホノルルに戻った。現場にいられるように二度も昇進を断り、悪いやつを追い詰めて世界をより安全なところにするという自分の仕事をこよなく愛していた。

日本の公安機関の承諾を得て航空会社の整備員という身分でいまこうして潜入捜査員をつとめているのも、そういう理由からだった。南米からハワイや日本へ未加工の麻薬が持ち込まれているため、リーはホノルルの相棒とともに出入りする自家用機を追跡し、怪しいものを捜していた。

そのガルフストリームⅢは、非常に怪しかった。ハワイにいるリーの相棒は、それがコロンビアを発《た》ったのを探知した。所有者は、ニューヨークの製パン業者だという。表向きは、その製パン業者が売り物としているいっぷう変わったベーグルの材料を積んでいることになっている。空港まで車で五分のところにある宿屋で目を醒《さ》ましたリーは、いっしょに組んでいる日本の麻薬取締官の佐原健《さはらけん》に連絡し、急いで空港へ行った。

リーは、飛行場の格納庫の隅で、ヘッドセットで管制塔の交信を聞きながら、JT3D－7ターボファン・エンジンをいじくっていた。一台のエンジンを二週間ずっと整備しつづけているので、メーカーであるプラット&ホイットニーのだれよりも、それに詳しくなったような気がしている。ガルフストリームが着陸し、すぐに簡単な整備をして、ウラジオストックに向かう予定だということが、交信を聞いてわかった。

それがよけい怪しい、とリーは思った。パンや焼き菓子類の卸売業者は、ロシア・マフィアと結びついていると考えられている。

白のジャンプ・スーツの下に防弾チョッキを着込んでいるために動きづらいのを気に

しながら、リーはレンチを置き、格納庫の壁の電話のところへ行った。緑色の電話に佐原の携帯電話の番号を打ち込むとき、ホルスターのスミス&ウェッソン三八口径が傾いてずしりと重く感じられ、左の腋《わき》に当たった。

「健」リーはいった。「ガルフストリームが着陸した。二番格納庫の前でとまる。そこで落ち合おう」

佐原がいった。「おれが調べる」

「だめだ――」

「しかし、日本の犯罪者は恐ろしいぞ、ジェット――」

「コロンビア人もおなじだよ」リーがいい返した。「そこで会おう」

夜明けまではまだかなり間があったし、六時間前のホノルル――現地時間で午後二時三十五分――ほど混雑してはいなかったが、それでも東西から航空機がつぎつぎと到着していた。アラム・ヴォニエフやドミトリー・ショヴィッチのようなギャングはたいがい、自分たちの飛行機を、政府機関が見張りやすい小さな飛行場ではなく、大規模な公共の空港に着陸させようとする。このふたりは、ことに見通しのいいところで昼間に自分たちの飛行機を発着させる傾向がある。官憲や宿敵のギャングの意表を衝《つ》くためだ。この飛行機も、ホノルルの前は、メキシコシティやコロンビアのボゴタで、やはり真昼間に離陸している。

ガルフストリームが、滑走路にもっとも近い格納庫のそばで待機している安井石油のトラックに向けて、きびきびと地上走行《タキシー》していった。前の飛行場数カ所でもそうだったが、ここでもガルフストリームは専用の給油車を用意させている。ギャングがこんなふうにおおっぴらに商品を運ばなければならないのには、それなりの理由があるとはいえ、絶対に必要な時間を超えてまで地上に長居するようなあつかましいやつはどこにもいない。

ガルフストリームが、これまでのパターンでやるとすれば——それを変える理由はひとつもないと、リーは知っていた——東京の地面を踏んでいるのは五十分以下で、そのあとすぐまた飛び立ち、二基のロールスロイス・スペイMk511-8ターボファンによって北西へと運ばれて、一面雲に覆《おお》われた暗い空へと消える。そして日本海を越え、あっという間にロシアに着く。

長めの黒い髪を額からはらうと、リーは注文書をポケットから出して読むふりをした。口笛を吹きながら、暗い駐機場に出る。給油のために格納庫に向かっているガルフストリームの衝突防止灯が明滅しているのが見える。四千五百マイルの飛行のあとだから、タンクは空に近いはずだ。地上整備員がタンクからホースをのばしているのを見たとたんに、リーはそれが密輸品を積んでいることを知った。整備員の作業がやけに早く、ふだんよりずっと真剣にきびきびとやっているのだ。金をもらっているのだ。

目の隅でリーはヘッドライトを捉《とら》えた。佐原にちがいない。予定どおり脇《わき》に車をとめて待つはずだ――リーに応援が必要になった場合のために。リーが飛行機に近づいて、給油スイッチに故障がないかどうかを点検するようにと整備班長に告げる。整備員とパイロットがそれをやっているあいだに、すばやく機内にはいって荷物を調べる。

トヨタがリーの横に来て、足並みを合わせるようにのろのろと走った。リーはまごついて足をとめ、運転席を見下ろした。そのとき窓があいて、佐原の表情を消した顔が見えた。

「手伝いましょうか？」リーが佐原に日本語できいた。もっとも、目をかっと見開き、眉間《みけん》に皺《しわ》を寄せている表情のほうは、こう詰問《きつもん》していた。おい、いい、いい、いったいなにをしているんだよ？

その返事に、佐原が膝《ひざ》から三八口径のスミス＆ウェッソン・チーフズ・スペシャルM60リヴォルヴァーを持ちあげて、リーに狙《ねら》いをつけた。超人的な本能と速さで、リーが舗装面に仰向《あおむ》けになったつぎの瞬間、銃が炎を吐いた。

ホルスターから三八口径を引き抜いたリーが、それをすばやく右にふって助手席側の前のタイヤを撃ち、右に転がった。佐原は車をバックさせて、つぎの一弾を撃とうとした。ギアがバックに叩《たた》き込まれ、前輪のリムが火花を散らし、悲鳴をあげる。佐原は片手でハンドルを持ち、もういっぽうの手は銃を握ったまま窓から突き出していた。佐原の放った二発目が、リーの太腿《ふともも》に当たった。

この裏切り者め！　リーは心のなかでののしりながら、ドアめがけて三発撃った。鈍いガーンという音とともに、それが車体に突き刺さり、佐原の三発目と四発目が大きくそれる。リーの撃った弾丸は、いずれも佐原に命中していた。佐原がうめき声をあげて右窓のほうにのけぞり、頭からハンドルの上に突っ伏した。撃たれた男の足がアクセルを強く押して、トヨタが加速し、大きく傾いたまま向きを変えた。とにかく自分のほうには来なかったので、リーが見守っていると、佐原のトヨタは空の貨物用カートにぶつかった。カートに乗り上げて、それを押しつぶし、タイヤが浮き上がって、もう進むことができなくなった。

リーの傷は、筋肉がすさまじいこむらがえりを起こしているような感じだった。骨までずっと日焼けしたように熱く、腿から膝まで固くこわばっていた。脚を動かすと、踵《かかと》から首まで痛みが走った。首をのばすと、ガルフストリームが二百ヤードばかり離れたところに見えた。作業をつづける整備員と灯火が、胴体の下で点滅する黒と白の模様になっている。が、あいている昇降口にふたりの人間がいるのが見えた。いずれも薄手のデニムのズボンにスウェットシャツという格好だが、銃は持っていない。あのふたりが馬鹿《ばか》でないかぎり、とリーは思った……いや、馬鹿なのか。

ふたりはまた身をかがめて機内に戻り、なにごとかどなりあっていた。

彼らがまもなくやってくることはわかっている。リーは意志の力をふりしぼって、腹ばいになり、左の膝を立てて、立ちあがった。右足に体重をかけるたびに目の奥から白い閃光《せんこう》がほとばしり、痛みにたじろぎながら、よろよろと歩を進めた。近づくと、地上整備員たちがじっと見つめた。まるで金をもらっているから仕事はするが、この戦いは自分たちとは関係がないとでもいうように、あわてるふうは見せまいとしながらも、手早く作業を進めている。

いずれにせよ、これはリーの戦いだった。そのために訓練を受けた。それに背を向けることはできない。ましてこの獲物は、燃料を補給している最中の飛行機のなかに釘付《くぎづ》けになっているのだ。

ガルフストリームの機首にリーが近づいたとき、くだんのふたりのうちのひとりが、キャビンの昇降口から出てきた。その男は、ドイツ製のワルサーMP－Kサブ・マシンガンを持っていて、即座にリーに向けて一連射を放った。もとよりそれを予想していたリーは、怪我《けが》をしていないほうの足で蹴《け》って機体の反対側に身を躍らせて、機首をその殺し屋から身を護《まも》る楯《たて》にした。空港の保安態勢はどうなっているんだと思った。銃声は聞いたはずだし、全員がこの整備員や佐原の野郎のように買収されているとは考えたくない。

銃弾が右手の舗装面にギザギザの線を描いたが、リーの倒れたところからは数フィートそれていた。肘で這《は》い進んだリーは、前輪を撃とうと腕をのばした。そうすれば、この飛行機が飛べるようになる前に、だれかが調べに来られるだろう。空港警察もふくめ、空港の関係者全員が買収されていないかぎり。

リーが発砲する直前に、背後から突然連射が放たれ、腋と肩に銃弾が突き刺さった。リーは不意を衝かれた。腕がはねあがって、タイヤからそれ、四発が主翼と胴体に当たった。そのとき、つぎの連射が右の太腿を襲った。

ふりむくと、血みどろの佐原健が立ちはだかっていた。

「おまえ……ほうっておけなかったのか」佐原があえぎながら膝を突いた。「おれをそのまま行かせればよかったんだ！」

リーは片腕に全身の力を集め、三八口径を佐原に向けた。「そんなに逝《い》きたいか？」そういって、額に一発撃ちこんだ。「逝け」

佐原が横倒しになった。リーは、ガルフストリームに目を向けた。息をしようとあえぎながら、給油をつづける整備員たちを見つめた。こんなことがあっていいのか？　と自分にたずねた。犯罪と闘う捜査官が相棒に裏切られ、オイルですべる駐機場で死ぬ。だれも目を向けず、遠くからサイレンも聞こえず、犯罪者をぶち込むものも、おれに手を貸すものもいない……道義にかられる整備員すら、ひとりもいない。

サイモン・リーは、完全にしくじったと思いながら死んだ。

三十分後、ガルフストリームは、ロシアに向けて離陸した。真っ暗だったため、地上でも機内でも、ガルフストリームが空へと突き進むときに左エンジンから黒い煙の細い流れが渦を巻いて出ているのに気づいたものはいなかった。

21

月曜日　午前零時三十分　ワシントンDC

ローウェル・コフィー、マーサ・マッコール、および両名の補佐官たちは、食料購買部から運ばせた昼食を食べながら、コフィーの鏡板張りのオフィスで作業を進めた。ストライカーの任務にはつきものの、法律という地雷原をつついてまわる仕事である。フィンランド大統領は、フィンランド湾内の放射線量を測定するために多国籍ストライカー・チームを派遣することを承認し、コフィーの補佐官のアンドレア・ステンペルが、インターポールのヘルシンキ支部に電話して、ロシアに潜入する三人の車と偽《にせ》のビザを手に入れるよう手配した。そのそばの革のソファでは、ステンペルの助手の法律家補助員《パラリーガル》、ジェフリー・ドライフュスが、ストライカー隊員の遺言書を検討している。軍事的状況や子供や資産などを考慮して、書類が不備であると考えられたときは、飛行機にファクスし、到着までに本人と立会人のサインを済ませるようにする。

コフィーとマッコールは、デスクのコンピュータのモニターを見ながら、〝答申〟を書いていた。上下院議員八名からなる議会統合情報監督委員会にコフィーが提出しなければならない長ったらしい書類の最終稿である。使用できる武器、実行する作戦の性質の詳細、その他の制限事項に関しては、すでに交渉済みだった。コフィーはこれまで、使用できる無線の周波数、チームの潜入と脱出の分単位までの時刻などについて、ある程度の答申を行なっている。つまるところ、議会がロシア侵入を承認したところで、国際法上それが許されるわけではない。だが、承認を得ておかないと、ストライカー・チームが捕虜になった場合、承認がなかったのでいっさい関与していないと関係者すべてが否定し、チームは風のままにもてあそばれることになる。承認を得ておけば、政府がこっそりと外交チャンネルで働きかけて、解放されるように手配できる。

廊下の先、マイク・ロジャーズのオフィスとアン・ファリスのオフィスの奥に、ボブ・ハーバートの居心地のいい指揮中枢《ちゅうすう》がある。細長い長方形の部屋には、小さなテーブルに置かれたコンピュータがならび、三方の壁には詳細な世界地図が、奥の壁には十数面のテレビ・モニターがある。たいがいの場合、画面は暗いままだ。だが、いまはそのうちの五面にロシア、ウクライナ、ポーランドの衛星画像が明るく映っている。画像は〇・八九秒ごとに新しいものへと変わる。

地上の人間の収集する信頼できるHUMINT《ヒューミント》（人間情報）とくらべて、宇宙のELINT《エリント》（電子情報）／SIGINT《シギント》（通信情報）スパイの価値はどうなのかということが、情報関係者のあいだで長らく論議されてきた。理想をいえば、情報機関は両方の情報がほしい。五十海里離れた宇宙の人工衛星からジープの走行距離計が読める能力を彼らはほしがっているし、閉ざされたドアの奥の会話や会議の内容を報告する地上の耳もほしがっている。衛星によるスパイ活動は、あぶなげがない。捕らえられたり尋問される気遣いがない。だが、地上の情報部員とはちがい、ターゲットが本物か偽物《にせもの》かを見分ける判断力がない。

国防総省《ペンタゴン》、CIA、FBI、オプ・センターのための偵察は、ペンタゴン内の超極秘機関、NRO（国家偵察室）が運営している。マット・ストールと学友だった細心なスティーヴン・ヴィアンズが司《つかさど》っているそこは、十列のテレビ・モニターから成っている。そのそれぞれが、地球のさまざまな地域を監視している衛星からの画像を表示している。画像は〇・八九秒ごとに更新されるから、拡大の度合いもいろいろなリアルタイムのモノクロ映像が、一分間に六十七枚、映し出される勘定になる。NROは、潜水艦や航空機の内部の人間や計器の音や反響を読み取って艦内や機内の詳細な映像を得る新鋭のAIM（音響映像監視）衛星の一基目のテストも担当している。

NROの衛星のうちの三基が、ロシア—ウクライナ国境付近の部隊の動きを監視し、二基がポーランドの部隊を監視している。ボブ・ハーバートは、国連の情報源を通じて、ロシア軍の戦力培養（部隊の編成装備の充足）にポーランドが神経質になっていることを聞いていた。ワルシャワはまだ部隊の動員を承認していないが、休暇が取り消され、ポーランドの国境付近に職住のあるウクライナ人の活動に目を光らせている。ポーランドは監視すべきだという点でハーバートと意見が一致したヴィアンズが、ハーバートのオフィスに画像を転送し、それが画面に出ると、ただちにオプ・センターの監視分析チームが検討する、という段取りになっている。

ハーバートとその分析チームの面々の見るところ、ビェルゴロドの兵士の一日の活動を記したプリントアウトからは、なんの異変も感じられなかった。この二日間、日課はまったく変わっていない。

〈時刻〉	〈活動〉
○五五○	準備ラッパ
○六○○	起床整列
○六一○-○七一○	体育訓練
○七一○-○七一五	ベッドメイク
○七一五-○七二○	点検
○七二○-○七四○	当日の指示下命
○七四○-○七四五	洗面

〇七四五－〇八一五　朝食
〇八一五－〇八三〇　整理
〇八三〇－〇九〇〇　任務準備
〇九〇〇－一四五〇　訓練
一四五〇－一五〇〇　昼食準備
一五〇〇－一五三〇　昼食
一五三〇－一五四〇　喫茶
一五四〇－一六一〇　自由時間
一六一〇－一六五〇　武器および装備の手入れとクリーニング
一六五〇－一八四〇　宿営地および衛生設備全般の清掃
一八四〇－一九二〇　周辺防御安全確保
一九二〇－一九三〇　手洗い
一九三〇－二〇〇〇　夕食
二〇〇〇－二〇三〇　テレビのニュース鑑賞
二〇三〇－二一三〇　自由時間
二一三〇－二一四五　夜間整列
二一四五－二一五五　夜間点検

二二〇〇

国旗降下ラッパ

ハーバートとそのチームは、軍事的展開を完璧《かんぺき》に掌握しつつ、チャーリー・スクワイアとストライカー・チームのために、エルミタージュの状況についての情報の収集にもはげんでいた。衛星での偵察によれば、ふだんとはちがう往来はない。また、マット・ストールとそのスタッフがＡＩＭ衛星でエルミタージュの内部の音を分析するプログラムを組んだが、成果は挙がっていない。地上に諜報員《ちょうほういん》がいないことが、彼らの焦燥を倍化させていた。エジプト、日本、コロンビアが、モスクワに諜報員を配置しているが、サンクト・ペテルブルグにはひとりもいない――それに、どのみち、ハーバートは、そうした国にエルミタージュでなにかが起きていることを教えたくなかった。ロシアに内通しないともかぎらないのだ。以前の忠義がかならずしも冷戦後に変わったとはかぎらないし、いまの忠義もあてにならないことのほうが多い。そんな危険を助長するよりは、任務の詳細を決める前にストライカー・チームがじかに現場を調べるほうがいいと、ハーバートは判断していた。

やがて、正午を十分まわったころ――モスクワで午後八時過ぎ――に、状況が一変した。

ボブ・ハーバートが、オプ・センター地階の北西の隅の通信室に呼ばれた。ハーバートは車椅子《くるまいす》を動かして、輝くような笑顔とやさしい声と修道士のような忍耐の持ち主の寡黙《かもく》な巨人、無線偵察主任のジョン・クワークめがけて進んだ。クワークは、UTHER（万能翻訳ヒューリスティック・エンハーモニック報告機）と呼ばれる無線機とコンピュータを合体させたような装置のそばに席を占めていた。この装置は、五百種類以上のさまざまな声、二百種類以上の言語と方言でしゃべったことをほとんど同時に翻訳して文書にすることができる。

ハーバートがやってくると、クワークはヘッドセットをはずした。通信室にいたあとの三人は、モスクワとサンクト・ペテルブルグに合わせてあるモニターの前で作業をつづけた。

「ボブ」クワークがいった。「装備がリャザンからウラジオストックに至る各航空基地で、ビェルゴロド向けの装備が積み込まれていることを示唆《しさ》する送信を傍受した」

「ビェルゴロド？」ハーバートがいった。「ロシア軍が演習を行なっているところじゃないか。どんな装備を送ろうとしているんだ？」

クワークが、青い目を画面に向けた。「ありとあらゆるものだ。自動化通信車輛《しゃりょう》、車輛搭載型無線中継所、ヘリコプター搭載型無線送信所、燃料、オイル、潤滑油のトラックやトレイラー。完全装備の整備中隊、野外炊事場トラック」

「通信と補給のルートを確保しようとしているんだ」と、ハーバートがいった。「機動訓練のようなものかもしれない」

「こんな唐突なのは見たことがないね」

「なにがいいたい？」

「つまり、これは明らかに交戦に向けての戦力培養だが、これまでのロシア軍は、交戦の前に、敵との遭遇の推定時刻や敵部隊の予想される規模に関して、さかんに交信が行なわれるのがつねだった。われわれは彼らが計算した平均移動速度を聞き、前線部隊と本部が戦術について打ち合わせるのを聞く——包囲、迂回《うかい》、連合といったことだ」

「だが、それらの情報がまったくはいらないんだな」ハーバートがいった。

「皆無だ。こんな急なのは、いままで一度もなかった」

「とはいえ、すべてがしかるべき場所に配置されたら、でかいことをはじめる準備がとのう……たとえばウクライナ侵攻のような」

「そのとおり」

「しかし、ウクライナは、まだなにもしていない」と、ハーバートがいった。

「なにが起きているか、知らないのかもしれない」クワークがいった。「あるいは、深刻に受けとめていないのかもしれない。ＮＲＯの画像によれば、ウクライナは偵察要員を国境付近に配置している——だが、縦深偵察中隊は出していない。敵の前線を越えてまで作戦行動をとる必要はないと思っていることはたしかだ」ハーバートは、革の肘掛をこつこつと叩《たた》いた。「ロシア軍が動き出す準備がととのうまで、どれぐらいかかる？」

「今夜には配置につく」と、クワークがいった。「航空機を使っているから、ビェルゴロドまではひとっ飛びだ」

「それらの航空機が国籍不明機《ボギー》である可能性は？」

クワークは、かぶりをふった。「通信はみなほんものだ。ロシア軍は、われわれを混乱させたいとき、ローマ字とキリル文字を組み合わせて使う。そのふたつに共通している文字がどちらのアルファベットだかわからなくて、われわれがまごつくと考えているんだ」コンピュータを叩いた。「だが、ＵＴＨＥＲは、そいつを嗅《か》ぎわけることができる」

ハーバートは、クワークの肩をぎゅっと握った。「よくやった。ほかになにか傍受したら知らせてくれ」

22

月曜日　午後九時三十分　サンクト・ペテルブルグ

「将軍」頬の赤いユーリ・マリェフがいった。「通信室が、ウラジオストックの太平洋艦隊司令部経由で暗号通信を受信したといっております。ホーク衛星で追跡せよと将軍が自分に命令なさった場所からです」

　オルロフ将軍が、コンピュータの列の向こうをゆっくりと往復するのをやめて、いちばん左のコンピュータを担当しているその若い下士官のところへ行った。

「まちがいないか？」オルロフはたずねた。

「疑いの余地はないです。そのガルフストリームです」

　オルロフは、コンピュータの画面の時計を見た。ガルフストリームの着陸までは、あと三十分あるし、その地域のことはよく知っている。だいたいこの時期は向かい風のことが多く、飛行機は遅れがちになる。

「ジラシュに、すぐ行くといってくれ」オルロフは、廊下に通じるドアへと足早に歩いていった。通路の向かいのドアの脇《わき》のキイパッドに本日の暗証を入力し、煙の充満する息苦しい通信室にはいった。グリンカの保安作戦室は、ここのとなりに当たる。アルカーディ・ジラシュとふたりの助手が、天井まで通信機器がびっしり収まっている狭い部屋に座っていた。助手のひとりがドアの脇に押し込まれた装置を使っているので、オルロフはドアをいっぱいにあけることさえできなかった。三人ともヘッドセットをかけていて、オルロフに左のイヤフォンを叩かれるまで、ジラシュは気がつかなかった。

「失礼しました」かすれた低い声で、ジラシュがいった。

起立しなければならないことに突然気づいたのか、ジラシュが立とうとした。オルロフは、手をふって座らせた。ジラシュは、けっして悪気はないのだが、軍の礼儀に反するといえなくもない態度をとることが多い。とはいえ、無線に関しては天才だし、なにはともあれオルロフの宇宙飛行士時代からの信頼できる副官だった。ジラシュのような部下がもっといればと、オルロフは思っていた。

「かまわん」オルロフはいった。

「ありがとうございます」

「ガルフストリームは、なんといってきた？」

ジラシュが、DAT（デジタル・オーディオ・テープレコーダー）のスイッチを入れた。

「スクランブルをかけてあるのを復調して、音声をすこし明瞭《めいりょう》にしました。空電雑音がかなり多い送信です——現在の海上の天候は、かなりひどいので」

テープから聞こえる声はひどく小さかったが、はっきりと聞き取れた。「ウラジオストック、こちらは左エンジンの推力を失った。被害の程度はわからないが、電気系統の一部が使えなくなっている。三十分遅れで着陸できるが、その先飛ぶのは無理だ。指示を待つ」

ジラシュのハウンドドッグのような大きな目が、煙を透かして見上げた。「応答しますか？」

オルロフは考えた。「いや、まだだ。太平洋艦隊のパセンコ代将を呼び出してくれ」

ジラシュが、コンピュータの時刻表示を見た。「向こうは午前四時ですが——」

「わかっている」オルロフが、辛抱強くいった。「いいから呼び出せ」

「はい」ジラシュが、キイボードを叩いて名前をコンピュータに打ち込み、アクセスして、スクランブル化の暗証を入力し、太平洋艦隊司令部を無線で呼び出した。パセンコ代将が出ると、ジラシュはヘッドセットをオルロフに渡した。

「セルゲイ・オルロフか？」パセンコがいった。「宇宙飛行士で、戦闘機パイロットで、家庭に閉じこもってばかりいる世捨て人の？　わたしがベッドからひっぱりだされて話をする気になる、ごく少数の人間のひとりの？」

「こんな時間に申しわけない、イリヤ」オルロフがいった。「元気にしていたか？」

「元気だったよ！」パセンコがいった。「この二年、きみはどこに隠れていたんだ？　オデッサで全軍幹部将校研修をやったとき以来、ぜんぜん見かけていなかったが」

「ずっと元気にしていた――」

「それはそうだろう」パセンコはいった。「宇宙飛行士という経歴があるからな。マーシャはどうしている？　忍耐強い女房どのは？」

「元気だよ」オルロフはいった。「おたがいの消息の話はあとにしないか。頼みがあるんだ、イリヤ」

「なんなりと」と、パセンコはいった。「わたしの娘のサイン帳にサインするあいだブレジネフを待たせた男への友情は、永久につづくだろうよ」

「ありがとう」そのときにブレジネフ書記長がどれほどいらいらしていたかを思い出しながら、オルロフはいった。だが、子供は未来であり、夢見る人だから、オルロフにはいささかのためらいもなかった。「イリヤ、ウラジオストック空港に着陸する予定になっている故障した飛行機があるんだが――」

「ガルフストリームだな？　コンピュータでいま見ている」

「そうだ」オルロフはいった。「その積荷をモスクワへ運ばないといけないんだ。一機貸してくれないか？」

「なんなりと、とはいったものの」パセンコがいった。「使える飛行機はすべて、資材を西へ運ぶのに使っている」

　オルロフは愕然《がくぜん》とした。西でいったいなにが起ころうとしているのか？

「きみの積荷をうちの飛行機に載せてやりたいとは思っている」パセンコが、言葉を継いだ。「スペースさえあれば。しかし、いつのことになるかわからん。輸送が集中しているのは、ベーリング海から嵐《あらし》が来ているせいもあるんだ。今夜まだ地上にいる飛行機は、あと九十六時間はたたないと飛べない」

「では、モスクワから飛行機を呼んでも間に合わないな」オルロフがいった。

「たぶんだめだろう。そんなに緊急を要するのか？」

「わたしにもわからない。クレムリンの用事だ」

「なるほど」パセンコがいった。「なあ、積荷をここに留め置くより、列車を使ったらどうだ？　手配するよ。ウラジオストックから北へ輸送して、天候が回復したところで、迎えにいけばいい」

「シベリア横断鉄道か」オルロフはいった。「何輌用意できる？」

「そのちっぽけなジェット機の積荷を運ぶぐらいのものは用意できる」と、パセンコがいった。「用意できないのは、それを扱う人間だ。それにはヴァルチュク提督の承認が必要だが、提督はクレムリンで新大統領と会っている。国家の安全保障にかかわる問題でないかぎり、邪魔をしたら提督は機嫌をそこねるだろうな」

「それはだいじょうぶだ」オルロフはいった。「列車さえ用意してもらえれば、動かす人間はこっちで手配する。用意できたら、すぐに知らせてくれるな？」

「そこにいてくれよ」パセンコがいった。「三十分後に無線で連絡する」

通信を終えたオルロフは、ジラシュにヘッドセットを返した。「サハリンの基地に無線連絡してくれ。スペツナズ独立班の隊員と話がしたい——電話がつながるのを待っている」

「わかりました。どの隊員ですか？」

「ニキータ・オルロフ少尉《しょうい》。わたしの息子だ」

23

月曜日　午後一時四十五分　ワシントンＤＣ

ポール・フッドとマイク・ロジャーズが、フッドのデスクに向かって腰をおろし、リズ・ゴードンがよこしたばかりの心理プロファイルをじっと読んでいた。会議室《タンク》での経緯《いきさつ》のためにふたりのあいだに緊張が生じていたとしても、それは脇に追いやられていた。ロジャーズは、独立心が旺盛《おうせい》ではあるが、そこはやはり根っからの軍人だった。たとえ気に入らなくとも、命令に服する気持ちはある。フッドのほうはといえば、ロジャーズの決定をくつがえすことはめったになく、まして軍事的な問題でそうすることはほとんどない。あえてそうするのは、幹部の大半の賛同があったときだけだ。

ペギー・ジェイムズの要求は非常に扱いづらいものだったが、なにが肝心であるかははっきりしている。情報関係者の社会は狭い。不満をくすぶらせてはならないくらい狭い。ＤＩ６やハバード課長と疎遠《そえん》になる危険を冒すくらいなら、老練な情報部員をストライカー・チームといっしょに送り込む危険を冒すほうがずっとましだ。

フッドは、その対決のあと、ロジャーズに対してあまり気を遣いすぎないように用心した。そんなことをしたら、かえって恨まれる。とはいえ、ロジャーズの意見、ことにリズ・ゴードンの心理プロファイルに対する熱意は、できるだけ汲《く》むようにした。フッドは、心理分析を占星術や骨相学とおなじ程度にしか信用していない。子供のころに見た母親の夢がおとなの心を理解するのに役立つというのは、土星の引力や頭蓋《ずがい》の隆起で未来を予想するのと大差ないと思っている。

だが、マイク・ロジャーズは、ほかのことはともかく、潜在的な敵の経歴を吟味すれば役に立つと固く信じている。

ロシアの新大統領の半生の概略が、写真や新聞の切抜きやビデオ映像へのショートカット・アイコンとともに、画面に現われた。カスピ海沿岸のマハチカラに生まれ、モスクワの大学へ行って、政治局から、ロンドンのソ連大使館員、そしてワシントン駐在副大使と昇進していったジャーニンの経歴に、フッドは視線を走らせた。

リズのプロファイリングのところで、フッドはスクロールをやめた。「彼は自分が現代のピョートル大帝になれる可能性があると考えている」と、それを音読した。「西側との自由貿易やアメリカからの文化の流入を認め、ロシア国民がアメリカの商品を今後もずっとほしがるようにするはずである……」

ロジャーズがいった。「筋は通っている。連中がアメリカ映画を見たければ、ロシア製のＶＣＲを買わなければならない。国民がシカゴ・ブルズのジャケットやジャネット・ジャクソンのＴシャツを大量にほしがるようであれば、ロシアに工場を作らなければならない」

「だが、リズはこうも書いている。〝彼にピョートル大帝のような審美眼があるとは思えない〟」

「だろうな」ロジャーズが同意した。「ピョートル大帝は、ヨーロッパ文化に心底惹《ひ》かれていた。ジャーニンが興味があるのは、経済を建てなおし、権力の座に居座ることだけだ。きのう大統領とも話し合ったことだが、問題はこうした行動方針を彼がどれほど真剣に考えているかが、われわれにつかめないことだ。軍国主義にはしることなく」

「ジャーニンは軍歴がなにもない」フッドが、経歴を見直していった。

「そのとおり」ロジャーズがいった。「歴史的に見て、そうした指導者は、なにかといえばすぐに武力を行使して無理を通す傾向がある。戦闘地域にいたことがあるものは、そこでどんな代償が払われるかを自分の目で見ている。たいがいの場合、そういうものは、武力の行使をひどく渋る」

フッドが、なおも読みつづけた。「〝昨夜、ロジャーズ将軍がホワイトハウスの会議で聞いた軍事的な警告を思うと、ジャーニンが自分の力量を示すため、もしくは軍部をなだめるために、どこかで戦いをはじめるとは、考えにくい。ジャーニンは、兵器の使用や武力ではなく、説得力や発想の豊かさを自慢にしている。新政権が発足したばかりのいま、彼の最大の関心は西側と疎遠になることではあるまい〟」

フッドは、椅子《いす》に背中をあずけて目を閉じ、鼻梁《びりょう》を親指と人差し指で揉《も》んだ。

「コーヒーはどうだ？」ロジャーズが、報告書をなおも眺めながらいった。

「いや、いい。戻ってくる飛行機のなかで、浴びるほど飲んだ」

「どうして眠らなかったんだ？」

フッドは笑った。「乗れたのが最後に残った席で、世界一やかましいいびきをかく連中のあいだにはさまれた。ふたりとも靴を脱いで、とたんに眠り込んだ。短くカットされた機内の映画は見る気がしないから、家族に三十枚の詫《わ》び状を書いていたよ」

「シャロンは怒っていたか？　それともがっかりしていた？」ロジャーズがたずねた。

「その両方だし、それだけじゃない」フッドが、居ずまいを正した。「いいからロシア人の話に戻ろう。連中を理解するちょうどいい機会じゃないか」

ロジャーズが、フッドの背中を軽く叩《たた》き、ふたりして画面に見入った。

「ジャーニンは衝動的な人間ではないと、リズは書いている」フッドがいった。「道義的もしくは妥当であるかどうか、普遍的な知恵に照らして勝算があるかどうか、といったことに左右されながら、あくまで自分の計画どおりに進める。リズは《プラウダ》からZ‐17AとZ‐27Cを抜き書きしている」

フッドは、《プラウダ》の記事の切り抜き《クリッピング》を呼び出して読んだ。一九八六年、ジャーニンはアバリャ内務省第一次官の計画を支援し、グルジアで外国人ビジネスマンを何人も誘拐したギャングを厳重に取り締まった。アバリャが暗殺されたあとも、〝まがい物の夜〟と呼ばれたレーニンの似顔絵等の使用を禁じる一九八七年の法律を支持することを拒み、強硬派の恨みを買っている。

「〝廉潔《れんけつ》な人物である〟」フッドは、リズの結論を読んだ。「〝注意深くするよりは、リスクを負って過《あやま》ちを犯す傾向がある〟」

ロジャーズがいった。「ちょっと疑問に思ったんだが、そのリスクを負うというのは、軍事的冒険もふくむのかね」

「わたしも疑問に思った」と、フッドが打ち明けた。「グルジアでは、民兵の使用を躊《ちゅう》躇《ちょ》なく進言している」

「たしかに」ロジャーズがいった。「しかし、それはおなじ次元では論じられない」

「どうして?」

「治安の維持のために武力を行使するのと、自分の意図を主張するために武力を行使するのは、まったくちがう。ジャーニンのような男にとって、適法であるかどうかという問題は、心理的に大きな意味がある」

「まあ」フッドがいった。「このプロファイルは、きみが昨夜《ゆうべ》オーヴァル・オフィスで述べた結論とかなり一致している。では、あとのやつを見よう」

フッドは、リズの報告書のつぎの部分へと読み進んでいった。リズは、ちょっとふざけて〝台座からはずれた大砲たち（訳注　なにをしでかすかわからない危険な人物）〟というタイトルをつけていた。

フッドは、スクロールしていった。

「〝ヴィクトール・マヴィク陸軍砲兵大将〟」

「一九九三年にオスタンキノ・テレビ・センターの攻撃を計画した将校のうちのひとりだ」と、ロジャーズがいった。「エリツィンに公然と反抗しながら、まだ生き延びている。政府内外にいまも力のある友人がいる」

「〝だが、彼は独りで行動するのを好まない〟」フッドが読んだ。「つぎは、われらが友人ミハイル・コシガン将軍だ。リズは、〝馬鹿《ばか》の上に阿呆《あほう》の首をつけた〟と、いささか独創的な形容を使っている。もと砲兵上級大将で、アフガニスタンで特攻的な任務を命じたとしてゴルバチョフに譴責《けんせき》されて懲戒処分を受けたふたりの士官を、おおっぴらに弁護している」

「〝ゴルバチョフは、彼に軍法会議のぎりぎり手前のもっとも重い処分をした〟」と、ロジャーズが読んだ。「〝降等されたのち、彼はアフガニスタンへ行って、おなじ任務をくりかえすようみずから命じた。しかしながら、前回とはちがう結果となった。彼は反乱軍の隠れ家を占領するまで兵士と武器の投入をつづけた〟」

「用心すべき人物のようだな」報告書をゆっくりと読み進みながら、フッドがいった。

画面の次の名前は、最近、書きくわえられたものだった。

「ニコライ・ドーギン内務大臣か」フッドはそういってから、読んだ。「〝この男はあたの資本主義者を軽蔑《けいべつ》している。CIAの撮影した写真Z／D‐1は、ゴルバチョフが権力を握ったときに北京《ペキン》を秘密裏に訪問しているドーギンを撮影したものである。ドーギンは当時モスクワ市長で、新大統領に対抗するべく、世界の共産主義国家の支援をひそかに集めようとしていた〟」

「これだから、もと市長は危なくていけない」フッドが写真を呼び出すと、ロジャーズがいった。

ロジャーズのとぼけた物言いに、フッドが頬をゆるめた。

ふたりはモニターのほうに身を乗り出して、写真の〈披見のみ〉という注意書きを目にした。それは、この写真がアメリカ大使の手でゴルバチョフに渡されたことを物語っている。

ロジャーズが、座り直した。「ゴルビーがこいつを知ったあとも、ずっと市長の椅子に座っていたということは、ドーギンはよっぽど多方面から応援を受けていたんだな」

「まさにそのとおりだ」フッドがいった。「何年もかけて育てあげ、ひとつのネットワークにしたようなたぐいの応援だ。正式に選ばれた大統領の政府を下から転覆させられるような」

ドアの表のインターコムが鳴った。「長官、ボブ・ハーバートです」

フッドがデスクの脇《わき》のボタンを押し、ロックがカチリと音を立ててあいた。ドアが内側にひらき、動転した様子のハーバートが車椅子を動かしてはいってきて、デスクにフロッピーを一枚置いた。動揺しているときや、まごついているとき、ハーバートはミシシッピなまりが強くなる。いまそのなまりが、ひどく強くなっている。

「現地時間で午後八時になにかが起きた」ハーバートがいった。「おそらく重大なことだ」

フッドは、ハーバートが持ってきたフロッピーに目を向けた。「なにがあった？」

「まったく突然にロシア軍《グ・ウオン》がいたるところに現われた」フロッピーを指差した。「それを入れてくれ。さあ」

フッドは、フロッピーのデータを取り込み、ハーバートの言葉が誇張ではないことを知った。オレンブルグのパイロットと航空機が、ウクライナとの国境に向けて移動中。バルト海艦隊が演習をよそおって低レヴェルの警急待機中。通常は西側諸国の監視に使用されているホーク人工衛星四基が、ロシアが仮想攻撃目標としているポーランドの数カ所の目標に向けられている。

「モスクワは、キエフとワルシャワにことに注意を払っている」ロジャーズが、衛星の座標を読みながらいった。

ハーバートがいった。「ホークのことで興味深いのはバイコヌール宇宙基地のダウンリンク受信局が、現地時間で午後八時以降、沈黙していることだ」

「受信局だけか？」ロジャーズがきいた。「衛星受信アンテナは？」

「アンテナは動いている」と、ハーバートが答えた。

「では、そのデータはどこへ送られているんだ？」フッドがたずねた。

ハーバートがいった。「はっきりとはわからない――だが、好奇心をそそられるのは、まさにそこなんだ。現地時間で八時ちょうどにサンクト・ペテルブルグの電子放射が増大したのを探知した。それがちょうど例のエルミタージュのテレビ局が送信をはじめた時刻だから、偶然の一致という可能性がないわけではない」

「しかし、そいつにポンデローサ牧場（訳注　TVの連続ドラマ〈ボナンザ〉の大牧場）を賭《か》ける気にはならない」と、フッドがいった。

ハーバートがうなずいた。

「エイヴァル・エクドルがわれわれにいったとおりのことだ」ロジャーズが、部隊の展開をじっと見たままでいった。「軍事行動のたぐい。それもきわめて巧妙に行なわれている。これらの出来事をひとつずつ見ていくと、ホークの監視目標の変更意外は、まったく平生と変わらない。ウラジオストックの港からは資材が定期的に運び出されている。

ウクライナとの国境付近での演習は、一年に二度行なわれているし、いまがその時期だ。バルト海艦隊は、機動訓練を陸地の近くで頻繁にやるから、これもさして意外には思われない」

「つまり、こういいたいんだな」フッドがつづけた。「全体像をつかんでいるものがいない場合には、おかしなところはなにひとつないように見える」

「そうだ」ロジャーズがいった。

「しかし、どうもわからない。仮にジャーニンが蔭《かげ》で糸を引いているのではないとしたら、なにが進行しているにせよ、どうしてこれだけ規模の大きな作戦をジャーニンに知られずに進めることができたんだ？　なにかが起きているのに気づいてもよさそうなものだ」

「指導者は自分の理解力を超える事柄にはついていけない。それはあんたがいちばんよく知っているはずじゃないか」と、ロジャーズがいった。

「ワシントンでふたりの人間になにかをしゃべったら、それはもう秘密ではなくなるということも知っている」フッドがいった。「それはクレムリンでもおなじだろう」

「ちがう」ハーバートがいった。「向こうでは、ひ、と、り、でも知ったら、それはもう秘密ではなくなる」

「あんた、肝心なことを見落としているぞ」ロジャーズがいった。「ショヴィッチだ。

ああいう人間は、金と脅しで、情報のパイプラインをぴったりと閉ざすことができる。それに、たとえ全体像は見えていなくても、ジャーニンはなにかが起きているのは感づいているはずだ。ドーギンとコシガンは、選挙の直後にジャーニンのところへ行って、軍部を満足させ、手いっぱいにさせるために、演習や部隊移動をやったほうがいいと説得して、承諾を得たのかもしれない」

「それをドーギンは自分のために利用できる」ハーバートが指摘した。「どこかの時点でこの一件がうまくいかなくなった場合、命令書の何枚かにはジャーニンのサインがあるわけだ。みんなが手を汚したことになる」

フッドはうなずき、画面を消した。「つまり、ドーギンが創造主、サンクト・ペテルブルグが彼の遊ぶ砂場か」

「そういうことだ」ハーバートがいった。「そして、ストライカーが、やっこさんのところへ遊びにいく」

フッドは、暗くなった画面をずっとにらんでいた。「インターポールの報告が、三時に届く。そうしたら、きみたちはエルミタージュの見取り図を見て、データをあらため、はいる方法を検討してくれ」

「わかった」と、ロジャーズがいった。

ハーバートがいった。「チームがネヴァ川を横断するほうの計画は、TAS（戦術戦略）班にまとめさせた。航空機からの降下、船外機付きの救命筏《いかだ》、あるいは小型潜水艇を使う。ドム・リンボスがいま吟味している。彼は前にも渡河をやったことがある。それから、備品課のジョージア・モズリーが、ヘルシンキで捜し集めなければならないものを把握している」

「ということは、ストライカーを観光客として送り込むという案は、捨てたんだな？」と、フッドがきいた。

「八割がたは」ハーバートが答えた。「ロシア人は、いまでも観光客を見張っていて、怪しい人物がいれば、ホテル、バス、博物館など、あちこちで写真に撮る。チームのものが二度とサンクト・ペテルブルグには行かないとしても、写真がファイルに残るようなことにはなってほしくない」

ロジャーズが、時計を見た。「ポール、わたしはTAS班の会議に出なければならない。スクワイアに、こっちの時間で午後四時ごろに着陸する前に、作戦計画を伝えるといってある」

フッドがうなずいた。「いろいろとありがとう、マイク」

「ああ」ロジャーズが立ちあがり、デスクに置かれたアンティークの地球の形の文鎮を見た。「いつの世もおなじだな」と、つぶやいた。

「なにが？」フッドがたずねた。

「暴君だよ」ロジャーズがいった。「ウィンストン・チャーチルにとって、ロシアは謎《なぞ》と神秘に二重にくるまれた判じ物だったかもしれないが、わたしの目には、人間の歴史とおなじだけ古いひとつの歴史だ――なにが選挙民のためになるかを自分たちのほうが選挙民よりよく心得ていると思い込んでいる権力に飢えた一団だ」

フッドがいった。「だからわれわれがいる。それをやるなら一戦交えることになると教えるために」

ロジャーズが、フッドのほうを見下ろした。「長官どの」にやりと笑った。「おまえさんの流儀が気に入った。おれもゴードン将軍も」

ロジャーズは、驚きに打たれつつロジャーズとの強い絆《きずな》を感じているフッドを残して、ボブ・ハーバートとともに出て行った――とはいえ、たとえ自分の命がかかっているとしても、どうしてそうなのか、どういうわけでそうなのか、フッドには理解できそうになかった。

24

火曜日　午前五時五十一分　サハリン

サハリンは、オホーツク海にある全長六百マイルの高低差のある島で、沿岸部には点々と漁村があり、内陸部は松林が多く、炭坑、ロマノフ王朝時代の強制収容所の古い墓場がある。そこの墓石に刻まれた名でもっとも多いのは、ニエ・ポームニャシチイ――〈身許《みもと》不明〉である。モスクワで正午なら、サハリンはもう夜の八時になっている。かずっと金門橋に近い。日付変更線から一時間西に当たるそこは、クレムリンよりもなり以前から国家指導者たちの引退の地になっていて、高地に別荘や山小屋を持っているものも多い。神と平和をもとめ、人間の手のはいっていないサハリンの未開地に姿を隠す隠者もいる。

ロシア軍は、ずっと前からこのサハリンの南のコルサ湾内のコルサコフに部隊を配備している。コルサコフのロシア軍基地は、簡易滑走路、小さな波止場、兵舎四棟から成る、簡素そのものの施設である。海軍将兵五百名、スペツナズの潜水要員《フロッグマン》および海軍歩兵二個連隊が配備され、空と海の哨戒《しょうかい》を日々行なって、日本の鮭鱒《さけます》漁船の活動に目を光らせ、耳を澄ましている。

二十三歳のニキータ・オルロフ少尉《しょうい》は、海と基地を見下ろす峰の上にある指揮所のデスクに向かっていた。黒い髪は、額にかかる長めのひと房だけを残して短く刈りつめてある。角張った顎《あご》に豊かな紅《あか》い唇、地元の情報とファクスされてきた昨夜のニュースを見ていく茶色の目は、油断なく光り——あいた窓の外にしじゅう向けられている。

若い少尉は、夜明け前に起きて、眠っているあいだになにがあったかを知り、水平線から顔を覗《のぞ》かせた太陽が、海をしだいに赤く燃え立たせて、やがて基地を照らし出すのを眺めるのが、ことのほか好きだった。いまはもう少年時代や幹部候補生だったころとはちがい、毎日が期待に満ちているわけではないが、それでも世界の目醒《めざ》めには惚《ほ》れ惚《ぼ》れとする。かつてのソヴィエト連邦は、世界史上もっとも長続きする帝国であると思われていたものだが。

失望は激しかったが、ニキータは以前とおなじように熱烈に国を愛している。それに、サハリンがたいへん気に入っている。スペツナズ訓練所を出てすぐにここへ送られたのは、ギリシャ正教会での例の事件のあと、モスクワから遠ざける意味もあった——だが、ニキータはつねに、父親の名を汚さないためではないかと感じていた。セルゲイ・オルロフは英雄であり、感動しやすい若いパイロットたちを訓練するのにうってつけの教官で、国際的なシンポジウムやコンヴェンションでプロパガンダとして利用できる。いっぽう、ニキータ・オルロフは、急進的な反動主義者で、アフガニスタン紛争によって世界最大の軍の士気が地に墜ちる前、チェルノブイリ原発事故が国の誇りを害する前、グラスノスチとペレストロイカが経済を崩壊させ、そして連邦を崩壊させる前の時代に、たいへんな憧《あこが》れを抱いている。

だが、それはもう過去だ。それに、ここにはとにかくいまなお目的意識があり、敵が存在する。レシェフ大尉は、サハリンのような僻地《へきち》で三年もスペッツナズ中隊を指揮しているから、過敏症の気味があるのだろう。射撃大会を実行するのにかなりの時間を割いている。もっぱらそればかりに情熱を注いでいる。したがって軍事的な問題はすべてニキータが取り仕切っている。また、ニキータはロシアが日本と軍事的に対決する日がふたたびおとずれると考えていた。日本がサハリンに軍を進めようとしたときは、それを撃退する突撃隊を指揮する栄誉をあたえられるかもしれない。

また、心の底で、ロシアはまだアメリカと決着をつけていないと考えていた。ソ連は戦争で日本に勝って、褒美《ほうび》として北方諸島を得た。だが、アメリカとの戦いには負けたという意識が残っていて、ロシア人の心——とりわけニキータの心は、それに憤《いきどお》りを覚えていた。スペッツナズの訓練によって、敵は和解するものではなく叩《たた》き潰《つぶ》すものだという彼の信念は強まった。自分たち兵士は、倫理や外交や道義のような要件に邪魔されるべきではない。ロシアを消費者の国に変えようというジャーニンのもくろみは、かつてのゴルバチョフのもくろみとおなじように潰《つい》えて、銀行家や、ワシントン、ロンドン、ベルリンの銀行家の傀儡《かいらい》と、最終的な清算をしなければならないはめになるにちがいない。

新しい煙草《たばこ》がきのう届いていたので、暗い海の縁から太陽が昇りはじめるころ、オルロフは煙草を巻いた。自分がこの土地の一部で夜明けに溶け込んでいるという気持ちが強くあり、太陽に触れて煙草に火をつけることができるのではないかという気がした。とはいえ、ニキータが煙草に火をつけたのは、訓練所にはいったときに父親にもらったライターだった。オレンジ色の炎が、その横に彫られた〈ニッキへ、愛と誇りをこめて――父より〉という文字を照らした。ニキータは、煙草を深く吸い、きちんとアイロンをかけたシャツの胸ポケットに、ライターをしまった。

愛と誇り。士官任命を受けたとき、その言葉はどういうふうに読めたか？　恥辱と不面目？　あるいは、卒業後に、父親から離れ、モスクワの真の敵に近いこの基地への配属を希望したときには？　失望と困惑？

電話が鳴った。山の麓《ふもと》の通信室からの連絡だ。副官はまだ出勤していなかったので、ニキータはみずから飾り気のない黒い受話器を取った。

「サハリン第一哨所。オルロフ少尉だ」

「おはよう」電話をかけてきた人物がいった。「おやじか？」

ニキータは、しばらく言葉を失っていた。

「そうだ、ニッキ」オルロフ将軍がいった。「元気か？」

「元気だけど、びっくりした」ニキータが、急に不安げな面持ちになった。「おふくろが――？」

「お母さんは元気だ」オルロフがいった。「わたしたちは元気だよ」

「よかった」ニキータが、感情のこもらない口調でいった。「長いあいだ便りがなかったのに――こっちが心配するのもわかるでしょう」

またしばらく沈黙があった。夜明けを眺めているニキータの目からは喜悦の色が消えていた。煙草を深々と吸い、緊張が高まるいっぽうだった父親との話し合いと、四年前に逮捕されたときのことを思い出すと、その目が険しくなり、心痛を宿した。あの教会に対してニキータがやったことを知ると、父親はひどく恥じ入り、激怒した。どこへ行っても顔を知られている元宇宙飛行士の父親は、出歩くのを嫌がった。そしてようやく、ロスキー大佐が――将軍である父親ではなく――訓練所との話し合いで決着をつけて、一日二度当直の超過勤務一週間という処罰だけで復帰がかなった晩、父親は訓練所の兵舎に足を運んで、憎悪《ぞうお》による破廉恥《はれんち》な行為が偉大な国家や国民に大きな害をあたえてきたことについて、ニキータに説教した。他の訓練生たちは黙っていたが、オルロフが去ると、だれかがニキータとセルゲイ・ゲームを考え出し、それを何日もやった。〃セルゲイ〃は、息子がモスクワのどこにいやがらせのスローガンをペンキで書いたかを当てる。〃ニキータ〃は、それが近いか遠いかというヒントをあたえる。

いまでも彼らの声や笑い声が耳を離れない。

「アメリカ大使館？」

「遠い――」

「シェレメチェヴォ空港の日本航空のターミナル？」

「非常に遠い――」

「キーロフの男性用更衣室？」

「だいぶ近くなった！」

「ニッキ」オルロフ将軍がいった。「電話したかったが、怒らせるだけのようだったから。時間が心の痛みを消滅させると思ったんだが――」

「時間はあんたの傲慢《ごうまん》さを消滅させたか？」ニキータがきいた。「われわれ兵隊蟻《あり》がこの山の上でやっていることが、ちっぽけで、汚く、まちがっているという、その高邁《こうまい》な理念だよ」

「わたしは、宇宙へ行ったから、国家が外部だけではなく内部からも破壊できることを知ったのではない」オルロフがいった。「それを教えてくれたのは、野心的な人間たちだ」

「あいかわらず敬虔《けいけん》で単純だな」と、ニキータがいった。

「おまえはあいかわらず喧嘩腰《けんかごし》で無礼だ」オルロフが、にべもなくいい返した。

「で、あんたは電話してきた。そして、なにも変わっていないことがわかった」

「口喧嘩をするために電話したのではない」

「そうか？　ではなんのためだ？」ニキータがきいた。「新しいテレビ局の送信機の電波がどこまで届くかを調べるためか？」

「それもちがう、ニッキ。電話したのは、ある任務を指揮する優秀な士官一名が必要だからだ」

　ニッキが、居ずまいを正した。

「聞く耳はあるか？」オルロフがたずねた。

「あんたの道義心のためではなくロシアのためなら、聞く耳はある」

「わたしが電話したのは、おまえがこの仕事にうってつけの士官だからだ。それだけのことだ」

「では聞こう」と、ニッキがいった。

「命令書は一時間以内にレシェフ大尉のもとに届けられる。おまえは三日間、わたしの補佐官をつとめる。おまえの任務隊は、一一〇〇時までにウラジオストックへ行かなければならない」

「行くとも」ニッキは立ちあがった。「つまり、そちらは現場に復帰したということか？」

「現在の必知事項は、いま述べたことだけだ」と、オルロフが答えた。

「結構」ニキータは、煙草をすぱすぱと吸った。

「それから、ニッキ——用心してくれ。これが済んだら、モスクワに来てもらって、やり直せないかどうか、やってみよう」

「考えておく」ニキータが答えた。「訓練所の同級生もいっしょに行こうか。ふたりきりで会うのとは趣向がちがっていいかもしれない」

「ニッキ——あのとき、ふたりきりだったら、おまえは最後まで話を聞かなかっただろう」

「それにあんたは公《おおやけ》にああいわないと、オルロフの名を護《まも》ることができなかった」

「他のものがおなじあやまちを犯さないように、みんなの前で話したのだ」

「おれを犠牲にして。礼をいうよ、おやじ」ニキータは、煙草を揉《も》み消した。「悪いが、一一〇〇までに本土に行くには、もう準備をはじめないといけない。おふくろとロスキー大佐に、よろしく伝えてくれ」

「伝えよう」オルロフがいった。「それじゃ」

ニキータは電話を切り、半分顔を出した太陽をちらと見た。多くの人間が理解していることを、父親が理解していないのが腹立たしかった。偉大なロシアは、多様ではなく均一であらねばならない。ロスキー大佐がかつて教えたように、外科医が病んだ組織を切り取るのは、患者を苦しめるためではなく、病気を治すためだ。父親が宇宙飛行士に選ばれたのは、感情にむらがなく、勇敢で、思いやりがあり、学校や外国のジャーナリストや英雄になりたがっている若いパイロットの前に出すのに理想的な人物だからだ。しかし、再建、粛清、過去十年間のあやまちの是正など、新生ロシアのためのほんとうの仕事は、おれのような塹壕《ざんごう》の戦士がやる。

当直将校に行き先を告げると、ニキータは制帽を持って哨所を出た。父親を哀れに思ったが……いったい自分にどんな任務を用意しているのだろうと興味をそそられた。

25

月曜日　午後二時五十三分　大西洋上空　マドリードの北西

C-141Bスターリフターは、乗り心地がいいようには作られていない。この輸送機は、航続距離をできるだけのばすために、ことに重量を軽くするように設計されている。カンバスで覆《おお》っただけの壁は、エンジンの爆音を吸収する役に立たず、胴体の内側の肋材《ろくざい》は剥《む》き出しのまま、暗い裸電球に照らされている。兵隊は木のベンチのクッションに座る。体はショルダー・ハーネスで固定されているとはいえ、乱気流のなかでクッションがはずれてしまうのは、めずらしいことではない。

ベンチだけなら、比較的楽に九十人が乗れるが、このスターリフターは最大三百人まで搭載できる。いまはキャビンに乗っているのがたった八名で、あとは操縦室に機長、副操縦士、航法士の三名がいるだけなので、スクワイア中佐は、まるでファースト・クラスに乗っているような気がしていた。長い脚をのばし、薄いクッション二枚を尻《しり》に、一枚を背中と固い金属のあいだに当てているし、なんといっても窮屈でないのがいい。

こういう作戦のとき、ストライカー・チームは他兵種の後方部隊とともに乗り込み、そこへ警察犬《K9》部隊のジャーマン・シェパード五頭がくわわる。そうすると、すし詰めになって汗をかいている戦士たちの熱気が、じきにキャビンに充満する。

離陸数時間後、スクワイアはそういう快適な状況を満喫していた。最初の一時間は、ヘルシンキで必要になるはずの装備のリストをチック・グレイ三等軍曹とデイヴィッド・ジョージ二等兵のふたりといっしょに確認し、つぎの二時間は、ソンドラ・デヴォン二等兵にラップトップに記憶させてあるヘルシンキとサンクト・ペテルブルグの地図を検討させた。そのあと数時間眠った。

スクワイアが目を醒《さ》ますと、ジョージが電子レンジで温めた食料とブラック・コーヒーのカップを差し出した。チームのあとのものたちは、何時間も前に食事を済ませていた。

「もっとうまい食料を用意してくれとロジャーズ将軍に話をしなければいけない」発泡スチロールのトレイの蓋《ふた》をあけて、ターキーのスライス、マッシュポテト、サヤエンドウ、コーン・マフィンをしげしげと眺めながら、スクワイアがいった。「木のまわりを飛びまわり、山を越えて、だれかの家の煙突に飛び込むミサイルが、われわれにはあるのに、旅客機で出すようなくそまずい代物《しろもの》を食わせるとは」

「父の話では、ヴェトナムで食った携帯口糧よりはずっとましだそうですよ」と、ジョージがいった。

「ああ、そうかもしれない」スクワイアがいった。「しかし、まともなコーヒー・メーカーぐらい用意したっていいじゃないか。なんなら、おれが金を出す。そう場所がいるわけじゃないし、手入れは簡単だ。陸軍だって壊しはしないだろう」

「わたしのコーヒーは飲んだことがないでしょう」『嵐《あらし》が丘』から目もあげずに、ソンドラがいった。「わたしが実家に帰ると、父と母は、パーコレーターを使わせてくれないんです」

スクワイアが、ターキーを小さく切った。「どんなコーヒーを使うんだ?」

ソンドラが、顔をあげた。大きな茶色の目が丸顔にきれいに収まっていて、歌うような抑揚の声に、生まれ故郷のアルジェリアにいたころの名残がある。「種類ですか? さあ。なんでも売っているのを使います」

「だからいけないんだ」スクワイアがいった。「女房は挽《ひ》いてない豆を買ってくる。それをフリーザーに入れておいて、朝に挽くんだ。たいがいサザン・ピーカンかチョコレート・ラズベリーのような香り付きのにする」

「チョコレート・ラズベリーのコーヒー?」ソンドラがたずねた。

「そうだ。コーヒーを焦《こ》げつかせるポットは使わず、ドリップ式のコーヒー・メーカーを使う。コーヒー・メーカーからおろし、はいったらすぐに飲む。ミルクや砂糖は入れない。これがどんなコーヒーでもうまいのをいれるコツだ」

「点呼前の作業が多そうですね」と、ソンドラが言った。

スクワイアは、ナイフの先で彼女の本を示した。「シャーロット・ブロンテを読んでいるんだな。ロマンスかなにかにすればいいのに」

「これは文学ですからね。そうでないものは、紋切り型ですよ」

「コーヒーもおなじだとおれは思う」プラスティックのフォークでターキーを突き刺して、スクワイアがいった。「本物でないものはいらない。たとえばタッチ・フットボールのような真似事《まねごと》は、わざわざやる必要がないだろう？」

ソンドラがうなずき、ややあっていった。「それにはひとことで答えられます。カフェインです。朝の四時までトーマス・マンやジェイムズ・ジョイスを読んだあと、九時の授業に遅れないようにするには、なにか必要ですからね」

スクワイアはうなずき、やがてこういった。「もっといい方法がある」

「なんですか？」

「腕立て伏せだ。起きたらすぐに百回やれば、カフェインをとるより早く目が醒める。それに、起き抜けにそれができれば、あとは一日楽勝だ」

ふたりが話していると、キャビンの尾部寄りから通信士のホンダ・イシがやってきた。ストライカー・チームでは古参のホンダは、母親がハワイ人、父親が日本人で、少年のような小作りな体格ながら、柔道の黒帯を持っている。北朝鮮で負傷したジョニー・パケットが回復するまで、通信を担当することになっている。

ホンダが敬礼し、バックパックに入れて彼が携帯している秘話戦術系衛星通信《TAC・Sat》装置を差し出した。「ロジャーズ将軍から連絡です」

「ありがとう」いいながらスクワイアはほおばったターキーを飲み込み、交信に出た。

「スクワイア中佐です」

「中佐」ロジャーズがいった。「どうやらきみのチームはターゲットに向かうことになりそうだ。それも観光客をよそおってではなく」

「わかりました」

「出発点、輸送手段、上陸、時間調整等の細かい指示は、着陸までに伝える」と、ロジャーズがいった。「もっとも、目当てがなにかということは、明確にはいえない。わかっていることはすべて報告にふくめる。現場を調べていたＤＩ６の情報部員が殺された場所もふくめて。ロシアは、その情報部員の情報提供者一名を殺している。あとの一名は逃走中だ」

「皆殺しにする気のようですね」スクワイアがいった。

「そのとおり。それから、わたしはちょっと複雑な気持ちでいるんだが、きみらに新しいチームメイトができた——殺された男と組んでいた英国情報部員だ」

「その男はわたしの知り合いですか?」スクワイアがたずねた。

「女だ」ロジャーズがいった。「それに、知り合いではない。だが、有能であることがわかっている。ボブ・ハーバートに彼女のファイルをTAS(戦術戦略)センターのデータといっしょに送らせる。それまでに、きみらが持っていった水上用の装備のリストをマキャスキーに調べさせる。必要だとわれわれが思うようなものがあれば、ヘルシンキに用意しておく。それから、チャーリー」

「なんですか?」

「みんなに幸運と成功を祈ると伝えてくれ」

「了解」といって、スクワイアは無線を切った。

26

月曜日　午後十一時　サンクト・ペテルブルグ

「三……二……一。オン」

ユーリ・マリエフがそういったときも拍手はなく、弧を描いてならぶコンピュータのうしろをゆっくりと往復していたオルロフ将軍が、ロシア作戦センターが稼動《かどう》したことを認めたしるしにうなずいても、笑みは見られなかった。カウントダウンは、とどこおりなく進み、作業員のほとんどにとって長い一日は終わりに近づいていたが、オルロフは自分の一日ははじまったばかりだという気がしていた。今後一時間にはいってくるデータはすべて見せるようにと指示してある。それを衛星監視、天候、携帯電話・無線通信、現場作戦、暗号解読、コンピュータ分析・映像・解析といった各班の班長たちとともに検討する。午後四時から午前零時までの当直——ワシントンでは午前八時から午後四時にあたるこの時間は、データの往来がもっとも多い——を担当する各班の班長から成る第一チームにくわえ、午前零時から午前八時、午前八時から午後四時をそれぞれ担当する副班長たちも、会議に出る。また、ロスキーも、オルロフのナンバー2としてだけではなく、軍との連絡将校の立場から出席する。ロスキーは、軍と共有する情報の分析と、それを政府や軍の部局に伝える仕事を統率しているだけではなく、作戦センターが特殊任務に自由に使用できるスペッツナズ打撃《ストライク》チームも指揮している。

オルロフは、イヴァーシン伍長《ごちょう》の背後に立っているロスキーに目を向けた。ロスキーはうしろで手を組み、整然とした作業全般を眺めて楽しそうにしている。スター・シティへはじめて連れていって、打ち上げロケットや宇宙船を見せたときのニキータのようだ、とオルロフは思った。ニキータはひどく興奮して、どこを見ればいいかもわからなかった。だが、あれも長続きはしないだろう。

センターが全面的に稼動すると、オルロフはロスキーのそばへ行った。ロスキーは、やや間を置いてふりかえり、のろのろと敬礼をした。

「ロスキー大佐」オルロフがいった。「息子のいる正確な位置が知りたい。すべて暗号化し、この命令は記録する必要はない」

オルロフの動機を推し量ろうとしたが、わからなかったのだろう。ロスキーはしばしためらったが、「わかりました」と、答えた。

ロスキーが、イヴァーシン伍長に命じて、サハリン基地の通信室を呼び出し、ノゴヴィン軍曹に情報を要求した。交信はすべて、ペンシル暗号二・五・三を使って行なわれた。不要な文字の消去により平文化するというものである。この場合は、暗号文のすべての単語の二文字目が不要な文字、五文字目も不要だが、不要な文字の三文字目だけは必要で、それがあとの言葉の最初の文字になる。

イヴァーシンは、二分とたたないうちに応答を受けて、コンピュータが即座にそれを平文化した。

あいかわらずうしろで手を組んだまま、ロスキーが身をかがめてそれを読んだ。「オルロフ少尉《しょうい》およびスペツナズ兵士九名から成る任務隊は、ウラジオストックに到着、さらなる指示を待っている」ロスキーが、オルロフをじろりと見た。「将軍」張り詰めた声でいった。「これは機動訓練のたぐいですか?」

「ちがう、大佐。そうではない」

ロスキーの顎《あご》がこわばり、何度かきっと口が結ばれた。上官に反抗したり自分の知らないところで軍事行動が実施されたことに文句をいったりしないだけの抜け目のなさがロスキーにあることを見届けるために、オルロフはしばらく間を置いた。ロスキーは、部下の前で侮辱されたと感じたにちがいないが、沈黙を守った。

「わたしのオフィスに来てくれ、大佐」背中を向けながら、オルロフがいった。「サハリンのスペツナズ任務隊の配置について説明する」

ロスキーがうしろでカチリと踵《かかと》を打ち合わせるのが、オルロフの耳にはいった。オフィスにはいってドアを閉めると、オルロフはデスクに向かい、正面に立ったロスキーの顔を見た。

「ドーギン内相が民間機に運ばせている積荷のことは知っているな?」と、オルロフがたずねた。

「はい」

「それが厄介なことになっている。エンジン故障だ。着陸したらもう飛べない。天候がひどいうえに航空機が不足しているので、わたしはその積荷を、パセンコ代将に自由に使っていいといわれた列車で運ぶように指示した」

「ウラジオストックからモスクワまで、列車だと四日か五日かかる」と、ロスキーがいった。

「だが、モスクワまでずっと載せていくわけではない。わたしの計画は、たんに積荷をウラジオストックから運び出し、どこか合流できるところまで航空機を迎えにやって積み替えるというものだ。バーダ飛行場からヘリを飛ばして、ビラで列車と待ち合わせてはどうかと思っている。ウラジオストックからたった六百マイルだし、そこなら嵐からはだいぶ西に離れている」

「もうずいぶん作業を進めておられるのですね」ロスキーがいった。「わたしのやることが、なにかありますかね?」

「それがあるのだ」オルロフがいった。「だが、その前に、大佐。この積荷のことをきみが最初にどうして知ったか、それが知りたい」

ロスキーが、こともなげにいった。「内相から聞きました」

「内相がじかにきみに連絡したのか？」

「そうです。将軍はご自宅で、食事をなさっていたのだと思います」

オルロフが椅子《いす》をまわしてキイボードに向かい、ログ・ファイルをひらいた。「なるほど。それで、わたしがあとで見られるように、報告を記録したのだな」

「いいえ」ロスキーがいった。

「なぜだ、大佐？　多忙だったのか？」

「将軍、内相はこれがセンターの記録として残されることを望まなかったのです」

「内相が望まなかった」オルロフが、語気鋭くいった。「上官の命じたすべての任務を記録するというのが永続命令のはずだ」

「はい、将軍」

「きみはふだんから文官の命令を軍人の命令より優先するのか？」

「ちがいます、将軍」ロスキーが答えた。

「センターに成り代わっていう」オルロフがいった。「われわれは政府および軍のあらゆる部局のために作業を行なう独立した基地だ。だが、きみはどうだ、大佐？　内務大臣に個人的に忠義立てしているのではないか?」

ロスキーが、ややあってから答えた。「いいえ、将軍。ちがいます」

「よろしい」オルロフがいった。「いいか、またこのようなことがあれば、きみを辞任させる。わかったな?」

ロスキーの岩のように固い顎が、ゆっくりと上下した。「わかりました」

オルロフは深く息を吸い、きょういちにちの記録に目を通していった。ロスキーが公然と反抗するとは思っていなかったし、こういうふうに我慢するのは予想していた。だが、隅に追い詰めたロスキーを、オルロフはさらにひと押しするつもりだった。そうなれば、ロスキーはなにかせざるをえなくなる。

「内相は、なにかほかにもきみにいわなかったか? たとえば積荷の内容など?」

「おっしゃいませんでした」と、ロスキーがいった。

「ドーギン内相が、その情報をわたしにはいうなと指示したら、きみはそうするのか?」

ロスキーが、血相を変えてオルロフをにらんだ。「センターにかかわりのない情報であれば、そうします」

ドーギンと自分とのやりとりのログが見つからなかったので、オルロフはしばし黙り込んだ。八時十一分のところを見た。その時刻に記録したはずだ。そこは空欄になっていた。

「どうかしましたか？」ロスキーがいった。

オルロフは、まちがったところに保存したのではないことをたしかめるために、単語検索ですべてのファイルから捜した。〝ガルフストリーム〟という単語がどこにもないとわかると、うわべは平静をよそおっていたが、内心では怒り狂っていた。

オルロフは、ロスキーの顔をしげしげと見た。ロスキーがほっとした表情になっているのが、事情を物語っていた。ロスキーがその命令の記録を消去したのだ。

「いや」オルロフがいった。「なんでもない。ログの命令を書きちがえていた。終わってからまた記録する」座り直したとき、ロスキーが得たりというように口の端をゆがめるのが目にはいった。「この問題にはずいぶん時間をかけているし、わたしの希望ははっきりわかってもらえたものと思う」

「それはもうじゅうぶんに」

「ドーギン内相にわたしの意図を伝え、あとはきみがじかに作戦を引き継いでくれ。息子はきみを尊敬しているから、きみらがいっしょにやれば、作業も順調にいくにちがいない」

「そうですね」ロスキーがいった。「ご子息は優秀な士官です」

電話が鳴り、オルロフはロスキーをさがらせてから受話器を取った。ロスキーが一瞥《いちべつ》もくれずにドアを閉めた。

「はい」オルロフがいった。

「将軍、ジラシュです。通信室においで願えませんか」

「どうした？」

「アンテナが、頻繁な暗号通信を捉《とら》えています」ジラシュがいった。「暗号解読班にはまわしましたが、解読する前になにかが起きるおそれがあるのではないかという気がしてきたのです」

「すぐ行く」

どのみちまた消去されるだろうと考えて、オルロフはガルフストリームの件の再入力はやらずにオフィスを出た……ロスキーの逸脱をいましめるための会見だったが、ドーギンとスペツナズがこちらをただの飾り物にしてセンターを牛耳ろうとしているのではないかという強い懸念《けねん》を裏付けただけのことだった。それがいまいましかった。

ロスキーの言葉が、頭のなかで反響した。〝センターにかかわりのない情報であれば、そうします〟ほんの短いあいだに二度——外国の情報部員の死と、ガルフストリームについての情報が、知らされなかった。センターは世界有数の強力な偵察基地なのだ。それをドーギンやロスキーが自分の資産にしてしまうのを許すわけにはいかない。とはいえ、いまはまだなにもやるつもりはない。自分の尻が摂氏三千度近くまで熱しつつあるとき、冷静を保つのがもっとも重要であることを、オルロフは宇宙で過ごしたころに会《え》得《とく》していた――あのふたり組は、まだそこまで温度をあげてはいない。

いずれにせよ、自分にはこの施設の運営という仕事があるし、ロスキーもあの誇大妄想の内相も、そういう仕事をやめさせるつもりはないだろう。

オルロフが狭い通信室に体を横にしてはいると、なかの煙はいっそう濃くなっていた。ジラシュの細い顔が仰向《あおむ》き、なにを見るともなく視線を据えて、ヘッドセットから聞こえる音に耳を澄ましている。やがてヘッドセットをはずすと、オルロフの顔を見た。

「将軍」ジラシュが、くわえ煙草《たばこ》でいった。「それぞれ連続した暗号通信二本をわれわれは追跡していますが、その二本はつながりがあると思われます。一本はワシントン発大西洋上空の航空機宛《あて》、もう一本はヘルシンキ宛です」たてつづけに二度煙草をふかしてから、灰皿で揉《も》み消した。「航空機を衛星チームに調べさせました。標章はなしですが、C-141Bスターリフターだとわかりました」

「兵員輸送用の大型輸送機だな」オルロフは、考え込んだ。「C-141Aの胴体を延長した型だ。その飛行機ならよく知っている」

「そうだろうと思いました」ジラシュがにやりと笑い、新しい煙草に火をつけた。「このスターリフターは、ヘルシンキに向かう航路を飛んでいます。パイロットと管制塔の交信を傍受しました。現地時間で午後十一時ごろに到着の予定です」

オルロフは、時計を見た。「あと一時間もない。何者が乗っているか、見当はつくか?」

ジラシュが、かぶりをふった。「北大西洋のスヴェトラマール級調査船にコクピットを直接傍受させようとしましたが、船長がいうには、機内に磁場が張られているそうです」

「つまり情報関係にまちがいない」と、オルロフはいった。意外ではなかった。エルミタージュをスパイしていた英国情報部員のことを考え、ロスキーの処置のまずさをひそかにのろった。自殺に追い込むのではなく、泳がせておくべきだった——ほんとうに自殺だったかどうかはべつとして。「モスクワの保安局に伝えてくれ」と、オルロフはいった。「ヘルシンキにいる人間に、スターリフターが着陸するところを見張らせ、アメリカにフィンランド湾を渡る意図があるかどうかを探らせるのだ」

「かしこまりました」と、ジラシュがいった。

オルロフはジラシュに礼をいい、オフィスに戻って、ロスキーとグリンカ保安班長を呼んで、来客があった場合にどの計画を実行するかを検討した。

27

火曜日　午前六時八分　ウラジオストック

レーニンはかつてウラジオストックについて、〝はるか遠くにある。だがわれわれのものだ〟と述べている。

日本海に臨むムラヴィエフ半島のこの港湾都市は、二度の世界大戦を通じて、アメリカその他からの補給品や物資の主要な陸揚げ拠点だった。冷戦のさなかには軍がこの港を世界から遮断したが、それでもウラジオストックは港と太平洋艦隊の拡大につれて繁栄し、軍民両方の船舶建造によって労働者と金が町を潤《うるお》した。そして、一九八六年、ミハイル・ゴルバチョフが、〝ウラジオストック・イニシアティヴ〟の幕を切って落とし、ふたたび街を開放して、そこを〝大きくひらいた東の窓〟とした。

ロシアの指導者たちは、ウラジオストックを太平洋の貿易になくてはならない街にしようと努力したが、港の開放とともに、そこを合法あるいは違法に出入りする現金と商品に惹《ひ》かれて、ロシアと世界各国のマフィアがやってきた。

ウラジオストックの空港は、街から北へ十九マイルも離れている。街の中心部の往来の激しい十月通りのすぐ東にある鉄道の終点駅まで、そこから車で一時間かかる。

部下たちとともに空港に着いたニキータ・オルロフ少尉は、代将のよこした伝書使の出迎えを受けた。若い伝令が差し出した封書には、ロスキー大佐に連絡して命令を受けるようにという指示が記されていた。薄墨色の空から雪がはらはらと舞いはじめたとき、ニキータは、兵員七十名を乗せて六百五十二マイルを飛べる世界最大のヘリコプター、Mi‐6のずんぐりした機首の前に整列している任務隊に向けて走っていった。兵士たちは、白の迷彩《カムフラージュ》カヴァーオールを身に着け、フードをかぶって、小さめのバックパックを足もとに置いている。いずれもスペッナズの標準装備を携帯している。サブ・マシンガン、弾薬四百発、ナイフ、手榴弾《しゅりゅうだん》六発、消音機付きのP‐6セミ・オートマティック・ピストル。ニキータは、AKRサブ・マシンガンとその弾薬を百六十発だけ持っている。銃身の短いAKRは、士官用の標準装備である。

ニキータは、通信士にパラボラ・アンテナをひらくように命じた。一分とたたないうちに、秘話通信でロスキー大佐と交信していた。

「大佐」ニキータはいった。「命令により、オルロフ少尉、連絡いたします」

「少尉」ロスキーが応答した。「久しぶりの便り、なにより嬉《うれ》しい。おまえとまたいっしょにやれるのが楽しみだ」

「ありがとうございます。自分も同感です」

「すばらしい」ロスキーがいった。「任務について、なにを知っている、オルロフ?」

「なにも存じません」

「結構。滑走路にガルフストリームがとまっているのが見えるな?」

ニキータが小雪の吹き寄せる西を向くと、駐機場にじっとしている小型ジェット機が見えた。「はい」

「国籍記号と登録番号は?」

「N2692Aです」ニキータが答えた。

「合っている」ロスキーがいった。「パセンコ代将に、車輛《しやりよう》隊を派遣するように頼んである。来ているか?」

「トラックが四台、ジェット機の後ろで待機しています」

「すばらしい」ロスキーがいった。「おまえたちはジェット機から積荷をおろして、トラックに積み、市内の駅で待っている列車のところへ行け。機関士だけが乗ることになっている。貨物を積んだら、列車で北に向かえ。仮の目的地はビラだが、進むあいだに確認を入れる。列車はおまえが指揮する。貨物を目的地へ届けるために必要と思われる手段はどのようなものでも実行してよい」

「わかりました、大佐。ありがとうございます」と、ニキータはいった。積荷がなんであるかはきかなかった。それはどうでもいい。核弾頭とおなじようにできるだけ慎重に扱うことだ。核弾頭の可能性もある。ウラジオストックのある沿海地方は、政治と経済の両面でロシアから独立したいという意図があるという話も聞いている。これは、そうなる前にこの地域の武装を解除しようという新大統領ジャーニンの先制行動かもしれない。

「シベリア横断鉄道の各駅に到着するごとに、わたしに連絡するように」ロスキーがいった。「だが、もう一度念を押すが、積荷を護《まも》るために、いかなる手段を実行してもかまわない」

「わかりました、大佐」ニキータが答えた。

受話器を通信士に返すと、ニキータ・オルロフ少尉《しょうい》は部下に作業をはじめるよう命じた。さっと装備を持った兵士たちが、激しくなる雪にいよいよ視界を阻《はば》まれつつある滑走路を、ガルフストリームに向けて走っていった。

28

火曜日　午後十一時九分　モスクワ

アンドレイ・ヴォルコがこれほどの孤独感とおびえを感じるのは、いまだかつてなかったことだった。アフガニスタン紛争の最中は、もっとも悲惨な事態のときでも、あわれむべき戦友たちがいた。はじめて〝P〟が接近してきて、DI6の仕事をやらないかと持ちかけたとき、国を裏切るのかと思って、胃がむかむかした。だが、アフガニスタン紛争のあとで国が自分を見捨てたという事実で心を慰め、英国とこのロシアに友人を得た——もっとも、彼らが何者なのか、ヴォルコは知らなかった。知らないほうがいいのだ。知っていれば、捕らえられたときに他のスパイの名前をべらべらしゃべることになる。なにかに属していると思えるだけでじゅうぶんだ。塹壕《ざんごう》に飛び込んだときに背中を傷《いた》めた後遺症と闘わなければならなかったつらい日々を、そのおかげで耐えることができたのだから。

だが、ターミナル駅に近づきつつあるいま、腰まわりの太い長身のこの若者は、そういう気分にはとうていなれなかった。フィールズ‐ハットンから渡された無線機が夕食の最中に鳴り出して、はっとした。それはウォークマンに仕込まれているのだが、なにしろロシアでは憧《あこが》れの的の品物なので、肌身離さず持ち歩いても怪しまれることはない。名前を知らない連絡員が、フィールズ‐ハットンともうひとりの諜報員《ちょうほういん》が死んだことを告げ、二十四時間以内にサンクト・ペテルブルグへ行き、そこで指示を待つようにと告げた。そこで急いで着替え、着のみ着のままで、ウォークマンと、緊急用にとフィールズ‐ハットンから渡されたマルクとドルを持っただけで出発したとき、ヴォルコはもはや英国の後押しを受けているという安心感を失っていた。サンクト・ペテルブルグまでの旅は孤独で困難なものとなる。果たして行き着けるかどうかも定かでない。自動車は持っていないし、飛行機を使うのは、たとえブイコヴォのような小さな空港からでも、危険が大きい。どのカウンターにも名前が連絡されているだろうし、係員は身分証明書二種類の提示をもとめるはずだ。提示できる偽《にせ》の身分証明書はひとつしかない。サンクト・ペテルブルグ行きの列車に乗るのが、唯一《ゆいいつ》の望みだ。

フィールズ‐ハットンがかつて教えてくれたが、都会を出るときはまっすぐ空港や鉄道の駅を目指してはいけない。ファクスの先回りをするのは無理なのだ。係員の熱意は、だいたい昼食の直前や深夜になると弱まりはじめる。そこで、ヴォルコはいままで街を歩きまわり、職場や食料品を手に入れるための行列から家に帰るひとびとの群れに混じり、さもすぐに行かなければならないところがあるようにすたすたと歩いた。通行人が徐々に減るなか、車のトランクを露店代わりに闇《やみ》物資を売っている裏通りを抜けて、ヴェルナッツキー大通りのアパートメントからぐるぐると螺旋《らせん》を描くように遠ざかり、近くの地下鉄の駅まで行った。そこから混雑した電車に乗って、六本の円柱と放射状の条《すじ》が輻《や》のようにひろがったドームと壮麗な尖塔《せんとう》が印象的なモスクワ北東部のコムソモリスカヤ地下鉄駅まで行った。そこから一時間近くかけてぶらぶら歩き、サンクト・ペテルブルグ駅へ行った。サンクト・ペテルブルグ、タリン、ロシア北部への列車は、すべてそこから出ている。

モスクワとサンクト・ペテルブルグを結ぶ四百マイルの鉄道は、画家のジェイムズ・マクニール・ウィスラーの父のジョージ・ワシントン・ウィスラーの設計になるもので、農奴や囚人が建設作業に駆り出され、耐えがたい環境で長時間強制的に働かされた。そしてほどなく、一八五一年にニコラーエフ駅が建設された。現在はサンクト・ペテルブルグ駅と呼ばれているこのモスクワ最古のターミナル駅は、三つの駅があって交通頻繁なコムソモール広場にある。広場の左手は、一九〇一年に建てられたアール・ヌーボー様式のヤロスラブリ駅で、ここはシベリア鉄道が発着する。右手のカザン駅は、バロック様式の建物の集まりで、完成したのは一九二六年、ウラル、西シベリア、中央アジア方面への列車が発着する。

サンクト・ペテルブルグ駅は、ヤロスラブリ駅の北西で、コムソモリスカヤ地下鉄駅の駅舎はすぐとなりにあたる。そこへ向かいながら、ヴォルコは秀《ひい》でた額の汗を袖《そで》で拭《ぬぐ》い、くすんだブロンドの髪をはらった。落ち着け、と心のなかでつぶやいた。落ち着いて行動しないとだめだ。恋人に会いにいく男よろしく、愛嬌《あいきょう》のある大きな口いっぱいに笑みを浮かべた——だが、目にはその笑みがおよんでいないのはわかっていた。じっくりと見てそれに気づくものがいないことを願うしかない。

ヴォルコは、憂《うれ》いをおびた茶色の目で、照明のついた高い時計塔を仰ぎ見た。列車は、始発の午前八時から終発の午前零時まで、一日に四本出ている。ヴォルコは最終列車の切符を買い、乗客が警察に呼びとめられていないかどうかをたしかめるつもりでいた。警察がそれをやっていた場合、選択肢はふたつある。ひとつは、乗客のひとりを会話に誘い込んで、いっしょに列車に向かって歩くというものだ。警察は、ひとり旅の人間に目を光らせているはずだ。もうひとつの方法は、大胆に警察官に歩み寄って、方角をきく。周囲の動きがあわただしい場所でこそこそしている諜報員は、かえって目につくし、隠しごとがなさそうな人間には目もくれないのが、人間の習性だと、前にフィールズ-ハットンが教えてくれたことがあった。

出札口の列は、こんな時間でもかなり長かった。ヴォルコは、そのうちのまんなかの列にならんだ。新聞を買い、待っているあいだそれを眺めていたが、なにひとつ頭にはいらなかった。列の進みは遅かったが、平生から辛抱強いヴォルコは、気にならなかった。自由でいる時間が長くなるだけ度胸も据わってきたし、出発前に列車に乗っていて動きのとれない時間が、それだけ減るわけだった。

切符はなにごともなく買えた。行き来するひとびとに警察官が目を光らせていたが、ひとり旅の人間が質問されることはまれだし、ヴォルコは目をつけられなかった。

これなら逃げられる、とヴォルコは自分にいい聞かせ、急行〈赤い矢〉号の待っている線路への入口の凝った装飾のアーチをくぐった。十輌編成の車輌は、第一次世界大戦時代からのものだ。三輌が派手な赤一色に、一輌が緑に塗装されたばかりだったが、それでも古めかしい美しさは、そこなわれていなかった。うしろから二輌目の客車のそばに、観光客の一団がいた。ポーターが、彼らの荷物をほうって乱雑に積み上げ、民兵が旅券を調べている。

おれを捜しているにちがいない、と思いながら、ヴォルコはそのそばを通った。観光客の客車のひとつ前の客車に乗ると、クッションの薄い座席に腰をおろした。スーツケースを持ってくるべきだったと気づいた。遠い街にわずかな着替えも持たずに行くのは、いかにも怪しげだ。車内が混みはじめたとき、だれかが上の棚にいくつかカバンを載せるのが目にはいった。ヴォルコはその下の窓ぎわに座った。

新聞を膝《ひざ》に置き、ウォークマンを上着のポケットにしまって、腰を落ち着けると、ヴォルコはようやく緊張を解いた。そのとき、背後が急に静まりかえり、マカロフ・セミ・オートマティック・ピストルの冷たい銃口がうなじに押し付けられるのがわかった。

29

月曜日　午後三時十分　ワシントンＤＣ

ボブ・ハーバートは、忙しいのが好きだった。とはいえ、これほどの忙しさとなるとべつで、車椅子《くるまいす》のままオプ・センターから飛び出して、故郷の町――〝ちがう、ちがう、そのフィラデルフィアじゃない〟――アラバマとの国境に近いネショーバ郡のフィラデルフィアまでとまらずに行きたい気分になる。フィラデルフィアは、子供のころからたいして変わっていない。ふるさとに帰って、楽しかったころを思い出すのはいいものだった。それも、かならずしも汚《けが》れなき時代とはかぎらない。子供のころ、共産主義者からエルヴィス・プレスリーに至るあらゆる人間が混沌《こんとん》をもたらしたのをおぼえている。だが、そういう問題は、コミック・ブックや栗鼠《りす》撃ちに没頭したり、池で魚釣りをしていれば、どこかへ消滅してしまう。

いま、ポケベルが鳴って、ＮＲＯのスティーヴン・ヴィアンズがなにか見てもらいたいものがあることを知らせてきたので、ハーバートはアン・ファリスとのブリーフィングを切り上げ、オフィスにはいっていって、ドアを閉め、NROを呼び出した。

「頼むから、リノーヴァの川で裸で泳いでいるいい写真が撮れたっていってくれよ」ハーバートは、スピーカーフォンに向かっていった。

「そこはまだ樹冠に覆《おお》われていると思うね」と、ヴィアンズがいった。「ここにあるのは、DEA（麻薬取締局）のためにわれわれがずっと追跡していた飛行機の識別特性と一致する飛行機だ。コロンビアからメキシコシティ、ホノルル、日本、そしてウラジオストックへと行った」

「麻薬カルテルはロシアで麻薬をさばいている」ハーバートがいった。「なにも新しい情報じゃない」

「そうだな」ヴィアンズがいった。「しかし、そいつがウラジオストックに着陸したとき、われわれは監視のために衛星をひとつ張りつけた。飛行機の積荷をスペッナズがおろすというのは、はじめて見る」

ハーバートが、背中をしゃんとのばした。「何人だ?」

「十名足らずだ。いずれも白のカムフラージュ・カヴァーオールを着ている。それだけじゃない。木箱入りの積荷は、太平洋艦隊のトラックに積み込まれた。これは陸海軍合同の麻薬密売だ」

ハーバートは、ショヴィッチとコシガン将軍とドーギン内相の会見のことを思い出した。「軍がギャングと組んでいるだけのことではないかもしれない。トラックはまだそこにいるのか?」

「ああ」ヴィアンズがいった。「何十個もの木箱をおろしている。一台のトラックがほぼ満載になったところだ」

「木箱の重さのバランスは?」

「完全に平均している。長方形だが、重量がどちらかに偏《かたよ》っていることはないようだ」

「AIMで調べてみてくれ」ハーバートはいった。「なにか動きがあったら知らせてくれ」

「わかった」と、ヴィアンズがいった。

「それから、スティーヴ、トラックの行き先も教えてくれ」ハーバートは電話を切ると、マイク・ロジャーズを呼び出した。

ポケベルが鳴ると、ロジャーズは自分のオフィスを出てやってきた。

ハーバートの説明を聞き終えると、ロジャーズはいった。「つまり、ロシア人どもは、公然と麻薬王と組んでいる。まあ、現金をどこかで手に入れる必要があるわけだからな。ただ、不思議に思うのは——」

「失礼」電話が鳴ったので、ハーバートがさえぎった。車椅子の肘掛《ひじかけ》に取り付けられたスピーカー・ボタンを押した。「はい」

「ボブ、こちらはダレルだ。ＦＢＩが東京で捜査官を失った」

「どういう経緯だ？」

「例のガルフストリームに乗っていたやつらに撃たれた」マキャスキーが、苦々しい口調でいった。「日本の麻薬取締官ひとりも、撃ち合いのさなかに死んだ」

「ダレル、こちらはマイクだ」ロジャーズがいった。「ガルフストリームの乗員に怪我《けが》は？」

「わかっているかぎりではないが、地上整備員たちはあまりしゃべりたがらない。おびえているんだ」

「あるいは買収されているか」ハーバートがいった。「無念だ、ダレル。その捜査官に家族は？」

「父親がいる」マキャスキーがいった。「できるだけのことはしてやるつもりだ」

「そうか」

「これでガルフストリームとロシアの麻薬密売人とのつながりがはっきりした。コロンビアの連中は、国際空港で銃撃戦をやるほど頭がいかれてはいない」

「まあな」ハーバートがいった。「コロンビアのやつらは、もっぱら裁判を担当する人間を撃ち殺している。腐り果てた連中だ。ストライカーを送り込んで殺したいようなやつらばかりだ」

ハーバートは電話を切り、しばらく気を落ち着かせた。こういう事件があると、腹が煮えてしかたがない。家族がからむとなおさらだ。

ハーバートは、ロジャーズの顔を見た。「さっきいいかけた、不思議に思っているというのは？」

ロジャーズは、いつになく深刻な顔をしていた。「マットの探り当てたこととこれが関係があるんじゃないかと思った。われらが天才少年とポールと三人で会議をしたところなんだ。マットは、百億ドルの信用貸付をしているリヤドの銀行のコンピュータに侵入して、そこからクレムリンの給与支払いリストを調べたんだ。エルミタージュの新しいテレビ・スタジオと内務省が、非常に給料の高い幹部社員を雇っていることがわかった——ところが、それらの人間にはいっさい履歴がない」

「つまり、何者かが名前と身分をでっちあげたんだな」と、ハーバートがいった。「サンクト・ペテルブルグでひそかに働いている人間に払う金をこしらえるために」

「そのとおり」ロジャーズがいった。「それにくわえて、日本、ドイツ、アメリカから大量のハイテク機器を購入する資金にしたんだ——内務省に送られた部品類だ。どうやら、ドーギンがそこにきわめて高度な情報作戦基地を設置している疑いが濃くなってきた。オルロフはそこで人工衛星関係のことを手伝っているんだ」

ハーバートが、額を叩《たた》いた。「では、ドーギンが親玉で、ロシア・マフィアと緊密なつながりがあるとしたら、クーデターをたくらんでいる可能性が高い。武力もある。コシガンが軍を握っている」

「それはちがう」と、ロジャーズがいった。「さっきもそうポールにいったんだが、ドーギンが必要としているのは、政治家、ジャーナリスト、海外の支援組織に渡す金だ。その金を、将来の案件と引き換えに、ショヴィッチから得ているんだろう」

「かもしれない」ハーバートが、相槌《あいづち》を打った。「あるいは、ドーギンがショヴィッチの供給する麻薬を売って金を稼いでいるか。それをやる政治家は、なにもドーギンがはじめてではない。ただ、これだけの規模のものはなかった。ドーギンの大義に同調する政府高官が、外交行嚢《こうのう》にブツを隠して世界中に運ぶこともできる」

「なるほど」ロジャーズがいった。「外交官が麻薬を持ち出し、現金を持ち帰る」

「では、ウラジオストックのこの木箱は、おそらくこうしたことすべての一環だな」ハーバートがいった。「中身が麻薬であるにせよ金であるにせよ、その両方であるにせよ」

「なにがいちばん衝撃的か、わかるだろう?」ロジャーズがいった。「たとえジャーニンがこうしたことをあらいざらいつかんだとしても、なにもできない。ジャーニンが手を打てば、ふたつの出来事のどちらかが起きる。

ひとつ、ジャーニンがドーギンを追放するが、その後の粛清は広範に及んで国を弱らせ、ロシア再建のためにジャーニンが必要とする海外投資家が逃げる。その結果、ロシアはいまよりもっと悲惨な姿になる。

ふたつ、ジャーニンが、敵が準備のととのわないまま攻撃を開始するように仕向け、血みどろの長い革命戦が起きる。核兵器がだれの手に渡るやら、見当もつかない。われわれの最大の懸念《けねん》は、ノリエガ統治下のパナマや王政時代のそれとおなじになるはずだ。つまり、合法性より安定だ」

「たしかに」ハーバートがいった。「では、大統領はどうすると思う?」

「昨夜《ゆうべ》とおなじだろう」と、ロジャーズがいった。「なにもしない。秘密漏洩《リーク》のおそれがあるから、ジャーニンには教えられない。軍事的支援を申し出ることもできない。そういう選択肢はとらないという点で合意している。それに、先制攻撃は、どのようなものでも危険がともなう。ドーギンややつのクローンが地下に潜るように仕向けたくはない。地下に潜ったら、ずっと大きな脅威でありつづけるだろう」

「なにもやらないというのを、大統領はNATOにどう説明するんだ?」と、ハーバートがたずねた。「やつらは臆病者《おくびょうもの》の群れだが、サーベルをじゃらじゃら鳴らしたがるだろう」

「大統領はそれに調子を合わせるかもしれない」ロジャーズがいった。「それとも、おれの目に狂いがなければ、新孤立主義のマントをまとい、NATOに流れに身をまかせろというかもしれない。アメリカの国民の気分にはそれがよく合うだろう。ことにトンネル爆破事件のあとだけに」

ハーバートが革の肘掛をとんとん叩きながらじっとしていると、デスクの電話が鳴った。電話機に表示されたIDナンバーを見ると、NROからだった。ロジャーズが聞けるように、ハーバートはスピーカーフォンにした。

「ボブ」スティーヴン・ヴィアンズがいった。「AIMのデータはまだ出ないが、空港を出発した一台目のトラックを見張っていた。まっすぐにウラジオストックの鉄道駅へ行った」

「現地の天候は?」ハーバートがたずねた。

「かなりひどい」ヴィアンズが答えた。「だから鉄道にしたんだろう。たいへんな大雪だ。一帯が嵐《あらし》に見舞われ、すくなくとも四十八時間は、それがつづくようだ」

「それでドーギンとコシガンは、地上から動けない飛行機から鉄道に積荷を移し替えたんだな。駅にはなにが見える?」

「それがだめなんだ」ヴィアンズがいった。「列車は駅舎内だ。だが、運行予定はつかんでいるから、予定にない列車が出てくれれば、それを見張る」

「ありがとう」ハーバートがいった。「ひきつづき、報告を頼む」

ヴィアンズが電話を切ると、ハーバートは考え込んだ。その積荷はITS——識別・追跡・攻撃が可能なターゲットになった。

「しかも重要でもある」と、声を殺していった。

「なんのことだ？」ロジャーズがきいた。

「いや、この積荷は明らかに重要なものだといったんだ。そうでなかったら、嵐のあいだ、置いておくはずだ」

「同感だ」ロジャーズがいった。「きわめて重要なだけではなく、見通しのいい戸外に置かれている」

ロジャーズの言葉をハーバートが呑《の》み込むまで、一瞬の間があった。ハーバートが、眉《まゆ》を寄せた。「だめだ、マイク、見通しのいい戸外にあるのではない。ロシアの奥深くへ運ばれようとしている。友好国の国境から千マイルも離れた内陸部だ。フィンランドから飛行機でひとっ飛びして、また戻るというわけにはいかない」

「そのとおりだ」ロジャーズがいった。「だが、ドーギンの力を殺《そ》ぐには、いちばん手っ取り早い方法でもある。鹿《しか》がいなければ、鹿撃ち用の散弾はいらない」

「なんてことを、マイク」ハーバートがいった。「よく考えろ。ポールは戦闘より外交を重視している。ぜったいに同意しない――」

「まあ見ていろ」ロジャーズがいった。

ハーバートがじっと座っていると、ロジャーズがデスクの電話のところへ行き、フッドの首席補佐官を呼び出した。

「バグズか？　ポールはまだＴＡＳ（戦術戦略）班の会議に出ているのか？」

「そうだと思います」バグズ・ベネットが答えた。

「ボブ・ハーバートのオフィスへ来てもらえないかときいてくれ。重大なことが起きた」

「わかりました」ベネットが答えた。

ベネットが電話を切ると、ロジャーズはいった。「同意するかどうか、すぐにわかる」

「よしんばポールは説得できたとしても」ハーバートがいった。「議会統合情報監督委員会が、百万年たってもぜったいに承認しないだろう」

「彼らはストライカーのロシア潜入にＯＫを出している」と、ロジャーズがいった。

「ダレルとマーサに、もう一度承認を取り付けてもらおう」

「だめだったら？」

ロジャーズがいった。「きみならどうする、ボブ？」

ハーバートは、かなり長いあいだ黙っていた。「まいったな、マイク。きみはわたしがなにをするつもりか、見抜いているんだな」

「それが適切な任務であり、彼らが適切なチームだから、きみは彼らを派遣する。自分でもわかっているはずだ。なあおい、おたがい、北朝鮮の事件のあとでバース・ムーア二等兵の棺《ひつぎ》に土をかけたじゃないか――わたしはあの潜入にくわわっていた。ほかにも隊員たちが死ぬような任務を何度も経験している。だが、それでわれわれが行動できなくなるということはない。こういうことのために、ストライカーを編成したんじゃないか」

ハーバートのオフィスのドアがあき、フッドがはいってきた。

オプ・センター長官の疲れた目が、ハーバートに向けられたとき、懸念の色が現われた。「浮かぬ顔をしているじゃないか、ボブ。なにがあった?」

ロジャーズが説明した。ロシアの状況とストライカーの使用を考えていることをロジャーズが述べるあいだ、フッドはハーバートのデスクの縁《へり》に腰かけ、意見をはさまずにじっと聞いていた。

ロジャーズの説明が済むと、フッドがたずねた。「例のテロリストたちが、これにどういう反応を示すと思う?　われわれの取り引きにそむくんじゃないか?」

「いいや」ロジャーズがいった。「彼らは、東欧に手を出すなといった。ロシアのどまんなかではなく。どのみち、そいつらに知られる前に行って帰ってこられる」

「よくわかった」フッドがいった。「では、それより大きな問題だ。わたしが交渉を用いずに武力を行使することをどう思っているかは、知っているな」

「それはわたしもおなじ考えだ」ロジャーズがいった。「銃をぶっ放すよりは言葉のほうがいい。しかし、話し合いでこの列車をウラジオストックにひきかえさせるのは無理だ」

「そうだろうな」フッドが同意した。「そうなると、まったくべつの問題が生じる。ストライカーを送り込んで偵察させる承認を得て、列車の積荷がなにかわかったとしよう。それがコカインだったとして、そのあとどうする？　奪って燃やすのか？　それともジャーニンに連絡し、ロシア軍同士を戦わせるか？」

ロジャーズがいった。「狐《きつね》を照準に捉《とら》えながらライフルの銃口をさげて猟犬を呼ぶやつはいない。ポーランドのナチス、キューバのカストロ、ヴェトナムの共産軍を相手にそんなことをやったら、一巻の終わりだ」

フッドがしきりと首をふった。「ロシアを攻撃しろというのか？」

「そうだ。そのとおり」ロジャーズがいった。「やつらだって、われわれを攻撃したじゃないか」

「それは話がちがう」

「死んだ人間の家族にそういうんだな」というと、ロジャーズはフッドのそばへ行った。「ポール、われわれは座ったままゲームよろしく予算をもらったり渡したりしている政府の部局とはちがうんだ。オプ・センターは、CIAや国務省や軍ができないようなことを実行するのを旨《むね》としている。いまそういう機会をあたえられた。チャーリー・スクワイアは、危険な任務のために呼ばれるであろうということを徹底して、ストライカーをまとめている。スペツナズ、オマーンの王室近衛兵《このえへい》、赤道ギニアの民間防衛隊――どの国のエリート部隊もおなじだ。全員が一丸となって作業を進め、知恵を絞るなら、この一件を隠密裏《おんみつり》に片付けられる。それを目標にわれわれが作業しなければならないし、また固く信じなければならない」

フッドは、ハーバートのほうを見た。「きみはどう思う?」

ハーバートが目を閉じて、瞼《まぶた》を揉《も》んだ。「齢《とし》をとるにつれて、政治的な利便のために子供らが死んでいくことを考えると、ますます腹が立つようになってきた。しかし、このドーギン―ショヴィッチ―コシガンの組み合わせは、考えるだけでも恐ろしいし、オプ・センターは好むと好まざるとにかかわらず、前線にいるんだ」

「サンクト・ペテルブルグのほうはどうする?」フッドがきいた。「体から頭脳だけ切り離せばじゅうぶんだと、われわれは判断したわけだが」

「このドラゴンは、思ったよりもでかかった」と、ロジャーズがいった。「首を切り落としても、体はまだ生きていて、ひどい被害をあたえるかもしれない。この列車の現金だか麻薬だかのせいで、そうなりかねない」

ハーバートが、車椅子《くるまいす》を動かしてフッドのそばへ行き、フッドの膝《ひざ》をぎゅっと握りしめた。「さっきのわたしみたいに浮かぬ顔だな、長官」

フッドがいった。「いま理由がわかったからだ」ロジャーズの顔を見た。「危険を冒す価値がなかったら、きみがチームを派遣するはずがないことはわかっている。ダレルが議会の委員会のほうをなんとかしたら、必要なことをやってくれ」

ロジャーズが、ハーバートのほうを向いた。「TAS（戦術戦略）指揮センターへ行ってくれ。それから、ヘルシンキに残すストライカーの人数を最小限に見積もった計画を立てさせ、それから、ストライカーを迅速かつ支障なく列車まで行かせる方法を考えさせてくれ。計画を練るときにいちいちチャーリーの意見を聞き、彼が納得のいくようにしてくれ」

「ああ、チャーリーのことなら、わかっているはずだよ」ハーバートが、車椅子をドアに向けながらいった。「自分の身を危険にさらすことなら、率先してやる」

「わかっている」ロジャーズがいった。「彼はわれわれのなかでも最高だ」

「マイク」フッドがいった。「大統領にこれを説明しておく。わかっていると思うが、わたしは一〇〇パーセント賛成しているわけではない。だが、応援はする」

「ありがとう」ロジャーズがいった。「それでじゅうぶんだし、そこまでしか期待していない」

ふたりは、ハーバートにつづいてそこを出た。

ひとり車椅子を動かしてTAS指揮センターに向かうとき、ハーバートは考えていた。どうして人間にまつわる問題は――国の征服であれ、ひとりの人間を翻意させることであれ、恋人を手に入れることであれ――闘争なくしては成就《じょうじゅ》できないのだろう。

試練は勝利を甘美にするとよくいわれるが、ハーバートはそれを信じていなかった。彼にしてみれば、勝利はときどきもっと楽に手にはいっても、いっこうにかまわなかった……

30

火曜日　午後十一時二十分　モスクワ

その部屋は狭く、暗く、壁はコンクリートで、天井には蛍光灯が一本だけあった。木のテーブル、スツールが一脚、鉄のドア。窓はない。黒いタイルの床は剝《は》げ、ひどく磨《す》り減っている。

アンドレイ・ヴォルコは、その窓のない部屋で、ちらちらする光の下に座っていた。どうしてここへ連れてこられたかはわかっていたし、これから自分の身になにが起きるかは、容易に察しがついた。銃を持った民兵が、ひとことも発せずに列車からヴォルコを連れ出し、武器を携えて待っていた警衛二名のところへ行った。四人で警察の車に乗り、旧KGB本部に近いジェルジンスキー通りの警察署に着いた。ヴォルコは、警察署で手錠をかけられた。完全に打ちのめされた気持ちでスツールに座り、どうして自分のことがわかったのだろうと思った。フィールズ－ハットンが残していったなにかから判明したにちがいない。だが、それはどうでもいいことだった。彼らに連れ去られた情報部員のことをのぞけばまったくなにも知らないのを信じてもらえるまで、いったいどれだけひどく殴られるのだろう。それは、できるだけ考えまいとした。それより重要なのは、裁判にかけられ、投獄され、とうとうある朝目が醒《さ》めて頭を撃たれるまで、いったい何日あるだろうということだった。目前に控えている出来事が、なにか現実離れしているように思えた。

聞こえるのは、いやに耳につく心臓のどくんどくんという音ばかりだった。ときどき、恐怖の波が全身を渡り、恐怖と絶望の入り混じった気持ちで、ヴォルコは自問した。おれの人生は、どうしてこんなになってしまったのか？　叙勲された兵士、孝行な息子、なすべきことをなそうとしただけの男……

鍵《かぎ》がまわり、ドアがぱっとあいた。三人の見張りがはいってきた。ふたりは制服で、棍棒《こんぼう》を持っている。もうひとりは若く、小柄で、きちんと折り目のはいったズボンとネクタイなしの白いシャツという私服だった。丸顔でおだやかな目つきで、においのきつい煙草《たばこ》を吸っている。ふたりがあいたドアの左右に脚を大きくひろげて立ち、通り道をふさいだ。

「わたしはポゴディンだ」若い男が、力のこもった声でいうと、ヴォルコに近寄った。「おまえはたいへん困った立場に置かれている。われわれはおまえのカセット・テープレコーダーに電話機が仕込まれているのを見つけた。サンクト・ペテルブルグのおまえの仲間の売国奴も、おなじものを持っていた。しかしながら、そのものは不幸にもスペツナズ士官の手に落ち、いささか手荒な扱いを受けた。われわれは、おまえが英国のスパイにいれてやったイギリス製紅茶のティーバッグのラベルも入手した。じつに巧妙なやりかただ。おまえは情報をティーバッグのラベルに隠して渡し、ラベルがなくなっているのにだれも気づかないように、テーブルを片付けるということをしていた。スパイの財布から、ラベルの繊維が発見された。それがなかったら、おまえのことはわからなかっただろう。いまいったようなことを、おまえは否定するか？」

ヴォルコは黙っていた。ことさらに勇敢な気持ちではなかったが、残されたものは自尊心しかない。それを失いたくはない。

ポゴディンと名乗った男は、右側に立って、ヴォルコのほうを見下ろした。「りっぱなものだ。おまえのような立場のものは、鳥のようにぴいぴい囀《さえず》るのがふつうだ。ひょっとして、われわれの情報の引出しかたについての世評を知らないのか」

「知っている」ヴォルコはいった。

ポゴディンは、しばしヴォルコの顔を探るように見た。勇敢なのか、それともおろかなのか、判断しかねているように見えた。「煙草はどうだ？」

ヴォルコは、かぶりをふった。

「命拾いして、国に借りているものをすこしは返したらどうだ？」

ヴォルコは、若い尋問官のほうを見上げた。

「おまえはそうするはずだ」ポゴディンがいった。うしろのふたりのほうを煙草で示した。「話がしやすいように、あいつらを出そうか？」

ヴォルコは、一瞬考えてから、うなずいた。

ポゴディンが出ていくよう命じると、ふたりが退出してドアを閉めた。ポゴディンは、ヴォルコのまわりをめぐって、テーブルのところへ行き、端にちょこんと腰かけた。

「おまえは、まったくちがう扱いを受けるものと思っていたんだな？」と、ポゴディンがきいた。

「いつのことだ？」ヴォルコが答えた。「きょうか？　それとも背中を傷《いた》めてアフガニスタンから戻り、犬さえ暮らせないような年金をもらったときのことか？」

「ほう、恨みか」ポゴディンがいった。「怒りよりずっと大きな動機となる。なぜなら、消えることがないからだ。おまえは、年金の額があまりにもすくないから、ロシアを裏切ったのか？」

「ちがう」ヴォルコがいった。「裏切られたのはおれのほうだ。働いているときも、立ちあがるときも、痛みを感じないときはない」

ポゴディンが、ヴォルコの胸を親指で突いた。「おれはスターリングラードで戦車に押しつぶされた祖父や、アフガニスタンで狙撃手《そげきしゅ》のために殺された兄ふたりのことを毎日考えるたびに、傷みを感じる――おまえのような人間は、彼らが命を捨てて護《まも》ったものを、ちょっと体のぐあいが悪いからといって裏切るのだ。ロシアにその程度の愛情しか持っていないのか?」

ヴォルコは、真正面に視線を据えた。「人間は食べなければならない。食べるために働かなければならない。あのイギリス人が、ずっと雇っておくようにといってくれなかったら、ホテルを馘《くび》になっていた。彼はあそこでかなり金を使っているんだ」

ポゴディンが、首をふった。「保安局の上司に、おまえは謝罪する気持ちもなく、いずれまた金で祖国を裏切るだろうと伝えよう」

「望んでしたことではない」ヴォルコはいった。「前もそうだったし、いまもおなじだ」

「なるほど」ポゴディンが、煙草を吸いつけた。「友人たちが死に、自分も死に直面しているからそういうんだろう」ヴォルコのほうに身を乗り出して、両方の鼻の穴から煙を吹きつけた。「それは大きなちがいだ、アンドレイ・ヴォルコ。どうしてサンクト・ペテルブルグへ行こうとした?」

「ひとに会うためだ。死んでいたとは知らなかった」

ポゴディンが、ヴォルコの横面《よこつら》をしたたかに張った。「おまえは例のイギリス人やロシア人に会いにいこうとしていたのではない。ロシア人のことをおまえが教えられていたはずはない。ふたりとも死んでいたし、DI6もそれを知っていた。スペツナズ士官が隠されていた電話機を使おうとしたが、つながらなくなっていた。性急にやりすぎたのだ。まずIDを入力しなければならないんだろう？　そうだな？」

ヴォルコは、沈黙を守った。

「むろんそうだ」ポゴディンがつづけた。「それで、おまえはサンクト・ペテルブルグでだれかに会おうとしていた。だれだ？」

ヴォルコは前方をなおも見据えていた。恐怖は屈辱に変わっていた。これからなにが起きるか、ポゴディンがなにを考えているか、知っていた。自分が恐ろしい選択をしなければならないことも。

「知らない」ヴォルコはいった。「おれは――」

「つづけろ」

ヴォルコは、ふるえを帯びた息を大きく吐き出した。「おれはそこへ行って、ロンドンに連絡し、つぎの指示を待つことになっていた」

「おまえをフィンランドへ逃がすつもりだったのか？」

「それは――そういうふうな感じだった」ヴォルコは答えた。

ポゴディンが考え込む様子で煙草を吸い、立ちあがると、ヴォルコを見下ろした。

「率直にいおう、アンドレイ。おまえが自分を救うには、英国の作戦のことがもっとくわしくわかるようにわれわれを手伝うしか、方法がないんだ。予定どおりサンクト・ペテルブルグへ行き、敵ではなくわれわれのために働く意思はあるか?」

「意思?」ヴォルコがいった。「銃を首に突きつけられることからはじまった結びつきなのに?」

ポゴディンが、ひややかにいった。「協力しなければ、終わりもそうなる」

ヴォルコは、照明の下に天蓋《てんがい》よろしく漂っている煙をすかし見た。愛国心から協力するのだと自分にいい聞かせようとしたが、そうではないことはわかっていた。ただ怖いだけだ。

「わかった」ヴォルコが、不機嫌にいった。「サンクト・ペテルブルグへ行く」ポゴディンの目を覗《のぞ》き込んだ。「自分の意思で」

ポゴディンが、時計を見た。「われわれのために客室をひとつ予約してある。列車の発車を遅らせる必要もない」ヴォルコのほうを見て、にやりと笑った。「むろん、わたしがいっしょに行く。銃は持っていないが、おまえが進んで協力すると信じている」

脅しつける口調で、まだおびえの去らないヴォルコは言葉を返せなかった。自分のために他人が死ぬのは望ましくないが、この稼業《かぎょう》の人間は——自分もふくめて——みんなそういう危険は承知しているはずだ。

ポゴディンが先に立って尋問室を出て、車に戻ったとき、ヴォルコは自分にはふたつの方法があるのだということを肝に銘じた。ひとつは、ポゴディンの条件を受け入れて、あっさりと死ぬというもの。もうひとつは、反撃し、なぜか失ってしまった名誉の回復をこころみるというものだ……

31

月曜日　午後十時五分　ベルリン

重くてずんぐりしたイリューシンＩｌ‐76Ｔは、全長百六十五フィート、全幅百六十五フィート以上、性能のいいロシア製の大型輸送機である。最初の試作機が発表されたのは一九七一年、ソ連空軍での初就役は一九七四年というこのＩｌ‐76Ｔは、舗装されていない短い滑走路からも離陸できるので、シベリアのような環境の土地でたいへん使いやすい。また、ロシアの超音速戦略爆撃機用の給油機に改造された型もある。Ｉｌ‐76Ｔは、イラク、チェコスロヴァキア、ポーランドに売却されている。ソロヴィヨフＤ‐30ＫＰターボジェット・エンジン四基を積み、通常の巡航速度は時速五百マイル、航続距離は四千マイル以上におよぶ。約四十トンの積荷を運ぶことができる。比較的軽いゴム製の袋タンクに予備の燃料を入れて貨物室に積んで空荷に近い状態で飛ぶと、航続距離は七〇パーセント増大する。

ボブ・ハーバートがペンタゴンと接触し、ストライカーがロシアに潜入するのに輸送手段が必要であることを説明すると、ベルリン在勤のデイヴィッド・〝急降下爆撃《ダイヴボム》〟・ペレル将軍を紹介された。将軍は、この中身ががらんどうのでかいジェット機を秘密の場所に隠していた。一九七六年にイラン国王が購入したものを、ひそかにアメリカが買ってからずっと、そこに保管されていたのだ。研究が済むと、スパイ機として使用するために、空軍が機内のよけいな装備を取り払った。いままでのところ、このI1‐76Tは、スパイ衛星のデータの較正のため著明な地物《ランドマーク》のあいだの精確な距離を測定したり、地下の施設のレイアウトを知るためにレーダーや熱の放射のデータを採集したりするなど、ほんの数回の任務に使用されただけだ。それらの飛行の際には、ロシア空軍内の長期潜入工作員がフライト・プランを提出し、合法的な飛行に見せかけることに成功している。その工作員に無線で連絡が行き、今回もまたそれをやるようにという指示が出ている。

このイリューシンI1‐76Tがアメリカ軍兵士を運ぶのはこれがはじめてだし、ロシア領空内にこれほど長時間滞空することは一度もない――ヘルシンキからチームの降下地点まで、そしてそこから日本まで、八時間の飛行になる。これまでは、発見されたり、記録がないのがばれたり、調査を受けるおそれがあるほど長い時間は飛ばなかった。

ボブ・ハーバートとペレルは、乗員とストライカー・チームの直面する危険を、重々承知していたので、電話会議ではマイク・ロジャーズに対して自分たちが乗り気でないことを表明した。

ロジャーズはふたりの懸念《けねん》が理解できたので、代案はないかとたずねた。作戦はオプ・センターの権限で実行するから、政治的な問題は国務省とホワイトハウスが処理するということで、ペレルはハーバートと合意に達した。ロジャーズは、ハーバートに念を押すとともに、ペレルにきっぱりと告げた——。列車の積荷の内容が確実にわかるまでは、これは純然たる偵察作戦なのだ。その状況が変わらないかぎり、危険は度外視して、こういう方向で進むしかない。現場での情報収集には、危険がつきものなのだ……それに、今回のような場合、それを避けては通れない。

そんなわけで、I l‐76Tは離陸準備をととのえて、パラシュートを装備した兵隊たちと寒冷地用装備を積んで離陸し、カッレ・ニスカネン国防相の特別の承認を得て、ヘルシンキを目指した——とはいえ、ニスカネンは、これはたんなる偵察飛行だという話しか聞いていないし、乗っているものがロシアに降下する可能性が濃厚であるというのも知らない。それは輸送機が飛んでいるあいだに、ローウェル・コフィーが交渉しなければならないが、ニスカネンは強硬な反ロシア派だから、そこでなにをやろうと異を唱えることはないだろう。その間に、ハーバートはオプ・センターの通信室を呼び出して、スクワイア中佐に接続するようたのんだ。

32

火曜日　午後十一時二十七分　フィンランドの南

「偽善的ではないんだ」スターリフターがヘルシンキ空港に向けて最終進入を開始したとき、スクワイアがソンドラにいった。ストライカー・チームの面々は私服に着替え、観光客のようないでたちをしていた。「たしかにコーヒーは興奮性で、がぶ飲みしたら胃に悪い。しかし、ワインだって肝臓や脳にはよくないだろう」

「適度に飲めば、そんなことはないですよ」ソンドラが、装備をもう一度点検しながらいった。「それに、だれかさんがコーヒーについてやかましいことをいうのとおなじように、ワインの味だって、壜詰めの年度《ヴィンテージ》、香り、濃《ボディ》にこだわるだけのことはありますよ」

「コーヒーのことをやかましくいっているわけじゃない」スクワイアがいった。「レッドスキンズのマグのなかでぐるぐるまわして、香りを楽しんだりはしない。飲むだけ。以上。優雅な道具立てのなかで上品にひと口ずつ飲むのが最高の味わいだと思っているようなふりもしない」手刀で切る仕草をした。「議論はこれにて終わり」

ソンドラが渋い顔をして、コンパス、刃渡り九インチのハンティング・ナイフ、九ミリ口径のベレッタM9セミ・オートマティック・ピストル、現金百ドル、飛行中にスクワイアのコンピュータのデータをプリントアウトした付近の地図のはいった、なんの変哲もないバックパックのジッパーを閉めた。スクワイアがそんなふうに上官の立場からものをいうのはフェアではない。だが、軍隊がフェアだといったものはどこにもいないし、階級にはそれなりの特権がある。ソンドラは、コロンビア大学を出てすぐに軍隊にはいろうとしたときに両親がいった下世話ないいかたのいくつかを思い出した。

〝旅がしたければ旅をしろ！〟と、父親はいった。〝うちにはそれぐらいの金はある。一年ぐらいかけてもいい〟

だが、そういうことではない。カール・〝カスタード〟・デヴォンは、ソフトクリームを売ってニューイングランドで一代のあいだに財産を築いた人物で、なに不自由のないひとり娘が文学を専攻して大学を出て海軍にはいろうとする理由が理解できなかった。それもただの海軍ではなく、苦労してSEAL（アメリカ海軍特殊作戦チーム）に入隊した。いや、子供のころからなにもかもあたえられていたから、自分を試したかったのかもしれない。あるいは、成功しすぎた父親の持っていないものがほしかったのか。それに、たしかにSEALと、このストライカーは、たいへんな試練ではある。

スクワイアのような頭のいい男が、どうしてこう頑固なのだろうかとソンドラが思っていると、オプ・センターからの通信がはいった。スクワイアが出て、耳を澄まし——例によって、ほとんど言葉をはさまず、熱心に聞いている——やがてヘッドフォンをホンダ・イシに返した。

「よし、みんな、集まれ」と、スクワイアがいった。ハドルを組んでいるときのクォーターバックのように、部下たちのほうに身をかがめた。「最新情報はこうだ。ジョージ二等兵、ヘルシンキに着いたら、おまえはあとに残る。ダレル・マキャスキーが、フィンランド国防省ペンティ・アホ少佐との連絡を設定する。少佐がおまえを相棒のDI6部員ペギー・ジェイムズのところへ連れていくから、ふたり淋しくエルミタージュを調べろ。悪いが、われわれはほかでやる仕事がある。ふたりは小型潜水艇でフィンランド湾からネヴァ川へはいる。フィンランドにはすごい国防大臣がいて、河口にはいり込んで偵察をやっている。ロシアは人手が足りないうえに、フィンランドから攻撃される気遣いはないとモスクワは考えているので、監視は甘い」

「手抜かりだわね」と、ソンドラが意見をいった。

「ジョージ、おまえとジェイムズは、日中、サンクト・ペテルブルグに上陸する」スクワイアがつづけた。「ロジャーズ将軍は、日が暮れるまで待ったほうがいいという考えだが、潜水艇が行くのはその時間だから、それで行け。さいわい、ロシア海軍がサンクト・ペテルブルグからそう遠くないコポルスキー湾に潜水艇《ミニ・サブ》基地を置いている。ヘルシンキに到着したら、おまえたちはロシア海軍の軍服を渡される。なにかの理由でとがめられたときは、ジェイムズがロシア語を流暢《りゅうちょう》にしゃべるし、書類も適切なものを持たせる。フィンランドの保安省には偽造課があって、ロシアの書類を作成している。アホ少佐が、偽装の身分、ビザ、旅券を用意している。おまえたちは休暇中のロシア軍兵士をよそおって出国できる。エルミタージュへ行ったら、そこの地下にあると思われる通信センターについて、できるだけのことを調べあげろ。だれも殺さずに機能を麻痺《まひ》させることができるようなら、やれ。質問は?」

「はい、少佐。フィンランドにいるあいだは、アホ少佐が作戦を指揮するのでしょうが、ロシアにはいってからはどうなります?」

スクワイアが、口もとをすこしゅがめた。「これからその話をしようと思っていた。オプ・センターは、われわれに新しい人間をひとり提供してくれた。ジェイムズは、士官がいるときは服従することになっていた。しかし、わたしは行かない――ジェイムズはオブザーヴァーとして同行する。つまり、おまえの命令に従う義務はない」

「ええっ?」

「変だというのはわかっている、ジョージ。わたしには、自分の職務を全うしろとしかいえない。ジェイムズに意見があるときは、よく聞け。おまえの意見に彼女が同調しないときは、話し合うんだ。彼女は腕っこきの情報部員だから、だいじょうぶだと思う。ほかに質問は？」

ジョージが敬礼をした。「ありません」不安や興奮をおぼえているとしても、血色のいい若い顔には表われていなかった。

「よし」スクワイアは、一同を見まわした。「あとのものは、ちょっとした旅をする。冷蔵してあったロシア製の輸送機に乗り換え、未知の地方へ飛ぶ。こちらの任務に関しては、途中で連絡がある」

「どういうものか、想像はつきますか？」ソンドラがたずねた。

スクワイアの冷たく光る目が、ソンドラに向けられた。「想像がつけば、おまえたちにいう。おれがなにかを知ったら、おまえたちも即座にそれを知る」

ソンドラは、スクワイアの凝視をやっとの思いで受けとめていたが、うわついたしゃべりかたは、勇を鼓してコーヒーに入れた砂糖のように溶けてなくなっていた。さきほどの会話のしめくくりと、いまの戒めの言葉は、ストライカーにソンドラがくわわってから一カ月のあいだにスクワイアが見せなかった一面を表わしている。〝もっとがんばれ、さっさとやれ、的のどまんなかに当てられないのか〟と叱咤《しった》する厳しい上官ではなく、専制的な指揮官としての一面を。きびしい監督から指導者への変容は、ごく小さなちがいであるとはいえ、非常に難しいものだ。じっさい、ソンドラはたいへんな感銘を受けていた。

スクワイアが一同を解散させると、ソンドラは腰をおろして目を閉じ、SEAL訓練で教わったとおりに、自分の熱意を鞭打《むちう》ち、ここへ来たのはスクワイアのためではなく、自分のため、国のためなのだと、自分にいい聞かせた。

「二等兵」

ソンドラは目をあけた。スクワイアが、エンジンの轟々《ごうごう》という音のなかで声が聞こえるように身をかがめて顔を近づけていた。表情が、さきほどよりはすこし和らいでいる。

「はい、中佐」

「ひとつ助言がある。基地では、おまえは、だれにも増して敵をやっつけろという勇ましい態度が強かった。だれに怒っているのか、頭がいいところをだれに見せようとしているのか、おれにはわからないが——」スクワイアは、自分の額に触れた。「おれは感心したよ。それに、技倆《ぎりょう》も知恵もあるから、おまえはここまで来られたんだ。しかし、チームのほかのものは知っていることだが、デヴォン二等兵、任務における四つの徳は、どんなときでも変わらない。分別、節度、ひるまぬ勇気、そして正義だ。わかるな？」

「わかっているつもりです」

「べつのいいかたをしよう」スクワイアが、座りなおし、着陸にそなえて縛帯を締めながらいった。「すべてをオープンにして、口だけを閉じていれば、おまえはうまくやれる」

　ソンドラは、ショルダー・ハーネスを閉めて、座席にもたれた。まだすこししおれていたし、スクワイアがこんなとき、こんなふうに、自分の哲学を吐露したことに、いささかむっとしていたが、自分が戦闘に飛び込むときについていける人間がここにいると思うと、これまでにない自信が湧《わ》いてきた……

33

月曜日　午後四時三十分　ワシントンDC

ロジャーズがオフィスでTAS（戦術戦略）班の最新のストライカー任務計画を吟味していると、スティーヴン・ヴィアンズがAIM衛星の木箱に関する報告をEメールで送ってきた。

〝木箱の中身は固形の塊と思われる。機械類ではない可能性大。男ふたりで容易に運べる。分析用の偵察写真をマット・ストールに送る〟

ロジャーズはつぶやいた。「コカインを煉瓦《れんが》状に固めたものか、ヘロインの小袋《パケ》だとすると、ぴったり符合する。やつらの口にそいつをぜんぶ詰め込んでやりたいものだ」

ドアにノックがあり、ロジャーズが開錠すると、コフィーがはいってきた。

「用があるんですって？」コフィーがたずねた。

ロジャーズが、手をふって椅子《いす》を勧めた。コフィーが黒いトレンチ・コートを脱ぎ、革の肘《ひじ》掛《か》け椅子に座った。目の下に隈《くま》ができていて、髪もふだんほどきちんと梳《と》かしつけていない。彼にとっても長くつらい一日だったのだ。

「議会統合情報監督委員会のほうはどうだ？」ロジャーズがきいた。

コフィーが、上着の袖《そで》に手を入れて、ＬＣのカフスリンクを引っ張った。「変更した概略をフォックス上院議員とカーリン上院議員と検討したが、頭がどうかしているんじゃないかといわれましたよ。フォックスは二度もそういった。ロシア陸軍と交戦するものとの命令は変更しないというのが答でした。ストライカーに関する可能性があるから難色を示しているんだと思いますよ、マイク」

「連中がどうして難色をしめしているかなどということは、どうでもいい」ロジャーズがいった。「どうしてもそこへチームを行かせなければならないんだ。もう一度行って、交戦の話をしているのではないと、連中にいうんだ、ローウェル。われわれは偵察を行なうだけなんだ」

「偵察ねえ」コフィーが、疑わしげにいった。「彼らは信用しないだろうな。ぼくだって、鵜《う》呑《の》みにはできない。だって、いったいなにが目当てで偵察するんですか？」

「その兵士たちがどこへ向かっているか、なにを護《まも》っているか」

「それには列車に乗り込まないといけない」コフィーがいった。「かなり間近で偵察することになる。それに、万一ストライカーが発見されたら？　上院議員の連中にどういうんです？　降伏するのか、それとも戦うんですか？」

ロジャーズが、ぶっきらぼうにいった。「ストライカーは降伏しない」

「それじゃ、もう一度行くつもりはありません」

「わかった」ロジャーズがいった。「では連中に、われわれは戦わないといってくれ。特殊閃光手榴弾《フラッシュ・バン》と催涙ガスより強力なものは、いっさい使わない。敵はすべて眠らせる。だれも怪我《けが》させない」

「それでも無理ですよ」コフィーがいった。「それでは議会に話を持っていけない」

「だったら、議会なんかほうっておけ」ロジャーズがいった。「いいか、たとえ議会の承認を取り付けられたとしても、国際法を破ることに変わりはないんだ」

「たしかにそうだ」コフィーがいった。「しかし、ばれた場合、われわれは磔《はりつけ》にならず、議会が非難される。これからやろうとしているこの一度の作戦で、国際法や国内法をいったいいくつ破ることになるか、わかっているんですか？　朗報もある。刑務所にははいらない。山ほどの容疑の裁判で四十年ばかり法廷暮らしだ」

ロジャーズは、しばらく考えていた。「議会に、われわれが相手にしているのがロシア政府ではないといったらどうなる？」

「ロシア国内なのに？　ほかにどんな戦う相手がいるんですか？」

「政府のかなり上のほうの謀反人《むほんにん》が、麻薬王とベッドをともにしていると思われる」と、ロジャーズがいった。

「それじゃ、どうしてロシアの指導者にそれを教えなかったんですか？」コフィーがたずねた。「ロシアの指導者の要請でわれわれが――」

「それは無理だ。あの選挙の結果では、ジャーニン大統領は反乱分子を始末できるほどの力が得られなかった」

コフィーは、その新しい情報を考慮した。「謀反人の政府高官か。選挙で選ばれた人間？」

ロジャーズが、かぶりをふった。「前大統領が任命し、ジャーニンが職務に邁進《まいしん》しはじめたら首を切られるであろう人物だ」

コフィーが、頰の内側を咬《か》んだ。「それと麻薬の方向から押せば、うまくいくかもしれない。有権者が憎むような悪いやつらと渡り合うというのは、議会の好む筋書きだ。大統領はどうだろう？　応援してくれるのか、それともわれわれだけでやらないといけないんですか？」

「ポールが、われわれの案を大統領に話した」ロジャーズがいった。「大統領は、危険性については気に入らないようだが、ニューヨークの事件のことでだれかをぶっ叩《たた》きたくてうずうずしている」

「そして、ポールもあなたを後押ししているんですね？」

「そうだ」ロジャーズがいった。「きみが議会の承認を取り付けられれば」

コフィーが脚を組み、膝《ひざ》の上でそわそわと足を動かした。「ストライカーを潜入させるのには、スターリフターではないのを使うんでしょう？」

「ベルリンに保管してあったI l‐76Tを確保して、ヘルシンキへ派遣し——」

「ちょっと待った」コフィーがいった。「フィルマイナー大使は、フィンランド政府からロシア潜入の許可を得たんですか？」

「いや」ロジャーズが答えた。「ボブが国防大臣に手をまわした」

「ニスカネンですか？」コフィーが大声をあげた。「けさ、彼はいかれているっていったじゃないですか！　フィンランドが彼を現場から遠ざけて閣僚に据えたのは、だからなんです。やっこさん、ほんとうにモスクワを怖《おそ》れさせていますからね。だけど、こういう問題で最終的な承認が出せる立場ではない。ヤルヴァ大統領にくわえてルミレー首相の承認も必要です」

ロジャーズがいった。「ニスカネンからは、着陸の承認を得る必要があっただけだ。チームが飛び立ってしまえば、あとはニスカネンか大使が大統領や首相と話をつければいい」

コフィーが首をふった。「マイク、この一件であなたは世界地図のあちこちに手を出しているけど、どこもかしこも地震地帯ばかりですよ」

ドアにノックがあり、ダレル・マキャスキーがはいってきた。「なにかの最中だったかな？」

「ええまあ」コファイーがいった。「かまいませんが」

ロジャーズがいった。「東京の捜査官のことは聞いた。気の毒に」

危機管理が専門のＦＢＩ連絡官は、齢《とし》の割りに白髪の多い頭を掻《か》き、ロジャーズに書類の束を渡した。「勇敢に戦って死んだ」マキャスキーがいった。「それがせめてもだな」

コファイーが瞑目《めいもく》し、ロジャーズは書類に注意を向けた。

「インターポールがファクスしてきた」マキャスキーがいった。「ポーランド陥落直後に作成された地図に、エルミタージュの地下が載っていた。ロシア人は戦争に巻き込まれるとわかっていたから、地下室を掘って、防空壕《ぼうくうごう》に使えるように補強した。攻撃された際にレニングラードの政府機関と軍の指揮所をそこへ移動する計画を立てていた。厚さ十八インチのシンダー・ブロックの壁と天井、排水、換気――情報活動に使う保安措置をほどこした設備に変えるのに、たいした手間はかからなかったはずだ」

ロジャーズは、建築の見取り図をざっと眺めた。「わたしだってこれを使っただろうが、わからないのは、どうしていままでやらなかったかだ」

「インターポールの話では、その地下室は、やはり永年にわたって世界中の無線を傍受する基地として使用されていたらしいが、まったく使われなかった期間もあったようだ」と、マキャスキーがいった。「だが、そこはロシア人のことだ。電子的な監視より、現場で情報を得るほうがずっといいと考えている。それが可能な場所であれば」

「いかにも農民らしいものの見かただ」ロジャーズがいった。「楽観的な五カ年計画より、手にしたひとつのジャガイモのほうがいい」

「基本的には、そうだ」マキャスキーがいった。「ところが、長期潜入工作員はどんどん消され、KGBが崩壊したいまは、事情がちがう」

「ありがとう」ロジャーズがいった。「サンクト・ペテルブルグに潜入する人間に見せられるように、これをスクワイアに送ってくれ」コフィーの顔を見た。「断層の上で作業しているにしては、われわれはなかなか上等なスパイ活動をしているじゃないか。ストライカーが飛び立ったらすぐに必要になる承認を得るよう、なんとかがんばったらどうだ。時間は――」コンピュータの時刻表示を見た。「約一時間後だ」

コフィーは、啞然《あぜん》とした面持ちだった。うなずきながら立ちあがり、またカフスリンクを引っ張って、ロジャーズの顔を見た。「もうひとつだけ、マイク。弁護士として、友人として、指摘しておいたほうがいいと思った。われわれの基本規則、第七節〝軍人職員の文民指揮官に対する義務〟、b項、パラグラフ2、ストライカーは幹部将校に直属す。つまりあなたのことだ。長官は、あなたの命令に反する命令を下すことはできない」

「その規則は、カエサルの『ガリア戦記』とおなじぐらい熟知している。なにがいいたいんだ、ローウェル？」

コフィーがいった。「ぼくが議会の承認を得られず、ポールがその拒否をまともに受けとめた場合、ストライカーを呼び戻すには、あなたを解任して、べつの副長官を指名しなければならない。それを急いでやるには、当直の幹部から選ぶしかない」

「彼をそんな立場に追い込みはしない」ロジャーズがいった。「ポールがそうしろといえば、ストライカーを呼び戻す。しかし、ここで――」腹に触れた。「ポールはそうしないだろうと信じている。われわれは危機管理チームだし、ストライカーの安全を確保するようにあらゆる手を尽くしさえすれば、この危機を処理できるはずだ」

「あなたたちは孤立することになるかもしれない」と、コフィーがいい放った。

「それは失敗した場合だけだ」ダレル・マキャスキーがいった。「北朝鮮の場合だって、われわれはあやうく首を切られるところだったが、結局は勝利を収めて、なにも文句をいわれなかった」

ロジャーズが、コフィーの腕を叩き、フッドのデスクに戻った。「墓碑銘を書くのはまだ早いぞ、ローウェル。最近はずっとチャーチルを読んでいるんだが、一九五一年十二月にカナダ議会で述べた言葉が、こういう場合にはふさわしいだろう。チャーチルはこういったんだ。〝英国は戦う相手とは最後まで独りで戦うと、わたしが彼らに警告したとき、彼らの将軍たちは、自分たちの首相と分裂した閣僚たちにこう告げた。三週間たったら、英国は鶏よろしく首をひねられているでしょう〟」ロジャーズが、にやりと笑った。「諸君、チャーチルのそれに対する答が、オプ・センターの新しい標語《モットー》になるかもしれない。〝いやはやじょうぶな鶏だ！　じょうぶな首だ！〟」

34

月曜日　午後十一時四十四分　ヘルシンキ

スターリフターがヘルシンキ空港の隅の孤立した滑走路に着陸すると、そこでアホ少佐が出迎えた。ウェイトリフティングで鍛えている長身の少佐は、軍隊では髪の黒いラップ人はいわば均等法に対する免罪符でして、というような自己紹介を、流暢《りゅうちょう》な英語で述べた。ニスカネン国防相の代理として、なんなりと必要なものを用意する、とアホ少佐はいった。

昇降口をあけたドアの内側に立っていると、夜の闇《やみ》から冷たい風が吹きつけるので、スクワイアは、いまのたったひとつの要望は、ドアを閉めてIl-76Tを待つことだと告げた。

「わかりました」アホ少佐の朗々たる声は、その物腰とおなじように威厳があった。

地上員との連絡に副官一名を残し、ジョージ二等兵がひとしきり別れの挨拶《あいさつ》をするまで待ってから、アホ少佐はジョージをうながして待っている車へ連れていった。ふたりともうしろに乗った。

「フィンランドへ来たことは、ジョージ二等兵？」アホがたずねた。

「少佐」ジョージがいった。「陸軍にはいるまで、自分はテキサスのラボックを出たことはなかったんです。陸軍にはいってからは、いままでずっとヴァージニアを出たことがありませんでした。最初の任務のときはまだいなかったし、二度目のフィラデルフィア行きのときはぐあいが悪かった。三度目の、朝鮮行きのときは、将軍のせいではじきだされましてね」

「チェスとおなじで、人生でもキングはポーンより強いんだよ」アホ少佐がにっこり笑った。「とにかく今回は、その埋め合わせがつくようじゃないか。二カ国行くことになったんだから」

ジョージが、笑みで応じた。アホ少佐は聖職者のような慈《いつく》しみ深い顔立ちで、淡い色の瞳《ひとみ》は柔和な色を宿している。ジョージは、そんな目をした軍人を見たことがなかった。だが、ぴっちりした茶色の制服の下の筋肉もまた、ケーブル・テレビのボディビル・コンテストでしか見たことのないようなものだった。

「しかし、きみは運がいいよ」アホ少佐がいった。「ヴァイキングの男たちは、戦わずして最初にフィンランド入りした戦士は、戦いにも不死身になると信じていた」

「そういうことを信じたのは、男だけでしょう？」

アホ少佐が、嘆息を漏らした。「世界がちがうからね、二等兵。それに――きみはこんど組む相手とまだ会っていないんだろう？」

「そうなんです、少佐。楽しみにはしていますが」ジョージが、如才なくいった。じつはその逆で、彼女に不安を感じていた。飛行中にファクスされてきた身上調書を読んだが、冒険的な文官を受け入れられるかどうか、自信がなかった。

「わたしは彼女にこの話はしないね」共謀でもするように身を寄せて、アホ少佐がいった。「まあ、ヴァイキングはずっと男の社会だった。みんな斧《おの》と鎧通《よろいどお》しと剣をつねに身に帯び、狐《きつね》かビーヴァー、場合によっては栗鼠《りす》の毛皮を、片腕、つまり利《き》き腕の肩は覆《おお》わずに着る。女は両胸に箱のようなものを着ける。これは鉄、銅、銀、金などでできていて、夫の富を示す。夫に従属していることを示す首輪もつける。こうしたひとびとの歴史をどう教えるかで、何年か前に国内で議論が起きた」アホ少佐は、座席にもたれた。

「女を怒らせてはならない、ヴァイキングの犠牲者だった英国人を怒らせてはならない、野蛮人に殺されたキリスト教徒を怒らせてはならない――野蛮人たちは、西ゴート族、東ゴート族、ブルグント族、ランゴバルド族、アラマン部族同盟のように自分たちの文化を破壊されたくなかったんだ。さいわい、正確な事実が政治的なご都合主義に勝った。われわれのような歴史を持つものが、それを恥じるなんて、考えられるか？」

「考えられません」ジョージが答えて、星でいっぱいの夜空を見上げた。ヴァイキングが見たのとおなじ空だ——そのとき感じたのは、畏怖だろうか？　それとも恐怖だろうか？　と、ジョージは思った。ヴァイキングが、不名誉以外のことを怖れたとは、とうてい思えない。自分の受けた訓練も、海軍のＳＥＡＬや陸軍のデルタやロシアのスペッナズの訓練も、肉体的な能力にくわえ、精神的な姿勢に重きを置いている。重さ五十五ポンドのリュックサックを背負っての二十時間行軍にくわえて、死は一瞬だがしくじりは一生ついてまわるという意識があればこそ、好調を維持できるのだ。ジョージには、そういう意識がたしかにあった。

　そうはいっても〝厚着〟をしているときのほうがずっと気が楽だというのは否《いな》めない。腰のパウチに特殊閃光手榴弾《せんこうしゅりゅうだん》を詰め込み、白兵戦用の短刀が襟に仕込まれたケヴラーの防弾チョッキを着て、レイランド＆バーミングハム製のガス・マスク、九ミリ口径弾の予備弾倉数本を持つ。しかし、いまリュックサックにはいっているのは、ＡＮ／ＰＶＳ-７Ａ暗視ゴーグル、隠れている物体をそれが発生する熱によって探知するＡＮ／ＰＡＳ-７赤外線影像装置、折畳式銃床で消音器組み込みのヘッケラー＆コッホＭＰ５ＳＤ３といったものだ。このサブ・マシンガンは、亜音速の弾薬を使用し、遊底の音さえゴムのバッファによって吸収されるので、十五フィート離れれば発射音がまったく聞こえない。それから旅券。それもある。ダレル・マキャスキーが考えた脱出の戦略とは、たったそれだけだ。

「でも、少佐のご先祖は、われわれがやっているようなことはやらなかったでしょうね」アホ少佐がつまらないことに気を散らさないように、ジョージが話を戻した。車が市内にはいり、街のまんなかを東西に横切る大通りのひとつ――ポーホエスプラナディ通り――北の遊歩道を意味する――に折れると、ジョージは美しい銀河から目を離した。

「つまり、武器三挺《ちょう》に角のある兜《かぶと》という格好では、他国に忍び込むのは難しかったんじゃないですか」

「たしかに」アホ少佐がいった。「それに、忍び込みたいとも思わなかっただろう。彼らは、攻撃目標に接近するとき、その地方を恐慌《きょうこう》状態に陥《おとしい》れ、統治している人間が侵入者だけではなく国内の騒ぎにも対処しなければならないようにする、という方法をとっていた」

「そしていま、われわれは、ミニ・サブで潜り込むわけですね」と、ジョージはいった。

「われわれはちびの襲撃者《ミジェット・マローダー》と呼んでいる」アホ少佐がいった。「けっこう勇敢な感じがするだろう?」

「そうですね」ジョージがそういったとき、かなりの広さの荘厳な大統領官邸の前で車がとまった。そもそも、十七世紀にスウェーデンのクリスティーナ女王が建てた木造建築が二百年にわたりここにあったのだが、それが焼けたあと、一八一二年にこの街が造られたときに、君臨していたロシア皇帝のために建てられたものである。アホ少佐は、ジョージの先に立って、通用口からはいった。

時間が晩《おそ》いので、官邸は森閑としていた。アホ少佐が警衛に通行証を示し、数名の夜間当直員と挨拶を交わして、照明が暗い廊下の突き当たりにある部屋にジョージを案内した。六枚合わせのドアの脇《わき》のブロンズの表札に、国防大臣と書いてあり、アホがキイ二本を使ってはいった。

「ニスカネン国防相は、街のあちこちに執務室がある」と、アホ少佐が説明した。「大統領とうまくいっているときは、この執務室を使う。いまは使っていない」にやにや笑いながら、小声でいった。「ほかにも昔と変わったことがある。ハルフダンやオラフ・トリガヴァソンのような将軍たち、あるいはクヌートやスヴェイン・フォルクベアルドのような絶対君主の時代には、国家の指導者は議会や会議やマスコミの反対など許さなかった。奴隷《どれい》の少女を壁にくくりつけ、斧を投げて、当てた人間が負けとされた。それからまた飲みはじめて、論争は忘れ去られた」

「それでうまくいくような国が、いまありますかね?」と、ジョージが指摘した。

「いや、うまくいくとも」アホがいった。「ただ、あまり評判はよくないだろうが」

明かりがつき、デスクの向こうに立っている女が目にはいった。まっすぐのばした両腕を突いて、地図を見下ろしている。ほっそりした体つきで、青い目は大きく、くすんだブロンドの髪をかなり短く刈っている。口は小さく、唇は紅なしでも紅《あか》く、鼻筋が通っていて、先がすこし上を向いている。肌がたいへん白く、頰にはまばらに雀斑《そばかす》がある。黒いジャンプ・スーツという いでたちだ。

「ミズ・ジェイムズ」ドアを閉めて、帽子を脱ぎながら、アホがいった。「こちらはジョージ二等兵だ」

「お目にかかれて嬉《うれ》しいです」ジョージが、リュックサックをおろしながら、にっこり笑った。

ペギーがちらと目をあげたが、また地図にじっと見入った。「こんばんは、二等兵。あなた、十五ぐらいに見えるわね」

早口だがはっきりした発音と、無愛想な態度が、若いころのベティ・デイヴィスに似ていると、ジョージは思った。「十五半です」デスクに近寄りながら、ジョージはいった。「首まわりの話なら」

ペギーが顔をあげた。「おまけにコメディアンなのね」

「いろいろな才能があるんですよ」ジョージが、あいかわらず笑顔のまま、デスクに飛びあがり、地図をまたいで立った。そのすばやい動作のなかで、レター・オープナーをさっとつかんで、ペギーの喉《のど》に突きつけた。「殺す訓練も受けている。すばやく、音を立てずに」

視線が交わり、その瞬間、ジョージは抜かったと悟った。視線をからませたのは注意をそらすためで、ペギーはのばして突いていた両腕を勢いよく合わせ、ジョージの手首をはさんだ。レター・オープナーががたんという音を立ててデスクに落ち、つぎの瞬間、マギーはぴんとのばした右足で地図の上を横になぐように、ジョージの両足をはらった。横倒しになるジョージのシャツの前をつかむと、床にうつぶせに引き倒し、首のうしろを足で踏みつけた。

「いいこと」ペギーがいった。「殺すつもりなら、四の五のいわずにやりなさい。わかった？」

「わかった」というと、ジョージは自分の肩に体重をあずけるような姿勢で両足を蹴《け》り上げ、足首でペギーの首をはさみ、仰向《あおむ》けに倒した。「だけど、今回は例外にしておく」

ジョージは、こらしめのためにペギーの首をしばらく絞めてから、解放した。ようやく息が吸えるようになったペギーに手を貸して立たせた。

「なかなかのものだわね」ペギーがあえぎ、左手で喉をさすりながらいった。「でも、ひとつ手落ちがあった」

「なんですか？」

ペギーが、右手に持ったレター・オープナーを示した。「倒されたときにつかんだのよ。ああいうふうに押さえつけていたら、どこでも刺せたわ」

喉をさすりながらペギーが地図の前に戻り、ジョージはレター・オープナーを眺めて、ひそかに自分をののしった。女に負けたのは気にならなかった。訓練のときは、ソンドラとたがいに容赦なく殴り合う。しかし、任務中にレター・オープナーのようなものを見落とすのは、生死にかかわる。

まだドアのあたりに立っていたアホ少佐が、声をかけた。「自己紹介が終わったようなら、そろそろ仕事にかかろうか」

ペギーがうなずいた。

「港でボートのところへ行ったら」アホがいった。「ボートへの合言葉は〝すてきな船首材ですね〟だ。応答は、〝格好のいい龍《りゅう》の頭でしょう〟になる。ジョージ二等兵、潜水艇に乗り込む方法については、ミズ・ジェイムズに説明してある。金と、きみらが着るロシア軍の軍服も渡してある」にやにや笑った。「われわれはロシア軍よりずっと仕立てのいい軍服を、ロシア軍よりずっと豊富にそろえている」ポリ袋に密封したものを上着のポケットから出して、ジョージに渡した。「ロシア海軍のエヴゲニー・グリエボフ上級甲板兵曹とアダ・ルンドヴェラ水兵長の身分証明書だ。ミズ・ジェイムズ、きみは沿岸の海図作成と浮標《ブイ》再設置の作業にたずさわる水兵だ。つまり、だれかに見られている場合には、ジョージ二等兵の命令に従っているように見せなければならない」

「彼はロシア語ができない」ペギーがいった。「どうやってそれを？」

「ボートに乗っている九十分と、潜水艇での十時間で、基本だけ教えてやってくれ」というと、アホ少佐は制帽をかぶった。「それでぜんぶ用は足りるな。ほかに質問は？」

「ありません」ジョージがいった。

ペギーが首をふった。

「それはたいへん結構」アホ少佐がいった。「幸運を祈る」

ジョージが、装備のはいった重いリュックサックを持ち、ドアをあけたアホ少佐のあとを小走りに追った。アホ少佐が、ドアを通って廊下に出ると同時にドアを閉めた。

ジョージは、ドアにぶつからないために、立ちどまらなければならなかった。「まったく士官というのは！」嫌悪《けんお》もあらわに溜息《ためいき》をつくと、ジョージがノブをつかんだ。

「待って！」ペギーが叱《しか》りつけた。

ジョージがふりむいた。「はあ？」

「装備を置いて」ペギーがいった。「まだ出かけないわよ」

「どういうこと？」

ペギーが、インスタント・カメラを、ファイル・キャビネットの上から取った。「笑って」

アホ少佐が総理官邸を出たとき、南港のおだやかな水面の近くに犬を連れた女が佇《たたず》み、彼を見守っていた。その女、ヴァーリャは、永年ヘルシンキにいる工作員、引退したフインランド人の警官のアパートメントから、自転車に乗ってきた。それを高い街灯にもたせかけ、円錐形《えんすいけい》にひろがる光から離れた。闇《やみ》にまんまと隠れると、しばらく走った犬を休ませた――サンクト・ペテルブルグで英国情報部員に対して使った獰猛《どうもう》なジャック・ラッセル・テリアが、それよりスタミナのないかわいいスプリンガー・スパニエルに変わっている。ヴァーリャは、ここでだれかを始末する必要はない。ただ監視して、ロスキー大佐に報告するだけのために、フィンランドへ渡ってきたのだ。

作戦センターは、アメリカ発のジェット機を簡単に追跡できた。少佐とアメリカ人の友人を空港から尾行するのは、もっと簡単だった。そしていま、運転手と車を壮麗なウスペンスキー寺院の高い建物のそば、カナヴァカツ通りの目につかないところで待たせて、ヴァーリャはフィンランド軍少佐とそのスパイの動きを見張っている。

スパイはふたりいる。ヴァーリャは、車に向けて歩いているアホ少佐の連れがふたりいるのに目を留めた。

彼らが車に乗るのを見届けると、ヴァーリャは犬の首輪を引っ張った。犬が大きな声で、ワンワンと吠《ほ》え、それが四度くりかえされた。

「銃《ルージョ》！」ヴァーリャが叫び、革紐《かわひも》を二度引いた。訓練の行き届いている犬は吠えるのをやめた。

アホ少佐が視線をめぐらしたが、暗いのでなにも見えなかったらしく、助手席に乗った。あとのふたりは、うしろに乗った。犬を吠えさせる合図に応《こた》えてエスプラナディ通りに出てきたヴァーリャの相棒の乗ったボルボが、その向こうに現われた。車をつけて、どこへ行ったかを見届けてから、迎えにくる、という段取りになっている。大統領官邸のこの棟から不意にだれかが現われないともかぎらないので、ヴァーリャは残ることにしたのだ。諜報員《ちょうほういん》をふたり殺されたばかりだから、それ以上やられないように、異例の予防措置を講じる可能性もある。それをごくあたりまえのようにやる国もあるのだ。五年前、ヴァーリャがはじめてスペッツナズ情報班にはいったとき、上官がほんものの作戦を隠すためのイギリスの偽《にせ》の作戦にひっかかった。不名誉除隊となった上官は、その後自殺した。ヴァーリャ・サパロワは、自分はそうはなりたくないと思っていた。

土手の階段をぶらぶらと歩きながら、ヴァーリャは石や排水溝にぶつかる静かな水の音を聞き、往来をたまに通る車や、めったに通らない歩行者に目を光らせていた。

やがて、あるものが見えて、ヴァーリャは口もとをほころばせた。大統領官邸から、ふたりの人間が出てくる。さきほど少佐といっしょに出ていったふたりとおなじぐらい怪しいふたり組が……

35

火曜日　午前一時八分　サンクト・ペテルブルグ

定期的に宇宙旅行をしていたころ、オルロフは昼も夜も入念に予定を調整するという習慣をつけた。食事、睡眠、仕事、シャワー、運動、すべて時間を決めてやる。他のものとの訓練をはじめたときも、厳しく管理された養生法を守った。それが彼にはぐあいがよかったからだ。

作戦センターに配属になってからの二年間、なにしろ時間を要求されるので、オルロフの養生法はあえなく崩れた。望みどおりに運動することができず、そのせいで機嫌が悪かった。オンライン化開始の時刻が迫っていたこの二週間、睡眠もろくにとっていない。それでよけい怒りっぽくなっていた。

きょうも晩《おそ》くまで勤務して、さまざまなシステムの問題を片付けるのを手伝うことになっていたが、問題は驚くほどすくなかった。必要とあれば近くのプーシキンに基地のあるロスキーのスペツナズ情報班を使って緊急防諜作戦を実行する準備までととのえてある。さいわいなことに、英国情報部員のためにスパイ活動をしていたウェイターは、保安局員が発見して逮捕したという知らせが、ロスキーのもとに届いた。そのウェイターは、サンクト・ペテルブルグに連れてこられるという。ほかのスパイを狩り出す鼬《いたち》の役割をするよう、説得されたにちがいない――ふたりの諜報員を荒っぽく始末したロスキーのやりかたより、ずっと効果的だ。例の英国情報部員が自殺したなどということは、まったく信じられない。訊問《じんもん》の機会が持てなかったのは、残念きわまりない――と、オルロフは考えていた。

期待どおりにいかないことや順応が必要なのは、どんな仕事でもおなじだし、オルロフは神経を集中し、警戒をおこたっていなかった。とはいえ、なにごとにつけても、オルロフは待つのが嫌いだった――ことに失われたパズルの断片を待っているのは。宇宙では、たえずトラブルを処理しなければならないし、チェックリストがある。ここでは、じっと座って、情報を待つあいだ忙しそうにふるまうほかに、やることがない。

ヴァーリャ・サパロワからの通信は、午前一時九分に届いた――ヘルシンキでは午前零時過ぎだ。ヴァーリャは秘話無線機を持っていかなかったので、ヘルシンキの公衆電話ボックスから、サンクト・ペテルブルグの電話交換室のある番号に国際電話をかけた。そこにいる作戦センターの職員が、電話を自分たちの情報基地へ接続し、通信室のだれかが受けた。こうすれば、作戦センターへの電話も、作戦センターからの電話も、逆探知されるおそれがない。

課報員が機密保全措置のほどこされていない電話を使う場合は、友人、親類、ルームメイトへの伝言の形をとる。課報員が、伝言のはじめにだれかを名指して電話に出してほしいといわなかった場合、作戦センターはその通話の内容を無視する。課報員を追っているものがいて、報告の内容を知ろうとしているとき、盗み聞きしている人間を混乱させるために、それをやる場合がある。課報員が天気についてなにかいったとき、聞き手はそこからが通信の本文であることを知る。

ヴァートリャは、ボリス叔父さんを呼んでほしいといった——ロスキー大佐を彼女が呼ぶときの名である。電話と無線に接続された九台のコンピュータのうちの一台のオペレーターが、ロスキーに知らせた。ロスキーがヘッドセットをわしづかみにして、電話を受けた。オルロフもヘッドセットを受け取り、片方を耳に押し当てて、やりとりに耳を澄ました。それをDATが録音した。

「わたしのかわいい鳥《プティーツァ》さん」ロスキーがいった。「だいじな鳥さん。カローリのところはどうだった?」聞いているものがいても身許《みもと》がばれないように、〝王〟を意味する綽名《あだな》を使った。

「とってもおもしろかった」ヴァーリャがいった。「晩い時間に悪かったけど、忙しかったの。景色を見るにはもってこいの天気だったわ」

「それはよかった」ロスキーがいった。

「いまだって、犬とお散歩しているのよ。カローリはお友だちふたりと空港へ行ったけど、わたしは行きたくなかったの。その代わり、自転車に乗って港に来たの」

「きみは最後にそこへ行きたいといっていたからね」ロスキーがいった。「すてきなところかね？」

「とってもすてき」ヴァーリャがいった。「ふたりで湾上に出ようとしているひとたちがいる」

〝湾に〟ではなく〝湾上に〟といったことに、オルロフは気づいた。それが重要な意味を持っている。潜水艦ではなく、水面を航行しているのだ。

「闇のなかを船出か？」ロスキーがたずねた。

「そうよ」ヴァーリャが答えた。「変な時間に出かけるものだけど、すごく速い船だから、きっと腕がいいんでしょうね。それにね、叔父さん、きっとあのひとたちはどこか景色のきれいなところで夜明けを見るんだと思う。男と女ですもの――とってもロマンチックだわ。ちがう？」

「そうだね」ロスキーはいった。「いい子だから、こんなに晩い時間に出歩いたらいけないよ――うちに帰って、話はあしたにしよう」

「そうする」ヴァーリャがいった。「おやすみなさい」

オルロフは考え込んでヘッドフォンをオペレーターに返し、礼をいった。ロスキーもヘッドフォンをはずした。オルロフにつづいてオフィスに向かうロスキーの顔には、緊張が表われていた。くだんのメッセージは指揮センターにいるものならだれでも読めるが、オルロフは自分たちの方策をひとのいるところで検討したくはなかった。長期潜入工作員は、どこにいるかわからないのだ。

「やつら、ずいぶん大胆なことをする」ドアが閉まると、ロスキーが腹立たしげにいった。「船で来るとは」

「フィンランドを見くびっているわれわれがいけない」オルロフが、デスクの縁《へり》に腰かけながらいった。「問題は、そのふたりを来させるか、湾内で阻止するかだ」

「ロシアに足を踏み入れさせる?」ロスキーがいった。「とんでもない。衛星で監視し、ロシア領海内にはいったところで阻止する」上官に対してものをいっているのではなく、考えをただ口にしているとでもいうように、オルロフに向かっていながら、その向こうを見つめていた。「標準作戦要領は、漁船から機雷を撒《ま》くというものだろうが、ニスカネンの鼻をおおっぴらにねじりあげるのは避けたい。だめだな」ロスキーがしゃべりつづけた。「海軍にいって、ゴグランド島の船着場から無線誘導の小型潜水艇を発進させる。衝突させ……こちらの死傷者を発表し、フィンランドを非難する」

「標準作戦要領はそうだ」オルロフがいった。「だが、もう一度いう。彼らを来させたらどうか?」

ロスキーがオルロフに視線を戻した。ふたりは、いまでは熱意の代わりに怒りを燃やしていた。「将軍、ひとつきいてもよろしいか?」

「もちろんかまわない」

「ことあるごとにわたしの邪魔をするのが、将軍の意図ですか?」

「そうだ」オルロフが認めた。「きみの戦術や着想が、この作戦センターに課せられた仕事と逆行しているからだ。われわれの任務は情報の収集だ。このふたりの諜報員を殺《そ》し、ニスカネンの力を殺いで、またべつの敵を送り込まれるのでは、それができない。このふたりにつづいて、べつの諜報員がやってくるだろうし、こんどはフィンランドからとはかぎらず、トルコやポーランドを通ってくるかもしれない。それを追跡するのに、資源をいちいち展開させていったら、どれだけ手薄になるかわからない。それより、そのふたりの動きをじっくりと探り、そのものたちを捕らえて、こちらのために働かせるほうがいい」

ロスキーは、はじめは不愉快な顔をしていたが、オルロフが話しているうちに、それが暗い怒りへと変わっていた。話が終わると、ロスキーは袖《そで》をまくって時計を見た。

「ふたりのスパイは、夜明け前に上陸したいと考えているでしょう。あと四時間あまりです。早急に結論を出していただかないと困ります」

「彼らを見張るのに使える資源を教えてもらう必要がある」とオルロフがいったとき、電話が鳴った。「それから、モスクワでポゴディンが捕らえた男が、使えるかどうかだ」うしろに手をのばし、ロスキーの気持ちをすこしでも和らげようと、スピーカーフォンにした。それを嬉《うれ》しく思ったにせよ、ロスキーは顔に出さなかった。「はい」オルロフがいった。

「将軍、ジラシュです。九十分ほど前に、ワシントン発の妙な通信を探知しました」

「どういうふうに妙なのだ?」オルロフがたずねた。

「厳重にスクランブルがかけられた通信が、ベルリン発ヘルシンキ行きの航空機宛《あて》に発せられました」と、ジラシュがいった。「イヴァーシン伍長《ごちょう》が衛星偵察を指示し、その飛行経路が厚い雲の下であったにもかかわらず――どうやらわざとそこを飛んでいるようですが――雲の隙間《すきま》から二度ほどはっきりと見ることができました。それがI1‐76Tなのです」

オルロフとロスキーが、顔を見合わせた。一瞬、ふたりの根強い反目は忘れ去られた。

「その飛行機は、いまどこにいる?」オルロフがきいた。

「ヘルシンキにおりています」

ロスキーが身を乗り出した。「ジラシュ、機番は読み取れたか?」

「いいえ、大佐。しかしI1‐76Tです。まちがいありません」

「あちこちに配置換えになる飛行機は多い」と、オルロフがロスキーにいった。「何者かが亡命に使っているのかもしれない」

「それとはべつの可能性が、ふたつ頭に浮かびました」と、ロスキーがいった。「ヴァーリャが見張っていたチームは、他の作戦からわれわれの目をそらすためのフェイントか、あるいはアメリカはフィンランドからまったく異なるふたつの作戦を行なおうとしているか」

オルロフが、相槌《あいづち》を打った。「そのIl‐76Tがどこへ向かうかがわかれば、さらにくわしいことが判明するだろう。ジラシュ——その飛行機の追跡をつづけて、ほかになにかわかったら、すぐさま知らせてくれ」

「わかりました」

オルロフが、スピーカーを切るボタンを押すと、ロスキーが一歩歩み寄った。「将軍——」

オルロフが顔をあげた。「なんだ?」

「このIl‐76Tがロシア領空にはいったら、空軍は撃墜しようとするでしょう。大韓航空機の場合のように。あらかじめ知らせておいたほうがいい」

「そのとおりだ」オルロフがいった。「もっとも、レーダーその他の早期警戒システムがあるのだから、領空侵犯は自殺にひとしいだろうな」

「ふつうの状況ならそうです。しかし、この数日間、軍の航空機の運航は非常に多くなっているから、そのまま進入してどこかに紛れ込もうとしても、不思議はない」

「きみの意見はよくわかった」と、オルロフはいった。

「船のほうは？」ロスキーがきいた。「海軍に通報する義務がわれわれには——」

「われわれがなにをもとめられているか、わたしが知らないと思うか」と、オルロフがさえぎった。「だが、これはわたしのものだ。大佐、そいつらを上陸させ、見張り、なにをやろうとしているかをわたしに正確に知らせろ」

ロスキーが、口をもごもごさせた。「わかりました」といって、熱のこもらない敬礼をした。

「それから、大佐」

「はい」

「船の乗組員になにごとも起こらないように、最善を尽くせ。最善のうえにも最善を尽くせ。外国の諜報員をまた失ってはならない」

「わたしはつねに最善を尽くしています」というと、ロスキーはもう一度敬礼をして、オフィスを出ていった。

36

火曜日　午前零時二十六分　ヘルシンキ

ヘルシンキの南港界隈《かいわい》が有名なのは、雑然とした市場や近くに大統領官邸があるだけではなく、一日に何度かスオメンリンナ島行きの観光船が出ているからだった。港の入口に鎮座するこの堂々たる〝北のジブラルタル〟には、野外劇場、軍事博物館、そして壮麗な十八世紀の城がある。となりのセウラサーリ島は橋で本土と結ばれ、一九五二年にここでオリンピックが行なわれた際に使われた競技場がある。

夜間には、そうした著明な地物《ランドマーク》は、真っ黒な空を背景にそれよりは薄い黒のシルエットとなる。たとえそれらが見えたとしても、ペギー・ジェイムズはやはり見なかっただろう。ペギーは、アホ少佐から車と明確な指示をあたえられていた。おとり二名を連れて少佐が空港へ向けて出発してから十五分たつと、ペギーはジョージ二等兵を乗せて車で港へ行き、コトゥカにある小型潜水艇《ミニ・サブ》まで彼らを運ぶクルーザーに向かった。景色を見ている時間もなければ、興味もなかった。頭にあるのはたったひとつ——サンクト・

ペテルブルグへ潜入することだけだ。もっとも重要なのは、キース・フィールズ-ハットンがはじめた仕事を最後までやることだ。彼を殺した人間を捜して殺すのは、優先順位の上のほうには置かれていない。もっとも、たまたまそういう機会がおとずれたなら、もとよりそうするつもりだった。

そのクルーザーは、スマートな船体のラーソン・カブリオ280だった。合言葉のやりとりのあと、ふたりは全長二十八フィートのクルーザーに乗った。船の幅いっぱいにこしらえた船室の床に、ペギーはそっとバックパックをおろした。足のあいだにそれを置いた格好で、ジョージとならんで腰をおろしたとき、クルーザーが闇《やみ》へ飛び込んだ。九十分の航海のあいだ、ふたりの工作員は、エルミタージュの見取り図と、上陸地点からエルミタージュまでの地図を再検討した。ジョージが到着する前にペギーがアホ少佐と練った計画は、目標までバスで行けばすぐの南臨海公園の近くで、ミニ・サブからゴム・ボートで発進するというものだった。ひとつには、ペギーはウェットスーツで夜間に潜入するより、こうして変装するほうがいいと考えていた。昼間の作戦の偽装の作り話を、当局はあんがい信じるものだ。そんな大胆な工作員はめったにいないからである。

ミニ・サブは、湾内の窓のない艇庫を錨地《びょうち》としていた。ペギーとしては、空からゴム・ボートを投下し、目標地域のすぐ外側にパラシュートで降下したいところだった。だが、夜間に凍れる海に降下するのは、危険が大きい。どちらかがボートから離れたところに着水したら、ボートで迎えにいく前に低体温症で死ぬおそれがある。ましてパラシュート降下では、ペギーの持ってきた取り扱いに注意を要する機器が損壊しかねない。そんなことはぜったいにあってはならない。

ふたりが自分たちの写真を渡すと、濃紺のセーターとズボンという格好の若い男がなかに通した。角張った顔で、顎《あご》に深い割れ目がある。ブロンドの髪を、丸刈りに近いぐらい短く刈っている。その男が、すばやくドアを閉めた。もうひとりが、暗がりから進み出た。懐中電灯をつけ、銃をふたりに向けた。ペギーがまぶしい光から目を覆《おお》っていると、最初の男は、ペギーがファクスした写真のコピー——大統領官邸の識別番号のレターヘッド入り——と渡した写真を見比べた。

「わたしたちよ」ペギーがいった。「だれがそんなひどい写真を自分のだというかしら」

男が写真とファクスを相棒に渡し、懐中電灯の光を下に向けた相棒がそれを綿密に見た。ペギーにその男の顔が見えていた。痩《や》せたきつい顔立ちで、まるで角材を刻したように彫りが深い。その男がうなずいた。

「ルドマン大尉《たいい》だ」男が、ふたりに向かっていった。「これはオシポウ操舵《そうだ》兵曹。いっしょに来てくれれば、すぐに出発する」

背中を向けると、ペギーとジョージの先に立ち、暗い艇庫を一周している通路を進んだ。すぐうしろにオシポウがつづいた。

四人はゆっくりと上下に揺れている曲線的な新型の哨戒艇《しょうかいてい》数隻《せき》のかたわらを通り、艇庫の片隅の引き揚げ斜面《スリップウェイ》のそばで足をとめた。そこのアルミニウムの乗船梯子《はしご》の横で、濃い灰色のミニ・サブがゆるやかに揺れていた。水密戸《ハッチ》はあいているが、なかから光は漏れてこない。ペギーはフィンランドへ来る途中でファイルを読んだので、この潜水艇が半年ごとに水から引き揚げられて整備されていることを知っていた。船体に溶接された目付きボルトに索《つな》を通して引き揚げられ、文字どおり卵の殻を割るように、艇首隔壁から機械室をはずす。全長わずか十五メートルのこの鋼鉄の円筒は、四人が乗って最大速力九ノットで航走できる。午後二時に到着予定のサンクト・ペテルブルグまでの航海では、六時間ごとに浮上して吸気マストを出し、空気を補給するとともに、ディーゼル機関を三十分間運転してバッテリーに充電する。

ペギーに閉所恐怖症の気味はない。だが、大きな魔法瓶の脇《わき》にキャップを取り付けたような代物《しろもの》のなかを覗《のぞ》き込むと、これから十時間、窮屈な思いをしなければならないことが意識された。座席が三つ見え、そのうしろに座るのはおろか立つのにも狭そうな空間があるのがわかった。艇長はいったいどこに乗るのだろうと思った。

オシポウが梯子《ラッタル》を闇のなかへおりてゆき、スイッチを入れた。〝ちびの襲撃者〟の暗い照明がつくと、オシポウは操縦装置——操船のためのジョイスティックつきの短い操縦桿《かん》、深度と方位を維持するためのオートパイロット・スイッチ——の前に着席した。

その脇に、狭い船室に生じる結露を吸収するポンプと、左舷《さげん》機雷の切り離しハンドルがある。オシポウが操縦系統、機関、空気が正常であることを確認すると、ルドマンがジョージに乗り込むよう命じた。

「索具のさきっぽの結び目になったみたいな気分だ」といいながら、ジョージがリンボー・ダンスのような格好で、胸をそらして右によじり、片腕をうしろにまわして体を支えながら、そろそろと座席に収まった。

「船に乗り組んだことがあるのか」と、オシポウがいった。鼻にかかった声だが、不思議なくらい旋律的だった。

「故郷で」ジョージが、手を差し伸べてペギーが乗り込むのを手伝いながらいった。

「太い索の端にいちばん固い結び目をこしらえる競争に勝ったことがあります」窮屈な座席に収まったペギーの顔を見た。「モンキーズ・フィスト《モンキーズ・フィスト》というのは、ロープの先にこしらえる飾り目だよ」

「錘《おもり》の代わりにするが、ふつう締め縄《ラニヤード》ではやらない。長さが足りないから」艇内の薄明かりのなかで、ペギーがジョージの顔を見た。こころなしか、彼女の顔より蒼《あお》ざめている。「相手を見くびるのは、生まれつきの性分なの、二等兵？　それとも、わたしが女だから偉ぶっているの？」

ジョージが、ビニールの座席にきちんと座りなおした。重大な非難を和らげようとするように、肩をすくめた。「すこし気にしすぎじゃないですか、ミズ・ジェイムズ。大尉がご存じなかったら、やはり説明していたと思いますよ」

ルドマンがいらだたしげにいった。「ふたりに説明しておきたいが、われわれは手が足りない。通常は、機関と予備電気系統を監視する電気兵曹が乗る。だが、スペースがない。注意をそらすようなことは、最低限にしてもらいたい」

「申しわけありません」ジョージがあやまった。

ルドマンは船室におりてこないで、低い展望塔の足もとを囲う幅六インチのリングの上に立ち、内側からハッチを閉めた。ロック確認灯——オートパイロット計器盤のそばの赤ランプ——が点灯したことをオシポウが告げると、ルドマンは、狭いリングを慎重に歩きながら、潜望鏡を三百六十度めぐらして点検した。

作業のあいまに、ルドマンはふたりの乗客に向かっていった。「航程の最初は八ノットでシュノーケル航走する。それに二時間かかる。ロシア領海内のモンチヌイ島に接近したら、潜航する。会話はささやき声に抑える。ロシアは移動聴音ソナーを島や沿岸部に配置している。反響測距ソナーとはちがって、信号を発せず、放射された音を拾うだけだから、それがいつどこで耳を澄ましているのか、こっちにはわからない。前にも忍び込んだことはあるが、できるだけ音を立てないほうが望ましい」

「見つかったかどうかは、どうしてわかるんです？」ペギーがきいた。

「沿岸警備艦艇の投下する爆発物に気づかずにいられるものかね」と、ルドマンがいった。「そうなったら潜航し、任務は中止する」

「そういうことが起きる頻度は？」知らないのは不愉快なので、ペギーはたずねた。工作員は、自分の装備や攻撃目標にくわえて、自分の乗り物や棲家《すみか》のことまで知っていなければならない。だが、DI6は急遽《きゆうきよ》これに参加したので、フライトの最中にファイルを読んだぐらいで、準備する時間がなかった。それに、湾内でのフィンランドの作戦については、あまり書かれていなかった。諜報員《ちようほういん》は、たいがい観光客の一団にまぎれて入国する。

ルドマンがいった。「十回に三回起きる。もっとも、ロシア領海の奥深くまで侵入したことはない。明らかに今回は事情がちがう。しかし、まったく無防備で出かけるわけではない。アホ少佐がヘリコプターを飛ばして、われわれのルートにソノブイを投下する。その信号をモニターしているから、ロシアの艦艇が接近すれば、オシポウの海図に輝点《ブリップ》が現われる」

操縦桿の右手にある受け皿《ソーサー》ほどの直径の丸いコンピュータ画像の海図を、オシポウが指差した。

潜望鏡をまわし終えると、ルドマンは展望塔の艇首寄りの折りたたみ座席をひろげ、それにまたがった。そして、操舵員への伝声管――かなり反響があるが――の役割も果たしている機関吸気マストのほうに身を乗り出した。

「用意、ミスター・オシポウ」ルドマンがいった。

操舵兵曹がスイッチを入れると、機関が始動し、低いうなりとともにまわりだしたが、振動も音もきわめてかすかだった。機関が回転をはじめると、オシポウはすぐに艇尾のシェード付きの明かりふたつだけを残して、照明を消した。

ペギーは、体をまわして、ミニ・サブの彼女の側の小さな丸い舷窓を覗いた。潜航して艇庫を出るとき、艇尾のプロペラからはほんのすこしの気泡が漂ってくるだけだった。表の闇が怖い顔でにらんでいるように見え、目が潤《うる》んだ。

抑えなければいけない、そうペギーは自分にいい聞かせた。不満、あせり、怒りを。キースのことさえなかったら。目的があれば、苦しくはあっても彼のことを悼《いた》みつつ人生をつづけられると思っていた。ところが、いざ彼がいなくなってみると、自分が目的を持っていないことに気づいた。そのために悩み、長い歳月を経て昇華されるようなものが、なにもない。ペギーは突然、人生と呼べるものを持つことを許されない生きかたを選んだ三十六歳の一女性になってしまった。しかも、祖国はマーガレット・サッチャー時代の熱情と独立心を失っている。品のない君主のために、尊厳すら失っている。これだけの年月、粉骨砕身し、犠牲を払ってきて、恋人まで失ったのは、いったいなんのためだったのか？　自分は勢いと、キースとの親しく楽しい関係があったから、これまで働いてきたのだ。

では、いまはなにがあるだろう？　と、ペギーは問いかけた。イギリスがヨーロッパという共同体の一衛星国になったら？　それも尊敬される国ではなく、かつてのフランスのように、不本意ながらドイツの機嫌をうかがい、スペインのように産業が崩壊して意気込みも信義もたもてなくなり、イタリアのようにつぎつぎと政権が変わる国になる。いったいなんのために生きてきたのか――また、なんのために生きつづけるのか？

「ミズ・ジェイムズ」

ジョージ二等兵のささやきが、別世界からのもののように聞こえた。それが彼女を潜水艇のなかに引き戻した。

「なに？」

「これから十時間もありますし、暗くて地図は見えない」ジョージがいった。「迷惑だと思うけど、ロシア語の詰め込み教育をお願いできますか？」

ペギーは、ジェイムズのやる気満々の顔を見た。この熱意は、いったいどこから湧いてくるのだろう？　と思った。どうにかはじめての笑みを向けて、ペギーはいった。

「迷惑じゃないわ。基本的な疑問詞からはじめましょうか」

「たとえば？」

ペギーが、ゆっくりといった。「カーク、シトー、パチェムー」

「意味は？」

ペギーは、にっこり笑った。「いかに、なに——そのつぎがいちばんだいじでしょうね——なぜ？」

37

火曜日　午前二時三十分　ロシア―ウクライナ国境

バルバロッサ作戦は、戦史における最大の軍事攻撃だった。一九四一年六月二十二日、独ソ平和条約を完全に破棄して、ドイツ軍がソ連に侵攻した。最終目標は、冬が来る前にモスクワを占領することだった。バルト海沿岸から黒海沿岸までの二千三百キロメートルに展開したソ連軍百七十個師団に対し、ヒトラーは百二十個師団三百二十万人を投入した。

ドイツ機甲師団がソ連軍の後背に向けて破竹の進軍をつづけ、経験も訓練も不足しているロシア航空部隊にドイツ空軍が猛攻をくわえた。その電撃戦によって、バルト三国はあっというまに蹂躙《じゅうりん》された。ドイツ軍によってもたらされた被害は、まさに膨大だった。十一月には、農業、工業、交通、通信の要地がすべて破壊されていた。二百万人以上のソ連軍兵士が捕虜になった。ソ連軍の死者は三十五万人にのぼる。行方不明者は三百七十八万人。負傷者は百万人である。レニングラードだけでも、攻囲されているあいだに九十万人の一般市民が殺された。大晦日《おおみそか》になってようやく、叩《たた》きのめされはしたがしぶとく立ち直ったソ連軍は——ドイツ兵の軍靴《ぐんか》の底をだめにしたうえ、装備を凍りつかせ、士気を打ち砕く零下三十度の気温の助けを借りて——はじめて反撃に成功した。この攻撃移転（訳注　防御をいっさい放棄し、敵の撃滅に全力をつくす大規模な攻撃）により、ソ連軍はかろうじてモスクワを敵の手に渡さずにすんだ。

　結局、バルバロッサ作戦はドイツ軍に悲惨な結果をもたらした。だが、ソ連軍には、これが、防御戦ではなく攻撃戦を行なうほうが望ましいことを示すいい教訓となった。爾来《じらい》四十年余、ソ連軍は攻撃戦を開始して長期間つづけられることを狂信的なまでに最終目標として、膨張の一途をたどった——コシガン将軍がかつて演説した際に部下たちに述べたように、〝仮にまた世界大戦が起きて参戦するようなときは、すべて他人の領土で戦う〟のが、ソ連軍の目標だった。このため、先陣の戦術部隊の指揮官たちの任務は、敵部隊と装備を破壊もしくは鹵獲《ろかく》し、要所を奪取して占領するための三つの要素から成っていた。緊急任務《ブリジャイシャヤ・ザダーチャ》、後続任務《パスリエドゥユーシチヤ・ザダーチャ》、事後攻勢方針《ナプラヴリエニエ・ダリニエイシエヴォ・ナストゥプレニェ》である。この幅広い任務に則《のっと》って、各連隊が主要なその日の任務《ザダーチャ・ドウニャー》を割り当てられることが多い。これらの任務では、所定の時間内に目標を達成しなければならない——いいわけは許されない。

　一九五六年のハンガリーでも、一九六八年のチェコスロヴァキアでも、一九七九年のアフガニスタンでも、一九九四年のチェチェンでも、モスクワは自分の裏庭で起きた問題を外交的に解決するのではなく、軍事力にうったえた。モスクワが鑑《かがみ》とする原則は、思いがけないこと《シュルプリーズ》、意外な出来事《ニエオジーダノスチ》、意外性《ヴニェザープノスチ》である。意表を衝《つ》き、意外な出来事を予測し、そして意外な事件を起こす。そうした手段が功を奏することは多いが、失敗することもたまにはある。だが、精神的な傾向としてはそれがずっと残っていることを、ドーギンは見抜いていた。それに、アフガニスタンでの血みどろの九年間と、損耗が激しくいっかな終わらないチェチェンの反乱軍鎮圧の戦いのあとだけに、ロシア軍の指揮官の多くは名誉を回復する機会を待ち望んでいるにちがいない。

彼らに機会をあたえるときが来た。ドーギンの配下の多くは、ウクライナ国境付近へ異動させられていた。アフガニスタンやチェチェンとはちがい、そこでは反乱軍やゲリラと戦うことにはならない。この戦い、この積極行動《アクチヴノスチ》は、いままでのものとはちがう。

ポーランドの現地時間で午前零時三十分、ウクライナ国境まで十マイル足らずのプシエミシルにあるポーランド共産党本部の二階建ての煉瓦《れんが》の建物に仕掛けられた強力なパイプ爆弾が破裂した。隔週発行の機関紙《市民《オビワーテル》》の編集作業をしていたふたりの編集者が、建物のまわりの林まで吹っ飛び、残った壁二面に血とインクが飛び散った。爆発の熱で新聞用紙と彼らの肉が椅子《いす》やファイル・キャビネットに焼き付けられた。まもなく共産党のシンパが街にくりだして、爆破を非難し、郵便局や警察署を襲った。付近の弾薬補給処に大量の火炎壜《かえんびん》が投げ込まれ、爆発が起きて兵士一名が死亡した。零時四十六分に街の治安官がワルシャワに電話し、暴動を鎮《しず》めるために軍隊の支援を要請した。その通話がキエフの軍情報局によって傍受されると同時に書き写されて、ヴェスニク大統領のもとへ届けられた。

午前二時四十九分、ヴェスニク大統領がコシガン将軍に電話して、ポーランドーウクライナ国境で〝緊急事態〟が発生したと思われるので、それを牽制《けんせい》するのを手伝ってほしいと要請した。午前二時五十分、北の古都ノヴゴロドから南の行政中心地ヴォロシロフグラード(現ルガンスク)まで展開していたロシア軍十五万人がウクライナにはいった。歩兵、自動車化狙撃《そげき》連隊、戦車師団、砲兵大隊、航空中隊が、恐るべき密集行進で突入した。チェチェンに対する軍事行動やアフガニスタンからの退却の際に見られた無規律やだらしのない行動は、まったく見られなかった。

午前二時五十分三十秒、クレムリンは、ポーランドとの全長三百マイル近い国境線を護《まも》るウクライナ軍を応援する部隊の出動をもとめる、キエフのヴェスニク大統領の緊急連絡を受信した。

ロシアのキリル・ジャーニン大統領は、この知らせに飛び起きた。ヴェスニクの要請は、まったく意表を衝くものだった。クレムリンの執務室に着く前に、ジャーニンは車内でヴェスニクのさらなる連絡について電話で報告を受けた。その内容を読むと、驚きはいよいよ大きくなった。

〝貴下の敏速な行動に感謝いたします。コシガン将軍の部隊の時宜を得た到着により、国民が恐慌《きょうこう》をきたすのを防げたうえに、ロシアとウクライナの伝統的な絆《きずな》を再確認するに至りました。この軍の侵入は来援の要請による予定されたものであったことを国連およびブロフィ事務総長に伝えるよう、ロゼヴナ大使に指示いたしました〞

ジャーニンのふさふさした口髭《くちひげ》と濃い眉《まゆ》は、いつもならその楕円形《だえんけい》の顔に父親めいた楽しげな様子をくわえる。だが、いまその焦茶色《こげちゃいろ》の目は、怒りに燃え、小さな口はきっと結ばれて、わなないていた。

ジャーニンは、西欧風のビジネス・スーツを小粋《こいき》に着こなした中年のブルネットの秘書、ラリーサ・シャチトゥルのほうを向き、コシガン将軍を電話で呼び出すよう指示した。だが、航空作戦群および統合戦車軍先任連絡将校のレオニード・サリク将軍までは通じたものの、そこで行き止まりだった。サリクはラリーサに、コシガン将軍は行軍中は徹底した無線封止を行なっていて、部隊が全面的に配備されるまではそれが解かれないと告げた。

「サリク将軍」ラリーサはいった。「大統領からの電話ですよ」

サリクが答えた。「では、独立国家共同体の同盟国との防衛条約を尊重して秘密保全を実行する必要があることを、大統領は理解されるはずだ」

任務があるのでといってサリクが電話を切り、ジャーニンと秘書はエンジンの低いうなりだけを聞いていた。

ジャーニンは、色付きの防弾ガラスの窓を通して、夜空と暗い灰色の雲を背景に姿を現わしたクレムリンの黒っぽい尖塔《せんとう》を眺めた。

「若いころ」気を静めようと、深く息を吸いながら、ジャーニンがいった。「スヴェトラーナ・スターリンが父親について書いた本を手に入れたことがある。おぼえているかね？」

「ええ」ラリーサがいった。「だいぶ長いあいだ、発禁になっていましたね」

「そうだ。彼女が批判したのが、神の恩寵《おんちよう》を失った人間、失脚した人間であったにもかかわらず。スターリンについて彼女が書いているなかで、ひとつ愕然《がくぜん》としたことがあった。一九三〇年代の終わりごろ、スターリンは彼女のいいかただと〝迫害強迫観念〟にとらわれていたという。敵がいたるところにいると。スターリンは、自分の部下の幹部将校五万人を粛清している。大佐以上の階級の将校を、ドイツ軍が戦争中に殺したよりもずっと多く殺害している」ジャーニンは、胸いっぱいに息を吸って、ゆっくりと吐いた。「わたしは怖いんだ、ラリーサ、スターリンはみんなが考えているほど頭が変でもなく偏執狂でもなかったのかもしれないと思うと」

ラリーサが、安心させるようにジャーニンの手をぎゅっと握ったとき、黒塗りのBMWはカリーニン大通りを出て、クレムリンの北側のトロイツカヤ門を目指した。

38

火曜日　午前三時五分　バレンツ海上空

Il‐76Tは、午前零時前にヘルシンキに着陸し、十分後にはストライカー・チームと寒冷地用装備と武器弾薬類が積載されていた。武器弾薬類は五×四×三フィートのトランク四つに収められ、銃、爆発物、ロープとピトン、ガス・マスク、衣料品がそれに詰められていた。彼らが乗り込んでから三十分後には、給油を終えたIl‐76Tは飛び立っていた。

フライトの最初の段階は、北東を目指してフィンランドを越え、東へ転じてバレンツ海を渡り、ロシア北岸をかすめるようにして北極海のやや南を通過し、となりの時間帯にはいるというものだった。

スクワイア中佐は目を閉じていたが、眠ってはいなかった。いやな癖だ、と思った。どこへ行くのか、どうして行くのか、それがわからないと眠れない。フライト・プランの最終段階であるバレンツ海からペチュラ湾に達する地点にぐんぐん近づきつつあるから、オプ・センターからのさらなる指示がまもなく来ることはわかっている。とはいえ、目的に焦点を絞って狙《ねら》い定めることができないのは、いらだたしかった。大西洋を横断しているときは、サンクト・ペテルブルグとそこでの任務のことに、神経を集中していた。それはジョージ二等兵に任せてあるので、いまのスクワイアにはなにもない。なにもないとき、スクワイアは、妻や息子のことや、自分が戻らなかったら彼らはどうするのかというようなことを考えたりしないように、ちょっとしたゲームをやる。

おれはここでなにをしているのか？　と考えるのがそのゲームで、適当な単語をひとつかふたつ思い浮かべ、腹の底に手を突っ込んで、どうしてこんなにストライカーが好きなのか、そのわけを理解しようとする。

はじめてそのゲームをやったのは、スペース・シャトルに爆弾を仕掛けた犯人を突き止めるためにケープ・カナヴェラルに向かう途中だった。自分はアメリカを護るためにここにいるが、それは、住むのにいちばんいい国だからというだけではなく、アメリカのエネルギーと理念が世界を動かしているからだ、という結論に達した。われわれが背を向けたら、この惑星は独立した国が活発に競争する場ではなく、それを支配しようとする独裁者たちの戦場となるだろう。

つぎのゲームでは、一歩ごとに活気とやりがいを感じながらこういう人生を歩むのを、自分はどれほど楽しんでいるだろう、と自問した。たいそう楽しんでいることは否《いな》めない。サッカーをやるよりずっと楽しいのは、自分と国の賭《か》けているものが大きいからだ。それにしても、たいがいのものがすくんだり、後退したり、すくなくとも進むのを迷うような状況に対抗して自信と技倆《ぎりよう》と能力をふるいたたせるのは、なんともいえず刺激的だ。

きょうは、マイク・ロジャーズかボブ・ハーバートにどこへ行けといわれるのだろうと首をひねりながら、指揮官に任命するにあたってオプ・センターの主任心理分析官のリズ・ゴードンがたずねたことを考えていた。

「恐怖の共有について、あなたはどう思うか?」と、リズは質問した。

恐怖と力はすべての人間を高めも低めもする資質であり、優秀なチーム——そしてとりわけ優れた指揮官——は、ひとりひとりのメンバーのレヴェルを最高まで引き上げなければならない、とスクワイアは答えた。

「さっきいった恐怖は」リズが重ねてたずねた。「恐怖を分かち合うことについてきいたのよ。時間をかけて答えて」

スクワイアは、じっくりと時間をかけて考え、やがてこういった。「われわれが恐怖を分かち合うのは、それが全員をおびやかすなにかに由来するからだと思う。それに反し、勇気はそもそも個々の発するものだ」

その返事はナイーヴだったが、リズはそれ以上追及しなかった。それから三度の任務を経て、スクワイアは、恐怖の共有は打ち勝つべきことではないとわかりはじめた。恐怖の共有は、生まれ育った環境や知識や興味がまったくちがう人間を、強い絆に結ばれたひとつの組織にするための、相互支援体系なのだ。それは第二次世界大戦中の爆撃機の搭乗員やパトカーの相棒、エリート特殊部隊の隊員たちを、夫婦よりもずっと緊密にする。それは部分の合計よりも、ひとつにまとまった全体をずっと偉大なものにする。

恐怖を分かち合うことは、愛国心や戦陣での勇気とともに、ストライカーを固くくっつける接着剤の役割を果たしている。

スクワイアが、世界への展望に取り組もうとしたとき、マイク・ロジャーズが秘話の戦術系衛星通信で連絡してきた。スクワイアは即座に思索をやめ、以前サッカーのコーチがいったように、〝全能力を集中した〟。

「チャーリー」ロジャーズがいった。「連絡がこんなに遅くなってすまない。作戦計画を検討したが、今回のやつはほんとうにワールド・カップ級のプレーをしてもらわないといけない。最後の瞬間までロシア領空にはいらないようにしながら、およそ十一時間後に、きみらのチームはハバロフスクのすぐ西のロシア領土内にパラシュート降下する。フライト・プランと座標は、きみらの機長にボブから連絡する――そのIl-76Tがロシア軍のものでないことをロシア防空軍に気づかれる前に領空に侵入して脱出できるといいんだがね。きみたちの攻撃目標《ターゲット》は、貨車四輛《りょう》と機関車から成るシベリア横断鉄道の列車だ。貨物が麻薬、現金、金、武器だったら、消し去れ。武器が核兵器だったら、証拠をつかんだうえで、できれば使用不能にしろ。グレイ軍曹がその訓練を受けている。これまでのところで質問は？」

「はい、あります」スクワイアがいった。「エルミタージュがかかわっていて、美術品を運んでいる場合はどうします。ルノワールやゴッホを吹っ飛ばすんですか？」

ロジャーズはしばらく黙っていた。「いや。写真を撮って離脱しろ」

「わかりました」

ロジャーズが、さらにいった。「目標地域は、線路を見下ろす百十一フィートの高さの崖《がけ》だ。必要な地形図はきみのコンピュータに送る。懸垂下降《アプレザイン》して列車を待て。そこを選んだのは、崖の表面の木や岩を使って通行を妨害できるからだ。死傷者を出すおそれがある爆発物を使わず、そうやりたい。列車が定刻どおり走っていたら、きみらの作業時間は約一時間しかない。遅れた場合は待つしかない。この列車を逃してはならないが、ロシア軍兵士はできるだけ負傷させないよう最善の努力をはらってくれ」

その注意は、スクワイアには意外ではなかった。大使というものは、違法な侵入作戦の説明をしなければならないのを嫌がるものだし、CIAが〝粛清〟と呼ぶ方法はとりわけ好まない。スクワイアは、靴紐《くつひも》からウジー・サブ・マシンガンにいたるあらゆるものでひとを殺すよう訓練されているが、それをやる必要が生じたことはなかった――やらずにすめばそれにこしたことはないと思っていた。

「Il‐76Tは、北海道で給油し、戻ってくる」ロジャーズがいった。「もっとも、脱出の運搬手段には使わない。任務が完了したら、Il‐76Tに信号を送り、合流点へ行け。ターゲットの一・三マイル西の橋の南側だ」

じつに興味深い、とスクワイアは思った。ロジャーズが脱出用の運搬手段について具体的にいわないのは、ストライカー・チームが捕虜になった場合を慮《おもんぱか》っているからだ。ロシアにそれを知られたくないのだ。任務そのものにもじゅうぶん興奮させられるが、その謎《なぞ》もまたスクワイアの熱意をいっそう奮い立たせた。男ならだれでも経験のあるように、派手で秘密めいた最新鋭の武器には勇み立つものだ。

「チャーリー、これは北朝鮮とはちがう」ロジャーズがいった。将軍ではなく友人としての言葉だった。細部を説明するあいだにスクワイアが注意を一点に集中したと見ると、全体像の説明に移った。「ロシアの一部のものが、一気にソ連帝国を再建しようとしていると思われるふしがある。サンクト・ペテルブルグもおそらく深くかかわっているが、それを阻止する鍵《かぎ》はきみが握っている」

「わかりました」

「計画は、現在わかっている数すくない事柄の範囲では、精いっぱい完全に近いものだ」と、ロジャーズがいった。「もっとも、行動発起時刻《Hアワー》が近づいたら、最新のものに変更できると思う。これ以上のことができなくてすまない」

「平気です」スクワイアがいった。「将軍が引用なさるようなタキトゥスとはぜんぜんちがいますが、ヘルシンキにジョージ二等兵を置いてくるときに、こうした厳しい状況について、漫画のキャラクターのスーパー・チキンがいちばんぴったりくることをいっていると教えてやりましたよ。〝仕事についたときから、そいつが危険なのは知っていたんだろう〟われわれは承知のうえで、それでもここへ来たんです」

ロジャーズが笑った。「新聞の日曜版の漫画を引用する男に、わたしは世界の運命を委《ゆだ》ねているのか。では、ひとつ約束しよう。たいした怪我《けが》もなく戻ってきたら、来週の日曜日にはきみのうちにポップコーンを持っていくよ」

「約束ですよ」スクワイアがいって通信を切り、考えをまとめてからチームの面々に説明した。

39

火曜日　午前三時八分　サンクト・ペテルブルグ

セルゲイ・オルロフは、一時間あまりデスクの椅子《いす》で眠っていた——肘掛《ひじかけ》に腕を載せ、両手を腹の上で組み、首をすこし左に傾けていた。彼の妻は信じないが、いつどこであろうと眠れるのは、生まれつきの才能ではなく、それができるように自分を鍛えたのだ。宇宙飛行士になったとき、長い訓練のあいまに三十分だけさっと眠るように訓練した、そうオルロフはいうのだった。それよりすごいのは、この〝休息の断片〟のほうが、いつもの夜の六時間の睡眠よりもだんぜん、一日ずっとすがすがしい気分でいられることだ。またそれには余禄《よろく》がある。エネルギーや注意力も、時間がたつにつれて衰えるどころか、かえって高い水準を維持しつづける。

問題があるとそれを地面に押し倒すまで取り組みつづけるロスキーのような働きかたは、オルロフにはできない。夜間の交替要員が勤務についているいまも、ロスキーは作戦センターの中枢《ちゅうすう》の持ち場にいる。

また、オルロフは、気力がなえるような難問は、つねに短い仮眠のあとのほうが、筋道がはっきりするような気がしていた。ブルガリアとの共同作業だった最後の宇宙飛行のあいだ——サユース二号の最初の三人乗り飛行でもあった——オルロフとふたりの同志は、サユースとサリュート六号宇宙基地をドッキングさせようとした。エンジンの故障で宇宙船と基地が衝突針路に陥ったとき、地上の任務《ミッション》管制は、ただちに予備ロケットを点火して地球に戻るようにと命じた。だが、オルロフはそうはせず、短い噴射で安全な距離まで離れると、ヘッドセットをはずして、十五分間眠ったので、他の乗員たちは肝をつぶした。そのあと、オルロフは予備ロケットを使って、ドッキングを成功させた。予備ロケットに地球に戻る燃料はもう残っていなかったが、宇宙基地にはいってしまえば、あとは主エンジンの故障個所を見つけて、不具合の起きた回路を修理し、ミッションを最悪の状態から救うだけのことだった……バイコヌール宇宙基地のミッション・チームの面目も救った。そのあと地球に戻ったオルロフは、宇宙船に取り付けられていた心臓エコー検査装置が、睡眠のあとで心血管の活動がゆるやかになったのを記録していると教えられた。それからというもの、宇宙飛行士訓練に〝パワー仮眠〟が取り入れられるようになったが、他の宇宙飛行士の場合は、オルロフほどに効果はないようだった。

オルロフは、目の前で起きていることから逃げるために眠りはしないが、ようやく目を閉じることができた午前一時四十五分には、当面の懸念《けねん》を記憶の底に保存できることにほっとした。助手のニーナがインターコムのブザーを鳴らし、国防省から電話がはいっていることを伝えて、オルロフが目を醒《さ》ましたのは、二時五十一分だった。オルロフが電話に出ると、部隊がウクライナへ向けて移動中であるので、新設の作戦センターはその活動に関するヨーロッパ各国の公式通信を監査《モニター》してもらいたいと、ダヴィド・エルガシェフ通信大将が告げた。その知らせにびっくりしたオルロフは、これはセンターの能力を高度な手順でテストするものだろうかと考えた——そうでなかったら、どうしてわざわざ知らせてきたのか?——オルロフは、その命令をマリェフ通信士に伝えた。

サンクト・ペテルブルグ郊外の衛星アンテナ施設と、光ファイバー通信と、街の電話局における専用の特殊回線を通じて、センターは現場と国防省の電気通信をすべてモニターしている。また、砲兵上級大将、空軍大将、海軍大将の執務室を往来する通信をモニターすることも可能である。センターの仕事は、これらの通信線が外部のものによってモニターされないようにすることにある。また、政府部局に情報を配布する中央情報収集センターの役目も負っている。

あるいは、たんに耳を澄ますだけのこともある。

マリエフへの電話を切る前に、オルロフは、コシガン将軍や各上級大将からのデータを国防省に転送するようにと指示した。マリェフの返事に、オルロフは意表を衝《つ》かれた。

「もうやっています」と、マリェフはいった。「ロスキー大佐に、部隊移動を追跡するようにとの命令を受けました」

「その情報はどこへ行く？」オルロフはたずねた。

「中央コンピュータです」

「それはたいへん結構」オルロフは、すばやく態勢を立て直した。「それでは、その情報が、わたしの画面にもじかに表示されるようにしてくれ」

「かしこまりました」と、マリェフがいった。

オルロフは、コンピュータのモニターのほうを向いて待った。ロスキー、、、のやつ、、、。このあいだの議論の仕返しか、それともこの一件で、ドーギンとなにかたくらんでいるのだろう。だが、こっちとしては、なにもできない。情報がセンターの主コンピュータに記録されていて、部内や他の部門に配布することができる状態であるなら、ロスキーは上官であるこちらに報告する義務はない……たとえこれほどの大事件であろうと。

待っているあいだに、オルロフは状況を把握しようとした。まず、ウクライナの要請が、あまりにも唐突であったこと。これまでは、多くの政府高官同様、オルロフも、最近の一連の演習は、西側のビジネスばかりをひいきして軍を見捨てたわけではないことをジャーニン大統領が世間に示しているものとばかり思っていた。ところがいま、旧ソ連の共和国への進軍は、予定されていたものであったことがはっきりした。国境近く、もしくは道筋にこれほど多数の部隊が配備されていたのは、理由あってのことだったのだ。だが、計画したのはだれか？　ドーギンか？　その理由は？　これはクーデターではないし、戦争でもない。

最初のデータが出はじめた。ロシア軍歩兵部隊は、ハリコフとヴォロシロフグラードでウクライナ軍と連携することになっているが、統合のための機動は行なわれていない。ヴェスニク大統領からの感謝を述べる通信からも、それは明らかだった。

それとともに驚くべきことは、クレムリンの予期せぬ沈黙だった。部隊が国境を越えて十八分たっているが、ジャーニンはその事件について公式発表を行なっていない。いまごろは、西側諸国のモスクワ大使館はなべて懸念を表明する書簡を書いているか、あるいはじかに手渡しているはずだ。

マリェフとその小規模なチームは、はいってくる通信から編集されていない生のデータを抜き出しつづけていた。移動している兵員や車輛装備は、気が遠くなるような数量だった。だが、それより度肝を抜かれるのは、配備の特質だった。ノヴォゴロドの西、チェルニゴフのウクライナ軍管理センターの近くでは、アンドラスイ准将《じゅんしょう》が、十キロメートルにわたって、砲兵大隊を逆三角の支援隊形に配置している。M‐1973榴弾《りゅうだん》砲《ほう》とM‐1974榴弾砲数門が二百メートル幅の横隊に展開したのが一個中隊で、これが三角形のひとつの角となる。そしてこれらの三つの角が、およそ一キロの間隔をあけ、底辺を上にした逆三角形をなす。砲はベラルーシ国境に向けられ、光学照準器を用いる直接照準射撃が可能なほど国境に近く設置されている。

これはテストではない。戦争準備だ。もしそうだとすれば、ロスキーと、それに自分もおなじ組織にいるものとして、どれだけこの一件に深入りしているのだろうと思った。

オルロフは、ミキヤン保安局長官を電話で呼び出すよう、ニーナに命じた。オルロフは、博学なミキヤンを宇宙飛行士のころから知っている。政治学の博士号を持つアゼルバイジャン人のミキヤンは、当時GRU（ソ連軍参謀本部情報総局）から隊外勤務として宇宙基地の保安責任者をつとめていた。ふたりは、情報を共有し、作業の重複を取り除くために、この一年のあいだに何度か会っている。長い年月を経てもミキヤンのロシアに対する献身は弱まっていないが、ソ連崩壊という大激変によって彼が冷笑的になったことに、オルロフは気づいた。おそらく自分の民族の共和国を愛する気持ちがいまにして強まっているのだろう。

ニーナが連絡すると、ミキヤンは自宅にいたが、眠ってはいなかった。

「セルゲイ」ミキヤンがいった。「電話しようと思っていたところだ」

「ウクライナの件を知っているのか？」オルロフがいった。

「おたがい、情報機関の長じゃないか。起きていることはなんでも知っている」

「寝耳に水だったんだな？」オルロフがたずねた。

「その領域に情報のとぎれがあるようだ」と、ミキヤンがいった。「軍の一部のものによってつくられた盲点がな」

「榴弾砲百五十門がミンスクに向けられているのを知っているか?」

「たったいま、きみが教えてくれたからな」ミキヤンがいった。「それに、オデッサ沖の空母〈ムロミェツ〉の艦載機が、モルダヴィア国境に沿い、越境しないように用心しながら飛行している」

「わたしよりもずっと前から、これを注視しているようだな」オルロフがいった。「どう解釈する?」

「政府上層部の何者かが、超極秘作戦をひそかに計画した。だが、気を悪くすることはないぞ、セルゲイ。意表を衝かれたものは多い。われらが新大統領もふくめて」

「だれか大統領と話をしたか?」

「いま、もっとも近しい補佐官たちと、こもっている。ドーギン内相だけは抜きで」

「彼はどこにいる?」

「病気だ」ミキヤンがいった。「モスクワ郊外の山中の別荘にいる」

「数時間前に話をしたばかりだ」オルロフが、不愉快そうにいった。「元気だった」

「そうだろう。だれが仕組んだかということに関して、それで多少は当たりがつけられるはずだ」

インターコムが鳴った。「失礼」オルロフはミキヤンにいった。

「ちょっと待て」ミキヤンがいった。「わたしは内相にどうしても連絡をとらなければならないが、その前に、電話しようとしたのは、きみに考えてもらいたいことがあるからだ。きみのその施設についてクレムリンで案を出したのはドーギンだし、侵攻直前にきみらは稼動《かどう》を開始した。ドーギンがこれを運営するのに作戦センターを利用しているとすれば、彼が失敗した場合、きみは銃殺隊と向き合うことになる。国家に対する反逆罪だ。外国の勢力に手を貸し――」

「そんなようなことを、わたしも考えていた」オルロフがいった。「ありがとう、ロラン。あとでまた話そう」

ミキヤンとの電話を切ると、ニーナが、ジラシュからであることを告げた。オルロフは、インターコムを切り換えた。

「どうした、アルカーディ?」

「将軍、コルグイェフ島の防空軍が、例のI1‐76Tはフィンランドを横断し、バレンツ海に出て東へ向かっていると報告しています」

「どこへ向かっているか、見当はついているのか?」

「いいえ」ジラシュが答えた。

「なにか――憶測もないのか?」

「ただ東へ向かっているというだけで。針路は真東です。しかし、補給物資を積んでいる可能性もあるという話です。Il-76Tは、ドイツやフランスやスカンジナヴィア諸国から貨物を運ぶのに使われていますから」

「防空軍は、識別を試みたのか?」オルロフがいった。

「はい。Il-76Tは正しい信号を発信したそうです」

それになんの意味もないことを、オルロフは知っていた。機首に内蔵されている赤外線発信装置は、取り付けも製造も盗むのも簡単だ。

「Il-76Tの乗員と話をしたものは?」オルロフがたずねた。

「おりません」ジラシュがいった。「輸送機はたいがい、周波数域をあけておくために、無線封止をつづけることが多いのです」

「防空軍は、それと他のロシア軍機との交信を傍受したか?」

「われわれの知るかぎりでは、傍受していません」

「ありがとう」オルロフはいった。「なにも変化がないようでも、三十分ごとに新しい情報を知らせてくれ。それから、もうひとつ、ジラシュ」

「はい」

「コシガン将軍と内務省との通信をすべてモニターし、記録してくれ」と、オルロフはいった。「通常の電話線だけではなく、将軍専用のデータ回線もだ」

空気がよどんだのは一瞬だったが、それが長く感じられた。

「コシガン将軍をスパイしろとおっしゃるのですか？」

「わたしの命令に従ってもらいたい」オルロフが答えた。「その言葉は質問ではなく、復誦《ふくしょう》であると考えよう」

「はい、そのつもりでした、将軍」ジラシュがいった。「ありがとうございます」

電話を切ったオルロフは、自分の推測はまちがっていて、これはロシア軍艦やロシア軍機の乗員が適所諜報員《ちょうほういん》——敵に買われて味方の動きの情報を流す諜報員——になったと思わせたらどういう反応を示すかを見るためにCIAがときおりやる作戦なのだと、自分にいい聞かせた。どのような紛争でも、指揮官が部下の忠誠を疑いはじめるより始末の悪いことはない。

しかし、勘がそれに反対し、用心がそれを後押ししていた。そのIl‐76Tがアメリカもしくは NATOのものだとして、目的地はどこが考えられるか。アメリカへ向かうのであれば、北極を越えるか、大西洋を横断する。極東へ行くなら、南回りの航路を使うだろう。ロスキーとのさきほどの会話と、答のひとつしかない質問を思い浮かべた。ロシア以外の場所へ行くのにロシア製の飛行機を使う理由がどこにある？　ロシア東部で、それが行こうとしているある場所とは、いったいどこか？

その疑問にも、答はひとつしかないと思われた。オルロフはそれが気に入らなかった。

オルロフは、22を押した。よく響く低い声が受話器から聞こえた。

「作戦支援官フョードル・ブーリバです」

「フョードル、こちらはオルロフだ。ロシア宇宙研究所のサグディエフ博士に連絡し、ロシア東部とオホーツク海からアルダン高原にかけてと、南は日本海を覆域とするアメリカとNATOの衛星の、きのうの午後九時からけさの午前一時までの活動の要約を手に入れてくれ」

「すぐにやります」ブーリバが答えた。「主な覆域だけですか？　GPS（全地球測位システム）データとそれがダウンロードされた時刻も記録されています。それとも電子光学センサーの報告、等電焦点――」

「主な覆域だけでいい」オルロフはいった。「それがわかったら、品物がウラジオストックでガルフストリームから列車に積み換えられた時刻との相互関係から、衛星がそれを見た可能性があるかどうかを調べてくれ」

「わかりました」

ブーリバが電話を切ると、オルロフは椅子《いす》に背中をあずけて、黒い天井を見あげた。ロシア宇宙研究所のアルベルト・サグディエフの〝宇宙の残骸《ざんがい》偵察室〟は、放置されたままの打ち上げロケットや、打ち捨てられた宇宙船、地球を周回している機能を停止した人工衛星など、増加するいっぽうで宇宙旅行者にとって危険きわまりない宇宙のゴミを追跡するために設立された。だが、五名だった職員が一九八二年に倍増し、アメリカ、ヨーロッパ、中国のスパイ衛星をひそかに監視する任務を担当するようになった。サグディエフのコンピュータは、ロシアじゅうのデータ送信所と連結され、衛星の発信するデータにいつでも目を光らせている。ほとんどはデジタル・スクランブル化されていて、復調するのは不可能だが、だれがいつなにを監視しているかはわかる。

考えてみれば、ここ数日のロシア軍部隊の移動の増加によって、ヨーロッパとアメリカが、ウラジオストックの海軍基地の施設への監視の目を強めたこともありうる——いや、その可能性が高い。とすれば、それによって飛行機から列車への木箱の積み換えを発見した可能性もある。

しかし、どうして、、、、、、、、、、、、、、、、、、、、それが飛行機を一機派遣して追跡させるほど注意を惹いたのか？とオルロフはいぶかった。だいいち、列車の監視は衛星でもできる。アメリカもしくはNATOが、それを追跡したいだけならば。

その飛行機が、列車を待ち受けるとすれば、ロシア領空内にとどまるのをできるだけ短時間にしようとするだろう。つまり、東から接近する。それなら、ニキータたちには準備する時間が十時間ないし十四時間ある。

とはいえ、だれが乗っているにせよ、このIl‐76Tのやろうとしていることは危険きわまりない。何者が、そんなことをやろうとするだろう？

状況がどうあれ、なぜその積荷がそこまで重要なのか、突き止めなければならない。それにはたったひとつしかない、とオルロフは思った。

40

火曜日　午前十時九分　ウスーリスク

大戦前に製造されたその蒸気機関車は、圧延鋼板が錆《さ》び、排障器が曲がり、煙突は数十年分の煤《すす》で黒くなっていた。炭水車には石炭と水が満載されていた。運転席には炭塵《たんじん》にくわえて、広大なロシアを横断した前回の旅の記念品が残っていた。イルクーツクの森林のぱりぱりに乾いた木の葉、トルキスタンの大平原の砂、ウシンスクの石油で満杯になっていた。

それに、幽霊もいる。絞り弁《スロットル》を操作し、石炭を罐《かま》にくべた数知れない機関士の影。ニキータ・オルロフ少尉《しょうい》は、永年の汚れのついた汽笛の木の把手《とって》、靴やブーツでこすられて滑り止めのついた表面がなめらかになっている鉄の床に、彼らの姿を見た。窓外に目を向けると、農民たちが驚きに打たれながらこの機関車を眺めて、「やっとシベリアにも鉄道が来た！」と思っているところが脳裏に浮かぶ。牡牛《おうし》や馬で長い日にちをかけて大郵便道路を旅するのは、過去のものとなった。いまでは、泥濘《ぬかるみ》の道ではなく鉄道が、数百の小さな集落の生命線なのだ。

だが、歴史は歴史だ。いまはとにかく急を要する。ニキータとしては、この過去の遺物よりディーゼル機関車のほうがありがたかったが、ウラジオストックの交通課長が用意できたのは、これだけだった。政府と軍のことで、ニキータはひとつの教訓をものにしている。車であろうが列車であろうが飛行機であろうが、それほどの古物であっても、無からやるより、手にしたものをもとに交渉していくほうがいい。いつだって、それよりよいものと交換できる可能性がある。

とはいえ、この機関車はそう悪くない。六十年間使われてくたびれてはいるが、けっこうきちんと修理されている、とニキータは判断した。ピストン棒、連桿《れんかん》、動輪は力強く、シリンダーもがっしりしている。炭水車にくわえて、貨車二輛《りょう》と車掌車を連結している。横殴りの雪のなか、時速四十マイル以上という、かなりの速度で走っている。ふたりの兵士が交替で罐に石炭をくべながらこの速度を維持すれば、十六時間ないし十七時間で嵐《あらし》を抜けられるだろう、とニキータは見ていた。副官兼通信士のフョードロフ伍《ご》長《ちょう》によれば、それでハバロフスクとビラの中間あたりまで行けるだろうという。

ニキータと、ブロンドで童顔のフョードロフは、先頭寄りの有蓋《ゆうがい》貨車の木のテーブルの両端に向かい合って座っていた。貨車の奥には、木箱の三分の一がピラミッド状に積まれ、それが六列重なっている。右側の鎧戸《よろいど》があけられて、窓枠にパラボラ・アンテナが外向きに取り付けてある。アンテナから出た二本のケーブルが、床に毛布を敷いた上に置いたブリーフケースほどの大きさの秘話電話機につながっている。あいた窓の隙間《すきま》には、フョードロフがカンバスをかけて、風と雪が吹き込まないようにしてあった。五分ごとに立ち上がっては、アンテナから水分の多い雪をはらわなければならなかった。

ふたりは、毛皮の内張りの冬用の厚手の白いオーヴァーとブーツを身に着けていた。手袋とランタンが、ふたりのあいだのテーブルに置いてある。ニキータは手で巻いた煙草《たばこ》を吸い、手の甲をランタンのそばに差しのべていた。フョードロフは、バッテリー内蔵のラップトップを操作している。甲高い風の音と車輪の轟《とどろ》きのなかで声が聞こえるように、話すときは叫ばなければならなかった。

「ジェット機が着陸できるいちばん近い場所までMi‐8一機で貨物を運ぶのに、五十マイルを三回往復することになります」画面の緑と黒の地図をじっと見ながら、フョードロフがいった。ニキータに画面が見えるように、コンピュータの向きを変えた。「ここです。アムール川のすぐ北西です」

ニキータは、画面を見た。黒々とした濃い眉《まゆ》を寄せて考え込んだ。「飛行機が用意できればの話だ。ウラジオストックでどうしてこの列車しか用意できなかったのか、まだ納得がいかない」

「たぶん、わが国は戦争をしているんでしょう」フョードロフが、冗談のつもりでいった。「それをだれもわれわれにいってくれなかったんです」

電話が鳴った。フョードロフが体をそらして受話器を取り、相手の声が聞き取れるように反対の耳に指を一本突っ込んだ。まもなく、ランタンを脇《わき》にどかし、黒い受話器をニキータに差し出した。

「オルロフ将軍の電話をコルサコフが中継してきました」いくぶん畏敬《いけい》の念に打たれているような口ぶりで、目を丸くしていた。

ニキータは無表情のまま受話器をつかんで大声でいった。「はい」

「聞こえるか？」オルロフがたずねた。

「よく聞こえません！　もっと大きな声を出していただくと――」

オルロフが、明瞭《めいりょう》な声でゆっくりといった。「ニキータ、外国政府が統制しているI l - 76Tが、今夜晩《おそ》く、おまえの列車を要撃するのではないかと、われわれは考えている。乗っているのが何者なのか、どういう部隊なのか、突き止めようとしているところだが、それにはおまえの貨物の内容を知る必要がある」

ニキータの視線が、膝《ひざ》から木箱へと向けられた。父親がどうして作戦の指揮官にじかにきかないのか、合点がいかなかった。「将軍」ニキータはいった。「レシェフ大尉は、その情報を教えてくれませんでした」

「では、ひとつあけてもらいたい」オルロフがいった。「荷物をあらためたことでおまえが責任をとらされることのないよう、記録につけておく」

ニキータは、まだ木箱を眺めていた。中身がなにか知りたいと思っていたので、命令を受領した旨《むね》を告げて、電話を切らずに待つよう父親に頼んだ。

受話器をフョードロフに渡し、手袋をはめると、ニキータは貨車のなかを横切って、木箱に近寄った。壁のフックからシャベルを取り、板の角に先を突っ込んで、歯の肩を足で踏み、押した。木箱の端がきしみ、板が持ち上がった。

「伍長、ランタンを持ってこい」

フョードロフが急いでそばへ行き、オレンジ色の光が木箱を照らすと、白い帯封のかかった百ドル札の束が、きちんと詰め込まれているのが見えた。

ニキータは、板をブーツで踏んでもとに戻した。フョードロフにべつの木箱をあけるように命じて、がたがたと揺れる貨車のなかをテーブルに戻ると、受話器を取りあげた。

「木箱には現金がはいっているよ、父さん」ニキータは叫んだ。「米ドルの紙幣だ」

「こっちもです！」フョードロフが叫んだ。「米ドルです」

「中身はおそらくみんなおなじでしょう」ニキータがいった。

「あらたな革命のための金だ」と、オルロフがいった。

ニキータは、受話器を当てていないほうの耳を、掌《てのひら》で覆《おお》った。「なんですか？」

オルロフが、大声でいった。「コルサコフは、ウクライナのことをいわなかったか？」

「いいえ、聞いていません」

オルロフがコシガン将軍の大部隊移動のことを話すと、ニキータはあせりを感じはじめた。ほんものの軍事行動から切り離されていることだけが理由ではなかった。父親とコシガン将軍が過去に接触があったかどうかは知らないが、今回の侵攻に関してふたりが相反する立場であることは想像がつく。それが厄介な問題だった。なぜなら、ニキータは、勲章を数多くもらっている元宇宙飛行士——息子が世間体の悪いことをしたようなときだけ息子のことを思い出す父親——より、活動的で野心満々のコシガン将軍とともに働きたいと思っていた。

父親の話が終わると、ニキータはいった。「率直にいってもいいですか?」

それはきわめて異例な要求だった。ロシア陸軍では、指揮官《カマンディール》もしくは上官《ナチャーリニク》に対してくだけた言葉を使うことさえ許されない。質問に対する答は〝はい《ダー》〟もしくは〝いいえ《ニェット》〟ではなく、〝はい、そうであります《ターク・トーチナ》〟もしくは、〝いいえ、そうではありません《ニカーク・ニェット》〟である。

「もちろんかまわない」と、オルロフは答えた。

「この積荷におれを付き添わせたのは、それが理由だったんですか?」ニキータがたずねた。「前線から遠ざけるために」

「おまえに最初に連絡をとったときは、前線など存在しなかった」

「しかし、いずれそうなると知っていたんでしょう。そのはずですよ。そちらがいまいる組織にとって意外なことなどなにもないという話を基地で聞きました」

「おまえが聞いたのは、プロパガンダに染まった政治組織の断末魔の叫びだ」と、オルロフはいった。「今回の作戦では、わたしもふくめて意表を衝《つ》かれた幹部将校がおおぜいいる。もっとくわしいことがわかるまで、金は列車から出さないようにしてもらいたい」

「コシガン将軍が、ウクライナ政府の高官の協力を取り付けるために使う金だとしたら、どうするんですか？」と、ニキータがきいた。「金の到着が遅れれば、ロシア人の命がその代償になるかもしれない」

「あるいはロシア人の命を救うことになるかもしれない」オルロフが反論した。「戦争を遂行するには金がいる」

「しかし、結果論で彼を批判するのは賢明でしょうか？　コシガン将軍は、ほんの子供のころから兵士だったと聞いています——」

「そして、いろいろな面で」オルロフが、厳しくいい放った。「彼はいまだに子供だ。列車に乗っているものがだれも近づけないように、二十四時間態勢で部下を見張りにつけ、わたしの許可がないかぎり、だれも通すな」

「わかりました」ニキータがいった。「つぎはいつ連絡をくださいますか？」

「金やIl・76Tについてさらにわかったら知らせる」と、オルロフがいった。「ニキータ、おたがいにまだよくわかっていないが、おまえたちがいちばん前線に近づいているような気がする。用心しろよ」

「そうします」ニキータが答えた。

ニキータは、受話器の左のボタンを押して、通話を打ち切った。フョードロフにアンテナの雪をはらうよう命じ、コンピュータの地図に目を向けた。イッポリトフカからシビルチェヴォ、ムチナヤからさらに北へ、ルートに沿って漫然と眺めていった。それから時計を見た。

「フョードロフ伍長」ニキータはいった。「およそ三十分後に、湖の峡谷《オゼルナヤ・パーチ》に着く。着いたら停止するよう機関士にいってくれ」

「かしこまりました」といって、フョードロフは機関車との連絡用に取り付けたインターコムを使うために、前寄りに行った。

ニキータは、この列車の安全を維持するつもりだった。これはロシアの未来のためだ。何者も——たとえ父親でも——それをとめられはしない。

41

月曜日　午後七時十分　ワシントンDC

フッドがカート・ハーダウェイほか夜間当直の職員に一般的な業務を任せ、ほっとしてソファで居眠りしていると、ローウェル・コフィーがドアをあけたままのオフィスへ意気揚々とはいってきた。

「サインして、封して、バイバーイ——届けたよ（訳注　スティービー・ワンダーの〈涙をとどけて〉のもじり）」

フッドが、身を起こし、にっこり笑った。「議会統合情報監督委員会が、OKを出したんだな？」

「そうです」コフィーがいった。「もっとも、ぼくがやったわけじゃない。ロシアが十万人の将兵をウクライナに送り込んで、みずから承認を取ってくれたようなものです」

「わたしがもらっておこう」フッドはいった。「マイクにいったか？」

「いま会いました」コフィーがいった。「すぐに来ます」

「手に入れた！」

フッドは、フォックス上院議員がいかにも旧弊な保守派らしく書類のいちばん上に署名しているのを見た。とはいえ、それを見てほっとした。ソファに横になっているあいだに、ロジャーズにストライカー任務を任せる肚《はら》になっていた。これまでは抑制とバランスが大切だと判断してきたが、ときには断固たる行動のほうがいい場合もある。

コフィーが、マーサ・マッコールに知らせるために出ていくと、フッドはソファに座りなおし、ハーダウェイにEメールを送ってから、目をこすり、自分がオプ・センターの長として望まれた理由をはっきりと思い出した。

フッドと、彼の知っている人間はすべて――フッドが意見を異にすることの多い大統領もふくめて――自分たちの仕事を何事よりも優先している。国旗に敬礼して誓いをたてるだけでは不足なのだ。それに人生を献上し、身も心も捧《ささ》げなければならない。ロジャーズがくれた真鍮《しんちゅう》の楯《たて》が、フッドのデスクに置いてある。トマス・ジェファーソンの書いた言葉が刻まれている。〝この自由の樹《き》は、〟ときおり愛国者と暴君の血によって活気を取り戻させねばならない〟大学生のころ、フッドはその過程の一翼を担《にな》いたいと思っていた。

いや、〝その神聖なる過程〟だ、とフッドは正した。

ロジャーズとボブ・ハーバートが、そのときやってきて、握手を交わしたあとで抱き合った。

「ありがとう、ポール」ロジャーズがいった。「チャーリーは勇んでやりたがっている」フッドはいわなかったが、たがいの考えていることはわかっていた。望むものが手にはいったのだから、あとはそれが成功することを祈るばかりだった。

フッドが、デスクに向かって腰をおろした。「よし、彼らは思いのままに潜入できる。脱出させるにはなにをやればいい？」

ロジャーズがいった。「議会の委員会の結果が出る前に、ペンタゴンの友人がモスキートを用意してくれた」

「それはなんだ？」

「最高機密に属する航空機、ステルス機のたぐいだ。ペンタゴンはまだ現場でのテストを終えていないが、朝鮮半島での例の危機のようなときに役に立つかもしれないと考えて、ソウルに送ってあった。だが、見られず、聞かれず、臭《にお》いをかがれずにロシアに潜入して脱出する手段は、それしかない。だから、選択の余地はないんだ」

「チャーリーは納得したか？」フッドがたずねた。

「あいつは玩具《おもちゃ》を持たせた子供だよ」ロジャーズが笑った。「新しくてでっかい武器さえあたえておけば上機嫌なんだ」

「時間的調整《タイミング》のほうは？」

「モスキートの日本到着が、現地時間で午前十時。76Tへの積み換えに四十五分かかる。

われわれが出動を命じるまで、そこで待機させる」

フッドが小声でたずねた。「モスキートが撃墜されたら？」

ロジャーズが、大きな嘆息を漏らした。「できるだけ完全に破壊するしかない。そのための自爆ボタンがあって、徹底的に破壊できる。なにかの理由で乗員が破壊できなかったときは、ストライカーがやるしかない。モスキートはぜったいにロシアに渡してはならない」

「モスキートが失敗した場合のバックアップは？」

「ストライカーが十二マイルを踏破して76Tへ行くのに、六時間以上夜陰を利用できる」と、ロジャーズがいった。「山が多い地形だが、なんとか行けるはずだ。零下十五度まで冷え込むといったような最悪の想定《シナリオ》だとしても、寒冷地用の衣服と暗視ゴーグルがある。切り抜けられるはずだ」

「76Tが飛べなかったら？」フッドがたずねた。

「もともと寒冷な気候向けの飛行機だ」ハーバートがいった。「零下二十五度ぐらいにならないかぎり、凍ってしまうような部品はない。気温がそんなに下がることはないはずだ」

「でも、そうなったら？」フッドが、重ねてきいた。

「気温が下がりはじめたら」ハーバートがいった。「離陸し、ストライカーに連絡する。

われわれが迎えに行けるようになるまで、身を潜めていてもらうしかない。ストライカーは、サヴァイヴァル訓練も受けている。心配はいらない。カーツェンが地形を調べたところでは、シホテアリニ山脈の西には食料になる小型の野生動物がふんだんにいるそうだし、山地にはシェルターや隠れ場所に使える洞窟《どうくつ》がところどころにある」

「つまり、そういうことになってもだいじょうぶなんだな」フッドがいった。「ロシアが76Tを識別し、自分たちのものではないと気づいた場合の、われわれの緊急対処計画は？」

「その可能性は低い」ロジャーズがいった。「アフガニスタンで墜落したやつらの76TからIFF（敵味方識別装置）発信機を手に入れることができたんだ。ロシアは何年たってもIFFの技術的方法を変えていないから、その点は心配いらない。こっちの航空機とはちがって、ミリ波やマイクロ波の信号を他の航空機や受信局のトランスポンダーに送るような方式になっていない」

「76Tとの通信連絡は？」

「連絡をとるときはつねに暗号を使ってきた」ロジャーズがいった。「ロシアは、われわれが彼らの資産を無駄に使わせるために偽《にせ》の通信を行なうのに慣れている。だから、外部から自分たちの航空機に向けて送信があっても、無頓着《むとんじゃく》なことが多い。これから数時間、われわれがそれを――ロシアの戦力培養への執拗《しつよう》な妨害を――やっていると思わせるために、ロシア軍機への呼びかけを増やす。いっぽう、76Tは大多数のロシア軍機とおなじように、無線封止をつづける。ロシア防空軍が落ち着かない様子を示しはじめたら、われわれは76Tと交信する。機長に指示してある偽装のための作り話は、爆装整備場用のスペア・パーツをベルリンから、ゴム製の袋タンクをヘルシンキから運んでいるというものだ。ゴムはいまのロシアでことに不足している。なんらかの理由でロシアがずっと前からこの76Tに注目していた場合、それがドイツとフィンランドにいた理由の説明になる」

「結構だね」フッドがいった。「よくできている。航空路に近づかず、なおかつロシアの神経を逆なでしないように、かなり遠回りするんだろう?」

ロジャーズがうなずいた。「いま、むこうの空は、かなり混み合っている。76Tがロシア人と交信を余儀なくされた場合でも、兵員や糧食や武器のような緊急に必要とされるものは積んでいないわけだから、怪しまれることはないだろう」

「それで、なんらかの理由で、偽装があばかれた場合は?」フッドがきいた。「われわれはどのSTOP(計画の緊急中止)を使う?」

「ロシア領空内でSTOP実行のやむなきに至った場合は」ハーバートがいった。「無線交信をいっさいやめて、急いで逃げ出す。それにくわえ、撤退に際しては、いくつか欺瞞《ぎまん》の手段がある。ロシア軍機ではないというのが一〇〇パーセント確実でなかったら、やつらは76Tを撃ち落としはしないだろうし——やつらはそこまではっきりとは確認できないはずだ」

「問題はなさそうだ」フッドがいった。「戦術戦略班もきみのチームも、じつにすばらしい仕事をしてくれた」

「ありがとう。これからもがんばるよ」と、ロジャーズがいった。地球の文鎮を持ち、それをたなごころでひっくり返した。「ポール、じつはほかにも進行中のことがある。ペンタゴンがモスキートでささやかなショーをやろうと思ったのは、ひとつにはそれが原因なんだ」

フッドが、ロジャーズのほうを見あげた。「ショー？」

ロジャーズがうなずいた。「トルキスタン軍管区のロシア軍の自動車化狙撃《そげき》師団四個が引き抜かれて、ウクライナへ送られた。コシガンは、ザバイカル軍管区の第九軍から一個戦車師団を、極東軍管区から一個空中機動旅団を引き抜いている。ポーランドとの戦闘が勃発《ぼっぱつ》して、中国との国境付近からさらに部隊が減らされれば、北京《ペキン》としては揉《も》め事を起こす絶好の機会だ。中国は先ごろ、蘭州《ランチョウ》の第十一集団軍に呉徳《ウートウ》将軍を任命した。リズの報告書を読んでいるようなら、この男がかなり異常な性格であることがわかる」

「読んだ」フッドがいった。「呉は、中止になった中国の宇宙飛行計画で宇宙飛行士のひとりだった」

「そうだ」ロジャーズがいった。「これらの軍管区の前線について戦争シミュレーションをやったが、けっして考えられないことではないんだ。だからこそ、大統領は、ペンタゴンにモスキートを送れとすぐに指示したんだ。中国が国境警備隊五個師団を警急待機態勢にして、その第二戦線でロシアに脅威をあたえれば、ロシアも引き下がらないだろう。これまでがそうだったし、今後もそうだろう。小競《こ ぜ》り合いが起こり、冷静な指導者——いまの場合はジャーニンの力が勝らなかったら、戦争へと発展する。そういった状況におけるわれわれの政策は、平和主義を応援するというものだが、それをやるにはジャーニンと緊密に協力し、なおかつ軍事的に支援する必要が——」

「そして〈グローズヌイ〉との約束を破る」フッドがいった。「とんでもない状況だな。北京とモスクワの戦いの仲裁をして、その尽力ゆえにテロリスト攻撃でめちゃめちゃに叩《たた》かれる」

「その可能性は大だ」ロジャーズがいった。「だからこそ、われわれのステルス機の航空〝奇襲〟航空団が、非常に重要になっている。〈グローズヌイ〉に知られることなく状況に関与する期間が長ければ長いほど、われわれは安心していられる」

電話が鳴った。フッドが電話機の下のほうの液晶画面に表示されたコード・ナンバーを見た。NROのスティーヴン・ヴィアンズからだった。

フッドは受話器を取った。「調子はどうだ、スティーヴン？」

「ポールか。休暇を取っていると思っていた」

「戻ってきた。それを知らないようじゃ、あんたの運営している情報組織もたいしたことはないな」

「ふん、おかしくもない」ヴィアンズがいった。「ボブにシベリア横断鉄道の例の列車の監視を頼まれていたんだが、変化があった」

「どんな変化だ？」

ヴィアンズがいった。「それが芳《かんば》しくない。あんたのモニターを見てくれ。画像を送るから」

42

火曜日　午前九時十三分　ソウル

ソウル郊外の基地の格納庫の窓は、防弾ガラスで、黒く塗ってあった。ドアはすべて施錠され、歩哨《ほしょう》がつけられている。空軍のMチームの隊員以外のものは、その建物に近づくことはできない。モスキート任務隊はドナルド・ロバートスン将軍の指揮下にあるが、これがまた六十の齢《とし》にバンジー・ジャンプのおもしろさに目醒《めざ》め、一日に一度、朝食前にやるという、六十四歳にして元気横溢《おういつ》な人物である。

格納庫内では、二十名からなるチームが、プラスティックと木の試作機を使い、この訓練を、これまで二十回ほどやってきた。いまこうして緊急事態が起きて、載せるのも本物となったので、必要とされていることで意識も昂揚《こうよう》し、より速く、より正確に、驚くほど軽い艶消《つやけ》しの黒の部品を自信に満ちて無言で扱っている。距離が二百五十マイル以下の任務ではシコルスキーS-64、五千マイル以上の航程の場合にはスターリフターや英国空軍の旧式なショート・ベルファストに至るまで、あらゆる航空機への積み込みの予行演習をやってきた。北海道まで七百五十マイルの輸送に、ミルトン・Ａ・ワードゥン将軍は、ロッキードＣ‐１３０Ｅの使用を許可した。韓国にある輸送機のなかでは、それが貨物室がもっとも広いし、主貨物室へは尾部から油圧式の傾斜板を通って比較的容易に出入りできる。Ｃ‐１３０Ｅハーキュリーズが日本に着陸したときは、作業の速さがきわめて重要だと、マイク・ロジャーズはワードゥンに告げていた。

　Ｍチームが積み込み作業をやっているあいだに、機長、副操縦士、航法士が、フライト・プランを検討し、アリソンＴ‐56‐Ａ‐１Ａターボプロップ・エンジン四基を点検し、海岸沿いの小樽《おたる》と道庁所在地の札幌《さっぽろ》の中間にあるアメリカ軍秘密基地の管制塔の着陸承認を得た。その基地は、冷戦のさなかに、ロシア東部への中間準備地域として設置され、一九八〇年代はじめに人工衛星の進歩によってスパイ機がやや時代遅れになるまでは、十機ないし十五機の偵察機の本拠地だった。いまは、そこに配置されている将兵は〝バードウォッチャー〟と呼ばれ、往来するロシア軍機をレーダーの目と耳で監視している。

　だが、大型輸送機二機がそこへ向かっているいま、気象と地形の正確な情報が必要となり、バードウォッチャーたちは従来の管制業務に戻った。ハーキュリーズがソウルの格納庫から出て滑走をはじめたころ、北海道の将兵は、ロシア人が知ったら、いったいなにに攻撃されたのかと思うような勢いで、目標追随、発進、誘導の準備にとりかかっていた。

43

火曜日　午前四時五分　フィンランド湾

小型潜水艇《ミニ・サブ》の内部の臭気は、すさまじかった。押し込み通風の空気は乾燥し、かび臭かった。だが、ペギー・ジェイムズにとってもっとも不快だったのは、そのことではなかった。方向感覚をまったく失ってしまったことが、いちばん嫌だった。潜水艇はしじゅう潮流に捕らえられて、左右に揺れ、上下動した。操舵員《そうだいん》が舵《かじ》で針路を補正すると、潜水艇はしばし回転木馬から跳ね上がる野生の馬へと変わる。

ペギーは、視覚と聴覚もおかしくなっていた。だいたいしゃべるのはささやき声と決まっている。それに船体の厚みと周囲の水のせいで、音がいっそう弱まる。制御盤の発する淡い光をのぞけば、明かりは使用を許されている覆《おお》いのついた小さな懐中電灯だけだ。その鈍い黄色の光のせいで——しかも長時間眠っておらず、艇内は暖かく眠りを誘うので——目をあけているのがつらかった。潜航して二時間後には、あと四時間たって中間点で浮上するのが待ちきれなくなっていた。

朗報は、デイヴィッド・ジョージが、ロシア語のいいまわしをものすごく早くおぼえたことだった。のろいしゃべりかたで相手を判断してはいけないし、目を丸くして熱意を見せるのを単純素朴だと誤解してはいけないということを、ペギーはあらためて思い出した。ジョージは頭がよく抜け目がなく、どんなことにも少年のように熱中する。ペギーとおなじで陸者《おかもの》であるにもかかわらず、この航海もぜんぜんへっちゃらのように見える。

ペギーとジョージは、サンクト・ペテルブルグの地図と、エルミタージュの見取り図の青写真を、時間をかけて検討した。諜報《ちょうほう》活動が行なわれているとすれば新設のテレビ・スタジオの近くだろうし、それが地下にあるというフィールズ‐ハットンの推測は十中八九正しいという点で、ペギーはDI6の分析官と意見が一致した。テレビ・スタジオは、ロシアが必要とする機器や発する信号の偽装にうってつけだし、地下室は古貨幣やメダルが陳列されている美術館の三階の西側から離れている。貨幣の金属が繊細な機器に影響をおよぼすおそれがない。

美術館のどの部分にあるにせよ、その施設は通信用ケーブルを必要とする。それを見つけたなら、ペギーとジョージ二等兵は、内部でなにが行なわれているかを突き止められるはずだった。また、そのセンターが地下にあるなら、ケーブルは通気管のそばもしくはその内部にある可能性が高い。最初からある経路を通したほうが工事が簡単だし、修理や改良もやりやすい。問題は、電子捜索をやるのに暗くなるまで待たねばならないいのか、それとも持参してきた機器を使う場所を美術館内に見つけるかということだった。暗い明かりのなかでペギーはだんだんまぶたが重くなり、ロシア語の仕上げはあとにしようとジョージにいった。自分も疲れたので休憩するほうがありがたい、とジョージも認めた。ペギーは目を閉じ、潜水艇ではなくウェールズのトリギャロンにある山荘の表のぶらんこに乗っているのだと思おうとした。ペギーはそこで生まれ育ったのだが、休みにはキースとよく行ったものだった。その当時の冷戦時代の社会は、なぜかこの共産主義崩壊後の新世界ほど危険ではなく、予想しやすかったような気がする……

44

火曜日　午前六時三十分　サンクト・ペテルブルグ

「将軍」マリェフ通信士が、電話でいった。「将軍がコシガン将軍とドーギン内相の交信について知りたいとおっしゃっていると、ジラシュから聞きました。いま交信が行なわれています。スクランブルがかかっています。暗号ミルキー・ウェイです」

オフィスにいたオルロフは、さっと背中をのばした。「ありがとう、ユーリ。コンピュータにそれを入力してくれ」

ミルキー・ウェイは、ロシア軍の使用する暗号のなかで、もっとも複雑なものである。一般回線で使われ、通信に電子的なスクランブルをかけるだけではなく、多数の周波数帯を使用する――いわば空を縦横無尽に使う。したがって、復調装置《デスクランブラー》なしで傍受しているものは、通信の断片すべてを捉《とら》えるのに、文字どおり数十台の受信機を異なった周波数に合わせなければならない。ドーギン内相の執務室とコシガンの指揮中枢《ちゅうすう》には、デスクランブラーがある。マリェフのところにもある。

電話を切って、通信が復調され、平文に訳されるのを待つあいだに、オルロフはマーシャのこしらえたツナ・サンドイッチを食べ、この三時間の出来事を思い返した。ロスキーが自分のオフィスに戻ったのは、午前四時半だった。あの不屈のスペツナズ隊員ですら休息をとらなければならないと思うと、いくぶんほっとする。ロスキーと調子が合うようになるにはまだしばらくかかるだろうが、細かい欠点がいろいろとあっても、ロスキーは優秀な軍人なのだ。どれだけ長くかかろうとも、そういう努力をするだけの価値はある。

オフィスを出たオルロフは、いまや全面的に機能している施設の夜間当直員たちの挨《あい》拶《さつ》を受け、ちょうどいい機会だったので、ロスキーと交替する夜勤のオレグ・ダル大佐をオフィスに招いた。ダルは、オルロフ以上に、ロスキーのために神経の細る思いをしていた。六十歳のダルは、オルロフの教官だったこともあるが、一九八七年にドイツのティーンエイジャー、マティアス・ルストがロシア防空網に侵入して軽飛行機で赤の広場に着陸して以来、実質的に昇進がとまった多くの空軍士官のうちのひとりだった。ロスキーが、自分の経験が浅い分野もふくめて、なにもかも自分ひとりで支配しようとするのが、ダルは気に入らなかった。それがスペツナズのやりかただとは知っていたが、だからといって気分がよくなるものでもなかった。

オルロフは、東に向けて飛行している例のIl-76Tのことをダルに教えた。現在、北極海のフランツ・ヨーゼフ島の南東を飛んでいる。アメリカが、他のロシア軍輸送機に接触しようとしていることも教えた。この76Tは怪しいと、ダルも同意した。戦場とは逆の東に向けて飛んでいることもだが、ベルリンあるいはヘルシンキからの荷物の搬送など、どこにも記録がない。官僚機構のどこかで、その記録が停滞していることも考えられるが、その76Tのそばを飛行して、無線封止を中断するよう機長に合図し、任務の説明をさせてはどうかと、ダルは提案した。オルロフが同意し、北極圏を哨戒する四個防空師団を指揮するペトロフ空軍准将《じゅんしょう》にそれを頼んでほしいと、ダルにいった。

オルロフは、現金とシベリア横断鉄道のことは伏せておくつもりだった。行動に出る前にドーギンとコシガンがなにをたくらんでいるかを突き止めたいし、ふたりのこの交信からもっと情報がつかめるのではないかと考えていた。

サンドイッチの残りを食べ終えたところ、平文に訳されたものが画面に出はじめた。オルロフは、紙袋から紙ナプキンを出し、口に当てた。マーシャがサンドイッチを詰めたときについた香水のにおいがかすかに残っている。オルロフは頬をゆるめた。

音声がはいりはじめたところで、コシガンとドーギンの声をコンピュータが区別できるように、マリエフがデータ識別用のタグをつけていた。行間の詰まったブロック体のテキストが表示された。改行はこれまでとはちがう人間がしゃべりはじめたところ、句読点は抑揚によってつけられた。読み進むにつれて、オルロフの懸念《けねん》はつのった。平和の先行きも心配だったが、この関係でどちらがどちらの上に立っているのかということも気がかりだった。
ドーギン：将軍、われわれはクレムリンと世界をあっといわせてやったようだ。
コシガン：それがわたしのその日の任務《ザダーチャ・ドウニャー》だった。
ドーギン：ジャーニンは、いまだに事態を把握しようと必死だ——
コシガン：いっただろう。行動を起こさせるのではなく、反応するように仕向ければ、あいつはなにもできなくなる。
ドーギン：だからこそ、金が届く前にきみの部隊をこれだけ思い切って動かしてやったのだ。
コシガン：動かしてやった？
ドーギン：動かしてやった、動かすのに同意した。いずれもおなじことだ。ジャーニンをすぐさま防御的な立場に追い込めというきみの意見は正しかった。
コシガン：この勢いを失ってはならない——
ドーギン：そうとも。いまどこにいる？
コシガン：ウクライナのリヴォフの三十二マイル西だ。前方の連隊はすべて定位置につき、指揮テントからポーランドが見えている。あとはショヴィッチの金でやらせる大規模なテロ行為が起きるのを待つばかりだ。金はどこだ？　落ち着かない気分になってきた。
ドーギン：予定よりもうすこし長く待ってもらわなければならないかもしれない。
コシガン：待つ？　どういうことだ？
ドーギン：雪だよ。オルロフ将軍が、木箱を列車に積み替えた。
コシガン：六百億ドルを列車に！　オルロフが疑っていると思うか？
ドーギン：いや、ちがう。そういうことではない。嵐《あらし》のため、飛行機で運べなかったのだ。
コシガン：しかし、列車とは。内相、攻撃されたらひとたまりもないじゃないか。
ドーギン：オルロフの息子の任務隊が護衛している。ロスキーがいうには、根っからの兵士だそうだ。訓練された宇宙の猿ではなく。
コシガン：父親と結託している可能性があるだろう。
ドーギン：断言するが、ぜったいにそんなことはない。それに、事後、この金のことをだれかが知る気遣いはない。オルロフ将軍は引退させ、息子のほうはいま本人がいるだれも聞いたことがないような僻地《へきち》に戻す。心配するな。荷物は、嵐が通り過ぎたビラの西まで取りにいかせて、そっちまで空輸する。
コシガン：十五、六時間無駄になる！　大規模な騒擾《そうじょう》が、それまでにははじまっていないといけない！　ジャーニンに事態を掌握する時間をあたえることになりかねない。
ドーギン：そうはならない。政府のわれわれの味方と、さきほど話をした。遅れについては理解してもらっている――
コシガン：味方？　やつらは不当な利益をむさぼる輩《やから》だ。味方ではない。ジャーニンがこの行動をわれわれのもくろみと突き止め、そいつらのポケットに金が収まる前に、そいつらのことを知ったら――
ドーギン：ジャーニンにそんなことはできない。ジャーニンは座視するだろうよ。そして、ポーランドのわれわれの手先が、金を受け取ったらすぐに行動を起こす。
コシガン：政府！　ポーランド！　どちらもわれわれには必要ない。スペツナズを港湾労働者か工員に化けさせて、ポーランドの駅やテレビ局を襲撃させればいい。
ドーギン：きみにそんなことはさせない。
コシガン：させない？
ドーギン：彼らはプロフェッショナルだ。われわれに必要なのはアマチュアだ。これは、侵攻ではなく、国中で沸き起こった革命のように見せかけなければならないのだ。
コシガン：なぜだ？　だれに気兼ねする必要がある？　国連か？　ソ連の陸軍と空軍

の半分、海軍の三分の二が、ロシアに所属している。地上軍五十二万、戦略ロケット軍三万、防空軍十一万、海軍二十万の将兵を、われわれは統制している。
ドーギン：われわれは世界の信義にそむくわけにはいかないのだ！
コシガン：なぜいけない？　わたしはポーランドを奪い、クレムリンを乗っ取る。われわれが権力を握ったら、ワシントンだろうが何者だろうが、どう思おうと関係ない。
ドーギン：それで、いざ侵攻となったら、ポーランドをどうやって支配する？　戒厳令か？　たとえそれだけの部隊でも、大きく展開すれば手薄になる。
コシガン：ヒトラーは、すべての村で見せしめとなることをやった。それが成功した。
ドーギン：五十年前には、たしかにうまくいった。現在はそうはいかない。衛星アンテナ、携帯電話、ファクスがあるから、ひとつの国を孤立させて精神を打ち砕くのは不可能だ。前にもいったように、これは大衆の波の高まりでなければならない。それを従来からいる官僚や政治指導者に導かせるのだ。金で買えるが、ポーランド国民が信頼しているような人間にな。混沌《こんとん》を生じさせるのはまずい。
コシガン：二カ月後に選挙に勝ったら、より大きな権力をあたえるという約束はどうなんだ？　治安官や市長の異動ではじゅうぶんではないのか？
ドーギン：それでじゅうぶんだが、負けた場合には金をよこせといっている。

コシガン：ごうつくばりが。
ドーギン：自分をごまかすのはよせ、将軍。われわれはみんなごうつくばりだ。まあ落ち着け。荷物の到着が遅れることは、ショヴィッチに伝えておいた。ショヴィッチから手先に連絡がいっている。
コシガン：ショヴィッチは、どう思っている？
ドーギン：昔は監房の壁に線を刻んで時間の目印にしたといった。刻み目がひとつやふたつ増えても、どうということはないそうだ。
コシガン：だといいがな。おまえさんのためにも。
ドーギン：いまのところ、なにもかも順調だ——ただ遅れているだけで。あらたな革命に乾杯するのは、二十四時間後ではなく、四十八時間後になる。
コシガン：まちがいなくそうなるといいんだがね、内相。いずれにせよポーランドには攻め込むと約束しておこう。ではごきげんよう、内相。
ドーギン：ごきげんよう、将軍。くれぐれも冷静に。きみを失望させはしない。

交信が終わると、オルロフは、宇宙飛行士訓練ではじめて遠心機に乗ってぐるぐるまわされたときのような心地がした。五感が狂い、吐き気がこみあげた。
彼らの計画は、東欧を奪い、ジャーニンを大統領の座からひきずりおろして、ソ連帝国を打ち立てるというものだ。よこしまなやりかたながら、じつに巧妙といえる。ポーランドの小さな町の共産党機関紙の発行元が爆破される。ワルシャワからウクライナ国境にかけての都市の共産主義者が、その爆弾事件とはくらべものにならないほど大規模な反撃を開始する。昔ながらの共産主義者たちが力を得るにつれて、ドーギンの望む大衆の波の高まりが大きくなる——一九五六年にスターリン主義者を放逐し、社会主義と資本主義の入り混じったポーランド流の共産主義を創《つく》りあげたヴワディスワフ・ゴムウカのやりかたを尊んでいるものが、いまだにおおぜいいる。旧〝連帯〟の同盟が復活し、ポーランド人のローマ法王がレフ・ワレサを大統領に選ぶようカトリック教徒に奨励したときとおなじように、カトリック教会が共産主義を非難しているため、ポーランドはふたつに割れている。隠れていた共産主義者たちが表に出てきて、ストライキの再現を指揮し、食料その他の品物が不足し、一九八〇年に起きたような混乱がよみがえる。飢えた難民が東の裕福なウクライナに流れ込み、昔のようにカトリック教徒とウクライナの東方正教会の緊張が燃え上がる。難民の脱出をせき止めるためにポーランド軍の兵士と戦車が投入され、ポーランドの故郷まで難民を送り返すためにコシガンの部隊が使われる。それらの部隊はポーランドを去らず、チェコとルーマニアが、つぎのターゲットとなる。

オルロフは、夢でも見ているような気がした。これからくりひろげられようとしている事件のせいばかりではなく、自分が息子に負わせた立場のこともある。ドーギンを阻止するには、ニキータに託した積荷を渡さないように命令する必要がある。おそらく、あの木箱を奪おうとするものと戦うように指示しなければならないだろう。もしドーギンが勝てば、ニキータは処刑される。ドーギンが負けたとき、ニキータがどう思うかはわかっている。軍を裏切ったような気持ちになるだろう。また、ニキータが命令に従わない可能性もある。その場合は、列車がとまり、荷物が届けられたあとで、ニキータを逮捕するほかはない。抗命もしくは命令不服従は一年ないし五年の刑。ニキータとは訣《けっ》別《べつ》することになり、マーシャには士官学校での例の事件よりもいっそうこたえるにちがいない。

通信記録や放送といったものまで、センターでは偽《にせ》をこしらえることができるので――過去の録音からデジタル的につぎはぎできる――裏切りの証拠としてジャーニン大統領に渡すわけにはいかない。だが、木箱が届くようなことがあってはならない。それに、そのことはクレムリンに教えられる。その前に、国のため無私に尽くしてきたドーギン、ニキータが放校されないようにしてくれたドーギンが、いまや祖国の敵であることを、ニキータに納得させられればよいのだがと思った。

ロスキー大佐は、休んではいなかった。

ヴァレンティーナ・ベルイエワ伍長《ごちょう》が退勤したあと、ロスキーは独りオフィスに残り、死んだパーヴェル・オジナが取り付けたシステムを使い、センターの各オフィス間の通話をずっと聞いていた。取り付けたのはパーヴェルのほかに、その存在を知るものはいない。だから、パーヴェルは橋の上で死ななければならなかった。パーヴェルは軍人ではなかったが、そんなことはどうでもいい。民間人の忠実な働きが、死という結末を迎えなければならないこともあるのだ。古代エジプトの墓場とおなじで、その保安は設計者が死ぬことによって守られる。国家の安全保障にかかわることに、感傷のはいる余地はない。スペツナズ士官は、負傷者や躊躇《ちゅうちょ》するものは、だれであろうと殺すようもとめられている。副官は、負傷者や臆病者《おくびょうもの》を殺さない指揮官を殺さなければならない。ロスキーは、国家の秘密を守るために必要とあればみずからの命を絶つ覚悟だった。

作戦センターの外線と内線は、すべてロスキーのコンピュータに接続されている。それにくわえ、人間の髪の毛のように細い電子的な盗聴器が、電気のコンセントや通風管に差し込まれ、絨毯《じゅうたん》の下に隠されていた。それらの盗聴器は、ロスキーのコンピュータではキイコードがあたえられている。だから、会話をヘッドフォンで聞くこともできるし、デジタル録音して、再生したり、電子信号に変えてドーギン内相のところへ送ることもできる。

オルロフと息子の会話を再生するあいだ、ロスキーは口を一文字に結んでいた。つぎに、ドーギン内相とコシガン将軍の会話を傍受するようにと、オルロフがマリェフに命じるところを聞いた。

なんという厚かましさか！　とロスキーは思った。

オルロフは人気のある人間で、作戦センターの予算を財務大臣から引き出すのに必要な名声とカリスマがあるから、名目だけの頭に選ばれたのだ。それがドーギン内相やコシガン将軍の行動に疑問を持つとは、自分の立場がわかっていない。

ロスキーが聞いたそのやりとりによれば、勲章をいっぱいもらったこの英雄は、息子にこう指示していた。目的地を知らされたなら、そこへ向けて進み、到着したら、ドーギン内相の使いのものに木箱を渡してはならない。海軍大学から自分のチームを派遣し、積荷を押収《おうしゅう》する。

ニキータはその命令を復誦したが、乗り気ではないのがロスキーにはわかっていた。結構。息子は父親とはちがい、反逆罪で告発されて処刑されることにはならない。

ロスキーは、喜んで殺人を犯していたはずだった。だが、ドーギン内相は、腹心の配下がじかに非合法な作戦を実行するのを許さない。センターが機能するようになる前に、ドーギンはロスキーに、オルロフの命令をくつがえす必要が生じた場合は、自分に連絡すれば、マヴィク砲兵大将に連絡をとるという指示をあたえていた。

オルロフが十二名から成る〝大槌《モーラト》〟チームの指揮官、レフスキー少佐に無線連絡し、ビラ行きの飛行機を用意するよう命じたところで、ロスキーはもう我慢できなくなった。ドーギン内相への直通秘密回線にアクセスするための暗証をコンピュータに打ち込んで、ドーギンに状況を知らせた。ドーギンは、マヴィク将軍に連絡してオルロフの始末を手配するといい、作戦センターを支配下におく計画を開始しろと、ロスキーに指示した。

45

火曜日　午前八時三十五分　北極圏の南

ホンダ・イシがリュックサックの通信機器を点検するのを、スクワイア中佐はぼんやりと眺めていた。76Tに乗っているあいだは、それに搭載されているデータ送信機器を使ってオプ・センターと交信できる。だが、地上におりたら、リュックの脇《わき》に無線機とならべて取り付けたちっぽけな黒いアンテナを使うことになる。

ホンダが膝《ひざ》をつき、直径十七インチのその装置の脚と腕をひろげて、とがった先端が完全にのびているかどうかをたしかめた。アンテナの黒い同軸ケーブルを無線機に接続し、ヘッドセットをかけて、装置が自動補正を行なうあいだ、耳を澄ましていた。やがて、十からカウントダウンしてマイクを点検し、スクワイアにOKのサインを出した。

ホンダはつぎにGPS（全地球測位システム）受信機を点検した。テレビのリモコンほどの大きさのこの装置は、発光ダイオードのデジタル表示で、リュックサックの脇《わき》ポケットにしまわれる。ホンダは四分の一秒の信号を送った。それなら、装置が機能していることはたしかめられるが、ロシアに位置を把握されることはない。ソンドラ・デヴォン二等兵は、チームのコンパスと高度計を預かり、任務完了後の脱出地点までの誘導を担当している。

うとうとしていて目が醒《さ》めたチック・グレイ三等軍曹は、ＴＡＣⅢ強襲用ヴェストを点検した。パウチには、ガス・マスクや九ミリ口径サブ・マシンガンの弾倉ではなく、任務に必要なＣ‐４爆薬が収められている。ストライカー・チームは、ロシアへパラシュートで降下する前に、暖かくじょうぶな〈ノーメックス〉の手袋、目出し帽、カヴァーオール、合わせガラスのゴーグル、ケヴラーの防弾チョッキ、強襲用ブーツをつける。それから、上に装着するＴＡＣⅢヴェストの装備と、懸垂下降用ベルト、特殊閃光手《フラッシュ・》榴弾《バン》を入れた太腿《ふともも》のポケットを確認し、ヘッケラー＆コッホＭＰ５Ａ２サブ・マシンガン、延長型弾倉付きの九ミリ口径ベレッタＭ９セミ・オートマティック・ピストルを点検する。

スクワイアは、ひとつだけ欠けているものがあると感じていた。こうした最新鋭のハイテク装備一切合財と引き換えでもいいから、ＦＡＶ（高速攻撃車輛《しゃりょう》）数輛がほしい。チームがロシアの大地におりたら、列車に関しても脱出に関しても、オプ・センターにできることはほとんどない。だが、ＦＡＶが二輛あれば、岩と氷の上を時速八十マイルで走れる。前部にはＭ60Ｅ３機関銃、後部座席の銃手用には五〇口径機関銃——いま、それがあったらどんなにいいか。パラシュート投下して組み立てるのはひと苦労だが、それがあればじつにありがたい。

スクワイアは脚の筋肉をほぐし、搭乗員から最新の情報を得るために、操縦席へ歩いていった。これまでのところロシア軍が接触してこないので、搭乗員たちはほっとしていた。機長のマット・メイザーによれば、それは抜け目なく目立たないように飛行しているからではなく、航空機の往来が非常に多いからだという。地図を見て、北極海を通過して、ベーリング海を南下し、日本上空を南西に越えるまで、あとどれぐらいあるかを確認すると、スクワイアは貨物室に戻った。そのときちょうど、マイク・ロジャーズから連絡がはいった。76Tはいまロシアの無線機の受信範囲内を飛んでいるので、ワシントン発の送信だとわからないように、ニスカネン国防相がヘルシンキの通信塔に設置した接続網を通じて中継された。

「スクワイアです」ホンダから受話器を受け取ると、スクワイアはいった。

「中佐」ロジャーズがいった。「列車に関して、あらたな進展があった。ロシア任務隊は、列車をとめて、乗客を乗せた——一般市民だ。各車輌に、五名ないし十名の男女が乗っている模様だ」

スクワイアがその情報を呑《の》み込むまで、しばしの間があった。彼の分隊は、テロリストが人質をとっている場合に列車内の危険を排除する演習を行なっている。その場合、敵は少数だし、乗客は列車から出たがっている。だが、これはまったく状況がちがう。

「わかりました」と、スクワイアは答えた。

「各車輛に兵士がいる」ロジャーズがいった。打ちひしがれているといってもいいくらい、くたびれた口調だった。「列車の写真をじっくりと見た。窓から特殊閃光手榴弾を投げ込み、兵士を武装解除して、全員を車外に出すしかないだろう。それが済んだら、われわれがウラジオストックに連絡し、乗客のいる場所を教える。できる範囲で寒天用の補給品を残してやればいい」

「わかりました」

「前にいった橋の地点での引き揚げ時刻だが」ロジャーズがいった。「ぴったり午前零時に迎えにいく。脱出用航空機は八分間しかそこにいないから、まちがいなく行ってくれ。議会統合情報監督委員会が、それだけしか時間をくれなかった」

「行きます」

ロジャーズがいった。「わたしはほんとうに気乗りしないんだが、チャーリー、ほかに選択肢はないようなんだ。わたしの自由になるものなら、列車を空から攻撃する――しかし、どういうわけか、議会は敵の兵士を殺すのを渋る。味方の命を危険にさらすほうがいいと考えている」

「そのためにわれわれがいるんです」と、スクワイアはいった。「わたしのことはご存知でしょう、将軍。わたしはこういう任務が好きなんです」

「知っている」ロジャーズがいった。「だが、列車の任務隊を指揮している士官、ニキータ・オルロフという少尉《しょうい》は、三度の飯が食べたいために陸軍にはいったような若者ではない。こちらのファイルのとぼしい情報によれば、戦士だそうだ。英雄の宇宙飛行士の息子で、自分の力量を示したがっている」

「結構ですね」スクワイアがいった。「こんなところまで来て、楽々と任務を終えるのは嫌ですよ」

「中佐、わたしにそういう口のききかたをするな」ロジャーズが、ぴしりといった。「勇ましい言葉は部下にいうことだ。列車を阻止することより、わたしはストライカーが無事に戻ることを願っている。わかったか？」

「わかりました」

幸運を祈ると、ロジャーズは通信を切った。スクワイアは、受話器をホンダ・イシに返した。ホンダが自分の場所に戻ると、スクワイアは時計を見た。時間帯をいくつも通り過ぎているので、いちいち時差に合わせてはいない。

あと八時間か、と思った。ベルトの上で手を組み、両脚をのばし、目を閉じた。七カ月前にストライカーにくわわる前、スクワイアはボストン郊外のネイティク陸軍研究開発センターにいた。そこで、カメレオンのように即座にまわりの状態に似せる制服を作る実験に参加していた。布から発する光を調整する高感度光感知装置内蔵の制服を着たこともある。スクワイアはただぶらぶらしたいだけだが、科学者たちは絹の遺伝子を操作して、自動的に色を変える人工繊維をこしらえた。かなり分厚いこの驚くべき電気泳動スーツ——プラスティックの布の層のあいだに液状の染料を流し込んだもの——は、どこにどれだけ強い電界を作るかによって、一枚もしくは数枚の布の色を出している粒子を電気的に変化させることができた。今世紀が終わるころには、迷彩スーツや見えないステルス戦車やロボット探測機によって、アメリカはほとんど流血を見ない戦争を行なえるのではないか、と思ったのをおぼえている。兵士ではなく科学者が英雄となる時代が来ると。

　そう思うと悲しくなったのが、意外だった。なぜなら、兵士はだれでも死にたくないと思っているが、彼の知っている戦士たちを駆り立てているのは、自分を試したいという欲求や、国や同志のために進んで命を賭《か》けるという気持ちなのだ。危険、その代償、敢然と戦って得た勝利がなかったら、だれが自由をこれほどまでありがたがるだろうか。

　そうした思いを胸に抱き、ロジャーズの声がまだ耳に反響しているうちに、スクワイアはうとうとしながら考えていた。とにかく基地のプールではこれからもチキン・ファイト（訳注　肩車で相手を水に落とす遊び）をやるだろう。自分は息子を肩に乗せている。ジョージ二等兵があおむけにひっくりかえったときの、あの驚いた顔……

46

火曜日　午後二時六分　サンクト・ペテルブルグ

ロシア沿岸に到達する数時間前、ペギー・ジェイムズとデイヴィッド・ジョージは、フィンランド湾のさわやかな朝の空気を二十七分間吸った。それから小型潜水艇《ミニ・サブ》の艇内に戻り、後半の航海を再開した。ペギーはもっと長いあいだ空気を吸いたかったが、それでなんとか耐え抜くことができた。

ロシア沿岸到達の一時間前、ルドマン大尉が展望塔の席からおりてきて、船体と乗客のあいだの狭い隙間《すきま》にうずくまった。ペギーとジョージはすでに防水のバックパックに入れた装備の点検を終えていて、苦労しながらロシア軍の制服を着ていた。ペギーがブルーのスカートをもぞもぞとはくとき、ジョージは視線をそらした。ルドマンは視線をそらさなかった。

ペギーが着終えると、ルドマンは頭上左手の十二×十四×六インチの黒い金属の箱をあけてささやいた。「浮上したら、きみらが救命筏《いかだ》を出すのに六十秒やる。このピンを抜けばいい」ナイロンの紐《ひも》に結び付けられたリングに指を通し、圧縮されている救命筏の上と下のパドルを指差した。「ここがまんなかになってふくらむ。ロシア軍の標章が付いていて、きみらの持っている書類と一致している。コポルスキー湾を出て作戦行動中のアルグス級潜水艦群に所属していることになっている。これについては説明を受けているはずだが」

「しごく簡単にですが」と、ジョージがいった。

「ロシア語ではどういうの？」ペギーがきいた。

ジョージが、眉《まゆ》を寄せて考えた。「ミェドレーナ」と、得意げにいった。

「それは〝ゆっくりと〟よ」ペギーがいった。「まあ、おなじようなものだけど。大尉」ルドマンの顔を見た。「どうして六十秒なの？　空気を入れ替えてバッテリーを充電する必要があるんじゃないの？」

「それは一時間後でいい……それでロシア領海を出られる。それから、地図をもう一度見たほうがいい。進発点にもっとも近い地域を暗記するんだ」

ペギーがいった。「ペテルゴフスキー街道が南臨海公園のそばを通っている。それをスタチェク大通りまで行き、ネヴァ川に突き当たるまで北上する。エルミタージュは、その東にある」

「たいへん結構だ」ルドマンがいった。「むろん労働者のことは知っているね？」

ペギーが、ルドマンの顔を見た。「いいえ。なんの労働者?」

「新聞に載っていたじゃないか。二十四時間全国ストライキを皮切りに、数千人の労働者が宮殿前広場に集まる。きのう発表があった。自由商工組合ロシア連合が呼びかけたもので、未払い賃金の支払いと、賃金を支払われていない労働者の年金の増額を要求している。観光客が怖がって遠のくことのないよう、集会は夜間に行なわれる」

「ぜんぜん知らなかった」ペギーがいった。「われわれの近視眼的な組織は、ジャーニン大統領がトイレでなにを読んでいるかは知っていても、ニュースは読まないのよ」

「ジャーニンが読んでいるものでないかぎり」と、ジョージがつけくわえた。

「ありがとう、大尉」ペギーがいった。「ほんとうにいろいろと手を尽くしてくださって、感謝しています」

ルドマンがひとつうなずき、航海の最後の航程のあいだ小型潜水艇を導くために、展望塔へ登っていった。

ペギーとジョージは、ふたたび沈黙し、潜水艇は低い音を発しつつ深みを進んでいった。ペギーは、ターゲット地域に数千人の一般市民と警察が集まることが、美術館に忍び込む助けになるのか、あるいは妨げになるのかを判断しようとした。助けになる、という結論に達した。警察は騒然とした労働者たちを抑えるのに必死で、ロシア海軍の水兵ふたりなど気にもかけないだろう。

潜水艇からの離脱は、すみやかに行なわれた。近くに船がいないことを潜望鏡で確認すると、潜水艇は浮上した。ルドマンがすばやくハッチをあけ、ペギーが出た。そこから岸までは二分の一マイルほどで、大気は厚いスモッグのために濁っていた。たとえ見張っているものがいたとしても見えないだろうとペギーが思ったとき、ジョージが意外にもかなり重いゴム・ボートの包みを渡した。ペギーは、展望塔のなかに立ったまま、リングを引き、ボートを投げ下ろした。水に落ちたときには、ボートは完全にふくらんでいた。ペギーは両腕でしっかり展望塔の縁《へり》を握ったまま、膝を胸に引き寄せ、脚を出すと、潜水艇の船体の傾斜面で一瞬バランスをとってから、救命筏におりた。パドルを持ったジョージが、すかさずあがってきた。ペギーにパドルとリュックサックを渡してから、ジョージは救命筏におりた。

「幸運を祈る」ルドマンが展望塔から首を突き出していい、すぐにハッチを閉めた。

小型潜水艇は、浮上してから二分とたたないうちに姿を消し、ペギーとジョージはおだやかな海面に残された。

岸に向けてパドルをあやつるあいだ、ふたりとも口をきかなかった。ペギーは、公園のある大きな入り江の北の境の目印になっている錐刀《すいとう》のような岬を注視していた。

ボートは順潮に乗って進み、体を温めるために、ふたりはパドルを速く動かした。制服のVネックの襟ぐりが大きいうえに、下のブルーと白の縞《しま》のTシャツが薄いので、冷たい風が制服のジャケットを通ってもろに肌を刺した。白い帽子の紺色のきついヘッドバンドもあまりしっかりしておらず、頭から飛んでいきそうになった。

ふたりは、四十五分強で岸に着いた。冷え冷えする海岸に近い公園は、ほとんどひと気がなかった。ジョージが曳索《ひきづな》を数本の杭《くい》のうちの一本に固定した。ペギーは、バックパックを背負いながら、この寒さのなかで海軍のブイを点検しなければならなかったことについて、大きな声を出してロシア語で文句をいった。しゃべりながら、あたりを見まわした。いちばん近くにいたのは、二百ヤードほど離れた木の下で折畳式のローン・チェアに座った絵描きだった。観光客らしいブロンドの髪の女が、木炭で肖像画を描いてもらい、女の彼氏が惚《ほ》れ惚《ぼ》れと眺めている。女はまっすぐペギーたちのほうを見ていたが、目にはいっていたとしても、反応は示さなかった。その数ヤード向こうの日蔭《ひかげ》になった散歩道を、ひとりの民兵が歩いている。胸にウォークマンを載せ、そばの芝生にセントバーナードを寝そべらせて、ベンチで居眠りしている顎鬚《あごひげ》の男がいる。ジョガーがひとり、絵描きのそばを通り過ぎた。ペギーは、ロシアにジョギングをする人間やぶらぶらと余暇を過ごす人間がいるとは、思ってもみなかった。じつに奇妙な光景だった。公園のわずか二マイルほど南では、サンクト・ペテルブルグ空港に飛行機が一定の間隔で離着陸している。エンジンの爆音が、公園ののどかさを乱していた。だが、それがロシア一流のパラドックスなのだ。現代の粗野で野蛮なものが、古いものの美しさをそこねている。ペギーは、街の中心の方角の北へ目を転じた。薄靄《うすもや》のかかったような空を通して青いドーム、金色のドーム、白いクーポラ、ゴシック様式の尖塔《せんとう》、ブロンズ像、うねる水路や運河、無数の平たい茶色の屋根が見えた。ロンドンやパリより、ヴェネツィアかフィレンツェのようだ。キースはさぞかしここへきて嬉《うれ》しかったことだろう。ジョージ二等兵が作業を終え、バックパックを背負ってそばへ来た。「用意はできた」ジョージが小声でいった。

ペギーは、道幅の広いペテルゴフスキー街道のほうを見た。そこまでは二分の一マイルもない。地図によると、それに沿って東へ進むと地下鉄の駅がある。工業大学駅で乗り換えれば、そのままエルミタージュまで行ける。

出発するとき、ペギーは、ブイの状態や、潮流の載っている地図を改訂しなければならないということについて、ロシア語でべらべらとまくしたてた。

ベンチの男は、ふたりが立ち去るのを眺めていた。腹の上で組んだ両手はそのままで、男はもじゃもじゃの髭《ひげ》に隠された細いワイヤーに向けてしゃべった。

「ロナシュです。水兵二名が公園に上陸し、救命筏を置いていきました。ふたりともバックパックを背負っていて、東へ向けて歩いています」

ロスキーの手先の工作員は、深く息を吸うと、美しいフィンランド女に目を向けて、つぎの張り込みのときは、ぜったいに絵描きになろうと思った。

47

火曜日　午前六時九分　ワシントンDC

ポール・フッドにとっては、波瀾《はらん》のない一夜だった。

昨夜は〈ブルーパーズ〉のシャロンや子供たちと連絡がつき、ゼリービーン・バーガーやターキー・アイスクリーム・ソーダの話を聞いたあとで、オフィスのソファに寝そべった。その間、夜間の仕事は当直のカート・ハーダウェイがやった。ハーダウェイは、もとは軍に航法ソフトウェアを供給するショーン社の最高経営担当役員で、有能な管理職であるとともに、精力的な指導者でもある。また、政府の表も裏もよく知っている。政府を相手にせずに民間企業に売っていたら億万長者になっていたはずだとジョークをいいながら、百万長者になって六十五の齢《とし》に退職した。フッドにこんなことをいったことがある。〝いくら政府の払う値段が安くても、品質をないがしろにしたことは一度もない。トムキャットのコクピットに乗った若者に、「こいつはみんな入札でいちばん値段が安かったところから仕入れたんだな!」などと思われるのはまっぴらだ〟

非公式には、ポール・フッドとマイク・ロジャーズは、午後六時には非番になる。だが、公式には、ふたりとも施設から出ないかぎり、勤務中であるとされる。そして、ふたりがセンターにいるかぎり、ハーダウェイのいいかたを借りれば、夜間長官のビル・アブラムもハーダウェイも、〝この二匹の犬から骨を奪おうとはしない〟。

靴を脱ぎ、脚をやわらかい肘掛《ひじかけ》に乗せて、夜通しソファに横になったまま、フッドは家族のことを考えた――家族だけはぜったいに失望させたくないのに、なににつけてもがっかりさせてしまうことが多い。あるいは避けられないことなのかもしれない。自分にもっとも近しい人間は、戻ればそこにいることがわかっているから、ついおろそかにするのだろう。だが、そのために良心がずたずたに引き裂かれる。皮肉なことに、きのうフッドがいちばん満足させたと思われるひとびとは、リズ・ゴードンやチャーリー・スクワイアなど、彼との共通点がもっともすくないひとびとだった。リズの場合は、彼女がこれまでやってきたことを計画会議に取り入れることで、その価値を認めたからだ。スクワイアの場合は、一生に一度あるかないかの任務につけたからだ。

とぎれがちな短い眠りのあいまに、フッドはカウントダウン・クロックが凍土地帯でのストライカー任務の引き揚げ時刻へじりじりと近づいてゆくのを眺めた。

あと二十五時間五十分、刻々と迫っている。それを眺めながら、フッドは思った。ハーダウェイが最初にセットしたときは、三十七時間あまりだった。カシャリという音とともに数字がぜんぶゼロになったら、みんなどんな気分になるだろう？　世界はそのときどうなっているのか？

それは心をなえさせるとともに、不思議な昂揚《こうよう》を感じさせた。いずれにせよ、時計を眺めているほうが、CNNを見ているよりずっといい。ニュースは、ニューヨークの爆破事件と、ポーランドの共産党本部爆弾事件とそれとの関連を憶測する報道ばかりだ。また、エイヴァル・エクドルが、自分はロシア軍の侵入に反対するウクライナ抵抗軍と結びつきがあるとわめいている。じつに巧妙だというのは、フッドも認めざるをえなかった。あのみじめったらしい悪党は、ロシア－ウクライナの合併にやかましい声で反対することで、アメリカの世論を逆にそちらへと動かしている。

ジョージ二等兵とペギー・ジェイムズがサンクト・ペテルブルグに上陸したことを告げる小型潜水艇からの報告が、ヘルシンキ経由で届き、フッドは目を醒《さ》ました。五分後に、マイク・ロジャーズが——彼もやはり、あまり眠っていない——76Tがロシア領空にはいり、投下点へ急行していることを知らせてきた。二十分後には到着の予定だという。海岸線に接近したところで76Tがチャフを射出し、それでナホトカの監視哨《しょう》がしばらく混乱したので、76Tは他の輸送機にまぎれて航空路にはいり込めた、とロジャーズは告げた。これまでのところ、76Tに注意を向けているものは、どこにもいない。

「防空軍はそのジャミングに反応しなかったのか？」フッドが、信じられないという口調できいた。

「76Tが来た方角がわからないようにやっただけだ」ロジャーズが説明した。「76Tがロシアに侵入したあとは、なにも異状はないように見えただろう。乗員は無線封止を守っているし、帰りには、ナホトカにデコイ送信機の交換部品を北海道まで取りにいくという連絡を入れることになっている」

「それでも、こんなに簡単に忍び込めたのが信じられない」と、フッドがいった。

「この二年ほど」ロジャーズがいった。「ロシアは怒ってみせるだけで、たいしたことはやらない。レーダーを担当する兵士たちは、われわれよりずっと長い時間勤務している。よっぽどおかしな目につくことでなければ、気づかれるおそれはすくない」

「そういうことなのか、それとも」フッドはいった。「鼠《ねずみ》を入れるだけ入れてぜったいに出さないという例の罠《わな》なのか、はっきりと確信が持てるのか？」

「作戦の計画の際に、その可能性は考慮した」と、ロジャーズがいった。「ロシアが攻撃部隊を地上に到達させるような危険を冒すはずがない。なあポール、きみがそこまで怖《おそ》れているロシアは、いまや現実のロシアとはちがうものなんだ」

フッドがいった。「ロシアはいまでも、われわれが爪《つめ》を噛《か》みたくなるような仕打ちができる」

「いや、これは一本とられた」と、ロジャーズがいった。

フッドは立ちあがり、バグズ・ベネットに電話して、各部門の責任者を会議室《タンク》に集めるよう指示した。それから専用の洗面所へ行って、目から眠気をこすり落とした。顔を拭《ふ》きながら、ロシアのことをつい考えていた。ロシアのことは、マイクがいったとおりなのか、それとも自分たちは錯覚しているのか？　ロシア共産主義とソ連の崩壊に有頂天になっているのは、とんだ思いちがいなのか？

そもそも、それはほんとうに崩壊したのか？　これはただの夢か？　ひとを欺《あざむ》く煙と鏡か？　果てしなく長い氷河期のあいまの温暖な時期のような隙間《すきま》の期間なのか？　闇《やみ》の軍勢がスポットライトのあたらないところへ後退し、隊伍《たいご》をととのえ、前より強力になって、ふたたび襲いかかろうとしているのか？

ロシア人は、物事を先駆けてやることや自由に慣れていない。なにしろイワン雷帝の時代から独裁者に支配されてきたのだ。

イワン雷帝《イヴァン・グローズヌイ》。思い浮かべて、フッドははっとした。

タンクに向かうときには、あすどういう展開になろうと、悪の帝国は死滅していないという結論を出していた。

48

火曜日　午後二時二十九分　サンクト・ペテルブルグ

最初の宇宙飛行任務のあいだ、オルロフ将軍はマーシャと話をすることができず、帰宅すると彼女は感情をぴりぴりさせていた。知り合ってから三日どころか一日も話をしなかったことはなかったからだ、とマーシャがわけをいった。

そのときは、自分には理解できないおろかしい女の感情だと思った。しかし、ニキータが生まれ、マーシャが出血がひどくて、ずっと口がきけなかったとき、愛するひとの声を聞くだけでどれほど元気が湧《わ》くかということに気づいた。何日も病床に侍していたそのとき、〝愛しているわ、あなた〟とマーシャがいってくれたら、どんなにか気が休まったことだろう。

それからというもの、オルロフは一日たりとも彼女と話をせずにすますことはなく、ほんの短いおしゃべりでも気が落ち着くのには、驚くばかりだった。エルミタージュでやっていることをマーシャに知らせてはならないのだが、それでもオルロフは話した

——とはいえ、くわしい事情や職員の話はしない。ロスキーのことはべつとして。ロスキーのことは、だれかにこぼさずにはいられなかった。

朝の十時半に電話して、〝仕事がたいへん順調〟なので、いつ帰れるかわからないと告げ、マーシャをたいそうがっかりさせてから、オルロフは指揮センターへ行った。作戦初日の折り返し点を通過するとき、チームとともにいたいと思ったからだ。

十一時をすこしまわったころにロスキーがやってきて、ふたりして、早くも指揮センターでの非公式な定位置となっている場所に陣取った。オルロフは、情報の天空のそれぞれの部分を担当しているコンピュータ・オペレーターのうしろをゆっくりと往復した。ロスキーは、ドーギン内相ほかクレムリンの閣僚への情報網を通信監査《モニター》しているイヴァーシン伍長《ごちょう》のうしろに立った。軍事と政治の進捗《しんちょく》を追うとき、ロスキーはふだんにも増して真剣で、集中していた。ロスキーが陣頭に立って警戒しているのは、まもなくフィンランドから工作員がふたり来るからではなかろうかと、オルロフは思ったが、ききはしなかった。ロスキーに質問しても、有益な答は引き出せそうにない。

午後一時三十分、作戦センターは、レーダーが四分弱のあいだ調子がおかしくなったが、いまはなにも異状はない、というナホトカの防空軍基地発空軍大将宛《あて》の報告を傍受した。防空軍は付近の航空機の発信する識別符号とレーダーの輝点《ブリップ》を比較したが、侵入機はいないという。だが、オルロフは、その混乱を起こしたのはベルリン発の76Tにちがいないと思った。76Tはロシア領空にはいり、西へ向かっている——列車要撃が彼らの目的だとすれば、それまで一時間もない。

オルロフは、通信室のマリェフの交替要員であるグレゴリー・ステニンに電話して、空軍准将とじかに話ができるよう、連絡をとってくれと頼んだ。大将は会議中だという返事が返ってきた。

「緊急事態だ」と、オルロフがいった。

ロスキーが、イヴァーシンにヘッドフォンをくれといった。「わたしに話をさせてください」

オルロフが電話をそのまま聞いていると、ロスキーがペトロフ准将を呼び出すのに成功した。ロスキーの目が、満足げに光った。

「将軍」ロスキーがいった。「サンクト・ペテルブルグの作戦センターのセルゲイ・オルロフ将軍の電話をおつなぎします」

「ありがとう、大佐」ペトロフがいった。

オルロフは、一瞬口がきけなかった。情報作戦組織の長でありながら、不意に自分がまったくの無知で……まったくの無防備に思えた。

オルロフが76Tの件をペトロフに告げると、ミグ二機をすでに緊急発進させ、接近して強制着陸させるか、あるいは撃墜せよと命じてあると、ペトロフがいった。オルロフは電話を切り、ロスキーと視線を合わせたまま、大股《おおまた》で詰め寄った。

「ありがとう」オルロフはいった。

ロスキーが、胸を張った。「どういたしまして、将軍」

「わたしはペトロフ准将とつきあいがあるのだ、大佐」

「幸甚《こうじん》なことで」

「きみは知っているのか？」と、オルロフはたずねた。

「いいえ」ロスキーが答えた。

「では説明したまえ」オルロフの声はおだやかだったが、たずねる口調ではなく、命令する口調だった。

「なんのことでしょうか」

ペトロフとの会話も、このロスキーとの会話も、ただの駆け引き《ゲーム》にすぎないと、オルロフは確信した。だが、指揮センターで自分が負けるかもしれない権力闘争をおおっぴらにやるわけにはいかない。

「わかった」オルロフはいった。「仕事に戻ってくれ、大佐」

「はい」ロスキーが答えた。

定位置に戻りながら、オルロフは、自分がここの責任者に任命されたのも、大きなゲームの一環かもしれないと考えはじめていた。デリェフ、スパンスキーその他のオペレーターがちらちらと視線を向けるのを見て、ただひとつ疑問に思ったのは、どの職員が自分に忠実なのか、最初からこれに荷担しているのはだれなのか、そしてペトロフのようにこの数時間のあいだに抱き込まれたのはだれなのか、ということだった。欺騙《きへん》の規模の大きさには圧倒されたが、それよりも、地位を守ったり昇進したりするために裏切る友人がいると思うほうが、よっぽどつらかった。

オルロフは、コンピュータの列のうしろの定位置に戻ったが、もうそこはさっきまでの定位置ではなくなっていた。力の基盤が目に見えてロスキーのほうへ移動している。それを回復しなければならない。オルロフは何事も途中で投げ出したことはないし、負けてこのまま引き下がるつもりもなかった。だが、早急にロスキーを貶《おとし》めなければならないし、それも卑怯《ひきょう》な手を使わずにやらなければならないとわかっていた。そういう手段では、とうていロスキーにかなわない。

地元の民兵の情報将校であるロナシュがサンクト・ペテルブルグ本部に電話してきたことを、イヴァーシンがロスキーに告げたとき、オルロフはたったひとつ方法があると気づいた。

ロスキーがヘッドフォンを取って、耳に押し当て、ロナシュの目撃したものを民兵のリツィチェフ軍曹が説明するのを、無言で聞いた。

ロスキーが、ヘッドセット内蔵のマイクを口に近づけた。「軍曹、ロナシュに、そのふたりを尾行しろと命じてくれ。われわれが捜していた連中だ。おそらく地下鉄に乗るだろう。やつらが乗ったらいっしょに乗るようにと指示しろ。工業大学《チェフナラギーチェスキイ・インスティトウート》駅の乗り換え口に私服を張り込ませ、旧市場《ガスティヌイイ・ドウヴォール》駅とネフスキー大通り駅にも配置しろ。おそらくやつらはネフスキーでおりるだろう。わたしはそこでそっちの人間と落ち合う」しばらく相手の話を聞いてから、こういった。「赤と黄の縞《しま》のマフラーだな――わかった。こっちが捜す」

ロスキーは、ヘッドフォンをイヴァーシンに返し、オルロフの前に来た。身を寄せて、低い声でいった。

「あんたはこれまでずっとセンターとロシアに忠実だった。われわれがとがめるようなことは、なにもやっていない。年金と息子の将来のために、これからもそうするんだな」

オルロフが、力強い声でいった。「無礼な言葉はたしかに記憶にとどめた、大佐。きみの記録に譴責《けんせき》が記載されることになる。ほかにいいたいことはあるか？」

ロスキーが、オルロフをにらみつけた。

「よろしい」オルロフがいった。額でドアのほうを示した。「さあ、命令に従う覚悟を決めるか――わたしの命令だ――あるいはモスクワのドーギン内相のもとへ復命するか、どっちかにしろ」

工作員を捕らえるためにロスキーが出ていかなければならないことはわかっていた。とはいえ、そうすればまわりのものには、命令に従ったように見える。ロスキーは敬礼もせず、あわてて指揮センターを出ていった。クーデターの最中にロスキーが作戦センターを放棄するはずがないと、オルロフは見抜いていた。そのための作戦センターなのだ。いまになってそれに気づいた。身は指揮センターに置きながらも、オルロフはロスキーのことと、つぎに彼がどんな動きをするかを考えていた……

49

火曜日　午後九時三十分　ハバロフスク

「バックミラーにお客さんが映っている」機長のマット・メイザーが、スクワイアにいった。

スクワイアは、降下三分前に、機長の助力に感謝しようとコクピットへ来ていた。毎時約七百マイルの速度で接近しているミグとおぼしいふたつの輝点が、レーダーの画面にくっきりと映っている。

「全開で飛ばす準備をしろ」メイザーが、副操縦士のジョニー・バリリックにいった。

「イエッサー」新人の副操縦士は、平静な顔をしているが、ガムをさかんに噛《か》んでいる。

空軍は抜け目なく、この76Tに二槽に分かれた大型のオイル・タンクを取り付けている。ひとつの槽は実際に使われる滑油のためのもので、もうひとつの槽はボタンを押すとオイルが噴き出すようになっている。見つかった場合、オイルが漏れているのを引き返す口実にできる。必要とあれば、撃墜されたりロシアの飛行場に強制着陸させられるのを避けるために、みずから即座に墜落するという手もある――あるいは、海岸線に近いから、追撃機をかわして、味方の基地を目指してもいい。

いずれにせよ、帰りにはもう76Tには乗れないことをスクワイアは悟った。

「どうしますか？」メイザーが、スクワイアにたずねた。

「われわれは降下する」スクワイアはいった。「オプ・センターに事情を知らせ、方策を考えてもらう」

メイザーが、もう一度レーダーの画面を見た。「九十秒後には、ミグはあなたがたが見えるぐらいに近づきます」

「では、早く飛びおりることにする」と、スクワイアがいった。

「中佐のやりかたは好きですね」メイザーが敬礼した。

降下長のスクワイアは、急いで貨物室に戻った。事情をチームにいうのはやめようと思った。あとでいい。いまは目の前の仕事に集中させたい。部下たちのだれかといっしょに地獄を襲うのも楽しかろうが、タイミングの悪いときによけいな心配があると、だれかが命を落としかねない。

クォンテコーのFBIアカデミーで、ストライカー・チームは多種多様な空中強襲の訓練をしてきた。夜間降下、ヘリコプターの懸吊《けんちょう》装置からぶらさがったチームが、教会の尖塔《せんとう》や崖《がけ》やときには走っているバスの上に同時に降り立つスタボ強襲。どの隊員も、この仕事に必要な平静な心とスタミナと抜け目なさをそなえている。しかし、医官の徹底した診察――いわゆる〝性病検査〟と呼ばれるものは、しごくあっさりしている。兵隊は、軍務に耐えられるか、それとも耐えられないか、それによって区別される。リズ・ゴードンとその心理学者チームは、一生懸命仕事をしているが、結局、問題となるのは、ほんものの任務の重圧のもとでどれだけ耐えられるかなのだ――屋根から滑り落ちたときに受けとめてくれるツー・バイ・フォーの角材の柵《さく》がないときに。その荒々しい地形が、ウェスト・ヴァージニアにあるキャンプ・ドーソンのサヴァイヴァル訓練場ではなく、北朝鮮やシベリアの凍土地帯だとわかっているときに。

ミグが迫っているという情報をスクワイアがチームに知らせなかったのは、チームを信頼していなかったからではなく、不安だったからでもなかった。任務をみごとに成功させるために、気を散らすよけいな要素をできるだけ取り除きたかったからだ。

ストライカー・チームは、三十分前からずっと、ハッチのそばにならんでいる。早めに降下しなければならなくなった場合にそなえ、航法士が五分ごとに精確な位置の座標をスクワイアに伝えていた。立って待つあいだに、チームのものたちは、潜入の準備をととのえた。それぞれの武器とリュックサックを点検し、それらが胸、背中、腋《わき》にしっかりと固定されているかどうか、背中のリュックがパラシュート・パックの下に密着し、開傘《かいさん》の邪魔にならないようになっているかどうかをたしかめる。懸垂下降の装備はリュックにしまわれ、チームのうち三名は、長さ十五フィートのロープを垂らしたまま降下する。クッション入りの革の降下用ヘルメット、酸素マスク、暗視ゴーグルを、たがいに点検する。飛び出した目のような暗視ゴーグルは重いので、釣り合いをとるためにヘルメットのうしろに錘《おもり》が付けてある。暗視ゴーグルをつけて数カ月たつと、ストライカーのメンバーのおおかたは、首の筋肉が鍛えられて襟回りのサイズがふたつほど大きくなる。降下ハッチがひらく直前に、チームの面々は酸素コンソールから供給されていた酸素を、腰に取り付けた脱出用ボンベに切り換えた。

血のように赤いぼんやりとした機内の照明がつき、凍《い》てつく風が容赦なく貨物室に殺到した。轟然《ごうぜん》と吹く風の音のほかはなにも聞こえない。ターゲット上空に達し、〝行け〟の合図が出ると同時に、黄緑色の降下灯がついた。スクワイアはハッチへ行き、蛙《かえる》のように手足をひろげたうつぶせの降下姿勢をとるべく、足の親指の付け根を中心にぐるりと体をまわした。目の隅で二番目に降下するグレイ軍曹を見てから、左手の大きな丸い高度計に視線を向けた。

高度計の数字がどんどん変わる——三万五千フィート、三万四千、三万三千。冱寒《ごかん》の大気が寒冷地用の装備の上からぶつかってきて体を冷やしはじめ、刺すような寒さと拳《こぶし》で殴られているような圧迫を感じる。落ちながら滑空の姿勢をとり、高度計が三万フィートを示したところで、銀色の開傘索を引いた。軽いショックとともに、宙吊《ちゅうづ》りの姿勢になる。

雲のない暗い空のもとを漂いおりていくあいだに、まだ氷点下とはいえ、気温がはっきりと感じられるほど和らいできた。頭上の部下たちが下にいる隊員のヘルメットの夜光塗料のテープを目印に列をなすあいだに、スクワイアは著明な地物《ランドマーク》を捜した。鉄道の線路、橋、峰。すべて見えている。それでスクワイアは、いくぶんほっとした。どんな任務でも、皮切りのもっとも重要な心理的要素は、ターゲットに到達することで得られる。兵士がそれで自分の能力に自信をいだくということもあるが、ターゲット地域は地図でなじんでいるからである。それによって、ひとつ懸念《けねん》が消滅する。

闇のなかでも、スクワイアは暗視ゴーグルで目標の崖を探し当てることができた。左右のライザーをあやつって吊索《ちょうさく》を加減し、できるだけ崖っぷちに接近した。前向きの姿勢で着地するのであとにつづくようにと、スクワイアは部下たちにいってあった。だれかが崖を飛び越してしまうようなことがあってはならない。でっぱりにひっかかった場合、救出しなければならず、無駄な時間がかかる。いっぽう、見通しのいい地面に着地すれば、姿を見られるおそれがある。

地表近くの突風に、スクワイアは不意を衝《つ》かれた。崖っぷちのわずかに五ヤード手前に着地した。風に打たれる面積を減らすために、スクワイアは横向きに倒れ、すばやくパラシュートを切り離してたたんだ。立ちあがったとき、グレイ軍曹が着地するのが目にはいり、つづいてソンドラ・デヴォンやほかの隊員が着地した。正確な着地をする部下たちを、スクワイアは誇りに思った。五分とたたないうちに、六名のストライカー隊員は、パラシュートを木に結び付けていた。その下に小さな発燃剤を仕掛けるために、ソンドラ・デヴォンが最後まで残った。チームが付近を離れたあとで、午前十二時十八分に発火し、アメリカ軍侵入の証拠をロシアが国連に提出できないように、発燃剤もろともパラシュートを跡形もなく消滅させるようにセットされている。

隊員たちがスクワイアのまわりにうずくまったとき、76Tばかりではないエンジン音が遠くから聞こえた。

「どうやらお客さんが来たようだな」と、スクワイアがいった。「ホンダ二等兵、戦術系衛星通信装置《TACSat》を用意してくれ。あとのみんなは移動の準備だ」

五人が離れていき、ハーケンやクランプを使って崖に太い懸垂下降用のロープを取り付けているあいだに、スクワイアはオプ・センターに連絡した。

「目覚ましの電話です」マイク・ロジャーズが出ると、スクワイアはいった。「そっちの朝はどうですか？」

「日が明るく照り、おだやかだ」ロジャーズがいった。「チャーリー、ミグのことは知っているな——」

「はい」

「よし。いまそっちをなんとかしようとしている最中だ。76Tは北海道へ向けて逃げているが、戻ってはこられない。はじめの計画をやや変更したものを、いま検討している。予定どおりに引き揚げ地点へ行け。そこへ航空機を迎えにやる」

「わかりました」

話には出なかったが、問題が起きた場合、チームは隠れる場所を捜さなければならないことも、スクワイアはわかっていた。地図には、いくつかそういう場所に印がつけてある。必要とあれば、そのなかのいちばん近いところを目指せばいい。

「幸運を祈る」といって、ロジャーズが通信を終了した。

スクワイアは、ホンダに受話器を返した。ホンダがTAC‐Satをしまっているあいだに、スクワイアは地形を見渡した。暗視ゴーグルの不気味な緑色の映像を見るまでもなく、異様なほど明るい星空のもとで、生命の感じられない荒涼とした眼下の風景が見てとれた。東の平原から線路がゆるやかな弧を描いて彼らのほうへ近づき、崖のあいだの自然の通り道を抜けて、木立や雪の吹き溜《だ》まりが点々とある叢林《そうりん》地帯へとのびている。南は山が連なっている。いまだかつて見たこともないくらい静謐《せいひつ》な土地だった。聞こえるのはヘルメットのなかを吹く風のヒューッという音と、崖の泥やもろい岩を隊員たちのブーツがこする音だけだった。

TAC‐Satをしまい終えたホンダが進みはじめた。獲物が来る東の地平線に最後の一瞥《いちべつ》をくれると、スクワイアは隊員たちが岩棚からおりる準備を終えているほうへ歩いていった。

50

火曜日　午後九時三十二分　ハバロフスク

こと航空機に関して、ニキータは人間業とも思われない感覚を備えている。宇宙船発射基地で育ったニキータは、ヘリコプターの接近をだれよりも早く聞きつけた。エンジンの音でジェット機の機種が区別できた。父親が永年コクピットで過ごしたことが遺伝子に影響をあたえたのだろう、と母親はいった。「航空燃料が詰め込まれたのよ」というういいかたをした。ニキータは、そうではないと思っている。たんに飛ぶのが好きなだけだ。だが、飛行士になり、国民的な英雄の父親と比較されるのは、とうてい耐えられなかった。だから、そういう自分の愛着は、ひとに魔力を伝えることのできない夢とおなじように、心に秘めたままにした。

線路に雪が高く積もった個所に差しかかり、列車が速度を落とした。あけっぱなしの窓を覆《おお》ったカンバスのまわりで風がうなりをあげていたが、ニキータはミグのエンジンの特徴のある低い爆音を聞いた。ちょうど上空を通過している輸送機に向けて、二機が東から接近している。飛行機の爆音を聞くのは、これがはじめてではないが、この三機はどこか様子がおかしい。

ニキータは、窓から首を突き出し、左耳を上に向けた。雪が降っているためになにも見えないが、雪を通してその音は明瞭《めいりょう》に聞こえた。ニキータは耳を澄ました。二機のミグは、76Tに随伴しているのではない、追いついたところなのだ。じっと聞いていると、やがて76Tが百八十度の方向転換をして、それにミグがつづき、いずれも東へひきかえすのがわかった。

妙だ。これがおやじのいった76Tかもしれない。

ニキータは首を引っ込めた。髪や頬に雪がついているのにも気がつかないふうだった。

「ロスキー大佐を無線で呼び出せ」テーブルに向かい、ランタンで手を温めているフョードロフ伍長《ごちょう》にどなった。

「ただちに」と答えて、フョードロフが急いで秘話電話機のところへ行った。

フョードロフが無線機の前で身をかがめ、サハリンの基地を経由して無線がつながるのを待つあいだ、ニキータは途中で乗せた一般市民のほうを見ながら、いま聞いた爆音にほかの解釈はできるだろうかと考えた。輸送機に機械的な故障が起きてひきかえすことはありうるが、随伴機をつける必要はない。何者かがこの列車を捜し、精確な位置を突き止め、応援しようとしているのか？　おやじか？　そうかもしれない。コシガン将軍か？　それともほかのだれかか？

「大佐はお留守です」フョードロフがいった。

「オルロフ将軍を出してもらえ」ニキータが、いらだたしげにいった。

フョードロフが指示に従い、やがて受話器をニキータに渡した。「お出になりました」

ニキータがしゃがんだ。「将軍ですか？」

「どうした、ニッキ？」

「輸送機が一機、上空にいます」ニキータがいった。「西へ向けて飛んでいましたが、ジェット戦闘機二機がやってくると、向きを変えました」

「例の76Tだ」と、オルロフがいった。

「自分への命令は？」ニキータがたずねた。

「大統領に、ビラまで迎えにいく部隊を派遣する許可をもとめた。まだその要請の承認が得られていない。承認が得られるまで、必要と思われる手段を講じ、貨物を護《まも》れ」

「軍事物資として？　それとも証拠としてですか？」

「それはおまえの知ったことではない」オルロフが叱《しか》りつけた。「それの安全を保つようおまえに命じる」

「そのようにします」と、ニキータはいった。

受話器をフョードロフに返すと、ニキータは乗客を掻《か》き分けるようにして、急いで車《しゃ》輛《りよう》の後寄りへ行った。男五人、女ふたりが、マットに座って、ランタンの明かりでカード・ゲームをしたり、本を読んだり、編物をしている。ニキータはドアを引きあけ、滑りやすい連結器を越えた。つぎの車輛のドアを押しあけると、積もった雪がどさりと背中に落ちた。

車輛内にはいると、がっしりした体つきのヴェルスキー軍曹が、北の窓ぎわで見張りをつとめながら、隊員のひとりと話をしていた。もうひとりは南の窓を見張っている。ニキータがはいってゆくと、全員がさっと敬礼をした。

「軍曹」ニキータが、答礼をしながらいった。「列車の屋根に観測手を配置してほしい。一輛あたり二名を、三十分置きに交替させろ」

「承知しました」と、ヴェルスキーが答えた。

「指示を仰ぐひまがなかったら」ニキータが、なおもいった。「列車に近づくものは何者であろうと撃っていい」さきほどの駅で乗せて、この車輛に配した民間人――男四人、女三人のほうを見た。ひとりが木箱にもたれて座り、居眠りをしている。「それから、車輛にはつねにだれかがいるようにしろ、軍曹。木箱の中身が知れるようなことがあってはならない」

「もちろんそのようにいたします、少尉《しようい》」

ロスキーはどこへいったのだろうと思いながら、ニキータはそこを出た……それに、ロスキーの命令がない以上、木箱は父親に引き渡さなければならないのだろうか。

51

火曜日　午前六時四十五分　ワシントンDC

「またNROから連絡です」フッドをはじめとするオプ・センターの幹部が会議室《タンク》のテーブルのまわりに集まると、バグズ・ベネットがいった。

「ありがとう」フッドが、モニターに映っているベネットにいった。「つないでくれ」

ヴィアンズの声が聞こえてきたが、顔の画像は出なかった。毎秒五十本の走査速度の画面に現われたのは、白と黒の映像だった。

「ポール」ヴィアンズがいった。「三分前にこれを捉《とら》えた」

フッドが画面をすこしロジャーズのほうにまわして眺めていると、白く霞《かす》んだ月面のような地形が現われ、つづいて列車が見えた。列車は、映像のまんなかの三分の一ほどを占める大きさだった。雪が降っているために映像がひどく霞んでいるが、列車の上の白一色であるはずのところが、そうではないとわかる。そこに影があった。

「画質が悪くて申しわけない」ヴィアンズがいった。「雪がかなり降っている。だが、その列車の上の輪郭はまちがいなく兵士だ。白いカムフラージュを着ているから、それ自体は見えない——だが、陰影で見分けられる」

「たしかに兵士だ」ロジャーズが画面を指差し、緊張した声でいった。「配置でわかる。最後尾のものが左前方を向き、つぎのものが右後方を向いている。つぎが右前方、といったぐあいだ。この輪郭は——」ひとつの影のそばの細い線を指差した。「——小銃だろう」

ヴィアンズがいった。「われわれもそう判断している、マイク」

「ありがとう、スティーヴン」そういって、フッドはNROとの接続を切った。電子回路の低いブーンといううなりがするだけで、会議室は静まり返っていた。「ストライカーが現地にいるのをやつらが知っているということはあるだろうか？」

「知っている可能性が高い」と、ボブ・ハーバートがいったとき、デスクの電話が鳴った。

「あんたにだ」ロジャーズが、コード・ナンバーを見ていった。

タンクでは電磁波が遮断されているために、ハーバートは車椅子《くるまいす》に取り付けた携帯電話が使えない。会議用テーブルの脇に埋め込まれた電話を取って、自分のコード・ナンバーを打ち込み、耳を澄ました。電話を切ったとき、顔から血の気が引いていた。

「76Tは、ミグ二機に付き添われて帰ってくる」ハーバートはいった。「オイル漏れを起こしたふりをして、北海道を目指すことになっている。しかし、ロシアには戻れない」

ロジャーズが時計を見て、そばの電話に手をのばした。「モスキートを北海道から発進させるほかはない」

ハーバートが、テーブルをばしんと叩《たた》いた。「だめだ、マイク。往復一千マイルになる。モスキートの航続距離は七百――」

「航続距離ぐらい知っている」ロジャーズがいい返した。「七百十マイルだ。だが、日本海から巡洋艦を持っていけばいい。モスキートは着艦できる――」

「モスキートに単独飛行をさせる許可を委員会から取り付けていないのよ」と、マーサ・マッコールがいった。

「ロシア軍兵士と撃ち合う許可も得ていない」ローウェル・コフィーがいい添えた。

「今回の行動は、偵察のみという話だった」

「わたしはストライカーのことが心配なんだ」ロジャーズが答えた。「文句ばかりたれている連中などどうでもいい」

「われわれは、一生懸命みんなを満足させようとして」フッドがいった。「そしてみんなを失望させるんだ。マイク――」

「うん」ロジャーズが、深く息を吸いながらいった。

「いま任務を中止した場合、ストライカーをどうする?」ロジャーズが、腹の底から長い嘆息を漏らした。「どのみちモスキートは行かせる。彼らがアジアから脱け出すのを手伝える可能性があるもっとも近くの適所諜報員《ちょうほういん》は、黒《ヘイ》龍《ロン》江《チャン》省の鶴崗《ホーカン》だから、二百マイルほど離れている。ストライカーにそんな長旅をさせるわけにはいかない」

「中国か?」コフィーがいった。「ロシアにはだれもいないのか?」

「ウラジオストックにいたわれわれの手のものは、鉄のカーテンが取り払われたときに本国に召還された」と、ロジャーズがいった。「後釜《あとがま》を雇う資産がわれわれにはない」

「ほとぼりが冷めるまでじっと隠れていたらどうだろう?」フィル・カーツェンがいった。「サヴァイヴァルの可能な地形だし――」

「ストライカーがそこにいるのをロシアが知っているんだぞ!」ロジャーズがどなった。「向こうには衛星もある。いずれ発見する!」フッドの顔を見た。「ポール、これを切り抜ける最善のやりかたは、計画どおりまっすぐ前進することだ」

「まっすぐ前進し」マーサがいった。「ロシアという紛争地域がみずからに火をつけようとしている最中に、ロシア軍と対決することになる」

「それがばれないようにするには」コフィーが警告した。「列車に乗っている人間を全員殺すしかない」

「戦争がはじまるよりはましだ」と、ロジャーズが反論した。「戦争になれば、ヨーロッパだけではなく、おそらく中国も巻き込まれる。一九四五年に戻って、アメリカ人の命を救うために原子爆弾を使うのがどうしていけないのかという議論を聞いているような気になってきたよ」

フッドがいった。「マイク、それこそ、アメリカ人の命、ストライカーの命の話をしているんじゃないか――」

「ストライカーの命のことで、わたしに説教はやめてくれ、ポール」ロジャーズが、歯を食いしばっていった。「頼む」

フッドは、しばし無言でいた。「いいだろう」

ロジャーズは、テーブルの上で両手を組んでいた。押し付けている親指が赤くなっている。

「だいじょうぶ、マイク?」リズがたずねた。

ロジャーズはうなずき、フッドの顔を見た。「すまない、ポール。いい過ぎた」

「いいんだ」フッドがいった。「ふたりで映画を見てポップコーンでも食おう」

「うへー!」コフィーが大声をあげた。「そんな家庭的な男がここにいたっけ」

フッドとロジャーズが、にっこり笑った。

「わかった」フッドがいった。「それじゃR指定の映画だ」

「まったく、長官は頭がいかれちまった」コフィーがいった。「だれか興奮を取り締まる警察を呼んでくれ！」

アンをのぞく全員がくすくす笑った。フッドが指一本でテーブルを叩き、目の前の事柄に意識を戻させた。「さっきいおうとしていたのは、外交筋もこの問題の解決をあきらめてはいないということだ。また、ジャーニン大統領がなにをするつもりなのか、だれも知らない。任務を続行することでそれを危険にさらしていいものだろうか？」

「連中がなにをやろうが」ロジャーズが、きっぱりといった。「列車の木箱は腐敗したやつらにたいへんな力をあたえることになる。仮に戦争にはならなかったとしても、それをギャングの手に渡すのは、権力をあたえるようなものだ。それを避けるために努力するのが、われわれの義務ではないか？」

コフィーがいった。「ストライカーと、われわれがみんな守っていかなければならない法律への義務が第一だ」

「それは議会のあんたの友だちがこしらえた法律だろう」ロジャーズがいった。「道徳律はまたべつだ。あんたは議会で必要なことをやった。しかし、ベンジャミン・フランクリンは、こういっている。〝必要から有利な取り引きができたためしがない〟」ロジャーズは、フッドの顔を見た。「ポール、わたしのことはわかっていると思う。ストライカーは自分の命より大切だが、正しいことをするのは、そのどちらよりも重要だ。列車をとめるのが正しいことだ」

フッドは、慎重に耳を傾けていた。ロジャーズとコフィーは、問題にべつの方向から近づいていて、どちらもまちがっていない。だが、決定を下すフッドとしては、自分が快適で安全な場所にいながら、地球の反対側の凍りついた崖《がけ》にいる七人の運命を決めようとしていることが、嫌でたまらなかった。

フッドがベネットのコード・ナンバーをコンピュータに打ち込むと、首席補佐官の顔が画面に現われた。

「なんですか、ポール？」

「ストライカーにＴＡＣ‐Ｓａｔで連絡し、スクワイア中佐が出られるかどうか、きいてくれ。出られないときは、いつが都合がいいかをきいてくれ」

「わかりました」といって、ベネットの顔が消えた。

ロジャーズは、不服そうな面持ちだった。「どうするつもりだ、ポール？」

「チャーリーは現場の指揮官だ」フッドがいった。「彼の意見が聞きたい」

「スクワイアはプロの軍人だ」ロジャーズがいった。「いったいなにをいうと思っているんだ？」

「呼び出しに応じたときにわかる」

「兵士に対してそういうことはやらないものだ」と、ロジャーズがいった。「それは指揮官のやることではない。管理者のやりかただ。われわれが問うべき唯一《ゆいいつ》の問題は、われわれがストライカーを後押しするかどうかということだ。そういう言質《げんち》をあたえ、なおかつそれを守ることができるか？」

「できる」フッドが、冷ややかにいった。「だが、きみの北朝鮮での任務のあと、きみが特別統合任務部隊の一員としてホメイニの革命警護隊から人質を救出する計画をたてたときに書いたものを、あらためてじっくり読んだ。こちらの部隊が書類上は準備がとのっているようでも、じっさいはそうではないというきみの意見は正しかった。イーグル・クロー作戦の数日前にテヘランへ潜入する特殊部隊先行班の引き揚げについて非常に懸念《けねん》していたが、それも正しかった。きみの強い進言がなかったら、まずい事態になったときにメーラバード国際空港からスイス航空で出国するという脱出手段が、工作員たちにはまったくなかったはずだ。どうしてそういう案を思いついたんだ？」

「隠れ家から独りずつこっそり脱出させていたら時間がかかる。イラン側に発見される危険が大きい」ロジャーズがいった。「民間航空会社の航空券を買って、全員いっしょに脱出させるほうがずっとまともだ」

「だれといっしょにそれをやったんだ？」と、フッドがたずねた。

「隠れ家を用意してくれたアリ・モーローという人物と」

「きみの現場工作員だな」フッドがそういったとき、ベネットの顔がふたたび現われた。

「ホンダのヘルメットに内蔵されたヘッドフォンで呼び出し音が鳴るようにしました。あとは待つしかありません」

「どうした、バグズ？」

「ありがとう」フッドが、もう一度ロジャーズのほうを向いた。「ヴェトナムとはちがうんだ、マイク。現場の兵員から道義や戦術上の支えの言葉が聞きたいわけじゃない。スクワイアがやりたいといえば、応援して、議会の鞭《むち》はあとでわたしが受ける」

「きみが決定することではない」ロジャーズが、穏やかに告げた。

「たしかにストライカーはきみの指揮下にある」フッドが認めた。「しかし、情報監督委員会の定めた埒《らち》の外に出るとなれば、それを決めるのは、わたしだ」

ベネットが、ふたたび顔を現わした。「ヘッドフォンはスクワイア中佐がかけています、ポール。つながりましたよ」

フッドが、通信網のヴォリュームを上げた。「中佐」

「はいっ！」雪のためにバリバリという空電雑音が混じっていたが、スクワイアの声は明瞭《めいりよう》に聞こえた。

「そちらの配置はどうなっている？」フッドがたずねた。

「ストライカー五名が崖をほとんどおりています。ニューマイアー二等兵とわたしが、これからおりるところです」

「中佐」ロジャーズがいった。「列車の屋根にロシア軍兵士がいる。十名か十一名が、全国NEWSネットワークになっているのが見える」

北《ノース》、東《イースト》、西《ウエスト》、南《サウス》を向いているという意味だと、フッドは知っていた。「任務をつづけさせることについて、懸念を抱いている」フッドがいった。「きみはどう見る?」

「そうですね」スクワイアがいった。「ここに立ってずっと地形を見ていますが——」

「地形?」

「はい。実行は可能に見えます。続行する許可をください」

フッドは、ロジャーズの目が輝くのを見た。勝ち誇った色ではなく、誇らしげなひらめきだった。

「ロシア人を殺《ば》らすようなことはしません」スクワイアがいった。「なんとかやれると思います。だめだったら、中止し、引き揚げ地点を目指します」

「これで計画がまとまったな」フッドがいった。「ひきつづき列車を監視して、必要とあれば新しい情報を伝える」

「ありがとうございます、長官……ロジャーズ将軍。山の麓《ふもと》でよくいう言葉ですが、またお会いしましょう《ダスヴィダーニャ》」

52

火曜日　午後二時五十二分　サンクト・ペテルブルグ

グリボイェドフ運河を見下ろす公衆電話の前で、ペギーが立ちどまった。あたりを見まわしてから、二コペイカを投入口に入れた。ジョージが不思議そうな顔をしているのを見て、こういった。「ヴォルコ。携帯電話」

そうだった、とジョージは思った。例のスパイだ。進行中のほかのことにかまけて、彼のことを忘れていた。ストライカー隊員が叩き込まれることのひとつに、周囲を一見なにげないふうに一瞥《いちべつ》して、たいがいの人間が見落とすような細かい部分を記憶するという技術がある。ふつうの人間は、空や海やスカイラインのような大きく印象的な光景に目を向ける。だが、〝情報〟は、そういうところにはない。情報は、空の下の谷間、海のそばの洞窟《どうくつ》、ビルのあいだの通りにある。ストライカー隊員が目を向けるのは、そういうところだ。それに人間。いつでも人間を見る。木や郵便ポストは、任務への脅威にはならないが、それらに隠れている人間は脅威になりうる。

だから、公園に着いたときも、ジョージは樹木や往来の多い通りには気をとられなかった。そしていま、さきほどベンチでうたたねしていた人間が、もう眠ってはいないことを知った。その男は、ジョージとペギーの二百ヤードほどうしろをゆっくり歩き、セントバーナードが息を切らしている。つまり、ぶらぶら歩いてここまで来たのではない。

ペギーがロシア語でいった。「エルミタージュ、ラファエロの〈コンスタビレの聖母〉、左側、毎時零分と三十分に一分間。閉館したら、赤の大通り、北の公園、木に寄りかかる、左腕」

ペギーは、ヴォルコに落ち合う場所と、見分けられるようにどういう姿勢をとればいいかを指示した。

ペギーが電話を切り、ふたりはまた歩きはじめた。

「つけられている」ジョージが英語でいった。

「顎鬚《あごひげ》の男でしょう」ペギーがいった。「知ってる。それでやりやすくなるかもしれない」

「やりやすくなる？」

「そう。ロシアは、わたしたちがここにいるのを知っている。キースが捜していた監視施設がかかわっている可能性が高い。いずれにせよ、あの男がマイクや無線機を身に着けているとすれば、確認できるかもしれない。火は持ってる？」

「えっ?」

「マッチは?」ペギーがいった。「ライターは?」

「吸わないんだ」と、ジョージがいった。

「わたしだって吸わないわよ」ペギーが、いらだたしげにいった。「捜しているふりをしてポケットを叩いて」

「ああ、ごめん」ジョージが、シャツやズボンのポケットを叩いた。

「それでいいわ」ペギーがいった。「待っててごらんなさい」

ロシア軍兵士はほとんどが煙草《たばこ》を吸うので、ジョージは煙草が好きではなかったが、ペギー同様、ロシアや中国の兵士が好む強いトルコ煙草のはいったものを吸う練習をしている——ストライカーがアジアへ派遣された場合のために。しかし、ペギーの意図は皆目わからず、彼女が胸ポケットから煙草を出して、顎鬚の男のほうへ近づくのを、ただ見守っていた。

ジョージが、いかにも退屈した様子で地面を見つめていると、顎鬚のロシア人は、犬が木のところで用事を終えるのを待っているふりをしていた。犬のほうは、なにもやる気がないように見えた。煙草を口にくわえたペギーが十ヤードくらいに近づくと、男は向きを変えて、逆の方向へ歩きはじめた。

「ねえ!」ペギーが、小走りに男を追いながら、非の打ち所のないロシア語でいった。

「マッチ持っていない？」

男はかぶりをふって、すたすたと遠ざかった。

ペギーは、男にうしろから近づくと、すばやい動作で、男が左手を通している革紐《かわひも》の輪の部分をつかんだ。そこをぎゅっとねじるとともに、そのまま前にまわって、男と向き合った。輪が締まって指に血が流れなくなり、男はうめいた。

ジョージは、ペギーが男の顎鬚に目を向けたのに気づいた。コードをみつけたペギーが、一度うなずいた。ロシア人と正対し、声を出すなという合図に、ぴんとのばした一本指を自分の唇に当てた。

男がうなずいた。

「マッチをありがとう」といいながら、ペギーはジョージのところへそのスパイをひっぱっていった。「かわいい犬ね」

ペギーがしゃべっているのは、ロシア側がこのスパイに呼びかけないようにするためであることを、ジョージは知っていた。だれかがそばにいるとわかっているときに、彼らが応答をもとめることはない。また、交信をとぎれさせるわけにはいかない。異変があったことが、彼らにわかってしまう。

男が顔をしかめているのはべつとして、通りすがりのものには、友人同士が手をつないで犬を散歩させているように見えるはずだ。ジョージのそばまで来ると、ペギーはロシア人のズボンの左ポケットを手の甲で叩《たた》いた。手をのばし、車のキイを出すと、空いているほうの手をふった。

あいかわらず顔をゆがめたまま、男が公園の向こう側の車の列を示した。

ペギーがジョージの顔を見て、理解したジョージがうなずいた。

「いつも意外に思うんだけど、大きな犬ほどおとなしいのよね」犬を従えて歩きながらペギーがいった。「面倒を起こすのは、きまって小さな犬よ」

三人は公園にはいり、腎臓《じんぞう》の形の芝生の向こうの車の列を目指した。そこへ行くと、ロシア人は黒のツードア・セダンの前にふたりを連れていった。

助手席の側にまわると、ペギーはロシア人と向き合い、車を拳《こぶし》で叩いた。「これは咬《か》む？」

ロシア人が、首をふった。

ペギーが革紐の輪をまわして締め、ロシア人が痛みのあまり爪先《つまさき》立った。

「ああ、咬む！」ロシア人がいった。「気をつけろ！」

ペギーはロシア人にキイを渡し、ドアをあけるようにと合図した。ロシア人がドアをあけて、グローブボックスを指差した。ロシア人が座って、右手でノブをまわせるように、マギーはしゃがんだ。左に一度、右に一度、それから時計回りに右にいっぱいにまわすと、グローブボックスがあいた。なかにはガス・ボンベとスイッチがあった。手近の人間——といっても、通りを歩いている一般市民ではなく、位の高い人間——を人質にする説明会で習って、ジョージは知っていた。金持ちや軍人、政府高官は、誘拐された場合にそなえて、自動的に作動する装置を車に仕掛けていることが多い。ロシア人の場合、それがたいがい短い時間を経て噴き出す有毒ガスなのだ。もちろん、誘拐されたほうは、いつ息をとめればいいかわかっている。

ロシア人が、その装置が働かないようにすると、ペギーは男の手を引いて車からおろし、キイを奪って、ジョージに渡し、運転席のほうを顎で示した。ジョージがそちらにまわって乗り込み、エンジンをかけた。ペギーは、ロシア人といっしょにうしろに乗った。空いているほうの手で犬の首輪をはずし、ドアを閉めた。セントバーナードが、窓に飛びつき、吠《ほ》えた。ペギーはそれには目もくれず、ウォークマンに仕込んだマイクのヴォリュームを落とした。

「盗聴装置を捜して」ロシア人とならんで座ったペギーが指示した。

ジョージが、リュックから携帯用の盗聴装置発見器を出した。車内のあちこちに向けてから、ロシア人の体に向けた。甲高い大きな音は鳴らなかった。

「安全だ」と、ジョージがいった。

「よかった」

ジョージが、ロシア人のイヤフォンから漏れる低い声を聞きつけた。「でも、連中が話しかけているようだ。マイクが急に聞こえなくなったので、おかしいと思っているんだろう」

「でしょうね」ペギーがいった。「でも、しばらく待ってもらうしかないわ」バックミラーを通じて、ジョージと視線を合わせた。「こういう状況ではどうするように命令を受けているの？」

「マニュアルどおりなら、発見された場合は、別れて脱出する」

「安全が第一」ペギーがいった。「わたしたちのマニュアルでも、それはおなじ」

「秘密保全のためでもある」と、ジョージがいった。「ロシア人は躊躇《ちゅうちょ》せず――」

「わかっている。でも、あなたはほんとうはどうしたいの？」

ジョージが答えた。「エルミタージュでなにが行なわれているかを突き止める」

「わたしもよ」ペギーがいった。「わたしたちの友人と顎鬚が、それを手助けしてくれるかどうか、たしかめましょう」ラペルの裏の鞘《さや》から薄いナイフを抜き、ロシア人の左耳の下に当てた。革紐を放して、ロシア語でいった。「名前は？」

ロシア人がためらうと、ペギーは針のように鋭い切っ先を浅側頭動脈に押し付けた。

「時間をかければ、それだけ力をこめるわよ」

ロシア人がいった。「ロナシュ」

「わかった、ロナシュ」ペギーがいった。「あなたの友人に、暗号ではぜったいになにもいわないように。わたしのいうとおりにいうのよ。わかった?」

「ダー」

「この作戦はだれが指揮しているの?」

「知らない」

「いいかげんにして」

「スペツナズ将校だ」ロナシュがいった。「知らない人間だ」

「わかった」ペギーがいった。「ではこういって。こちらはロナシュ、指揮しているスペツナズ将校と話がしたい。出たら、その装置をよこして」

ナイフが突き刺さらないように、ロナシュが窮屈そうにうなずいた。

ジョージが、ミラー越しにペギーを見た。「われわれは、これからなにをするんだ?」と、英語でたずねた。

ペギーがいった。「エルミタージュへ行くのよ。場合によっては、はいる算段をしないといけないけど、それよりもっといい考えがある」

ジョージがバックで車を駐車場から出すと、犬は飛びつくのをやめた。車が離れてゆくのを、大きな尾をふりながらじっと見送った。やがて、芝生に座り込むと、大きな頭をごろんと横にして、体ごと寝そべった。

冷戦後のロシアの産業は悲惨なものだな、とジョージは思った。犬ですら力仕事を嫌がる。

広い道路に向けて車を走らせ、オブヴォドヌイイ運河に沿ってモスコフスキー大通りへと進むあいだ、ジョージはペギーが冷静にてきぱきと任務を実行するそのやりかたに敬意をおぼえずにはいられなかった。任務を指揮する立場を奪われるのは嫌だったが、ペギーの流儀と即座に対応する能力に、すっかり感心していた。好奇心をそそられ、すこし興奮していたために、この先いったいどうなるのかということがわかっていなかった——首まで水に浸《つ》かっていて、その水がどんどん深くなることだけはたしかだったが。

53

火曜日　午後十時七分　ハバロフスク

軍はありとあらゆる魔法のようなハイテク技術を駆使できるのに、どうしてストライカーが〝曇りゴーグル〟と呼ぶこれに代わるレンズの曇らない暗視ゴーグルが作れないのか——それがチャーリー・スクワイアには理解できなかった。接眼レンズの下側には汗がたまるし、いま彼がやろうとしているように口もとをマフラーで覆《おお》うと、その汗が温まって蒸気になり、見えなくなる。マフラーを使わないと、上下の唇が凍ってくっつき、鼻先の間隔がなくなる。

百メートルの高さの崖《がけ》から落ちたのでは、いくら顔が暖かくても意味がない。だから、スクワイアは見るほうを選んだ——といっても、渦巻く厚い雪の幕を透かして見えるものといったら限られている。とにかく崖だけは見える。

スクワイアは、テレンス・ニューマイアー二等兵とともにふたりひと組方式《バディ》で下っていた。ひとりが懸垂下降で下って、足場を確保し、手を差し出して、もうひとりを支えてから、さらにおろす。スクワイアは、凍った暗い崖で誘導するものなしに懸垂下降をやらせたくはなかった。とはいえ、これが最悪の状態ではないことは、認めざるを得ない。スクワイアは前に、イスラエルのエリート部隊、偵察歩兵《サイエレット・ジヴアアティ》旅団に招かれて、〝地獄の一週間〟訓練にくわわったことがある。二十四メートルの高さの崖を下ってから障害物コースを走る課程が訓練にはふくまれている。兵士たちのオリーヴ色の戦闘服は、演習が終わるころにはずたずたになっている。崖の岩で裂かれるばかりではなく、下っているあいだ、士官たちが兵士にアラビア語の悪態と石をぶつけるのだ。あの崖下りとくらべれば、これなど——いくらゴーグルが曇るといっても——ビーチでいちにち過ごすようなものだ。

崖下まで約十五ヤードというところで、五ヤード左手からソンドラが待てと叫ぶのが聞こえた。スクワイアが見ると、ソンドラが相棒のウォルター・パプショー二等兵のそばで身を縮めているのが見えた。

「どうした?」すばやく地平線を見てから、スクワイアはたずねた。機関車の煙を捜したが、まだ見えない——いまのところは。

「ウォルターが崖に凍り付いてしまったんです」ソンドラが、大声で返事をした。「岩でズボンが破けて。汗が凍って裏地が崖の氷にくっついたみたいです」

スクワイアは叫んだ。「ホンダ二等兵、列車の到着予定時刻を教えてくれ!」

通信担当のホンダが、急いでTAC‐Satの準備をしているあいだに、スクワイアとニューマイアーは、パプショーのところへ近づいていった。パプショーの右手のすこし上で、スクワイアは足場を確保した。

「すみません」パプショーがいった。「ものすごい氷の塊にぶつかったみたいです」

スクワイアは、壁に張り付いた大きな蜘蛛《くも》のような格好をしているパプショーのほうを見た。

「デヴォン二等兵」スクワイアがいった。「パプショーの上に行って、体を安定させろ。い、い、ほんとうにしっかり足場を確保しろ。ニューマイアー、われわれのロープを使って、引き剥《は》がそう」

スクワイアは、ニューマイアーと自分をつないでいるロープを握り、ひゅんと上にふって、パプショーの顔の前を通り、両腕に載るようにした。

「パプショー」スクワイアがいった。「左手を放し、ロープが腰まで落ちるようにしろ。それから、右手もおなじようにしろ」

「わかりました」と、パプショーがいった。

ニューマイアーとスクワイアが手を差しのべて支え、パプショーが岩を握っている左手を用心深く放し、ロープが落ちると、また岩をつかんだ。右手もおなじようにして、ロープが腰のところまで下がった。

「よし」スクワイアがいった。「ニューマイアー二等兵とおれが、いっしょに下る。ロープに体重をかければ、凍ったところを切り離せるだろう。デヴォン、おまえはパプショーが切り離されたときに体重を受けとめる用意をしておけ」

「わかりました」ソンドラが答えた。

スクワイアとニューマイアーは、パプショーの左右を横一列になってそろそろと下降していった。ロープが、パプショーの体と崖がくっついている部分にひっかかる。しばらくそのままだったが、ふたりが体重を徐々にかけていくと、氷が砕け、細かい粒が降り注いだ。スクワイアは崖をしっかりとつかみ、デヴォンはパプショーを支えることができた。ニューマイアーの右のブーツの下の岩が崩れ、一瞬冷やりとしたが、パプショーが手を差しのべて、足もとを安定させることができた。

「ありがとう」四人とも崖下におりると、パプショーがいった。

スクワイアが崖下におりたときには、グレイ軍曹がチームを線路ぎわに集めていた。崖と線路は十ヤードほど離れている。三十ヤードばかり西に、ロシア革命以前に枯れたのではないかと思われるような木立があった。ホンダ二等兵がすでにTAC‐Satで交信していて、通信を終えてから、最新のNRO偵察によれば、列車は二十一マイル東にいて、時速三十五マイルの平均速度で進んでいると告げた。

「では三十分強でここへ来る」スクワイアがいった。「時間があまりない。よし、グレイ軍曹、おまえとニューマイアーは、あの木立を爆破して線路をふさぐようにしろ」

グレイ軍曹は、強襲用ヴェストのパウチから、早くもC-4爆薬を出していた。「はい」

「デヴォン、パプショー、ホンダ――おまえたち三名は、引き揚げ地点へ向かい、ルートを確保しろ。話のわからない農民がいては困るし、なにがあるかわからないからな。狼《おおかみ》がいるかもしれない」

「中佐」ソンドラがいった。「わたしは――」

「やめろ」スクワイアがさえぎった。「計画のこの部分に必要なのは、グレイ軍曹、ニューマイアー二等兵、おれだけだ。あとは撤退の掩護《えんご》にまわってもらいたい。そういう事態になったらの話だが」

「わかりました」ソンドラ・デヴォン二等兵が、敬礼をした。

スクワイアは、ホンダ二等兵のほうを向き、任務の残りの部分を説明した。「橋が見えたら、おまえはすぐに本部に連絡する。われわれがやろうとしていることを伝える。向こうからのメッセージがあったときは、そっちで対処してもらうしかない。こっちは無線でやりとりできる状態ではない」

「わかりました」と、ホンダが答えた。

強風に流された雪が、ところによって足首までの深さだったり、膝《ひざ》まであったりするなかをホンダら三名が進みはじめると、スクワイアはグレイ軍曹とニューマイアー二等兵のところへ行った。グレイは、線路の近くの太い木の幹に、C‐4の細長い小片を押し付けていた。ニューマイアーは、安全導火線（訳注　おもに小規模の爆破に用いられる燃焼速度の遅い導火線）を切っていた。時限信管はスクワイアがあとで使うのでとっておく。安全導火線は、三十秒きざみで印がついている。ニューマイアーは、一本がその十倍つまり五分の長さになるように切っていた。

「四分にしろ」スクワイアが肩ごしにふりかえりながら指示した。「列車までの距離がないから、聞こえるんじゃないかと心配だ」

ニューマイアーがにやりと笑った。「おれたちはみんな、十四マイルの時間制限行軍を百十分以下でこなしたじゃないですか」

「雪中、フル装備では、やったことがない――」

「だいじょうぶですよ」と、ニューマイアーがいった。

「木の上に雪をかぶせ、しばらく前から倒れているように見せかける時間もいる」スクワイアがいった。「それに、おれとグレイ軍曹は、ほかにもちょっとした仕事をやらなければならない」

スクワイアは、前方を見た。五分あれば、三百ヤードほど先の花崗岩《かこうがん》が窪《くぼ》んだ場所に到達し、爆風から身を守ることができる――衝撃で崖が崩れないかぎりは。だが、グレイは爆破の経験が豊富だし、爆発の規模は小さいから、まずそうはならないだろう。それでも、ひとりがひきかえして、雪の上の足跡を消すのにじゅうぶんな時間がある。木が裂けて、自然に倒れたように見せかけなければならない。

作業が終わったグレイが立ちあがり、ニューマイアーが導火線に点火すると、スクワイアは身をかがめた。

「行くぞ!」スクワイアがいった。

ニューマイアーが立つのに手を貸し、三人はちっぽけな安全地帯に向けて走って、たどり着いたときには一分の余裕があった。まだ息を切らしているうちに、弱火薬の鋭い爆発音が夜の闇《やみ》を切り裂き、つづいて木の幹の裂けるメリメリという音と、線路にそれがぶつかる鈍い音が聞こえた。

54

火曜日　午後十一時八分　北海道

細く湾曲した風防の奥の二人乗りの〝グラス・コクピット〟（訳注　計器盤がCRT中心になっているもの）は、低く平らで、暗かった。六つの平面カラー・ディスプレイのうちの三つが、ひとつの戦術的パノラマを形作っている。特大のHUD（ヘッドアップ・ディスプレイ）は、パイロットのヘルメットに内蔵されたディスプレイのデータ表示では伝えきれない広範な飛行情報と目標の情報を表示する。繊細な計器はまったくない。それらのディスプレイが、機外に搭載される高感度感知装置類《センサー》のデータもふくめ、パイロットの必要とする情報をすべて映し出す。

コクピットの後方には、六十五フィート五インチの長さの胴体がある。この腹の平たい航空機にはいっさい鋭角の部分がなく、尾部回転翼《ローター》のないNOTARシステムと先進的なベアリングレスの主ローターにより、このモスキートは飛行中ほとんど音を立てない。空気に圧力をかけて魚の鰓《えら》のような部分を通す強制ダクテッド・エア・システムが胴体後部にあって、それによってトルクを相殺《そうさい》する。回転方向制御スラスターがテイル・ブームにあり、パイロットはそれによっても方向を制御できる。ドライヴシャフトとギア・ボックスがないので、比較的軽量なのにくわえ、兵装もふくめて余分な装備をすべて取り去り、自重を九千ポンドから六千五百ポンドまで減らしている。予備の燃料タンクを機外に取り付けて、それから先に燃料を消費し――袋タンクは海に投下し、あとで回収できる――七百マイルの航続距離を維持しつつ、出動したときより千五百ポンド重い状態で任務から帰投できる。

モスキートは、マスコミや素人《しろうと》の一般大衆が、〝見えない《ステルス》〟と呼ぶたぐいの航空機だが、ライト－パタースン空軍基地のモスキート開発計画に参画している士官たちは、〝低探知性の〟と呼ぶほうを好む。こうした航空機の要諦《ようてい》は、見えないことではない。F－117AやB－2Bやモスキートでも、レーダー・エネルギーをじゅうぶんに照射すれば敵にはちゃんと見える。ただ、世界のどの兵装システムも、こうした航空機を追跡してロック・オンすることはできない。利点はそこにある。

現役の探知性の低い航空機のなかで、いまのこういう任務を実行できるものはひとつもなかった。だからこそ、一九九一年にモスキート開発計画が発足したのである。夜間に山地を低空飛行してチームをおろしたり引き揚げたりして、向きを変え、戻ってこられるのは、ヘリコプターしかない――用心深く監視されている混雑したロシア領空でそれをやるには、探知性の低さだけが頼りになる。

モスキートは、時速二百マイルで飛び、現地時間の午前零時前に目標に到達する。ハバロフスクでの吊りあげ《ピックアップ》にモスキートが八分以上かかったら、日本海で待機している母艦に戻る燃料がなくなる。だが、ミッションのあらゆる面をコクピットのコンピュータでシミュレートして確認したので、機長のスティーヴ・カーズと副操縦士のアントニー・イオヴィノは、この試作機に自信を持っていて、早くそれが現役として採用されることを願っていた。特殊部隊チームが任務を成功させれば、これで自分たちはライト-パタースンに英雄として帰れる。それよりも重要なのは、かつては誉れの高かったロシア軍にボディ・ブローを一発ぶちかましてやれることだ。

55

火曜日　午後三時二十五分　サンクト・ペテルブルグ

「オルロフ将軍」レフスキー少佐がいった。「いささか困った知らせがあるのですが」

レフスキーの声だけが、オルロフのオフィスのコンピュータに接続したヘッドフォンから聞こえてきた。街の郊外にある海軍基地には、まだ映像を送る設備がない。軍の予算削減のため、今後もそれは設置されそうにない。

「なんだ、少佐?」オルロフがたずねた。疲れていて、声にそれが表われていた。

「将軍、マヴィク将軍に、大槌《モーラト》チームを呼び戻すよう命じられました」

「いつ?」

「たったいま電話があったところです」レフスキーがいった。「申しわけありませんが、命令に——」

「わかっている」オルロフがさえぎった。ブラック・コーヒーをひと口飲んだ。「スターリク中尉《ちゅうい》とチームのみんなに感謝していると伝えてほしい」

「かしこまりました」レフスキーがいった。「おわかりと思いますが、将軍、なにが起きているにせよ、将軍はけっしてお独りではありません。わたしもモーラトも味方です」

オルロフの口もとがきっと引き締まった。「ありがとう、少佐」

「なにが起きているか、知らないふりをするつもりはありません」レフスキーが、なおもいった。「クーデターは近いというもっぱらの噂《うわさ》ですし、闇屋がその背後にいるという。ただ、わたしにわかっているのは、一度、古物のカリーニンK‐4を急降下から引き起こしたときのことですが——ものすごいエンジンを積んだやつです。BMWⅣ、じつに頑固な」

「その飛行機ならよく知っている」

「そのとき、雲を突き抜け、真下を見たとたんに考えたことは忘れもしません。〝この古風な美人、こいつをあきらめてなるものか。いくらこいつが機嫌が悪いときがあっても〟。それはたんなる仕事ではなく、節義の問題でした。わたしは脱出せず、彼女を必死で地上におろしました。手際《てぎわ》よいとはいえませんでしたが、おたがいに生き延びたんです。そのあとで、わたしはみずから——独りで——その性悪のバイエルンの機械をばらばらにして修理しました」

「飛んだのか？」

「若い燕《つばめ》のように」と、レフスキーはいった。

〈少年ダイジェスト〉に載っているような話を聞いて感動したのは、自分がよっぽど疲れているからだろう、とオルロフは思った。「ありがとう、少佐。そのろくでもない飛行機のカウリングをはずさなければならないようなことがあったら、きみに連絡するよ」

オルロフは電話を切り、コーヒーを飲み干した。四時には戻る予定の献身的な助手のニーナのほかにも味方がいるとわかって、心強かった。それに妻もいる。もちろんマーシャはいつでも味方だが、貴婦人の色のリボンを帯びてドラゴンと戦う勇士のごとく、オルロフはいまだに単騎で向かう。それに、オルロフはいま、荒涼とした宇宙でも経験したことがないくらい激しい孤立感をおぼえている。

オルロフはキイボードを叩《たた》き、現場の捜査官をモニターするのに民兵が使用しているチャンネルに切り換えた。

「……に手出しをしないことを望む」女の声は、非の打ち所のないロシア語をしゃべっていた。

「ロシア国内で精密強襲部隊に自由にやらせろというのか？」ロスキーが笑った。作戦センターか警察署を中継して、追っている獲物と携帯電話で話をしているようだった。

「われわれは強襲部隊ではない」と、女がいった。

「おまえたちは、ペンティ・アホ少佐といっしょに大統領官邸にはいるのを見られている——」

「少佐はわれわれの輸送を手配してくれた。われわれは、英国人ビジネスマンを殺害したのが何者であるのかを調べるために来た」

「正式の報告書と遺体は英国大使館に届けた」と、ロスキーがいった。

「火葬した遺骨だった」女がいった。「英国は心臓発作で死亡したという報告に納得していない」

「われわれは彼がビジネスマンであったということに納得していない！」ロスキーがいった。「自首するか、あるいは死んだ仲間のところへ行くか、決めるのに九分やろう。しごく単純なことだ」

「単純なことなど、あったためしがない」と、オルロフがいった。

しばらくのあいだ、バリバリという空電雑音だけが聞こえていた。

「そちらはどなた？」女がたずねた。

「サンクト・ペテルブルグにおける最先任将校だ」それは、女ではなく、むしろロスキーに対していった言葉だった。「で、そちらは？　偽装はいわなくていい。ここへどこから来たかはわかっている」

「いいでしょう」女がいった。「わたしたちはヘルシンキのニスカネン国防相と協力している通信情報士官《COMINT》です」

「嘘《うそ》だ！」ロスキーがどなった。「ニスカネンが死人ひとりの死因をあばくために自分の資産を危険にさらすはずがない！」

「DI6が軍事行動のたぐいを承認することはありえない」と、女が説明した。「だから、DI6はCIAとニスカネン国防相に相談した。わたしとここにいる同僚が潜入し、その英国人が殺された理由を調べたほうが、挑発的ではないという結論が出た——それが終わったら、報復を避けるための対話をします」

「そんな欺騙《きへん》が通用するか」ロスキーが嘲笑《ちょうしょう》した。「それなら、偽造旅券で直行便に乗ってきて捜査をはじめたほうがよっぽど早い。おまえたちは小型潜水艇で潜入した。空港で姿を見られたくなかったからだ。嘘をつくな——！」

「ボスニア湾を横断するルートは？」オルロフがたずねた。

「ルート2」女が答えた。

「フィンランドの州の数は？」

「十二」

「そんなことでは、なんの証明にもならない！」ロスキーがいった。「この女は教育を受けている！」

「そうよ」女がいった。「わたしの育ったトゥルクで」

「こんなことをしても益がない！」ロスキーがいった。「この女は、われわれの国に違法に入国した。四分以内に、わたしの部下たちが捕まえる」

「見つけられればでしょう」

ロスキーがいった。「キーロフ劇場がおまえの左手、十時の方角にある。おまえのうしろにグリーンのメルセデスがいる。逃げようとすれば射殺する」

ふたたび沈黙があった。女は車内に送信機がないかどうかを調べたのだろうが、おそらくトランクにはいっている携帯電話を見落としたのだろう、とオルロフは思った。諜《ちょう》報員《ほういん》が作業中は、スイッチを入れておく。送信機探知装置では見つけられないし、どんなときでも車の位置を三角法で突き止めることができる。

女が、落ち着いた口調でいった。「わたしたちになにかあったら、あなたがたは自分の組織とおなじたぐいの組織と接触する機会を失います。わたしは凶悪な犯罪者ではなく、ちゃんとした高級将校に向けて話をしているんです」

「ほう、そうか」オルロフはいった。我知らず女の口ぶりが気に入っていた。

「わたしが思うに、そちらはたんなるサンクト・ペテルブルグの軍の最高責任者ではないでしょう。そちらはセルゲイ・オルロフ将軍で、ここに本拠を置く情報部隊を指揮しておられるのだと思います。それに、わたしを殺して灰をニスカネン国防相に送りつけるより、ワシントンのそちらと同種の情報組織と接触したほうが、得るところが大きいと思います」

この二年間、オルロフとその部下たちは、ワシントンの〝生霊《ドッペルゲンガー》〟、鏡に映ったおのれの姿について必死で探ろうとしていた。その情報・危機管理センターは、オルロフの組織とほぼおなじ機能を果たしているという。CIAやFBI部内の長期潜入工作員が活動を開始し、精いっぱい調べた。だが、オプ・センターは、そうした組織よりずっと新しく、小規模で、浸透するのは困難だった。この提案は——彼女は非常に頭がいいか、それともすごくおびえているか、どちらかだろう——とうてい聞き逃せるものではなかった。

「そうかもしれない」と、オルロフはいった。「ワシントンとは、どうやって連絡する?」

「フィンランド大統領官邸のアホ少佐に連絡を取ってください」女がいった。「少佐を通じて手配します」

オルロフは、彼女の提案についてしばし考えた。侵入者と協力することに一抹の不安はあったが、流血を招くことが明白な命令を下すより、外交的な手段をためすほうが、ずっと気が楽だった。「きみたちが捕らえている人間を解放してくれ。そうしたら、チャンスをやろう」

女が、躊躇《ちゆうちよ》せず答えた。「同意します」

「大佐」オルロフがいった。

「はい」緊張した声で、ロスキーが答えた。

「わたしの直接の命令がないかぎり、だれも行動してはならない。わかったな？」

「わかりました」

オルロフは、かさこそという音と、くぐもった声のやりとりを聞いた。車内から聞こえてきたのか、それともロスキーが鼠《ねずみ》を捕らえにいった地下鉄の工業大学駅からのものなのか、オルロフにはわからなかった。いずれにせよ、ロスキーがじっとしているはずがない。面子《メンツ》を取り戻すために、なにかをやるだろう……さらに、この工作員二名が逃げられないように手を打つはずだ。

56

火曜日　午前七時三十五分　ワシントンDC

危機管理の不合理きわまりない点は、かならず疲労のきわみに達したときにメデューサの首を刎《は》ね、状況の本質と直面しなければならないことである。それをフッドは何度も思い知らされている。

枕《まくら》に頭をあずけて眠ったことは、ロサンジェルスのホテルに家族と泊まったときから絶えてない。それから二十四時間以上が経過したいま、マイク・ロジャーズ、ボブ・ハーバート、アン・ファリス、ローウェル・コフィー、リズ・ゴードンらと長官室に詰め、外国を攻撃するために送り込んだ二組のストライカー・チームからの最初の報告を待っている。言葉をどれほど飾ったところで——チームが発見されたり捕まったりした場合は、アンが記者会見でそれをやらなければならない——ストライカーがやっているのはそれ以外の何物でもない。ロシアに対する攻撃なのだ。

二チームからの連絡を待つあいだ、オプ・センターの幹部たちは時間つぶしに仕事をしているだけで、フッドはストライカーの行動の派生効果を考えながら、上の空で聞いていた。ロジャーズのいらいらした表情から、やはりおなじ思いなのがうかがえた。コフィーが袖口《そでぐち》を指でまくり、腕時計を見た。

ハーバートが、嫌な顔をした。「時計の針をいくら眺めたところで、時間が速く進むわけじゃない」

リズが座りなおし、即座にコフィーを弁護した。「チキン・スープとおなじ。気休めよ、ボブ。べつに害はないわ」

アンがなにかをいおうとしたが、電話が鳴ったのでやめた。フッドが、スピーカー・ボタンを押した。

「フッド長官」バグズ・ベネットがいった。「アホ少佐のオフィス経由でサンクト・ペテルブルグから連絡がはいっています」

「つないでくれ」と、フッドはいった。夏の暑い朝、空気が淀《よど》み、森閑として、呼吸しづらいときにしゃべっているような心地がした。「なにか想像はつくか、ボブ?」ミュート・ボタンを押してたずねた。

「ストライカー・チームが捕まって、連絡を強要されているのかもしれません」ハーバートがいった。「ほかにはちょっと——」

「こちらはクリス」ペギーがいった。

「取り消します」ハーバートがいった。「クリスは、ペギーが自由の身のときに使う暗号名です。煙突につっかえている——つまり、あがきがとれないときは、クリングルです」

フッドが、ミュート・ボタンを放した。

「はい、クリス」

「セルゲイ・オルロフ将軍が、自分と対等の地位にある人物と話がしたいそうです」と、ペギーがいった。

「オルロフ将軍といっしょなのか?」フッドがたずねた。

「いいえ。無線で呼び出しています」

フッドが、ミュート・ボタンを押し、ハーバートの顔を見た。「額面どおりに受けとめていいものか?」

「それがほんとうなら」ハーバートはいった。「ペギーとジョージは、ガリラヤで起きたような奇跡を起こしたことになる」

ロジャーズがいった。「ストライカーは、そういうことをやるように訓練されている。それに、ペギーという女性もなかなかどうして馬鹿《ばか》じゃない」

フッドが、ミュート・ボタンを放した。「クリス、将軍と対等の地位にある人物は同意する」

かなりなまりの強い力強い声が聞こえた。「では、わたしが光栄にも話をする機会をあたえられた人物とは、どなたかな?」

「こちらはポール・フッド」部下たちの顔をじっと眺めて、フッドがいった。全員が座ったまま身を乗り出しているのがわかった。

オルロフがいった。「ミスター・フッド。はじめまして」

「オルロフ将軍」フッドがいった。「われわれは何年も前から将軍の経歴に注目してきました。われわれ全員が。こちらでも崇拝している人間は多いですよ」

「ありがとう」

「ひとつ教えていただきたいのですが、映像を送る能力はありますか?」

オルロフがいった。「あります。ゾーンティク6衛星を使って」

フッドが、ハーバートのほうをちらと見た。「接続してくれるか?」

情報官のハーバートが、冷水を浴びせられたような顔をした。「長官室を見られてしまう。本気か?」

「本気だ」

ひとこと毒づいたハーバートは、携帯電話で自分のオフィスを呼び出し、オルロフに聞こえないように車椅子《くるまいす》をうしろに向けて身をかがめた。

フッドがいった。「将軍、おたがいの顔を見ながら話がしたい。用意ができたら、同意してもらえますか?」

「喜んで」オルロフがいった。「われわれのやっていることを知ったら、そちらの政府もこちらの政府も、怖気《おぞけ》をふるうだろうな」

「いや、こっちもちょっとふるえている」フッドがいった。「標準作戦要領とは相反することだ」

「そのとおり」オルロフがいった。「しかし、状況もまたふつうではない」

「まったくだ」フッドが相槌《あいづち》を打った。

ハーバートがふりむいた。「できる」問いかけるような視線を向けた。「しかし、あまり勧めは――」

「ありがとう」フッドがいった。「オルロフ将軍――」

「聞いた」オルロフがいった。「こちらの音響装置は感度がいい」

「われわれのはどうだと思っているんだ?」ハーバートがつぶやいた。「CIAが使っていた中古品じゃないぞ」

「そちらの人間に、チャンネル二四にアクセスするようにと指示してくれ」オルロフがいった。「最新鋭の通信管制装置であることはまちがいない衛星アンテナと送信機、モデルCB7を使って」

フッドがにやりと笑いかけたが、ハーバートはそれに応《こた》える気分ではなかった。「それじゃ、やっこさんにきいてくれ。宇宙飛行士は、いまでも発射台へ行く前にバスのタイヤに小便をひっかけるのか？」

「ああ、そうする」フッドのとがめる表情をかすめるように、オルロフの声が漂ってきた。「ユーリ・ガガーリンが、紅茶を飲みすぎたためにはじめたのがきっかけの慣わしだ。しかし、女性宇宙飛行士もやる。こと平等に関しては、われわれはつねにそちらの先をいっているんだろうな」

アンとリズが、ハーバートの顔を見た。衛星通信室へ連絡しているあいだ、ハーバートは車椅子の上で居心地悪そうにもじもじしていた。

接続がなされるのに二分かかり、オルロフ将軍の顔がぱっと現われた。黒い縁の太い眼鏡、いかつい頬骨、浅黒い肌、落ち着いた感じの秀《ひい》でた額。ごく少数の人間だけに許された眺望で地球を見たことのある知的な茶色の目をのぞき込んだフッドは、信頼できると感じた。

「さて」オルロフが、温かい笑みを浮かべていった。「こうして顔を見ている。あらためてありがとう」

「ありがとう」フッドもいった。

「では、率直な話をしよう」オルロフがいった。「われわれは、どちらも例の列車と積荷のことを懸《け》念《ねん》している。そちらは攻撃部隊を派遣して要撃するほど懸念している。こちらは警衛をつけてそれを阻止しようとするほど懸念している。積荷がなにか、知っているかね?」

「教えてくれませんかね」と、フッドが答えた。どうせなら事情をはっきり知っている人間の口から聞きたいと思った。

オルロフがいった。「あの列車は、東欧諸国の高官の買収と、反政府活動の資金にする現金を積んでいる」

「いつ?」フッドがたずねた。

ハーバートが一本指を口もとへ持っていった。フッドが、ミュート・ボタンを押した。

「彼がこっちの味方のような口ぶりでしゃべるのを許してはいけない」と、ハーバートがいった。「オルロフは望めば列車をとめられる立場にある。彼のような地位の人間は、あちこちに友人がいるはずだ」

「そうとはかぎらないさ、ボブ」ロジャーズが指摘した。「クレムリンがどうなっているのかは、だれにもわからない」

フッドが、ミュートを切った。「そちらの提案は、オルロフ将軍?」

「わたしはその積荷を押収《おうしゅう》できない」オルロフがいった。「使える人間がいない」

「指揮官たる将軍なのに」

「ここでも自分の回線やオフィスに盗聴装置がないかどうか、味方に調べさせなければならないようなあんばいだ。いってみれば、テルモピレーでエピアルテスに裏切られたスパルタ王レオニダスだな。わたしの護《まも》っているこの峠は危険きわまりない」

ロジャーズが、にっこり笑った。「いいことをいう」と、声を殺していった。

オルロフがいった。「とはいえ、わたしは貨物に手出しできないが、それが届けられるようなことがあってはならない。そちらも列車を攻撃してはならない」

「将軍」フッドがいった。「それは提案とはいえない。ゴルディオスの結び目（訳注　ゴルディオスが戦車の轅（ながえ）と軛（くびき）を結んだ。アジアの支配者となる人間でなければ解けないとされていたのをアレキサンダー大王が一刀両断にした）だ」

「よくわからないが」オルロフがいった。

「謎《なぞ》かけだ。解くのが難しい難問のことだ。この基準をどう満たそうか？」

「シベリアで平和裏に落ち合う」オルロフがいった。「そちらの部隊とわたしが」

ロジャーズが、一本指で喉《のど》を切る仕草をした。フッドが、しぶしぶスピーカーを切った。

「気をつけろ、ポール」ロジャーズがいった。「ストライカーを無防備な状態で現地に残してはいけない」

ハーバートがつけくわえた。「まして、列車の指揮官はオルロフの息子だ。オルロフは息子の背後を護《まも》ろうとしている。ロシア軍は、ストライカーが武装していようがいまいが撃ち殺すことができるし、国連は理はロシアにあるというだろう」

フッドが手をふってふたりを黙らせ、話を再開した。「そちらの提案は、オルロフ将軍？」

「列車を指揮している士官に命じて、警衛に任務を休止させ、そちらのチームが接近できるようにする」

「列車を指揮しているのはご子息ですね」と、フッドがいった。

「そうです」オルロフがいった。「しかし、それでなにが変わるというものでもない。これは国際的な重大事です」

「列車にひきかえすよう命じればいいのではないですか？」

「それでは、貨物を送り出した人間のところに戻るだけだ。その連中が、べつの輸送方法を考えるだろう」

「なるほど」フッドはしばらく考えていた。「将軍、そちらの提案だと、わたしの部下たちはたいへんな危険にさらされます。見通しのいいところで、そちらの兵隊にすっかり姿をさらけだして、列車に近づかなければならない」

「そうです」オルロフがいった。「まさにそのとおりのことをお願いしている」

「やるな」と、ロジャーズがささやいた。

「列車に近づいたら、こちらのものはそれからどうすればよいのです？」と、フッドがきいた。

「運び出せるだけの荷物を国外に持ち出してもらいたい。現在行なわれていることが、ロシア政府の行為ではなく、腐敗したひと握りの権力者のやっていることだという証拠として、保管してほしい」と、オルロフは答えた。

「ドーギン内相ですね？」

「わたしはそれをいえる立場にはない」オルロフがいった。

「どうして？」

「これにわたしは負けるかもしれない。それに、わたしには妻がいる」

フッドが、ロジャーズの顔を見た。オルロフの提案に対するロジャーズの抵抗は、すこしも弱まる気配がなかった。あながちロジャーズを責められないと、フッドは思った。オルロフは多くを要求し、その見返りは自分の言葉だけだ。

「列車に連絡するのに、どれぐらいかかる？」ストライカーの引き揚げ時刻を遅らせることはできないと考えながら、フッドがきいた。

「五、六分だ」オルロフが答えた。

フッドは、壁のカウントダウン・クロックを見た。ロシアの列車は、約七分で、ストライカーのいる場所に達する。

「それ以上は待てない」フッドがいった。「機械は動き始めている――」

「わかった」オルロフがいった。「この回線はこのままつないでおいてくれ。できるだけ早く連絡する」

「わかった」といって、フッドはミュート・ボタンを押した。

ロジャーズがいった。「ポール、線路の破壊か、それとも機関車への待ち伏せ攻撃か、ストライカーがなにを計画していたにせよ、もう終わっている。TAC‐Satの配置によっては、われわれは彼らを制止できないかもしれない」

「わかっている」フッドがいった。「しかし、チャーリー・スクワイアは頭のいい男だ。ロシアが列車をとめ、白旗を掲げて出てくれれば、話を聞くだろう。それに、スクワイアに伝える言葉をわれわれは彼らに教えられる」

ハーバートが、辛辣《しんらつ》な口調でいった。「ウォトカ飲みどもをよく信用できるな。おれはごめんだね。レーニンはケレンスキーを陰謀で蹴落《けお》とした。スターリンはトロツキーを、エリツィンはゴルバチョフを蹴落とした。そして今回はドーギンがジャーニンを失脚させようとしている。たまげたことに、こんどはオルロフがドーギンに対して陰謀をたくらんでいる！　自分の背中を刺すようなやつらだ。われわれになにをするか、わかったものじゃない」

ローウェル・コフィーがいった。「彼らは軍事衝突に代わるものを提案している――」

「それに、オルロフの英雄的な性格もあるわ」リズがいった。「彼にとっては、それがとてもだいじなのよ」

「そうとも」コフィーが相槌を打った。「そういうことを考えれば、リスクは無理のないところといえる」

「そういえるのは、危険にさらされているのがあんたたちの首ではないからだ」ハーバートがいった。「英雄という評判は、でっちあげることができる。それはアンも証明してくれるだろう。それに、虐殺《ぎゃくさつ》よりは軍事衝突のほうがましだ」

ロジャーズがうなずいた。「一八三一年にマコーリー卿《きょう》（訳注 英国の政治家・歴史家）がいったとおり、〝戦争における中庸は愚行である〟」

「戦争における死は最悪よ」と、リズがいった。

「オルロフがどういってくるか、待っていよう」と、フッドはいった。とはいえ、カウントダウン・クロックの小さな緑色の数字が変わっていくのを見ながら、どういう決定を下すにせよ、人の命と国の運命にかかわる決定を下すのに、考える時間は数十秒しかないということを意識していた——それも、コンピュータに現われた相手の顔を見て働いた勘だけが拠《よ》り所なのだ。

57

火曜日　午後十時四十五分　ハバロフスク

オルロフ将軍が列車を呼び出すと、少尉《しょうい》は前方の線路を監視するために機関車へ行っているので、呼び戻すには何分かかかる、とフョードロフ伍長《ごちょう》が答えた。

「時間がない」オルロフはいった。「そこで列車をとめて電話に出ろといってくれ」

「はい、将軍」フョードロフは答えた。

フョードロフは、ゆっくりと揺れている車輛《しゃりょう》の前寄りへ駆けていって、インターコムの受話器を取り、その下の箱型のインターコムのボタンを押した。一分近くたって、ニキータが出た。

「なんだ？」ニキータがいった。

「少尉」フョードロフがいった。「将軍から電話です。ここで列車をとめ、電話に出てほしいといっておられます」

「こっちはやかましい」ニキータがいった。「もう一度いえ」

フョードロフは叫んだ。「将軍が、ただちに列車を停止させ――」

そこまでいったとき、機関車からの叫び声がインターコムではなくドアから聞こえてきて、フョードロフは言葉を飲み込んだ。つぎの瞬間には、前方に投げ出されていた。車輪がキーッという悲鳴を発し、連結器がうめいて、その車輌が前の炭水車に激しくぶつかった。フョードロフは受話器をほうり出し、車輌の後寄りに飛んでいって、衛星アンテナが倒れないように支えようとした。機敏な兵士がひとりいて、アンテナを押さえていたが、無線機の本体が横倒しになり、同軸ケーブルが一本、アンテナの上側からむしり取られた。底部の重いランタンはさいわい倒れず、列車がとまり、兵士も民間人も散らばった木箱のあいだでたがいを助け起こしているときに、ようやくフョードロフは無線機を点検できるようになった。コネクターがこわれ、そのままアンテナにくっついていたが、ケーブルそのものは無事だった。フョードロフは手袋を脱ぎ、すぐに修理に取りかかった。

運転席の前に大きな罐《かま》があるために、機関車の窓は脇《わき》にしかない。ニキータがそこからのぞいているときに、牡丹雪《ぼたんゆき》の厚い幕を通して、倒れている木が見えた。機関士にとまれと叫んだが、おろかな若い機関士は反応するのが遅かったので、ニキータが代わりにブレーキをかけた。

運転室に乗っていた三人は、床にしたたかに叩《たた》きつけられ、列車がとまったとき、上とうしろのほうの車輛から、叫び声が聞こえた。ニキータはすばやく立ちあがったが、倒れたときに打った右の腰がしびれていた。壁のフックから懐中電灯を取り、窓ぎわへ走っていった。大きくひろがる光で、雪のなかを照らした。ひとりが一輛目の屋根から落ちていたが、すでに雪の積もったところから登りかけていた。

「だいじょうぶか?」ニキータが叫んだ。

「と思います」若い兵士が、ふらふらと立ちあがった。「われわれは前方で必要ですか?」

「いや!」ニキータがどなった。「見張りに戻れ」

「はい」兵士が答えて、雪に覆《おお》われた手袋でぎごちなく敬礼をすると、ふたりが上から手をのばして、その兵士を車輛のうえに引きあげた。

ニキータは、運転室のふたりに、窓からよく見張っているようにと命じ、炭水車の上に登った。風がやみ、雪がまっすぐに降っている。不安にかられるくらい静かで、自動車事故のあとを思わせる真綿でくるまれたような沈黙のなか、石炭を踏むニキータのブーツの音が歯切れよく響いた。雪と炭塵《たんじん》を跳ね飛ばしながら、ニキータは小走りに列車の後寄りに向かい、一輛目の貨車の連結器の上にたくみに飛びおりた。寒気にぜいぜい喉《のど》を鳴らしながら、懐中電灯でドアの把手《とって》を捜した。

「六名を線路に配置しろ」がっしりした体軀《たいく》のヴェルスキー軍曹に向かって叫びながら、ニキータはなかにはいった。「木が倒れて線路をさえぎっている。それを早くどかしたい。三人を見張りにつけて、あとの三人でどけろ」

「ただちに、少尉」ヴェルスキーが答えた。

「狙撃手《そげきしゅ》がいそうな場所に注意しろ」ニキータはつけくわえた。「やつらは暗視装置を持っているかもしれない」

「わかりました」

ニキータは、フョードロフのほうを向いた。「電話はどうだ?」

「修理まであとすこしかかります」ランタンのそばで身をかがめたまま、フョードロフが答えた。

「早くやれ」白い息を吐いて、ニキータは語気鋭くいった。「将軍はほかになんといった?」

「列車をとめて、電話に出てほしい」フョードロフがいった。「それだけです」

「ちくしょう」ニキータがいった。「なんてこった」

ヴェルスキー軍曹の部下たちが装備の袋から火炎信号弾を出しているあいだに、ニキータは民間人の乗客に、箱を積みなおすよう命じた。いくぶん動揺した面持ちの兵士がうしろの車輛からはいってきたので、木箱を厳重に護り、警戒をおこたるなと命じて追い返した。

「車掌車にも見張りを立てろといえ」ニキータがつけくわえた。「うしろからやってくる可能性もある」

ニキータは、脚をひらいて貨車の中央に立ち、いらだたしげに足踏みをした。敵の立場になってものを考えようとした。

あの木は倒れたのかもしれないし、あるいは人為的に置かれたのかもしれない。後者だとすれば、待ち伏せは失敗したことになる。木に列車がぶつかっていたら、崖《がけ》の横で停止していたはずだ——列車の屋根の兵士を狙《ねら》い撃つには格好の場所だ。ところが、ここは数百ヤード離れているから、ひとりかふたりを斃《たお》した時点で、敵は発見される。姿を見られずに列車に近づく方法はないし。見つかれば撃たれる。

では、やつらはなにをもくろんでいるのだ？

おやじが電話してきて、列車をとめろといった。木のことを知っていたのか？　あるいは、爆発物や前方での待ち伏せなど、それ以上のことを知っていたのか？

「早くしろ！」ニキータは、フョードロフにいった。

「もうすぐです」フョードロフが答えた。かなりの寒さなのに、額が紅潮し、汗がにじんでいる。

ニキータは、無力に感じていることがよけい腹立たしかった。あたりの空気がますます重苦しく感じられる。孤立し、音が弱められているせいばかりでない。自分が捕食動物なのか、それとも獲物なのかという迷いと、敵が間近に迫っているという感覚のためでもあった。

58

火曜日　三時五十分　サンクト・ペテルブルグ

「みんな、おれたちのことを忘れちまったんじゃないか」

ジョージ二等兵は、モイカ川を渡るややこしい角をなんとか通過しながらそう思い、なんだか可笑《おか》しくなった。青銅の騎士像を左に見て、旧海軍省大通りへ右折し、すぐ先の宮殿広場を目指した。

オルロフとフッドが衛星通信に切り換え、だれもこの周波数を使っていないとわかってから、ペギーは無線機を切った。おびえながら感謝している乗客をおろすと、ふたりはエルミタージュに向けて進みつづけることにした。そこで車を捨て、人ごみにまぎれ、あたりの様子をつかんでから、第二の任務に着手する。

「だって、ずいぶん失礼だと思わないか。水に落ちた胡桃《くるみ》みたいに千マイルの海を渡ってきて、仕事をしたら、あとで連絡してきて、〝ああ、きみたち――よくやった〟といってくれる人間が、ひとりもいないなんて」

「褒められたくてここへ来たの？」ペギーがたずねた。

「いや。でも、褒められれば嬉《うれ》しいよ」

「だいじょうぶ。ここを脱け出すときには、だれにも知られていないほうがどんなにいいかと思うようになるわよ」

夕方の陽光が琥珀《こはく》に染めているエルミタージュの白い円柱が視界にはいると、ざわめきが聞こえ、やがてリドマン大尉に注意を受けた労働者の一団が見えた。

ジョージは、首をふった。「こんなこと、だれが予想できただろう」

ペギーがいった。「たぶん、前にここで抗議行動のたぐいがあったのは、まだ冬宮と呼ばれていたころで、ニコラス二世の血気にはやる近衛《このえ》兵《へい》が労働者たちを銃撃したのよ」

「ぞっとしないね」ジョージがいった。「鉄の踵《かかと》を復活させたいと思っている連中がいるなんて」

「だからわたしは感謝されなくてもいっこうにかまわないのよ」と、ペギーがいった。「やりつづけるのに必要なのは、お尻《しり》をぽんと叩かれることじゃなくて、恐怖なのよ。警戒にはそれなりの見返りがある。そうキースは思っていた」

ジョージは、バックミラーでペギーの顔を見た。彼女の声に死んだ恋人への感傷はかけらもなく、目に彼を失った悲しみの色はなかった。きっとひと前では泣かないような人間なのか、あるいはまったく泣かないのだろう。キースが死んだ現場に近い建物に近づいたとき、どういう反応を示すのだろうと、ジョージは思った。

大きなチェッカー盤のような宮殿広場全体に、三千人を超える群集がいた。旧参謀本部のアーチの正面に演壇がつくられ、群集はそちらに顔を向けている。警察が広場を通ろうとする車を迂回《うかい》させていたので、その手前で路肩に寄せるようにとペギーがジョージに指示した。すべてのテーブルにそれぞれちがう銘柄のビールやワインの宣伝が描かれた茶色のパラソルがある野外のカフェのそばで、ジョージが車をとめた。

「営業担当がさっそくここにも来たんだな」ふたりならんで立つと、ジョージが不服そうに皮肉をいった。

「いつだってそんなものよ」と答えたとき、ペギーはひとりの警官がじっと見ているのに気づいた。

ジョージも気づいていた。「車を見つけられてしまう」

「でも、まさかこの付近にずっといるとは思わないでしょう」ペギーがいった。「向こうはこっちが任務を終えたと思っているわけだから」

「われわれの友人のロナシュが人相風体をやつらに教え、いまごろはサンクト・ペテルブルグじゅうにそれがファクスされているんじゃないか」

「まだでしょう」ペギーがいった。「観光客として出国するには、どのみちこの制服を脱がないといけない」時計を見た。「一時間十分後にヴォルコと会うことになっている。なかにはいりましょう。呼びとめられたら、一ブロック東の旧海軍省から来たといえばいいわ。群集があふれ出してこないかどうか、監視しているだけだと。なかにはいったら、着替えて、恋している若いカップルのふりをしながら、ラファエロのところへ行く」

「やっとなじみのある偽装ができる」広場に向かって歩きはじめると、ジョージがいった。

「あ、あ、あまりのめりこまないで」ペギーがいった。「あなたから離れてヴォルコと話をするために、ちょっと口喧嘩《くちげんか》をしないといけないから」

ジョージが、にやにや笑った。「おれは結婚しているんだ。それもなじみがあるよ」笑みがひろがった。「ストライカー、ストライキ参加者《ストライカー》に混じる」小声でいった。「なんとも皮肉だな」

ペギーは笑みを返さず、宮殿広場の群集の外側をふたりでまわっていった。おれのいうことなど聞いていないのだろう、とジョージは思った。ペギーは、おとなしい群集や、旧参謀本部のアーチの上の馬車と騎士の像や、足もとを眺めている――エルミタージュの建物やその向こうの川、キース・フィールズ＝ハットンが死んだ河岸には、まったく目を向けない。ジョージは、ペギーの目尻が潤《うる》んでいるような気がしたし、足取りもこれまでになく重くなっているような感じだった。

そこでようやく、ほとんど一日のあいだ腰をくっつけて座っていた人間に親しみをおぼえて、温かい気持ちになった。

59

火曜日　午後十時五十一分　ハバロフスク

スペツナズの兵士は、彼らの主な武器である円匙《えんぴ》でさまざまなことをやるように訓練されている。鍵《かぎ》のかかった部屋に、円匙だけを持たされて狂犬と閉じ込められる。円匙で木を切り倒せと命じられる。凍った地面に体を横たえられる大きさの溝を掘らなければならないこともある。一定の時間を超えると、戦車が平地を通過する。じゅうぶんに深い穴が掘れなかった兵士は、押しつぶされる。

スクワイアは、リズ・ゴードンの協力を得て、スペツナズの技術について専門的な研究をして、この特殊部隊の兵士たちの驚くべき耐久力と多彩な能力が、なにによってはぐくまれるのかを追究した。それらをすべて採用するわけにはいかなかった。兵士を強くするために日常的に暴力をふるうのは、国防総省《ペンタゴン》がぜったいに承認しない。とはいえ、指揮官たちは喜んで賛成するだろう。とにかく、スクワイアはスペツナズのやりかたを多数採用した。なかでも気に入っているのは——きわめて短い時間でカムフラージュをこしらえ、想像もできない場所に隠れる技術だった。列車の屋根に兵士が配置されていると聞いたとき、彼らは線路沿いの木のてっぺん、崖や大きな岩の上、雪の積もったところを見張るはずだと気づいた。機関車に乗っているものは、線路に爆発物や瓦礫《がれき》がないかどうかを見張る。だが、こちらは姿を見られることなく、列車の下に潜り込まなければならない。とすれば、いちばんいい隠れ場所は、線路そのものだ。

機関車のヘッドライトの光は拡散して暗い。見張りの兵士は、レールに注意を集中する。だから、乾燥した古い枕木《まくらぎ》を斧《おの》で叩《たた》き割り、線路のまんなかに浅い溝を掘って、仰《あお》向《む》けに寝そべり、グレイに命じてC‐4爆薬と体に雪をかけさせれば、見つかる気遣いはないと思った。息ができるように、横に腕ほどの太さの穴をあけておく。ニューマイアーもそばに埋めてから、グレイは列車からかなり離れている大きな岩の蔭《かげ》に隠れた。ニューマイアーとスクワイアとニューマイアーが貨車二輌《りょう》と取り組み、ドンパチがはじまったら、グレイは自分のターゲットである機関車を目指す。

スクワイアは、接近する列車の太鼓の連打のような響きを、はじめは耳で聞き、やがて体でも感じた。不安はなかった。レールの表面よりずっと下にいるので、機関車が排障器をそなえていたとしても、体に積もった雪に触れることはない。機関士が線路の木を発見するのが早すぎるか、あるいは遅すぎて衝突することだけが心配だった。後者の場合、列車が損壊するだけではなく、車輪が木を後方に跳ね飛ばして、上に落ちてくるおそれがある。そうなったら、さきほどグレイに冗談でいったように、〝首と肩が挽肉《ひきにく》〟になってしまう。

そのどちらにもならなかった。だが、列車が停止し、スクワイアが目の前に小さな穴をあけて見ると、炭水車の下にいるとわかった。目当ての車輛は一輛うしろになる。いいいいいいいいいい、とにかくカムフラージュは成功した、と思いながら、スクワイアは体の上の雪をそっとどかしていった。ロシア軍兵士がロシア式のたくらみに引っかかるというのは、痛快でもあり、歴史の流れからしても正当のように思えた——ラスプーチンが帝政主義者に殺され、ロシア皇帝が革命家に殺されたのと似ている。

雪をすっかり取り除《の》けたとき、スクワイアは叫び声を聞いた。肌はすべてノーメックスの服に覆《おお》われているにもかかわらず、寒かった——周囲のいちような闇《やみ》のせいかもしれなかったが、なぜか体の芯《しん》まで冷え冷えとしていた。

体が自由になると、すぐに水気の多い雪の吹き溜《だ》まりをブーツで踏みしだく音が聞こえた。つづいて火炎信号弾が、雪のなかに淡いピンク色の光の輪をひろげ、列車の腹の下の闇をおどろおどろしく照らした。スクワイアは、用心深くリュックサックを腹に載せ、頭から先にもぞもぞと溝を出た。そして、枕木の上を一輛目の貨車に向けて這《は》っていった。兵士たちが右手を進んでいたので、しばし動きをとめ、右の腰の下のほうに留めてあるホルスターの安全ストラップのボタンをはずした。スクワイアは、国際的事件を起こしたくはなかったが、シベリアの凍りついた平原で自分が死んだ記事を他人に読まれるよりは、自分の犯罪と悪事について書いてある新聞を読むほうがいいと思っていた。

スクワイアの這うのが速くなり、ロシア兵が倒木のところに達したときには、炭水車と一輛目の貨車のあいだの連結器まで行っていた。肩で雪を押しのけ、体をそらせて這っていたにしては、上出来だった。スクワイアはリュックの蓋《ふた》をあけてC‐4爆薬を出し、金属部分に押し付けた。じっとりと濡《ぬ》れている錆《さ》びた鉄の薄片が、雪のように舞い落ちた。可塑《かそ》性爆薬がきちんとくっつくと、直径三インチの時限起爆装置を出して、親指の付け根でぎゅうぎゅう押して、プラスとマイナスが両方とも爆薬に埋め込まれるようにした。テンキーの上にふたつあるボタンのうち、左のほうを押した。それからテンキーを叩いて、カウントダウンの数字を入力した。自分にあたえる時限は一時間。60:00:00と打ち込むと、上の右のボタンを押し、入力した。それからまた左のボタン、右のボタンとつづけて押して、カウントダウンを開始させた。

スクワイアは、薄紅に染まっている雪に脚を突っ張り、一輛目のなかごろまで這《は》っていった。右上のほうから、どしんという音が聞こえる。急停車で貨物が崩れ、積み直しているのだろう。足で蹴《け》ってさらに数フィート進むと、音の真下でとまり、そこにも

C‐4を取り付けた。時限起爆装置を押し込んで、さきほどとおなじ手順をくりかえし、ここではもっと大きな可塑性爆薬が爆発するようにした。二輛目の下へ這ってゆき、そこで三つ目の爆薬と起爆装置を取り付けた。

それが終わると、スクワイアはふうっと深い息を漏らす余裕ができた。胸の上から列車の前方を見ると、木を取り除ける作業はほとんど終わりかかっている。もう時間がない。

リュックサックの下から体を抜くと、それをそっと右に置き、横這いで左手に出た。列車の下から出たところで転がってうつぶせになり、火炎信号の明かりがこしらえている列車の長い影のなかに寝そべった。時計の夜光文字盤を見て、ここまでのところ作戦が迅速に進められていることに満足した。こうした任務は、たとえばアンドルーズ基地で予行演習するひまがあったとすれば、それを現場で実行すると、一〇パーセントから二〇パーセント長くかかるものだ。どうしてなのか理由はわからないが、とにかくそうなる。

一輛目のほうをふりかえり、肘《ひじ》で這い進んで、炭水車の近くの吹き溜まりまで行った。雪を押し分ける。それが雪の下から出ろというニューマイアーへの合図だった。ニューマイアーはふるえていて、歯が鳴るのをふせぐために目出し帽を咬《か》んでいた。スクワイアが元気づけるように肩を叩き、ニューマイアーが転がって腹ばいになった。九ミリ口径のベレッタを胸の上で握った状態で埋められていたのだが、それをホルスターにしまった。

ニューマイアーは自分のやることを心得ている。だからスクワイアは、二輛目へ這っていって、位置についた。

これひとつだけは、予行演習ができたらと願っていた。とはいえ、いくらスペッツナズ隊員が七十二時間眠らずにいても能力がおとろえないといっても、イスラエル空挺旅団の偵察衝撃行動部隊《サイェレット・ツァンヒム》が走っている駱駝《らくだ》の上に降りられるといっても、オマーン王室警護隊の士官がハットピンで喉《のど》を刺して人を殺せるといっても、ストライカーのようにその場その場の機転で行動できる兵士が世界にまたとないことを、スクワイアは知っている。それがこのチームの美点であり、急展開する危機を野生の馬を乗り馴《な》らすように乗り切ることを要求されるオプ・センターにうってつけなのだ。

スクワイアは、発火装置をベルトに留めて、小型のガス・マスクをはめ、左腰のパウチから特殊閃光手榴弾《せんこうしゅりゅうだん》一発を出した。右手の親指でプル・リングを引き、安全レヴァーは掌《てのひら》で握って押さえたままにした。つぎにおなじパウチからM54催涙ガス弾を出し、親指をリングに通して左手で持った。ニューマイアーがおなじようにすると、ふたりは影のなかでゆっくりと身を起こし、一輛目と二輛目の貨車の窓の右手に立った。

60

火曜日　午前七時五十三分　ワシントンDC

「それで、彼はどこにいる？」
フッドがまったくおなじことを考えていたとき、ハーバートがたずねた。

これまで数分間、フッドのオフィスに集まった面々は黙り込んだままだった。フッドはオルロフとのやりとりを頭のなかで再生し、ストライカーに対して不利になるようなことはなにも漏らしていないと、自分を納得させようとしていた。オルロフは、ストライカー二チームのことをすでに知っていたが、これでいどころも知ったことになる。それでも、フッドは、くだんの話し合いが危機をなんとか避けようとするものであったと確信していた。オルロフは、ロシアにおける自分の地位を利用し、やろうと思えばもっと高飛車に出ることもできたはずだ。彼は愛国者であるとともにヒューマニストでもあるのだと信じたい。

だが、列車を指揮しているのは彼の息子だ、とフッドはあらためて思った。それが崇高な目的よりだいじなのではないか。

フッドの電話が鳴り、全員がはっとした。フッドがスピーカー・ボタンを押して応《こた》えた。

「ストライカーのホンダからの中継です」と、バグズ・ベネットがいった。

「みんな聞こう」フッドがいった。「任務地図をコンピュータに呼び出してくれ。オルロフ将軍がなにかいってきたら、途中で割り込んでいい」

そういいながら、フッドはデスクの上の電話機を押して、マイク・ロジャーズのほうに近づけた。ロジャーズは、それを感謝しているふうだった。

秘話回線からホンダの声が聞こえてきた。力強く、驚くほど明瞭《めいりょう》だった。「こちらホンダ二等兵、命令により報告します」

「ロジャーズだ。どうぞ、二等兵」

「将軍、ターゲットの橋を目視、雪はやみかけています。ストライカー三名の現在の座標は九五一八-八二八、撤退のルートを確保中。ほか三名は列車のところで、座標六九八七-五七二。中佐は、列車にC-4を仕掛け、特殊閃光手榴弾《フラッシュ・バン》と催涙ガスで乗客をぜんぶ外へ出して、列車を奪取、線路の先へ進めて爆破する予定です。罐《かま》の破片で負傷者が出るのを懸念《けねん》しているからです。ターゲットが無力化されたら、中佐は引き揚げ地点でわれわれと合流します」

フッドは、コンピュータの座標を見た。かなり距離があるが、どうにかやれないことはない。

「ホンダ二等兵」ロジャーズがいった。「ロシア側が作戦を休止する気配はないか？」

「将軍、われわれは彼らが見えないんです。中佐が線路をさえぎるように木を爆破して倒しました。その音は聞こえました。そのあと、列車が近づき、ブレーキの音がして、とまったのがわかりました。でも、ここからは見えないんです」

「銃声は？」

「聞こえません」と、ホンダがいった。

「ベータ・チームに命令を伝える必要があるとしたら、可能か？」

「ひとりがひきかえさないと無理です」ホンダがいった。「向こうは無線には応答しません。将軍、自分はふたりと合流しなければなりません。あらたな展開があったら、できるだけ報告するようにします」

ロジャーズがホンダに礼と激励の言葉をいっているあいだに、フッドが第二回線でベネットを呼び出し、現場の最新の衛星画像がNROから届いたら、ただちにプリンターに送信するよう指示した。ロジャーズとハーバートが、フッドのデスクのうしろのプリンターのところへ行き、ハード・コピーが届くのを待った。

ほどなく、オルロフがコンピュータのモニターに戻ってきた。さきほどよりもいっそう不安げな面持ちだったので、フッドはこっそりリズを招き寄せた。モニターの上の光ファイバー・カメラの視界にはいらずにオルロフの顔が見られるように、リズが脇《わき》に立った。

「遅くなって申しわけない」オルロフがいった。「通信士に列車をとめて息子を電話口に出すように命じたが、そこで回線が切れた。どうなっているのか、ほんとうにわからないんだ」

「こっちも、チームが線路に木を置いたことを知ったばかりだ」と、フッドがいった。

「だが、衝突はしていないと思う」

「では、わたしの命令はじきに伝わるだろう」と、オルロフがいった。

フッドは、オルロフが視線を下に向けるのを見た。

「ニキータが呼んでいる」オルロフがいった。「すぐに戻ってくる」

オルロフの画像が消えると、フッドはリズの顔を見た。「どういう印象を受けた?」

「視線は揺れない、声はやや低い、肩を落としている」リズがいった。「事実を述べているが、その重みに苦しんでいる男らしく」

「わたしもそう受けとめた」フッドが、頰をゆるめた。「ありがとう、リズ」

リズが笑みを返した。「どういたしまして」

そのときプリンターがブーンという音を発し、デジタル画像プリンターの細い穴から最初の写真が出てきた。フッドには、それを眺めているロジャーズとハーバートの様子がさっきのオルロフとよく似ているように思えた。

61

火曜日　午後十時五十四分　ハバロフスク

アップリンクのケーブルの修理は、フョードロフ伍長《ごちょう》の指先が寒さでかじかんでいるために、なかなか捗《はかど》らなかった。ディッシュ・アンテナのそばにしゃがみ、ポケット・ナイフで被覆を一インチ剝《む》き、よじって接続部に差し込まなければならなかった。民間人ふたりがそばに立って、もっといい剝きかたがあるといい合っているのも邪魔になった。

フョードロフがようやくそれを終えて、真後ろに立っていたニキータに受話器を渡した。フョードロフは自分の作業ぶりを誇るふうはなかったが、すばやく無駄がなかった。

「ニキータ」オルロフがいった。「だいじょうぶか？」

「はい、将軍。われわれは木をどけました」

「中止してもらいたい」

「なんです？」ニキータがきき返した。

「命令を撤回するのだ。アメリカ軍兵士と交戦してはならない。わかったか？」

凍《い》てついた空気が窓から流れ込み、ニキータの背中を打った。だが、ニキータがさむけをおぼえたのは、そのせいではなかった。「将軍、降伏しろというのですか――」

「降伏する必要はない」オルロフがいった。「だが、わたしの命令どおりにしろ。わかったな？」

ニキータはいいよどんだ。「明瞭に」と、答えた。

「わたしはいまアメリカ側の指揮官と接触している」オルロフがいった。「このまま回線をつないでおけば、わたしが指示を――」

ニキータは、最後まで聞かなかった。貨車の木の床に物のぶつかるごとんという音がした。電話機から顔をそむけて見ると、手榴弾がゆっくりと転がってきた。つぎの瞬間、それがすさまじい閃光を発し、すさまじい破裂音が轟《とどろ》いた。なかにいたものたちが叫びはじめたとき、もう一度どすんという音がして、つづいてガスの噴き出すシューッという音がした。

拳銃《けんじゅう》を抜き、車輛の前寄りのドアに向かうときも、ニキータはこの巧妙なやりかたに感心せずにはいられなかった。特殊閃光手榴弾で目をつぶったところへ、つづいて催涙ガスを投げ込み、目があけられないようにする――そうすれば、狭いところに催涙ガスが充満したために視力に障害が生じるのを避けられる。永続的な障害にはならないので、国連に証拠として持っていけない。ニキータは怒りに燃えた。

アメリカ軍は、催涙ガスでスペツナズの兵士たちを貨車からいぶし出し、金を持って逃げるつもりなのだろう、とニキータは当たりをつけた。攻撃隊はすでに散開し、周囲で配置についているはずだ。部下たちをそちらへふりむけて闇《やみ》のなかで追わせても、いい結果は得られない。だが、おれはこの奇襲部隊にはやられない。荷物も渡さない。闇のなかを左手で探って進みながら、アメリカが信用できると考えた父親……コシガン将軍ではなくアメリカがロシアにとっての最善を心から願っていると思い込んだ父親を呪《のろ》った。

ドアに近づいたところで、ニキータは叫んだ。「ヴェルスキー軍曹、おれたちを掩護《えんご》しろ!」

「わかりました!」ヴェルスキーが大声で答えた。

車輛の前部に達し、濛々《もうもう》とたちこめる催涙ガスから脱け出すと、ニキータは目をあけた。ヴェルスキーの部下たちが、雪の上に腹ばいになって扇形にならび、敵のいる気配があればいつでも撃てる構えをとっているのが見えた。フョードロフ伍長やほかの兵士たちは、なにがなにやらわからずまごついている民間人たちが列車から出るのに手を貸している。

ニキータは、あとずさりで列車を出た。列車の向こう側を見張っている屋根の上の兵士を呼んだ。

「チザ二等兵、なにか見えるか？」

「いいえ」

「そんなことがあるか」ニキータはどなった。「手榴弾は、そっち側から来た！」

「近づいてきたものはいませんでした」

そんなことはありえない、とニキータは思った。あの手榴弾は、擲弾《てきだん》発射機から発射されたのではない、手で投じられたものだ。何者かが列車に近づいたのだ。そう思ったとき、もしそうなら、雪に足跡が残っているはずだと気づいた。

反対側を見るために、白い息を吐きながら、ニキータは足をとられる深い雪のなかを機関車に向かった。

62

火曜日　午後十時五十六分　ハバロフスク

父親の年代物のサンダーバードほどもある大きな岩の蔭《かげ》にしゃがんでいたチック・グレイ三等軍曹は、スクワイアとニューマイアーが列車の窓から手榴弾を投げ込むのを、じっさいに見ていたわけではなかった。だが、ロング・アイランドはヴァリー・ストリーム・サウス・ハイスクールのトラック競技とフィールド競技のチームで抜群の評判をとっていたグレイは、雪が消し炭からマグネシウムの白い輝きに色を変えるのを見た瞬間、それがスターティング・ピストルであったかのような反応を示した。即座に機関車に一瞥《いちべつ》をくれて、岩をまわり、脚をすさまじい勢いで動かし、体を低くして、雪のなかを突進した。スクワイアとニューマイアーがそれぞれの担当する貨車の窓からなかへ飛び込むのが見えた。ベレッタの特徴のある銃声はしないかと耳を澄ましたが、なにも聞こえず、やがて二輛目《りょうめ》の貨車の後部のドアから煙が噴き出すのがわかり、ニューマイアーがその車輛と車掌車のあいだの連結器の上でかがむのがちらりと見えた。ほどなく、丸い屋根からむなしく発砲している兵士たちごと、赤い車掌車が切り離された。

スクワイアの作戦の組み立てと実行に、グレイは誇りが沸き起こるのを感じた。仮にだれも負傷しなかったら、これは特殊部隊のタイム・カプセルに収めて記録すべき作戦になる。

ちんぽを突っ込め！ と頭のなかで叫びながら、グレイは左手に斜めに進み、つぎは右手へと走った。成功を期待すると悲運にいい寄られると気づき、下品だが容認されているストライカー流の悪態をつくことで、それを打ち消そうとしたのだ。

列車まであと数十ヤードというところで、火炎信号弾に照らされた人影が向こう側を機関車の前部に向けて進んでいるのが目にはいった。だれかが列車の前をまわろうとしている。グレイは立ちどまりたくなかったので、運転席と平行して従台車の上を通っている注水管に飛びついた。それをつかみ、脚から先に運転席に飛び込むと、注水管を放して着地し、しゃがんだ。

機関士が肝をつぶしてふりむいた。グレイは左手の指をすこしそらせて手刀をこしらえ、機関士の鼻の下を打った。つづいて左足をまさかりのように横にふるい、膝《ひざ》を横から蹴《け》って、機関士を床に倒した。

列車の動かしかたがわからないと困るので、グレイは機関士のロシア兵を気絶させずに、いうことをきかせようと考えていた。だが、絞り弁《スロットル》と床のブレーキは操作が簡単だった。ブレーキを蹴って上向きのオフの位置にしてから、垂直の絞り弁《スロットル》レヴァーを左手から自分のほうに引いた。列車がごとごとと進みはじめた。

「おりろ！」グレイは機関士にどなった。

桃色の頰の若いロシア人は、立ちあがろうとしたが、あきらめてへなへなと膝を突いた。

グレイが、ぞんざいに窓のほうを指差した。「ダスヴィダーニャ！」と、知っている唯一《ゆいいつ》のロシア語を叫んだ。「そうだ——あばよ！」

ロシア兵は一瞬ためらい、やにわにグレイの左腰のホルスターのベレッタをつかもうとした。グレイが左肘《ひだりひじ》を曲げて、ロシア兵のこめかみを強く突いた。ロシア兵が、幽霊のアッパーカットをくらったみたいに運転室の端まで吹っ飛ばされた。

「馬鹿者《ばかもの》！」グレイがうなった。出力をさらに上げてから、グレイはロシア兵を小麦袋のように肩にかつぎ、窓に押し込むと、列車の脇の積もった雪の上に背中から落とした。

ちらとふりかえると、列車に追いつこうと、数人のロシア兵が走っているのが見えた。だが、二輛の貨車からの射撃でロシア兵は追い払われ、前進四分の三の出力で、ストライカー特急は闇に向けて走っていた。

列車が走りはじめたとき、ニキータはちょうど排障器の前をまわったところだった。

線路から飛びのくと、排障器のすぐ上のうしろ寄りにある手がけをつかみ、三段上のプラットフォームまでステップを登った。罐《かま》の鉄板にもたれてそこにうずくまり、AKRサブ・マシンガンをぎゅっと脇にひきつけて、怒りを煮えたぎらせながら経過を見守っていた。マキシミッチ二等兵が窓からほうり出され、他のアメリカ兵が発砲して、列車の正当な乗り手であるニキータの部下たちは、やむなく木や岩の蔭に隠れた。ああいうやつらにおやじはすり寄ったのだ！　催涙ガス弾の最後の一発が窓から投げ出され、機関車が速度をあげると、ニキータは歯ぎしりしながら思った。

あいかわらず身をかがめたまま、ニキータは短銃身のサブ・マシンガンを左手に持ち替え、プラットフォームから、二歩上の空気溜《だ》めの上の足がかりに登った。罐のなかごろ、注水管の上にずっと細い足がかりがつづいている。ニキータはそこに立ち、機関車の前からうしろまでずっとつながっている手摺《てすり》を握って、サブ・マシンガンの銃口を運転室に向けた。

運転室まで八フィートの蒸気ドームの下をニキータが通ったとき、そんなこととは知る由《よし》もないアメリカ兵が、外をのぞいた。

63

火曜日　午後四時二分　モスクワ

ドーギン内務大臣は、上機嫌だった。すこぶる機嫌がよかった。

きょうはじめて執務室で独りきりになったドーギンは、目前に迫っている勝利の味を噛《か》みしめていた。コシガン将軍の部隊は、なにごともなくウクライナにはいった。ウクライナ国籍を取ったロシア人やウクライナ人が、ソ連国旗で歓迎しているという報告まで届いている。

ポーランド軍は、ウクライナとの国境付近へ移動している。NATOとアメリカは、英国に駐留していた部隊をドイツへふりむけ、ドイツ国内のものはポーランド寄りに移動している。NATOの軍用機がワルシャワ上空を飛行し、力を誇示している。だが、それは空威張りで、地上ではポーランドに他国の部隊はまったく来ていない。今後も来ることはない。ロシアの工作員が、世界中の紛争地域で騒ぎを起こす構えを見せているのだから、来られるはずがない。アメリカは、中南米から中東に至る各地での暴動や侵攻に軍隊を投入して手薄になるよりは、ロシアが従来の勢力範囲を回復するのをじっと見ているほうを選ぶだろう。たったいま、ドーギンのワシントンにおける特使、使節団のサヴィツキー副団長が、アメリカ国務省でロシアの目的について秘密会談を行なっている。ジャーニンの任命した新大使は、すでにリンカーン国務長官との会談を終えている。今回の二度目の会談に応じることによって、アメリカ政府は、ロシアに第二の政府が存在し、それに配慮する必要があると、非公式に認めたことになる。それを認めさせるのに、〈グローズヌイ〉は都市で爆弾事件を起こすまでもなかった。

ドーギンの新しい政治的な友人たちは、金が着くまで待つことに同意した。ジャーニン大統領は、情報と指揮系統が途中でさえぎられているのを思い知っている。ジャーニンは機敏な反応や細かな対応ができない。ミハイル・ゴルバチョフのときの失敗に終わったクーデターとはちがって、今回のものはめざましい効果を挙げている。それがドーギンは自慢だった。兵器や兵士を使って指導者を隔離する必要もない。見聞きする能力を奪うだけで、指導者は無力になる。

ドーギンは、悦に入ってくすくす笑った。あの間抜けになにができる？　テレビに出て、政府内でなにが起きているのか自分にはわからないと有権者にいうのか——どうかみなさん教えてくださいと。

予期せぬ遅延のためにショヴィッチが不安にかられるのではないかという唯一の懸念《けねん》

は、現実にならなかった。ショヴィッチが偽《にせ》の旅券のうちのひとつを使って出国したことはまちがいないし、敵やライヴァルを混乱させるために第二次世界大戦中にパットンがやったように、絶えずいどころを変えている。とはいえ、ショヴィッチがいくら不安がろうが、知ったことではない。あの虫けらがどこかの石の下にいればそれでいい。

　これまでのところ、たったひとつ、セルゲイ・オルロフの件だけは、期待はずれだった、とドーギンは思った。この病んだ国をまともにするには、法に触れることにも目をつぶる必要がある。オルロフは規律正しく、しきたりを重んじる男だから、この異例なやりかたに不満をおぼえるだろうと思ってはいたが、ロスキーに対して階級をふりかざし、敢然と反対するというのは予想外だった。これでオルロフの軍人としての生命も終わりだ、と考えて、ドーギンは満足をおぼえた。ロシアの前線を放棄したオルロフは、英国第二十七槍騎《そうき》兵《へい》連隊とともに、死の谷へと馬を駆ることになる。

　ドーギンは、オルロフが気の毒になった。とにかくオルロフは自分の仕事を立派に果たして、渋る政治家が作戦センターの予算獲得に動くように力を尽くした。彼が清廉《せいれん》な名誉ある人物だったからできたことだ。仲間にはいりさえすれば、こちらも残ることを認めただろう。

　ドーギンは、壁の骨董品《こっとうひん》の地図を眺め、復活なった旧ソ連のあらたな版図のものをそこにくわえられると思うとわくわくした。

時計をちらと見て、もう嵐《あらし》は通過し、金を積んだ列車はハバロフスクに着いているはずだと思った。受話器を取り、オルロフ将軍につなげと補佐官に命じた。列車の到着が確認できたら、ビラ川沿いのユダヤ人自治州の首都ビロビジャンまで飛行機を迎えにやる。〈ダルセルマシュ〉伐採機械の工場に、中型の軍用機が発着できる飛行場がある。

電話に出たオルロフは、先刻の用心深く落ち着いた態度とは、がらりと変わっていた。びっくりするほど攻撃的だった。

「あなたの計画はがたがたになりましたよ」オルロフが、ぶっきらぼうにいった。ドーギンの胸に疑念が湧《わ》きあがった。「どの計画だ？　列車になにかあったのか？」

「まあ、そんなところですね」オルロフが答えた。「こうして話をしているあいだにも、アメリカの奇襲部隊が列車を襲撃しています」

ドーギンが、背中をまっすぐにのばした。「列車はおまえの責任だ——おまえの息子が護衛している！」

「ニキータは、彼らを撃退するために最善を尽くしているはずです」と、オルロフはいった。「それに、アメリカにはひとつ不利な点がある。彼らは、ロシア人に怪我《けが》を負わせたくない」

「それがほんとうなら、やつらは正気じゃない」ドーギンが答えた。「ロスキーはどこだ？」

「スパイを追っている」オルロフはいった。「しかし、その連中はロスキーをたくみにかわした。尾行していたものを捕らえ、そのものの無線機を使って、わたしにワシントンのオプ・センターに連絡をとらせた。それで向こうの計画がすっかりわかった。われわれはいま協力して解決をはかっている」

「どうせ失敗するおまえのもくろみのことなど聞きたくない」ドーギンがいった。「ロスキーを捜せ。ロスキーが見つかったら、おまえを解任する」

「お忘れのようだが」オルロフがいった。「わたしを解任できるのは大統領だけだ」

「おまえは辞任するのだ、オルロフ将軍。さもないと、センターからひきずり出す」

「ロスキーとその配下の突撃隊員は、どうやってはいるのかね？　これから作戦センターは外部と遮断される」

ドーギンが脅した。「ロスキーがすぐに奪回する！」

「そうかもしれない。だが、そっちが列車と……あんたの大義を救うのには間に合わない」

「将軍！」ドーギンがどなった。「自分がなにをやろうとしているか、わかっているのか。息子や女房のことを考えろ」

「わたしはふたりを愛している」オルロフがいった。「だが、わたしがいま考えているのは、ロシアのことだ。おなじ考えのものが、ほかにもいることを願うばかりだ。ではさらば、内相」

オルロフが電話を切ったあと、ドーギンは受話器を一分近く握りしめていた。ここまでこぎつけたのにオルロフの裏切りでいっさいが危うくなったことが、信じられない思いだった。

怒りのあまり額を紅潮させ、両手をふるわせて、受話器を置くと、ドーギンは空軍のディヤーカ大将を呼び出すようにと補佐官に命じた。アメリカ兵は空から来たにちがいない。おなじようにすばやく汚いやりかたで空から脱出しようとするはずだ。それを不可能にしてやる。それに、もし積荷になにかが起きたら、アメリカにそれを弁償させる――あるいはアメリカ兵の体の一部を一度にひとつずつ、ショヴィッチを通じてやつらのもとへ送り返す。

64

火曜日　午後十一時十分　ハバロフスク

スクワイアは、天井へと登ってゆく催涙ガスの最後の薄い靄《もや》を透かし見て、窓とドアを閉めた。目と口は、すでに体の一部と化しているように思える装備で護《まも》られている。危険はないかと耳をそばだて、車輛のうしろ寄りに積まれ、あるいは崩れてあぶなっかしい角度になっている木箱に向けて走った。襟に仕込んだナイフを使って、木箱のひとつの縁《へり》をこじあけた。

中身は現金だった。大量の金。人間を苦しめて儲《もう》けた金が、さらなる苦しみを引き起こすために集められた。

そうはいかない、とスクワイアは思いながら時計を見た。三十二分後には紙吹雪となる。スクワイア以下三名のミニ・チームは、ロシア兵が追いつけないところまで、あと二十分、このまま列車を走らせる。そこから橋に向けて歩きはじめた彼らの背後で、腐った金を収めた二輛の貨車がソドムとゴモラの町のごとく天高く吹っ飛ぶ。トーマス・

ジェファースンからローザ・パークス（訳注 アメリカ公民権運動の指導者。モントゴメリーで、黒人の席と定められたバスの後部に乗らなかったために逮捕されたが、最高裁は逮捕は憲法違反と裁定した）にいたるアメリカ人が感じたであろう正義感、まちがっていることや腐敗していることを拒否したときの満足感と誇りをスクワイアは味わっていた。

スクワイアは、車輛の後寄りのドアに向かおうとした。ニューマイアーの様子を見るために、つぎの車輛にはいろうとしたとき、銃声が聞こえ、はっとしてふりかえった。機関車からか？　と、スクワイアは思った。まさかそんなことがあるだろうか？　こうして走り出したのに、グレイがだれかに向けて発砲することは考えられない。

ニューマイアーを大声で呼んでから、スクワイアは車輛の前寄りに向けて走り、激しい風に叩《たた》きつけられて低くなびいている煙突の黒煙のなかに飛び込んで、手探りで用心深く炭水車の横を進んでいった。

ほんの短い連射を放つひましかなかったが、アメリカ兵に命中させたとニキータは確信していた。肩がくんとうしろに動き、白いカムフラージュにどす黒いものが飛び散った。

ニキータは機関車の側面をすばやく進んでいった。煙突からの煙と風に撒《ま》き散らされているギラギラ光る粉雪が後続の車輛を隠し、機関車だけが切り離されているように見えた。運転室に達すると、サブ・マシンガンを下に向け、注水管に沿ってそろそろと窓に近づいた。

なかをのぞいた。

運転室はもぬけの空だった。暗いオレンジ色の石炭の火明かりに照らされている車内を、ニキータは隅から隅まで見た。

上を向いたとき、黒い額とベレッタの銃口が、運転室の屋根から突き出された。アメリカ兵が機関車の側面に向けてたてつづけに撃ち、窓からなかに飛び込んだニキータの右の太腿《ふともも》のうしろに一発が当たった。

ニキータは顔をしかめて、左手で腿をぎゅっと握った。ズボンのうしろ側に血がしみていった。太腿を万力で締め付けられているような痛さだったが、それよりいまいましかったのは、アメリカ兵が窓から出て屋根に登るのを自分が予期していなかったことだった。

問題は、そいつがこれからどうするかだ。

ニキータは、左足に体重をかけて起きあがり、スロットルにむけてよろよろと歩いた。

重要なのは、列車をとめて、部下たちが追いつく時間を稼ぐことだ。

銃口を持ちあげ、引き金に指をかけたまま、左右の窓に目を配りながら運転室を横切った。アメリカ兵は、列車を走らせるためにかならずはいってくるはずだ。入口は、あのふたつの窓しかない。

そのとき、またしても胸が悪くなるくらいなじんだ例のどすんという音がして、運転室がすさまじい白い光につつまれた。

「しまった！」ニキータは叫び、両眼を閉じて、運転室のうしろ寄りの壁にもたれた。特殊閃光手榴弾《せんこうしゅりゅうだん》の爆発音は、運転室が鉄板に囲まれた狭い空間であるために、いっそう増幅されていた。それを防ごうとニキータは両耳を手で押さえ、自分のふがいなさをののしった。跳弾が自分に当たるおそれがあるので、運転室のなかででたらめに撃つこともできない。

こんな終わりかたはごめんだ、と自分にいい聞かせた。運転室の前部に這《は》っていって、左足の脛《すね》で絞り弁《スロットル》レヴァーを戻そうとした。だが、右足で立っていることができず、膝《ひざ》を突いて、左手をレヴァーに載せた。痛みと鼓膜が破れそうな爆発音に悲鳴をあげながらレヴァーをわずかに戻したところで、固いブーツの底で押し戻された。ニキータは、相手の体をつかもうとしたが、手はむなしく空気と光をつかんだだけだった。人間の体にぶつからないか、ターゲットは見つからないかと、左右に銃口を動かした。

「おれと戦え！」ニキータは叫んだ。「卑怯者《ひきょうもの》！」

やがてまぶしさが失《う》せ、爆発音がやんで、聞こえるのは耳鳴りと自分の心臓の鼓動だけになった。

闇《やみ》をのぞき込むと、隅にうずくまっているものがいるのがわかった。寒気のために血が凍っているが、傷口はわかった。上着に何発か穴をあけたが、防弾チョッキらしきものの外側に当たったのは、一発だけのようだった。

ニキータは銃口をあげて、ゴーグルの上の男の額を狙《ねら》った。

「やめろ!」左手から、声が聞こえた。

ニキータがふりむくと、窓の外からベレッタが狙いをつけていた。その向こうには、負傷した男とおなじ格好のたくましい長身の男がいた。

この無法な襲撃者どもの自由にさせてたまるかと思い、ニキータはサブ・マシンガンをさっとまわし、相手が撃とうが撃つまいが発砲しようとした。だが、隅に横たわっていた男が、不意に元気になって、両足でニキータの胴をはさみ、仰向《あおむ》けに引き倒して、押さえつけた。そこへもうひとりがはいってきて、ニキータの武器を奪った。ニキータはあらがおうとしたが、脚の痛みのために立つことができず、とうてい戦える状態ではなかった。新手の男が、ニキータの胸を膝で押さえて動けないようにしてから、ブーツで蹴《け》ってレヴァーを動かし、列車の速度をもとに戻した。ニキータの胸を締め付けたまま、その男が懸垂下降用のベルトのようなものを出して、ニキータの怪我をしていないほうの足を窓のすぐ下の手摺《てすり》につないだ。ニキータは手をのばしてもそこに届かず、逃げることもできない。今夜、面目をつぶされるのは、これで二度目だ。

ニキータは、受け入れがたい屈辱を味わっていた。このふたりは、運転室の屋根でいいっしょにこれを仕組んでいた。それにおれは中央陸軍スポーツ・クラブ出の新兵みたいにひっかかった。

「悪いな、少尉《しょうい》」男が立ちあがり、ゴーグルを額に押し上げながらいった。

三人目が機関車にやってきて、大声で呼び、はいってよしという指示を受けて、窓から飛び込んだ。

火室の明かりでその男が負傷者の怪我を手当てし、指揮官とおぼしいもうひとりが、かがみこんでニキータの傷を診た。そのあいだにニキータは左腕をのばし、レヴァーを戻そうとした。男が手首をつかんだので、ニキータは空いているほうの脚で蹴ろうとしたが、痛みのために果たせなかった。

「痛い思いをしても勲章はもらえないぞ」男が、ニキータにいった。

ニキータがあえぎながら横になっていると、指揮官とおぼしい男は、脛《すね》につけたロープ・バッグをはずし、小さなナイフでそれを細く切って、血まみれの脚の傷口より上に巻いた。それをぎゅっと締める。それから、もう一本でニキータの手を縛り、床の鉄のフックに結んだ。

「しばらくしたら、われわれは列車をおりる」と、その男がいった。「おまえを連れていって、医師の手当てを受けさせる」

なにをいっているのか理解できなかったが、ニキータにはどうでもよかった。こいつらは敵だ。なんらかの方法で、こいつらがやろうとしていることを阻止するのだ。両腕はうしろで縛られていた。ニキータは親指の爪《つめ》でこじって、連隊の指輪からガラスの石をはずした。そういうふうにとれる仕組みになっている。石がはずれると、長さ半インチの刃が飛び出す。だれも両手を見ていなかったので、ニキータは革紐《かわひも》を引き切りはじめた。

65

火曜日　午後四時二十七分　サンクト・ペテルブルグ

　ストライキの群集のなかを通り過ぎたペギーとジョージは、エルミタージュ美術館の洗面所にはいって、持ってきた服に着替えた。西側のジーンズ、ボタン・ダウンのシャツ、そしてロシアの若者の好きな〈ナイキ〉。制服はたたんでバックパックに入れ、西欧絵画の膨大なコレクションのある大エルミタージュの二階に向けて、手に手を取って広い主《グラヴナヤ》階段を登っていった。

　コレクションのうちでもことに貴重な一点、ラファエロが一五〇二年に描いた〈コンスタビレの聖母〉は、その絵が何世紀も置かれていたイタリア中部の町にちなんでそう呼ばれている。高さ七インチ、幅も七インチという丸い絵が、絵とおなじだけの幅の金の額縁に納まっていて、起伏のある丘の前に座っている青い服の聖母が、両腕に幼子イエスを抱いているところが描かれている。

　ペギーとジョージは、ヴォルコが来る予定の時間よりすこし早く着いた。ペギーは美術品を見ているふりをしながら、たえずラファエロのほうに注意を向けていた。写真でもヴォルコを見たことのないジョージは、ペギーの手を軽く握り、絵から絵へと視線を移していった。妻ではない女の手を握り、彼女の暖かい指が掌《てのひら》に押し付けられ、指先が手の横に羽根のようにそっと触れるのを楽しんでいることに、罪の意識をおぼえていた。その手がどれだけ恐ろしいことができるかを考えると、よけいその感触が刺激的に思えた。

四時二十九分、大股《おおまた》の足取りは乱れなかったものの、ペギーの手が緊張した。ジョージは、ラファエロのほうを見た。身長が六フィート二インチ前後の男が、部屋の脇《わき》のほうをゆっくりと歩き、その絵に近づいた。太目のチノパン、茶色の靴、青いウィンドブレーカーはウエストのあたりがふくらんでいる。その男がラファエロのそばまで行くと、ペギーがジョージの手を握る力が強くなった。部屋を横切った男は、ラファエロの左ではなく右へ向けて歩いていった。

ペギーがジョージをそっと引いて向きを変えさせ、ドアのほうへゆっくりと連れていった。両腕を彼の腕に巻きつけ、しなだれかかるようにした。そのあいだずっと、部屋のなかを探るように見ていた。といっても、視線をさっと走らせるのではなく、注意を惹《ひ》かないようにゆっくりと眺めていた。褪《あ》せた茶色のズボンをはいた小柄な男をのぞけば、ほかのものはみな歩きまわったり、いろいろな絵を見ていた。明るい表情で惚《ほ》れ惚《ぼ》れと絵を鑑賞しているひとびとのなかで、その男の丸顔は、ひとひらの黒雲のごとく、いかにも場ちがいだった――

ペギーが、ラファエロの〈聖家族〉のそばで足をとめた。あたかもそれの話をしているかのように、顎鬚《あごひげ》のないヨセフから聖母へと指差していった。

「ヴォルコを見張っているらしい茶色のズボンの男がいる」と、ペギーがささやいた。

「おれが気づいたのは女がひとりだけだ」と、ジョージがいった。

「どこ？」

「となりの部屋にいた。ミケランジェロのあるところだ。こっちを向いて、ガイドブックを読むふりをしている」

絵から顔をそらすために、ペギーがくしゃみをするふりをした。女をちらりと見ると、たしかにガイドブックに視線を落としているが、顔はまったく動かず、目の隅でヴォルコを見張っているのは明らかだった。

「うまくできた罠《わな》ね」ペギーがいった。「どちらの方角も見張れる。だからといって、わたしたちに気づいているとはかぎらない」

「だからヴォルコをよこしたんだろう」と、ジョージがいった。「餌《えさ》に使っているんだ。それをヴォルコはきみに伝えようとした」

一分たち、時計を見ると、ヴォルコは絵から離れていった。ヴォルコが近づくと、丸顔の男はそっぽを向きはじめたが、女のほうは半分向きを変えただけだった。ラファエロのある部屋は、まだ女の立っている位置から見えるはずだ。

「どうしてまだ見張っているのかしら？」ジョージがぶらぶらと隣の絵の前に行くと、ペギーが疑問をそのまま口にした。

「たぶん、ロナシュがわれわれの特徴をやつに教えたんだろう」

「その可能性はあるわ」ペギーがいった。「別れて、どうなるか様子を見ましょう」

「そんな無鉄砲な。おたがい、背後に気をつけないといけないのに——」

「自分で自分の背後に気をつけるしかないわね」と、ペギーがいった。「あなたはヴォルコのあとから外へ出て。わたしは女の横を通る。一階の正面玄関で落ち合いましょう。どちらかがまずいことになったら、もうひとりがここを脱出する。いいわね？」

「冗談じゃない。だめだ」と、ジョージがいった。

ペギーが、ガイドブックの適当なページをあけた。「ねえ」声は静かだったが、きっぱりといった。「だれかが脱出して、なにが起きたかを報告しなければならない。彼らの特徴を教え、彼らに打ち勝つのよ。了解する？」

ジョージは考えた。それがストライカーと諜報員のちがいだ。いっぽうはチーム・プレイヤー、もういっぽうは一匹狼。しかし、今回の場合は、一匹狼《おおかみ》のいうことに理がある。

「わかった。了解した」と、ジョージはいった。

ペギーがガイドブックから顔をあげて、ミケランジェロのある部屋を指差した。ジョージがうなずき、時計をちらと見て、ペギーの頬に音を立ててキスをした。

「それじゃあ」といって、ジョージはヴォルコが去った方角へと歩きはじめた。

丸顔の男に近づいたとき、ジョージは海面とは逆の水中の流れによってたがいに引き寄せられるような心地がした。顔をそちらに向けないようにしたまま、ヴォルコの姿を捜しつつ、ヴァチカンの同名の間を模したラファエロの柱廊に達した。ウンテルバーガーによる壮麗な壁画の横を通ったとき、丸顔の男の姿はなく、ヴォルコを見つけることも……

「ちょっと待ってください《アドウヌー・ミヌートゥ》、どうか《パジャリスタ》」だれかが背後から声をかけた。

ジョージが全身の筋肉を緊張させてふりむくと、小柄な男が近づいてくるところだった。どうか《パジャリスタ》はわかったし、男が人差し指を立てているので、待てという意味だとわかった。とはいえ、これから話がどういう方向に向かうのかは、まるで見当がつかない。

愛想よく笑みを浮かべたとき、突然、丸顔の男の背後から、ヴォルコが突進してきた。ウィンドブレーカーを脱いでいたので、ジョージは見つけられなかったのだ。ヴォルコはそれを両手でぎゅっとのばして持っていた。ヴォルコはすばやいひとつの動作で、ジョージのほうを向いている丸顔の男の首にそれを巻きつけた。

「ポゴディン、このくそ野郎！」ヴォルコがわめき、顔が真っ赤になるくらい力いっぱい相手の首を絞めた。

通路にいた警備員がふたり、ヴォルコに向けて駆け出し、無線機を口に当てて、応援を呼んだ。

「行け！」ヴォルコが不明瞭《ふめいりよう》な声でジョージに向かって叫んだ。

ジョージは、西欧美術の展示室に向けてひきかえした。ペギーは戻ってくるだろうかと肩ごしにふりかえったが、彼女もくだんの女も、姿を消していた。ヴォルコのほうを見ると、ポゴディンと呼ばれた男は、すでに内ポケットから小さなPSMセミ・オートマティック・ピストルを抜いていた。ジョージが反応する前に、ポゴディンは腋《わき》の下から背後のヴォルコを撃った。

ポゴディンが一発撃っただけで、ヴォルコは膝を突き、やがて仰向けに倒れて、脇腹から血が噴き出した。ジョージはすばやく向きを変え、ペギーを追って、無事かどうかをたしかめたいという気持ちを抑えて、大劇場の階段を目指し、一階へおりていった。

出ていくとき、ジョージは気づいていなかったが、展示室の南の端のアーチの下の通路から二組の目がじっと見守っていた。スペツナズの訓練を受けた、鷹《たか》を思わせる鋭い肉食動物の目が……

66

火曜日　午後十一時四十七分　ハバロフスク

それはまるでピーター・パンの影のように動き、絶え間なく変化する黒い形は、地物《ちぶつ》や暗い空にまぎれてほとんど見えない。

モスキートの翼端が下に曲がっている艶消《つやけ》しの黒の回転翼《ローター》や継ぎ目のない《シームレス》湾曲した表面の胴体は、光をあまり反射しないうえに、RAM（レーダー波吸収素材）でコーティングされている。エンジンはほとんど騒音を発せず、装甲のほどこされた座席、ショルダー・ハーネス、腰部支持《ランバー・サポート》クッション、座席クッション、背もたれ、乗員二名のヘルメットもやはり光沢のない黒なので、コクピットのなかも見えない。

モスキート・ヘリコプターは、コンクリートのビルがいくつかある小さな都市、森、村の石造りの小屋などの上を、だれの目にも留まらずに通過した。コクピットでは、レーダーとフル・カラー地形表示が、CIRCLE（コンピュータ作図ルート・修正割り込み可能）オートパイロットと連動して作業を進め、こちらを発見する可能性のある航空機を避けたり、コース上にあって飛行高度の四千フィートより高い峰をよけたりするときに、パイロットが急な変更を調整するのを手伝う。

北極海の英国船が、列車を迎えにいく飛行機を出すようにというモスクワからビラに宛《あ》てた指令を傍受した。副操縦士のイオヴィノが、モスキートに搭載されたコンピュータですばやく計算し、モスキートの出発時刻とほぼおなじころに、その飛行機が列車と出会うことを知った。ロシア機がかなりの追い風を受けたり、モスキートが頑固な向かい風に突っ込んだりしなければ、姿を見られることなく逃げられるはずだ。

それは遅れが生じなければの話だ、とカーズ機長がいった。その場合はミッションは中止し、日本海を目指す。ストライカー部隊の回収に対する空軍の尽力は、同情の念ではなく燃料タンクの中身の量に左右される。

「まもなくです」イオヴィノ副操縦士がいった。

カーズは、地形図ディスプレイを見た。十二インチの画面で立体画像が動き、形を変えている。衛星が読み取った地形を、ペンタゴンのコンピュータが視点《ポイント・オヴ・ヴュー》画像に変えたものである。太い木の枝ほどの大きさのものまでが、画面に表示される。

モスキートが、てっぺんの平らな低い山をかすめるように飛び、谷間に舞い降りたところで、コンピュータ地図に鉄道線路の道床が現われた。

「RAPに移る」と、カーズがいった。RAP――実空域様態《リアル・エアスペース・プロファイル》とは、戦術ディスプレイを使わず、じっさいに窓の外を見ることを意味する。

カーズは、画面から顔をあげ、広視界熱画像直視装置と連動した暗視装置を通して、外を見た。およそ一マイル前方の雪の上で火が燃えていて、そのまわりにひとが固まっているのが見える。あれが貨物をおろす作業員にちがいない。

カーズは、ヘッドアップ・ディスプレイの横のボタンを押した。ストライカー・チームの面々は、靴のヒールに位置発信機を仕込んでいる。その周波数をスキャンすると、頭上の地図に位置が強調表示された。一カ所に赤い点三つが固まり、べつの場所に三つがある。

カーズは、さらに上に目を向けた。遠くの高い山の向こうで、渦を巻いている煙が高く立ちのぼっているのが見える。三つ固まっている位置信号は、そこから発している。

「列車を捉《とら》えた」と、カーズはいった。

イオヴィノがキイボードを使って座標を入力し、地形図ディスプレイを見た。「引き揚げ地点は、われわれの現在位置の一・五マイル北西。どうやらチームはふた手に分かれたようだ」

「時間はどんなあんばいだ？」

「予定より五十三秒早い」

カーズは、降下を開始し、それとともにモスキートを北西に向けた。空気を軽くなめらかに切り裂くモスキートの操縦性は、子供のころによく飛ばしたバルサ材のグライダーに似ている。ローターの静かなことが、いっそうその感じを強めている。

おおむね平行している三つの廊下《ゴルジュ》（訳注　崖に両側をはさまれた狭く深い谷）の最初の岩壁を過ぎたところで、カーズは水平飛行に戻し、真北に向かって飛んだ。

「トレッスル構造の橋を目視」三つのゴルジュに架かっている古い鉄の橋を見て、カーズはいった。「ターゲットの位置を把握」橋のたもとのストライカー・チームを見つけて、つけくわえた。

「接触《コンタクト》まで四十六、四十五、四十四秒」座標を入力したイオヴィノがいった。

カーズが南東に目を向けると、列車の吐き出す黒煙が見えた。

「六名中三名しかいない。大至急、実情を突き止めよう」

「了解」と、イオヴィノが答えた。

カーズがターゲットに向けて速度をあげると、イオヴィノはデジタル表示のカウントダウン・クロックの数字を見守った。コンタクト七秒前にイオヴィノがボタンを押し、後部ハッチが収納部に向けて前にスライドした。それに一秒かかった。コンタクト五秒前に、モスキートが減速、イオヴィノがつぎのボタンを押して、ローラー・アームが作動し、長さ二十五フィートの黒い梯子《はしご》がひらいていった。ぜんぶひらくまで四秒かかり、モスキートは地面から二十七フィートのところでなめらかに停止した。

最初に乗り込んだのは、ホンダ・イシだった。イオヴィノが、ホンダのほうを向いた。

「あとのものは？」イオヴィノがきいた。

「列車だ」狭いスペースに潜り込み、ソンドラが乗るのに手を貸しながら、ホンダがいった。

「その三人の予定は？」

「離脱し、われわれと落ち合う」ソンドラとふたりでパプショーを引き揚げながら、ホンダが答えた。

イオヴィノが、カーズの顔を見ると、話は聞いたというしるしにカーズがうなずいた。

「迎えにいった場合、どういう利点がある？」カーズが、イオヴィノにたずねた。

パプショーが乗り込む前から、イオヴィノは、ここで空中停止飛行《ホヴァリング》して待たずに列車に向けて飛んでいった場合の燃料の残量を、コンピュータで計算していた。唯一《ゆいいつ》計算できないのは、ストライカー三名がいつ列車をおりるかだが、こちらが到着する前におりると想定するしかない。

「迎えにいったほうがいい」といって、イオヴィノは梯子を収納してハッチを閉めるためにボタンをふたつ押した。いずれも電気式なので、燃料はまったく消費しない。逆に、梯子を出し、ハッチをあけていると、抗力が増大し、燃料の消費が増える。

「連中を拾ってやろう」カーズは、高度二十七フィートを維持したまま、機体をコンパスの針よろしく円滑かつ繊細に回転させて、南東に向け、接近する列車めがけて飛んでいった。

67

火曜日　午前八時四十九分　ワシントンDC

「きみらはなんというオイル・キャン・ハリー（訳注　コミック〝マイティ・マウス〟に登場する悪漢）まがいの作戦をやっているんだ、ポール？」

ポール・フッドは、モニターに映っているラリー・ラックリンCIA長官の肉付きのいい顔を見た。薄くなっている灰色の髪をぴっちりと横になでつけ、金縁眼鏡の奥の薄茶色の目が怒っている。ラックリンがしゃべるとき、火をつけずにくわえている葉巻が上下に動いた。

「なんの話か、皆目わからないね」と、フッドは答えた。画面の下に表示されている時刻を見た。ストライカーが無事に回収されるまであと五分。それから二時間後にはモスキートが空母に収容され、侵入の証拠はすべて消える。

ラックリンが葉巻を口から取って突きつけた。「まったく、マイク・ロジャーズじゃなくておまえさんが長官になった理由はそれだな。〈風と共に去りぬ〉のクラーク・ゲーブルみたいなポーカー・フェイスだからだ。〝だれが？　え、ラリー、わたしが秘密作戦をやっているって？〟なあ、ポール、スティーヴン・ヴィアンズは、けなげにも衛星が使えないというのをわたしに納得させようとしているが、こっちには中国のスパイ衛星が撮影した写真がある。列車を攻撃している奇襲部隊がそれに映っている。北京《ペキン》が問い合わせてきたが、こっちはおまえさんとはちがって、ほんとうになにひとつ知らなかった。よその国がこのIl-76Tを持っているのでないかぎり――中国はそれが犯行現場を通過するのを捉えているし、わたしはたまたまペンタゴンが一機持っているのを知っている――こいつはおまえさんの作戦に決まっている。議会統合情報監督委員会は、うちのものに、現地での撃ち合いはいかなるものであろうと許可していないといっている。それで、そっちがあそこでなにをやっているのか、はっきり知りたいそうだ。だから、もう一度いう。なにが行なわれているんだ？」

フッドが、のんきな口調でいった。「こっちもきみとおなじで、なにがなんだかわからない。ラリー、わたしが休暇をとっていたのは知っているだろう」

「知っている。ずいぶん早く戻ってきたな」

「LAが大嫌いだというのを忘れていたんだ」と、フッドは答えた。

「なるほど。そうだったのか。みんなLAは嫌いだよ。それなのに、どうして行くんだろう？」

「フリーウェイがわかりやすい」と、フッドが答えた。

「では、わたしから大統領になにが起きているのかときこうか？」ラックリンが、葉巻をまた口にくわえながらいった。「大統領のデスクには、情報が漏れなくそろっているんだろう？」

「わたしにわかるはずがないだろう」フッドはいった。「しばらく時間をくれないか。マイクとボブに話を聞いて、こっちから連絡する」

「いいだろう、ポール」ラックリンがいった。「ひとつおぼえておいてくれ。おまえさんはここでは新参だ。わたしはペンタゴンにいて、ＦＢＩにいて、ここに来た。ここは天使の街《ロサンジェルス》じゃないんだ、きみ。悪魔の街なんだよ。どこかの悪魔の尻尾《しっぽ》をひっぱろうとしたら、焼き殺されるか、三叉《みつまた》で刺し殺される。わかるな？」

「メッセージは受信、感謝しているよ、ラリー」フッドがいった。「いったとおり、こちらから連絡する」

「そうしろよ」というと、ラックリンは葉巻の細い先を使って、接続を切った。

フッドは、マイク・ロジャーズのほうを見た。ほかのものたちは、それぞれの部課の仕事をやるために出ていき、フッドとロジャーズだけが、モスキートからの連絡を待っていた。

「あんな台詞《せりふ》を聞かせて悪かったな」

「どうってことはない」と、ロジャーズがいった。腕を組み、眉間《みけん》に皺《しわ》を寄せて、肘掛《ひじか》け椅子《いす》に座っている。「とにかく、あいつのことなら心配はいらない。こっちには写真がある。だからあんなふうなこけおどしをしなきゃならないんだ。ほんとうは力なんかまったくない」

「どんな写真だ？」フッドがきいた。

「女房じゃない女三人と船に乗っている写真だよ」と、ロジャーズがいった。「大統領がグレグ・キッドに代えてあいつを長官にした理由はたったひとつ——秘密の寄付金を集めるときに、大統領の妹が日本企業に不当な要求をしているのを盗聴した記録を抑えているからだ」

「あの女の得意技だ」フッドが、にやにや笑った。「ローレンス大統領は、ラリーじゃなくて彼女にＣＩＡを任せればよかったんだ。彼女なら、とにかくわれわれではなくわれわれの敵をスパイするのにＣＩＡを使ってくれるだろう」

「やっこさんのいうとおり」ロジャーズが、きっぱりといった。「ここは煉獄《れんごく》だよ。みんなが敵だ」

電話が鳴り、フッドがスピーカー・ボタンを押した。

「はい」

「ストライカーから連絡です」バグズ・ベネットがいった。

ロジャーズが、すかさず電話機に近づいた。

「ホンダ二等兵、報告します」静寂の海から、明瞭《めいりよう》な声が聞こえてきた。

「わたしだ、二等兵」ロジャーズがいった。

「将軍、自分、パップス、ソンドラは、引き揚げ用航空機に乗っています――」

ロジャーズは、胃の腑《ふ》が縮まるのを感じた。

「――あとの三名は、まだ列車です。なぜまだ停止しないのか、わかりません」

ロジャーズが、いくぶん緊張を解いた。「抵抗している様子は？」

「そうは見えません」ホンダがいった。「動いているのが、運転室の窓から見えます。回線はこのままつなげておきます。三十秒後に連絡します」

デスクの脇《わき》に立ったロジャーズは、拳《こぶし》を固めていた。フッドは電話のそばで手を組み、それを機にストライカーのために祈った。

フッドは、ロジャーズの顔を見た。ロジャーズが目をあげて、視線を合わせた。その目に、フッドは誇りと懸念《けねん》を読み取り、この男たちの団結の力、愛より深く結婚に近い結びつきの力を理解した。ロジャーズにそれがあることを、フッドはうらやましく思った――それが、いまの自分にとって、たいへんな懸念の材料になっているにもかかわらず。

いや、いまだからこそそう感じるのだ、とフッドは思った。恐怖はそうした絆《きずな》をいっそう強くするものだから。

そのときホンダの声が、さっきはなかった鋭さを帯びて、また聞こえてきた。

68

火曜日　午後四時四十五分　サンクト・ペテルブルグ

エルミタージュ美術館の出口までの距離が、ペギーにはヘルシンキからここまでとおなじぐらい遠く感じられた。足早に南隣のボローニャ派の絵画の展示室に向かうときは、とにかくそれが実感だった。そこまで行ければ、そこから主《グラヴナヤ》階段まではほんの短い距離だ。

くだんの女があとを追っていること、応援がいるはずであることを、ペギーは知っていた。だれかほかに見張りがいて、指揮所に報告するはずだ。オルロフの許可を得ているかどうかはともかく、このエルミタージュの作戦センターが指揮所なのかもしれない。尾行者がどうするかを探るために、ペギーは立ちどまってティントレットの絵を見た。虫眼鏡で指紋を調べているかのように、絵を仔細《しさい》に眺めた。

例の女は、ヴェロネーゼの前で足をとめた。演技をするふうもない。つけられていることをあえて知らせるためだろう。わざと急に立ちどまった。あるいはこちらがパニックを起こすのを期待してのことかもしれない、とペギーは思った。

神経を集中しているために、鼻の上に二本の皺《しわ》が寄った。絵を楯《たて》にするとか、火事を起こすなど、ペギーはいろいろな選択肢を頭に浮かべたが、すべてしりぞけた。そういう反撃をすれば、現場にもっと人数が集められ、脱出が難しくなる。テレビ・スタジオまで行き、オルロフ将軍に投降しようかと思った。だが、その案も即座にしりぞけた。仮にオルロフにスパイ交換を実行するつもりがあったとしても、こちらの身の安全をはかるのは無理だ。それに、第五列《スパイ》の学ぶ第一課がある。箱のような場所にはいるべからず。あの地下室はただの箱ではなく、とうに埋められた棺桶《かんおけ》だ。

だが、そういつまでも泳がせてはもらえないことを、ペギーは知っていた。自分もジョージも正体がばれた以上、出口は閉ざされ、やがて廊下も封鎖され、そして展示室も封鎖される。つまりは箱に閉じ込められる。対決の時間と場所をロシア人の勝手にさせてたまるか、とペギーは思った。

やるべきなのは、ここを出るあいだ、彼らの目をくらますことだ。あるいは、せめてジョージ二等兵から注意をそらす。それには、尾行している美術品愛好家から手をつけるのがいちばんいい。

あの女がとうてい拒めないくらい魅力的なやりかたで自分から投降したら、どういうことになるだろう？　とペギーは思った——ロシア側がここに押し寄せていつでも捕まえられる態勢になる前に。

唐突にティントレットに背を向けると、ペギーは小走りに主階段へ向かった。女が、獲物と一定の距離を置いてつづいた。

ペギーは、あわてた様子で展示室の角をまわり、左右に十本ずつの円柱があり、大理石の壁が黄色い、壮麗な階段に達した。階段をおりはじめ、夕方のまばらな客のあいだを縫って、一階に向かった。

そして、半分下ったところで、足を滑らして倒れた。

69

火曜日　午後十一時五十五分　ハバロフスク

スクワイアが列車をとめる予定の二分前に、ロシア軍士官がいった。「煙草《シガリエータ》?」

三人のストライカー隊員は、機関車の運転室に立って、装備をしっかりと装着していたが、やがてスクワイアが下を向いた。

「われわれは吸わない」スクワイアはいった。「最近の陸軍はそうなんだ。おまえは持っているか?」

ロシア軍士官には、わからないようだった。「シガリェータ」とくりかえし、顎《あご》で自分の胸を指差した。

列車がゆるい曲がりに差しかかり、スクワイアはまた窓の外に視線を向けていた。暗視ゴーグルをずらしていった。「ニューマイアー、手を貸してやれ」

「わかりました」と、ニューマイアーが答えた。

負傷したグレイ三等軍曹のそばを離れたニューマイアーが、ロシア軍士官のそばでかがみ込んだ。上着のポケットに手を突っ込み、太いゴム・バンドで留めてある擦り切れた煙草《たばこ》入れを出した。ゴム・バンドの下に、キリル文字とスターリンの肖像が彫り込まれた鋼鉄のライターがはさんであった。

「家宝にちがいない」それを火室の明かりでちらと見ながら、ニューマイアーがいった。それから、煙草入れをひろげると、巻いてある煙草が何本かはいっていたので、一本を取った。ニキータが舌を出したので、ニューマイアーはそこに煙草を載せた。ニキータが唇にくわえなおし、火をつけるのを待った。

ニューマイアーが、ライターの蓋《ふた》を閉め、もとどおりゴム・バンドでまとめた。ニキータが左右の鼻の穴から、煙を吹きだした。

ニューマイアーが、煙草入れをポケットに戻そうとして、そばで身をかがめた。彼が身を乗り出したとき、ニキータが不意に腰を曲げ、頭突きをくれた。

ニューマイアーがうめき声を発して仰向《あおむ》けに倒れ、煙草入れを落とした。上体を起してそれをつかんだニキータが、煙草入れをライターごと絞り弁《スロットル》レヴァーの歯車に手刀で叩《たた》いて押し込んだ。ニューマイアーが飛びかかったときには、時すでに遅く、ニキータは鉄のレヴァーを向こう側に押していた。

列車が速度を増し、煙草入れとニキータが父親にもらったライターに歯車が食い込んだ。革と鉄のチャックが歯車とからみあって、歯を曲げ、変形したまましっかりと嚙《か》み合わさった。

「くそ！」ニューマイアーが倒れると同時に、スクワイアはニキータの手をつかんだ。スクワイアは、レヴァーのところへ行って、引き戻そうとしたが、びくとも動かなかった。

「くそ！」スクワイアは、もう一度叫んだ。

そして、勝ち誇るふうもなくぼんやりと遠くを見つめているロシア軍士官の顔を見てから、ニューマイアーに視線を向けた。ニューマイアーは、ひどい痣《あざ》になりはじめている額をさすりもせず、ロシア人の胸を片方の膝《ひざ》で押さえつけ、自己嫌悪《けんお》にかられた表情をしていた。

「ほんとうに申しわけないです」ニューマイアーは、それしかいえなかった。

スクワイアは思った。なんと、このロシア人め、われわれがやつの立場だったらやるはずのことを、みごとにやってのけた。

いまや列車は暴走し、カーヴを抜けて橋に向けて進むにつれて、速度をあげていった。谷間に差しかかる前にグレイとロシア人を運びあげて飛びおりる時間はない。それに、列車が消滅するまで、あと二分しかない。

スクワイアは急いで窓ぎわへ行き、線路の先を見た。地平線の方角に、暗視ゴーグルの緑色の映像では蝗《いなご》の群れのように見えるものを捉《とら》えた。引き揚げ用の航空機だ——とはいえ、それは見たこともないようなヘリコプターだった。なめらかな形とその色から、低探知性が特徴だとわかる。スクワイアは感激した。リビアのカダフィ大佐ですら、ステルス機のデビューを見せてもらえなかったのだ。一九八六年にレーガンとワインバーガーがシドラ湾の〝死の線〟を越えてトリポリをぶっ叩いたとき、ステルス機全機が警急待機についていたにもかかわらず。

ヘリコプターは、速い速度で低空を接近してきた。雪はすっかりやみ、視程は良好なので、列車がとまりそうにないのをヘリのパイロットはすぐに察するはずだ。問題は、ほかの方法で引き揚げてもらうのに、時間があるかどうかだ。

「ニューマイアー」スクワイアがいった。「グレイに手を貸して屋根にあげろ。ここから逃げ出すぞ」

「わかりました」すっかりしおれたニューマイアーが答えた。

ロシア軍士官から離れたニューマイアーは、彼のいやに超然とした凝視を避けて、グレイのところへ行き、そばにしゃがんで、そろそろと肩にかついだ。なかば意識をうしないかけているグレイが、立ちあがるニューマイアーに精いっぱいしがみついた。それから、いくぶん気を取り直して、スクワイアがロシア軍士官をうつぶせにするのを見守った。

「行け！」スクワイアが、額でドアを示して、ニューマイアーにいった。「おれはだいじょうぶだ」

ニューマイアーがしぶしぶドアを蹴《け》りあけ、窓のへりまで体を持ちあげてから、グレイを運転室の屋根にそうっと押しあげた。

スクワイアは、ロシア人の髪をひと房つかみ、手をのばして、彼を床につなぎとめていた懸吊《けんちょう》下降用のベルトをほどき、しっかりと手首に結わえてから、ドアに向かった。

70

火曜日　午後四時五十六分　サンクト・ペテルブルグ

スパイが階段で身をよじったとき、ヴァーリャは彼女が発砲するのかと思い、とっさに身を沈めようとした。しゃがみかけたところで、相手が倒れたのだと気づき、落ち着きを取り戻して駆け足であとを追った。怪我《けが》をしたものや、死にかけているものからは、いつだってびっくりするくらい重要なことが聞きだせる。警戒心が失《う》せたり、意識が朦《もう》朧《ろう》としていたりすると、いろいろなことを口走り、ときには重大なことも漏らす。

はっと息を呑《の》んだ客たちが脇によけて、女は肩から先に二十段ほど転げ落ちた。頭を打った様子はなく、無様にでんぐりがえったような格好で、脇から階段の下に落ちた。頭を両脚を弱々しく動かし、胎児のように体を丸めて横になったままうめいているまわりに、客たちが集まった。ひとりが警備員に手を貸してもらおうと大声で呼び、ふたりがそばにひざまずいて、そのうちのひとりが上着を脱ぎ、頭の下に入れた。

「そのひとに触らないで！」ヴァーリャが叫んだ。「離れて！」

階段の下まで行くと、ヴァーリャは足首のホルスターから、銃身の短いリヴォルヴァーを抜いた。

「この女は手配中の犯罪者よ」と、ヴァーリャはいった。「わたしたちにまかせなさい」集まっていたロシア人たちが、即座に離れた。拳銃《けんじゅう》を見た外国人も、おなじように遠ざかった。

ヴァーリャがすばやく、ペギーと向き合う位置へ行った。それから、まだ残っている野次馬のほうを見上げた。

「離れてってっていったでしょう！」ヴァーリャが、甲高い声でいって、手の甲で払う仕草をした。「さあ！」

最後の野次馬がいなくなると、ヴァーリャはペギーのほうに目を戻した。ペギーは目を閉じ、右腕を胸の下で曲げ、手は顎《あご》の下になっている。左手は力なく脇《わき》にのばしている。

どこの骨が折れていようが、内臓を傷《いた》めていようが、ヴァーリャの知ったことではなかった。女の顎の下に拳銃を突きつけ、転がして仰向けにした。

ペギーがたじろぎ、痛そうに口をゆがめたが、やがてまた体の力が抜けた。

「ずいぶんひどい落ちかただったわね」ヴァーリャが英語でいった。「話はわかる？」

かなり苦労している様子で、ペギーがうなずいた。

「イギリス人というのは、秋の落ち葉みたいにはかない命なのね」ヴァーリャがいった。「最初は、コミック・ブックの出版社の男とそのチームを抹殺した。こんどはあんたよ」ヴァーリャは、拳銃の銃口をペギーの喉《のど》のやわらかな肌に押し付けた。「病院に入れてあげるわ。ちょっと話をしたあとで――」

ペギーの唇が動いた。「病院に……前に――」

「だめだめ」ヴァーリャが、意地の悪い笑いを浮かべた。「あとよ。あんたたちの作戦について、いろいろと知りたいことがあるの。たとえば、ヘルシンキだけど、名前は――」

ペギーの動きがあまりにも速かったので、ヴァーリャは反応するいとまがなかった。ペギーが、顎の下で握っていた拳《こぶし》を突き出した。ラペルに隠してあった小さなナイフが、その手に握られていた。刃を下に向けて、鎖骨の上のくぼみに突き刺し、喉頭《こうとう》に向けて内側に切り裂いた。それと同時に、拳銃が暴発した場合のために、左手を曲げて手首でヴァーリャの腕を床の方角に払った。

拳銃は暴発しなかった。ヴァーリャは拳銃を放し、ペギーの手首を両手で懸命につかみ、ナイフを押しのけようとしたが、徒労だった。

「こういおうとしたのよ」ペギーは、冷笑を浮かべた。「病院に連れていくことを心配する前に、倒れたのが偶然だったかどうか確認したらって！」ナイフをさらに強く押し込むと、ヴァーリャが喉をごぼごぼいわせて、横倒しになった。「あなたが殺した情報部員は、わたしの落ち葉だったのよ」とつけくわえた。「これは彼の分」

「動くな！」階段の上から、ロシア語でどなるのが聞こえた。

ペギーは、スペツナズ大佐の軍服を着た苦行者を思わせる痩《や》せた男のほうを見あげた。のばしたまま微動だにしない腕の先には、サイレンサー付きのP・6セミ・オートマティック・ピストルがあった。そのうしろでは、さきほどヴォルコが襲いかかった男が、ぜいぜいいいながら喉をさすっている。

「あなたのお友だちの体の下から出ようとしているところ」ペギーが、ロシア語で答えた。横向きに転がり、ヴァーリャを押しのけた。ヴァーリャは目を閉じ、血が大理石の床にどくどくと流れ落ちていて、顔が真っ白になっていた。

大佐は、拳銃を前に構えたまま、階段をおりてきた。ペギーは、ヴァーリャを仰向けにして、階段に背中を向けたまま立ちあがった。

「両手を挙げろ」大佐がペギーにいった。ペギーが殺した女を憐《あわ》れに思っているとしても、声からはまったくそれが感じられなかった。

「手順は知っているわ」ペギーが、疲れた様子で向きを変えながら、両手を挙げていった。

両手を胸まで挙げたところで、ペギーがやにわにふりむいた。ヴァーリャをどかしたときに拾った短銃身のリヴォルヴァーが、その手に握られていた。ロスキー大佐をペギーが撃ったとき、その方角に観光客はいなかった。まるで決闘でもしているように、ロスキーは七段上のそこで立ちどまって、ペギーのたてつづけの発砲を受け、応射した。ペギーは、撃った場所にとどまらなかった。つづけて数発を放ったあと、左に身を躍らせて、床に倒れたまま手摺《てすり》にぶつかるまで転がった。

数秒がたって、銃声の反響が消えると、撃ち合いがあったしるしは、傘のような形に立ちのぼってすぐに薄れはじめた刺激臭のある煙と、ロスキー大佐の軍服の前にじわじわとひろがってゆく赤い染《し》みだけになった。

ロスキーの表情は変わらなかった。スペツナズは、痛みに黙って耐えるように訓練されている。だが、まもなくのばした手が揺らぎ、P-6が床に落ち、つづいてロスキーの体が優美にくるりとまわって、背中から倒れた。スペツナズの戦士は、両腕をひろげ、頭から階段を滑り落ちて、ヴァーリャのそばでとまった。

ペギーは、さきほどから階段の上で装飾をほどこした手摺の柱の蔭《かげ》にうずくまっていたポゴディンに拳銃の狙《ねら》いをつけた。さきほどヴォルコを殺すところを見ているので、死んで当然だと思った。だが、ポゴディンはペギーの思っていることを察したのか、あるいは目に浮かぶ殺意を見てとったのだろう、突然階段から離れて、展示室に向けて逃げ出した。走る足音が遠くから聞こえた。警備員か、パニックを起こした観光客か、それとも戦いたくてうずうずしているストライキ参加者なのか、見当がつかなかった。ヴォルコを殺した男を殺したいという気持ちは強かったが、いずれにせよ追跡している時間はない。

向きを変えると、ペギーはシャツの下に拳銃を隠し、ロシア語で叫びながら階段を駆けおりた。「助けて！　人殺しがあっちにいるわ！　人殺しよ！」

警備員の一団が、横を駆け登っていった。ペギーは悲鳴をあげながら走り、正面玄関から出た。そこで静かになり、事件を起こしたのが自分たちの仲間や、仲間のふりをしている当局の回し者ではないかと危惧《きぐ》して館内に入り込んできたストライキ参加者たちにまぎれこんだ……

71

火曜日　午前八時五十七分　ワシントンDC

「彼らは機関車の屋根に登っています！」ホンダがいった。いつものののんびり日光浴という感じの落ち着きはみじんもなく、ロジャーズはその声に恐怖と戦慄《せんりつ》のようなものを感じた。「列車はまるで魚雷みたいに突進しています——どうやら暴走しているようです」

「おりられないか？」ロジャーズがたずねた。

「無理です。列車はもう橋にかかっていますから、おりようにも真下に何百フィート落ちるしかないです。グレイ軍曹が見えます——くそ！　すみません。ニューマイアーが屋根にグレイ軍曹を持ちあげてから、登ってきました。軍曹は動いていますが、負傷しているようです」

「負傷の程度は？」ロジャーズが、切羽詰まった声できいた。

「わかりません。こちらの位置が低すぎるし、軍曹は横になっています。見えました

——だれだろう。ロシア兵のようです。怪我をしています。脚からかなり出血しています」

「そのロシア人はなにをしている?」ロジャーズがたずねた。

「ほとんどなにも。スクワイア中佐が、そいつの髪の毛をつかんでニューマイアーに渡していますす。ニューマイアーが、腋《わき》の下に両手を入れようとしている。抵抗しているようです。ちょっと待ってください」

ヘリの機内でのやりとりがあり、ホンダ二等兵がしばらく黙っていた。話の内容は聞き取れなかったが、無線機の近くでソンドラがいうのが聞こえた。「それなら服や装備を捨てましょう。それで重量はあんばいできるわ」

スクワイアはロシア人をヘリに収容しようとしていて、当然のことながら機長が懸念《けねん》を抱いているようだ。ロジャーズのアンダーシャツの背中のあたりが、じっとりと濡《ぬ》れてきた。

ホンダが交信を再開した。「機長は、二百ポンド増えるのを心配しています。それと、乗せるのにどれだけ時間がかかるかを。回収しなかったら、やっこさんの機内では叛乱《はんらん》が起きますよ」

「二等兵」ロジャーズがいった。「これからは機長の任務だし、彼にも案じなければならない乗員がいる。わかるな?」

「はい」

ロジャーズがいまだかつて口にしたことのない非情な言葉だったので、フッドは力づけるように彼の腕をぎゅっと握った。

「ロシア人の上半身が機関車から出てきました」ホンダが報告をつづけた。「ですが、死人みたいにぐったりしていて重そうです」

「だが、死んではいない？」

「はい、両手と頭が動いています」

また沈黙が垂れこめた。ロジャーズとフッドは、顔を見合わせ、休暇を取り消したことや、だれが指揮をとるかといったことはすっかり忘れて、このつらい間をともに味わった。

「こんどは中佐が見えました」ホンダがいった。「窓から身を乗り出し、ロシア人の上着の前をつかんでいます。運転室のなかを指差し、一本指で首を切る仕草をしています」

「制御できなくなったんだ」ロジャーズがいった。「そうだな？」

「そう伝えようとしているんだと思います」ホンダがいった。「ちょっと待って。まもなく列車の上を通過します。それにきっと……やはりそうです」

「なんだ、二等兵？」

興奮をつのらせながら、ホンダ二等兵がいった。「将軍、パイロットが梯子《はしご》をおろせといっています。収容するのに八十秒くれると」

ロジャーズは、ようやく息がつけるようになった。そして、ひとつ呼吸するたびに、コンピュータの時刻表示が容赦なく進んでいった……

72

火曜日　午後十一時五十七分　ハバロフスク

モスキートは、微速度で撮影した雷雲のごとく、黒く、力強く、そして音もなく、頭上をかすめていった。それが機関車と炭水車の上を通り、やがて停止し、一八〇度の方向転換をして、じりじりと戻ってくるのを、スクワイアは目で追っていた。

梯子がさっとまっすぐにおりてきて、ソンドラが数段おりた。段をしっかり握って、うしろに身を乗り出したソンドラが、手を差しのべた。

「早く！」ソンドラが、甲高い声で叫んだ。

「ニューマイアー！」スクワイアが、機関車の轟音《ごうおん》よりひときわ高く叫んだ。

「はい」

「ロシア人とグレイを早く運びあげろ。おまえも行くんだ」

ニューマイアーが、躊躇《ちゅうちょ》せず指示に従った。特殊部隊はどこもおなじだが、ストライカーの隊員も、危機的な状況下では命令を黙って即座に実行するよう訓練されている。

たとえその命令が勘や感情に反するものであってもそうする。ニューマイアーは、後日そのときのことを考え、寝ているときも教練中も、引き揚げの手順をこうすればよかった、ああすればよかったとあと知恵で思い悩み、リズ・ゴードンとも話をした。だが、そのときはスクワイア中佐に命じられたとおりのことをやった。

ニューマイアーは、ロシア人を放し、グレイ軍曹をかついだ。立っているグレイの真上にヘリが来た。機長が一フィート降下させ、梯子がニューマイアーの膝《ひざ》の高さまで下がった。

二段目に足をかけて、ニューマイアーが登りはじめた。手の届くところまで行くと、ソンドラとパプショーが腕をのばしてグレイを引きあげた。パプショーがグレイを機内に持ちあげるときも、もう一度ニューマイアーのほうに手を差し出すときも、ソンドラの目はスクワイアのほうを向いていた。

「あと三十秒だ！」イオヴィノ副操縦士が、彼らに向かって叫んだ。

「中佐！」スクワイアがニキータの体を持ちあげようとしたとき、ソンドラが叫んだ。

「あと三十秒です！」

「二十五！」イオヴィノが叫んだ。

スクワイアは、ニキータの髪を放し、肩にかつぎあげて、窓の縁《へり》に座った。立ちあがろうとしたとき、ニキータが押し戻し、運転室に戻ろうとした。

「二十！」

「馬鹿野郎《ばか》！」スクワイアが鋭くののしり、なかに倒れこもうとするニキータの上着の背中をつかんだ。

ニキータが、窓の下の手摺に腕をひっかけてしがみついた。

「十五！」

ソンドラの顔と声が、緊張をあらわにしていった。「中佐――あと十五秒です！」

窓に立ったまま、スクワイアは手招きしてヘリを横に来させた。

モスキートが東にすこしずつ進みながら、わずかに降下し、梯子がスクワイアとおなじ高さになった。スクワイアが、もっと降下するようにと合図した。

「十秒！」

ニキータの上着を放したスクワイアが、左手で列車の屋根につかまり、右手でベレッタを抜くと、ニキータの腕の上のほうを狙《ねら》って撃った。ニキータがわめき、手摺を放して、運転室に倒れ込んだ。

スクワイアが、そのあとから飛び込む。

「だめ！」ソンドラが叫び、梯子を急いでおりていった。ニューマイアーがつづく。

「五秒！」イオヴィノがどなった。

「待って！」ソンドラが悲鳴のような声で応じる。

梯子は、運転室の真横に下がっていた。スクワイアが、うめき、毒づきながら、ぐったりしたニキータを窓から押し出した。ソンドラとニューマイアーが、ニキータの上着をつかんで引っぱり出した。

パプショーが手をのばしてニューマイアーを手伝い、ニキータが梯子を運び上げられていった。

スクワイアが窓から上半身を出した。両手が空くが早いか、ソンドラが手を差しのべる。スクワイアの手がのびて――

一輌目《りょうめ》の貨車が爆発し、一拍置いて二輌目も爆発した。爆風で機関車が激しく躍りあがり、つんのめるような格好に後部が浮いて、炭水車から離れかかった。炭水車が飛びあがって石炭をまき散らし、西側に横転して、機関車からもぎとられた。それがどすんと着地したときには、機関車は脱線しかかっていた。

「中佐！」ソンドラが叫んだとき、スクワイアが仰向《あおむ》けに倒れて運転室に戻され、爆風を避けるために、モスキートの機長がヘリを急上昇させ、前進させた。「機長、まだ離れないで！」

機長が、破片を避けようと、ヘリを北に向けて急上昇させた。

「なかにはいれ！」ニューマイアーが叫んだ。声が嗄《しわが》れている。

燃えさかる赤い火の玉がソンドラの目に映り、じっと目を凝らしていると、機関車が線路を横滑りして、車輪から火花と煙を散らし、爆風の前方をななめに突進していった。「ひきかえさなきゃ！」

「まだあそこに乗っているのよ！」ソンドラが、歯を食いしばっていった。

そのとき、爆発でもろくなっていた橋が、機関車と動きをとめた炭水車の下で崩れた。橋の崩壊は、現実とは思えないありさまで、スローモーションのように起きた。速い動きが見られたのは、爆発の火災で罐《かま》が爆発したときだけだった。その爆発で機関車の破片が上下左右に飛び散り、赤と黒の火の玉からどす黒い破片が四散した。と、線路も支柱も、ばらばらになった列車も、マフラーのようにたなびく炎も、いっさいがっさい深い谷の底へ落ちていった。

モスキートが凍《い》てついた空を鋭く切り裂いて遠ざかるうちに、それらの炎は小さな火と変わっていった。

「いや」ソンドラが何度もくりかえしていると、力強い手が肩をぎゅっとつかんだ。

「梯子を格納しなきゃならない」イオヴィノがどなった。

ニューマイアーが、見下ろしていた。「なかにはいれ！」風の咆哮《ほうこう》に負けない大声で叫んだ。「頼む！」

ソンドラは、ニューマイアーとパプショーの手を借りて、ヘリコプターの機内に登っていった。彼女が乗り込むと、ホンダがすぐに梯子を格納して、ハッチを閉めた。

短気を起こしてひとを殺しそうな表情をしたパプショーが、ファースト・エイド・キットでグレイを手当てし、それからニキータのそばへ行った。ニキータのうめき声をのぞけば、モスキートの機内は恐ろしいまでに静まり返っていた。

「すぐそこにいたのよ」ソンドラが、ようやくいった。「あと何秒かあれば、それでわたし――」

「機長は待っていてくれた」ニューマイアーがいった。「爆発のせいだ」

「ちがう」ソンドラがいった。「わたしが彼を死なせたのよ」

「それはちがう」ニューマイアーがいった。「きみにできることはなにもなかった」

ソンドラが、吐き捨てるようにいった。「腹の底からそうしたいと思ったことをすればよかった――あのひとが助けようとしていた糞野郎《くそ》を撃てばよかった！ 乗る重量が決まっていたのよ」激しい口調でいうと、怒りに燃える双眸《そうぼう》をロシア軍士官に向けた。「わたしの自由になるものなら、これからもっと軽くしてもいいのよ」そこで自分の冷酷さに嫌悪《けんお》をおぼえたのか、「ああ、だって、どうして？」といってから、顔をそむけた。

ソンドラの横では、ニューマイアーが上着の袖《そで》に顔を押しつけて泣き、パプショーは博愛の心を苦しいぐらい験《ため》されながら、ニキータの腕と足にこのうえなくやさしく丁寧に包帯を巻いていた。

73

火曜日　午前九時十分　ワシントンDC

ホンダ・イシの声はくぐもり、ゆっくりしたしゃべりかたで、ロジャーズの心に重くのしかかった。

「ニューマイアーとグレイ軍曹は、列車から救出されました」声を詰まらせながら、ホンダが報告した。「ロシア軍士官一名もです。われわれは……われわれは、スクワイア中佐を引き揚げることができませんでした。中佐は列車内に残り――」

ホンダが言葉を切り、ロジャーズは彼が唾《つば》を呑《の》み込む音を聞いた。

「中佐は破壊された列車内に残りました。われわれの任務は完了しました」

ロジャーズは、口を利《き》くことができなかった。喉《のど》も口も両腕も、麻痺《まひ》していた。戦闘が人命を瞬《また》く間に奪うという事実に慣れている精神が、いま聞いたことによる戦慄《せんりつ》から立ち直っていなかった。

フッドがたずねた。「グレイ軍曹はどんなぐあいだ?」

「肩に一発受けています」ホンダがいった。

「ロシア軍士官は？」

「腿《もも》に一発、腕にかすり傷です」ホンダが答えた。「燃料のことがあるので、地上に降ろしてやることができません。北海道まで連れていくことになります」

「わかった」フッドがいった。「それはロシア大使館と話をつける」

「二等兵」目を潤《うる》ませて、ロジャーズがいった。「チームのみんなに、わたしは不可能なことをやれといったが、チームはそれをやったと伝えてくれ。まちがいなく伝えてくれ」

「わかりました」ホンダが答えた。「ありがとうございます。そう伝えます。通信終わり」

フッドがスピーカーを切り、ロジャーズの顔を見た。「わたしにできることはあるか、マイク？」

ややあって、ロジャーズがいった。「彼らにチャーリーを返してやり、代わりにわたしを死なせることができるか？」

フッドは答えなかった。ただロジャーズの手首を叩《たた》いた。ロジャーズは、感じていないようだった。

「彼には家族がある」ロジャーズがいった。「わたしにはなにがある？」

「責任がある」フッドが、小さな声で、きっぱりといった。「家族になにがあったかを伝え、これを切り抜けるのに力を貸すために、気をたしかに持たなければならない」

ロジャーズが、フッドのほうを向いた。「そうだ。そのとおりだ」

「リズを呼ぼう」フッドがいった。「彼女が手伝う。それに、ストライカーが戻ったら、そっちのほうも対処してもらおう」

「ストライカー――」ロジャーズがいいかけて、声を詰まらせた。「それはわたしがやらないといけない。あす任務をやらなければならなくなったら、だれかがそれを率いる準備をしておかないと」

「シューター少佐にはじめさせておけばいい」と、フッドがいった。

「いや、長官。それはわたしの仕事だ。きょうの夕方までに検討する候補を用意します」

「それはたいへん結構」と、フッドはいった。

そのときボブ・ハーバートがはいってきて、車椅子《くるまいす》のブレーキをかけると、ふたりのほうにさっと向けた。顔いっぱいに笑みをひろげている。「たったいま、ペンタゴンから連絡があった」ハーバートがいった。「目標地域上空を飛んだロシア軍機の交信を傍受したそうだ。パイロットは列車をおりたロシア兵を発見、破壊された列車を見つけたが、引き揚げの航空機のたぐいは見ていない」シンバルのように手を打ち合わせた。

「低探知性というのはたいしたものだな」

ロジャーズが、ハーバートの顔をじろりと見た。視線が合ったとき、ハーバートの笑みが凍りついた。

「われわれはチャーリーを失った」と、ロジャーズがいった。

ハーバートの笑顔がふるえてくしゃくしゃに崩れた。「なんてこった――ああ」額に皺《しわ》が現われ、血色のいい頬が蒼《あお》ざめた。「まさかチャーリーが」

「ボブ」フッドがいった。「この件でロシアと連携するのを手伝ってもらいたい。ロシア軍士官一名が引き揚げ用航空機に乗っている。その士官をひそかに日本から――」

「ポール、あんた気はたしかか?」ハーバートが、甲高い声で叫んだ。脅しつけるように車椅子を前進させた。「そんな馬鹿な話は、すぐには呑み込めない」

「いや」ロジャーズが、力のこもった声でいった。「ポールのいうことは、まったく正しい。われわれの仕事はまだ終わっていない。ローウェルは一部始終を議会に報告しなければならない。マーサはロシア側を精いっぱい懐柔する。大統領にも説明する必要がある。それに、マスコミがこれを知ったら――いや、まちがいなく知るだろう――アンがそれに対処しなければならない。死を悼《いた》むのはあとだ。いまはそれぞれやる仕事がある」

ハーバートが、ロジャーズからフッドへと視線を移した。紅潮していたハーバートの顔が、赤いのはもう首まわりだけになっている。「ああ、そうだな」ハーバートが車椅子の向きを変えた。「政府という車輪に血のオイルを注《さ》して、まわしつづけなければならない。わたしが半分吹っ飛ばされたときも、みんなほとんどなにもしてくれなかった。チャーリーの場合もおなじなんだろうな」

「徒《いたずら》に死んだのではないとチャーリーが思ってくれるように、こういうことをやるんじゃないか」ロジャーズが、ハーバートの背中に向けてどなった。「われわれはチャーリー・スクワイアに名誉をあたえる。わたしが約束する」

ハーバートが車椅子をとめ、首をがくんと垂れた。

「わかっているよ」と、ふりむかずにいった。「ただ、ものすごくつらいんだ。わかるだろう?」

「わかるよ」ロジャーズが静かにいい、とうとう涙が両眼からあふれた。「甚《いた》いほどわかる」

74

火曜日　午後四時十五分　モスクワ

ロシア軍機から基地への送信をペンタゴンが傍受した五分後に、ドーギン内相は空軍のディヤーカ大将の執務室からの電話を受けた。

「大臣」電話をかけてきた人物がいった。「こちらはドラグン准将《じゅんしょう》です。大臣が要請された要撃機は、外国の航空機のいる形跡をまったく発見できませんでした。見つかったのは、列車に乗っていた兵士と民間人だけです」

「では、奇襲部隊はまだ地上にいるはずだ」と、ドーギンがいった。

「まだあります」ドラグンがなおもいった。「将軍から伝えるようにといわれたのですが、ウラジオストックで大臣が調達なさった列車は、ハバロフスクの東のオベルナヤ廊下《ゴルジュ》の底で発見されたそうです」

「どのような状態で発見されたのだ？」ドーギンはきいたが、答はわかっていた。オルロフとその奇襲部隊のやつらの仕業だ。

ドラグンが答えた。「列車は、完全に破壊されていました」

ドーギンが、顔を殴られたかのように口をあけた。息を継いでしゃべれるようになるまで、しばしの間があった。「将軍を出してくれ」と、かすれた声でいった。

「あいにくですが」ドラグンがいった。「ディヤーカ大将は、ジャーニン大統領の代理人と会談中です。終わるまでだいぶ時間がかかります。なにかお伝えすることはありますか——大臣?」

ドーギンは、ゆっくりと首をふった。「いや、准将。伝えてほしいことはなにもない」

「わかりました」ドラグンがいった。「では失礼いたします」

ドーギンは、手刀でさっと電話機のプランジャーを押した。

終わりだ、と思った。なにもかも。計画、夢、新生ソ連。自分の金が消滅したことをショヴィッチが知ったら、この命も終わる。

手を持ちあげた。ダイヤル・トーンが聞こえると、補佐官を呼び、オルロフにつなぐように命じた。

あるいは、オルロフもわたしを避けるだろうか? という疑問が浮かんだ。自分が望むような形ではないにせよ、ひょっとしてソ連は復活したのかもしれない。

オルロフは即座に出た。「電話しようと思っていたところでした、大臣。美術館内で撃ち合いがありました。ロスキー大佐は危篤状態で、大佐の配下の工作員、ヴァーリヤ・サパロワは殺害されました」

「犯人は——?」

「ヘルシンキ経由で潜入した諜報員《ちょうほういん》です」オルロフがいった。「ストライキの決起集会の労働者にまぎれて逃げました。民兵がいま捜しています」オルロフがいいよどんだ。

「列車のことはご存じですか?」

「知っている」ドーギンがいった。「教えてくれ、セルゲイ。息子から聞いたのか?」

オルロフは、宇宙飛行士のころのプロフェッショナルらしい物言いに戻っていた。

「列車に乗っていた者たちからはなんの連絡もありません。おろされたのは知っています——しかし、ニキータがどうなったかは知りません」

「きっと無事だと思う」ドーギンが、自信ありげにいった。「スターリングラードとおなじように、ずいぶん殺戮《さつりく》が行なわれた。しかし、花の一輪二輪は、いつだって生き残るものだ」

「そうだとよいのですが」

ドーギンは、深く息を吸い、ふるえながら吐き出した。「わたしも死傷者のひとりになりそうだ。わたし、コシガン将軍、あるいはマヴィク将軍もそうかもしれない——後方にとどまらなかったものたちだ。ただひとつの疑問は、何者が最初にわれわれをやるかということだ。政府か、ショヴィッチか、あるいは金をショヴィッチに渡したコロンビア人か」

「ジャーニン大統領のもとへ行って保護を願い出ることもできます」

「ショヴィッチから身を護《まも》る?」ドーギンが、くすくす笑った。「百ドルで暗殺者を雇える国で? それは無理だ、セルゲイ。わたしの運命は、列車とともに燃え尽きたのだ。しかし、皮肉なものだ。わたしはギャングもそいつらの犯罪も心から憎んでいたのだ」

「では、どうしてショヴィッチなどと手を組んだのです? どうしておおぜいの人間を苦しめなければならなかったのですか?」

「わからん」と、ドーギンは答えた。「正直いって、わからない。コシガン将軍が、あとでショヴィッチを排除できるといって説得し、それを信じたかったのだが、片時もそうだと思ったことはない」ドーギンの目が、壁の古い地図に向けられた。「それほどこれを望んでいた……われわれが失ったものを取り戻したかった。ソ連が行動し、他国がそれに反応した時代、われわれの科学と文化と軍事が世界に羨望《せんぼう》されていた時代に戻りたかった。いまにして思えば、こういうやりかたではだめだったのだろう」

「ドーギン内相」オルロフがいった。「そんなことができるはずがないのです。たとえあなたがたがあらたな連邦を打ち立てたとしても、いずれ倒れていたはずです。先月、カザフスタンの宇宙センターへ行ったとき、階段には鳥の糞《ふん》や羽根が散らばり、打ち上げロケットはポリエチレンのシートに覆《おお》われ、それが土埃《つちぼこり》に覆われていました。わたしだって、どんなに過去に戻りたいと思ったかしれません。ガガーリンの時代、宇宙を植民地にすることができたかもしれないスペース・シャトル〈雪嵐《ブーラン》〉の時代に。でも、進化や死滅をとめることはできないのです、大臣。そして、ひとたびそれが起きたら、もう逆転させることはできない」

「そうかもしれない」と、ドーギンはいった。「だが、戦うのは人間の天性だ。死にかけているものがいるとき、治療に金がかかりすぎるとか、危険すぎるとかいうことはいわない。やらねばならないと思ったことをやる。患者が死に、理性が感情に取って代わったとき、その仕事がどれほど不可能にひとしかったかを悟る」ドーギンは、にっこり笑った。「それに、いまだに、セルゲイ――いまだにわたしは、一瞬、うまくいくだろうと思ったことを認めざるをえない」

「あのアメリカ人たちさえいなければ――」

「いや」ドーギンがいった。「アメリカ人たちではない。たったひとりのアメリカ人だ。あの東京のFBI捜査官が、ジェット機に向けて発砲したために、われわれは金を積み換えなければならなくなった。考えてもみろ、セルゲイ。たったひとりの控えめな人間が、強大な力でも変えられなかった世界を変えるのだと思うと、神妙な気持ちになる」

ドーギンの呼吸は、もう楽になっていた。右に手をのばし、デスクのいちばん上の抽《ひき》斗《だし》をあけたときには、不思議と安らかな心地になっていた。

「きみがセンターに残ることを願う、セルゲイ。ロシアはきみのような人間を必要としている。それに、きみの息子も。再会したら——あまり厳しくしないことだ。われわれは、かつてわれわれが持っていたものを取り戻したかった……それを、彼ははじめて史書ではなく実地に見ることを望んだ。やりかたには問題があったかもしれないが、その夢については、すこしも恥じていない」

受話器を置くと、ドーギンは一九四五年のソ連の地図を見やり、澄んだ目でそれを見つめたまま、マカロフ・セミ・オートマティック・ピストルの銃口をこめかみに当てて、引き金を絞った。

75

火曜日　午後四時二十二分　サンクト・ペテルブルグ

この二十四時間の出来事で重要な役割を果たした三人――ドーギン、ポール・フッド、そして自分――が、ずっとデスクについて作業を進め、危機がはじまってからずっと陽《ひ》の目を見ていないことが、オルロフには奇妙に思えた。

われわれは人間の営為をあやつっている闇の悪魔か……

たったひとつ、オルロフがやらなければならないことがある。まだそれをやることができない。ディヤーカ大将の執務室に電話して、ニキータとその部隊に関する新しい情報があったら知らせてくれと頼むと、あとはじっと座って考えながら待つしかなかった。椅子にぐったりともたれ、肘掛《ひじかけ》に腕を載せていると、前に垂れた手が非常に重く感じられた。オルロフは、それぞれが自分なりにロシアを愛している自国の人間と戦うことを余儀なくされた。それにくわえ、事件の悲惨さと、それに自分が果たした役割が、いまになって重くのしかかりはじめた。

オルロフは首をのばして時計を見たが、すぐに何時だったかを忘れていた。どうしてだれも連絡してこないのだろう？　と思った。パイロットが地上にいた兵士の数を確認しているはずだ。

電話が鳴り、オルロフはとぐろを巻いている蛇の威嚇《いかく》する音を聞いたかのようにはっとした。だが、それで我に返り、最初の呼び出し音が鳴り終わる前に受話器をつかんだ。

「もしもし」受話器に当てているこめかみが、ぴくぴくと脈打った。

オルロフの秘書がいった。「テレビ電話です」

「つないでくれ」オルロフが、せかせかといった。

モニターをじっと見ていると、ポール・フッドの顔が現われた。たしかにオルロフだとフッドが確認するまで、一瞬の間があった。

「将軍」フッドがいった。「ご子息は無事です」

オルロフの口もとがつかの間ふるえ、やがて安堵《あんど》の笑みがひろがった。「ありがとう。ほんとうにありがとう」

「ご子息は、引き揚げ用航空機に乗っている」フッドがつづけた。「できるだけ早く、安全に戻れるよう手配します。腕と脚に軽い傷を負っているので、一日か二日、かかるかもしれない」

「だが、無事なんだね——危険はない」

「ちゃんと面倒をみています」と、フッドがいった。

朗報を聞いたオルロフが体の力を抜いて、すこし前かがみになった。だが、フッドの目つきと、うつろなしゃべりかたで、なにかほかに悪いことがあるのだと察しがついた。

「なにかわたしにできることがありますか？」と、オルロフはたずねた。

「ええ」フッドがいった。「あります。ご子息に話してもらいたいことがあります」

オルロフが肘をまっすぐにのばし、居ずまいを正した。

「ご子息は、精いっぱい引き揚げに抵抗しました。船とともに沈むのが自分の義務だと感じたのか、あるいは敵の航空機に乗って去れば名誉にかかわると思ったのでしょう。とにかく、それによって、われわれのチームの指揮官の死を招きました」

「たいへん申しわけありません」オルロフがいった。「わたしにできることは――」

「将軍」フッドがさえぎった。「罪の意識を持ってもらいたいわけでもなければ、頼み事をしているわけでもない。遺体は外交ルートで返してもらいます。しかし、わたしの副長官が、亡《な》くなったチーム・リーダーとたいへん親しく、ご子息に伝えてもらいたいことがあるというのです」

「わかりました」

「彼はこういっています。サトコという英雄が主人公の古代ロシアの叙事詩で、海の皇帝がサトコに、戦士はだれしもひとの命を奪うが、真の偉大な戦士は、ひとの命を救うために粉骨砕身するという場面がある。それをご子息にかならずわからせてほしい。ご子息が偉大な戦士になるのに力を貸してほしい、と」

「これまではどんなことでも、息子を納得させようとしてうまくいったためしがなかったのです」と、オルロフはいった。「しかし、約束します。偉大な戦士は、ここに蒔《ま》かれた種から育つと」

オルロフは、あらためてフッドに礼をいい、通話を切ると、名前も顔も知らない亡くなった男のために黙禱《もくとう》した。彼がいなかったら、自分の人生も、妻のマーシャの人生も、悲惨きわまりないものになっていたはずなのだ。

やがてオルロフは立ちあがり、帽子掛けから帽子を取って、表に出た。ストライキの集会の群集がまだいくらか残っていたが、あたりの様子は出勤してきたときとほとんど変わらない。ロスキーと対決するためにここへ来てから、ちょうど二十四時間たったと気づいて、オルロフは愕然《がくぜん》とした。

世界が一変しそうになってから二十四時間たった。

マーシャをぎゅっと抱きしめてから二十四時間たっている。

76

火曜日　午後十時　ヘルシンキ

　ペギーがエルミタージュから脱け出すのは、簡単だった。

　階段で撃ち合いが起きると、ストライキ中の労働者たちのあいだに、軍隊が来るという噂《うわさ》がたちまちひろがり、集会が中断しそうになった。群集はすぐに解散しはじめたが、警察が館内に突入し、銃撃事件は自分たちとは無関係だとストの指導者たちが気づくと、水銀のようにまた即座に集まった。それから労働者たちは押し合い圧《へ》し合いしながら、警備員のいなくなった正面玄関をふさぎ、なかにはいってうろうろ歩きまわった。それでパニックを起こした観光客が逃げ出そうとしたので、警備員がまた戻ってきた。警備員たちは、警杖《けいじょう》を使ったり、左右の拳《こぶし》を合わせて肘を張ることで、美術品を守り、労働者たちを押し戻した。

　ペギーは、パニックを起こした観光客のふりをして出ていった。

　あたりは暗くなりはじめていた。表に出たペギーは、地下鉄のネフスキー大通り駅を目指した。ちょうどラッシュアワーで、通勤客で混み合っていたが、電車は二分おきに来るので、五コペイカ払い、駅に着くとすぐに乗ることができた。そこからネヴァ川を越えれば、フィンランド駅はすぐ先だ。そこからの列車は、ラズリフ、レーピノ、ヴイボルクに停車して、フィンランドへはいる。

ジョージ二等兵は、早くも駅に着いていて、待合室の木のベンチに座り、土産物のビニール袋を脇《わき》に置き、英字新聞を読んでいた。ビザと旅券を出札口で見せて、ヘルシンキ行きの乗車券を買うと、ペギーはジョージを見守った。ジョージは、一分ほど新聞を読んでから、数秒のあいだあたりを見まわし、また紙面に目を落とすということをくりかえしていた。

一度だけ、長めに顔をあげていたことがあった。ペギーのほうを向いてはいないが、視界に収めていることは明らかだった。そのあと、立ちあがって、新聞、絵葉書やエルミタージュの雪の地球儀その他の土産を持って、歩み去った。ペギーを見つけたから、もうきょろきょろ捜したりはしない、ということを伝えるためにそうしたのだ。ジョージが行ってしまうと、ペギーは中央の売店へ行って、雑誌数冊にくわえてイギリスとロシアの新聞を買い、腰をおろして、午前零時発の列車を待った。

モスクワとウクライナの事件のために民兵の下っ端《したっぱ》の兵士の人数が不足し、注意もそちらに向いているのか、駅の警備はふだんよりも厳重ではなかった。書類を見せ、新聞をゲートに残して、ペギーは何事もなく列車に乗ることができた。

列車は現代的な造りで、照明が明るく、客車の座席はフラシ天のまがいものが張ってあって、狭いがふかふかだった。旅慣れていないものなら、豪華な列車だと思うだろう。この客車の雰囲気も、ラウンジ・カーの皺《しわ》加工の赤と黄のヴェルヴェットも、ペギーには耐えがたかったが、そういうふうに美的感覚には合わないことや、最後の数時間に感じていた精神的重圧は、ゆったりとくつろいだ様子からはうかがい知れなかった。飛行機ふうの洗面所にはいって、死んだ女の血が服や体についていないかどうかを調べたときだけは、わずかに緊張を解いた。

ステンレスの洗面台に両手を突いて身を乗り出し、目を閉じ、ささやきよりも小さな声でいった。「復讐《ふくしゅう》するつもりではなかったけれど、それができて気持ちが癒《いや》された」にっこりと笑った。「ねえあなた、死後の世界に仮釈放があるのなら、わたしは自分が行くはずのところから、あなたが行ったにちがいないところへ移るために、精いっぱいお行儀よくするわ。ヴォルコにも感謝する。わたしたちのためにやってくれたことで、彼は神の御許《みもと》へ行けるはずよ」

列車の旅の途中で、ペギーはジョージと何度か行き会ったが、狭い通路をすれちがうときに「失礼」という以外には、言葉を交わさなかった。ロシアを脱出できたとはいうものの、列車にスパイが乗っていないともかぎらない。人相風体を知らされていて、男女のふたり連れを捜しているかもしれないし、べつべつに旅をしている怪しい男と女に目を光らせているかもしれない。だからこそ、ペギーはできるだけラウンジ・カーのロシア軍兵士の一団のそばをうろつき、ときどき意見をいっては、いかにも同調しているふりをして、なんなら守護天使になってあげようかとひとりが口説き文句をいうのも聞き流した。夜明けのすこし前にフィンランドに近づくと、その兵隊に嘘《うそ》の電話番号と住所を教え、ふたりで税関を通った。ペギーは口頭の申告だけで済んだが、ロシア兵は手荷物を徹底的に調べられた。

通りに足早に出ていったペギーとジョージは、ならんで歩いた。新しい一日に向けてオレンジ色の頭のてっぺんを出している太陽を、ペギーはまぶしそうに見た。

「美術館ではいったいなにがあったんだ？」と、ジョージがたずねた。

ペギーが、にっこり笑った。「忘れていたわ。あなたは知らなかったのよね」

「知らなかったよ。『ナヴァロンの要塞《ようさい》』で女スパイがやられた場面ばかり思い浮かべていた」

「階段で転んだふりをしたの。女が追いかけてきて、なにをするかはっきりいったから、消すしかなかった。女の持っていた銃でスペツナズ士官を撃ったんだけど、そいつは何発か撃たれてもわたしの首ぐらいひねれると思っていたみたい。でも、そうはいかなかった。そのあとたいへんな騒ぎになったから、さっと脱け出したの」

「きみの人生《ライフ》をもとに映画をつくるのは無理だな」と、ジョージがいった。「だれも信じないもの」

「いつだって実物《ライフ》のほうが映画よりおもしろいわ。だから、映画はあんな大きなスクリーンがいるんじゃないの」

ふたりは、帰国の計画についてすこし話をした。ジョージは、すぐに乗れる便があったらそれで帰るつもりだった。ペギーは、いつヘルシンキを発《た》つか決めていないといった——いまは歩いて太陽を顔に浴び、小型潜水艇《ミニ・サブ》や車のリアシートや窮屈な列車を思い出すような狭苦しいところを避けることしか頭にない。

ふたりは、国立劇場の前で立ちどまった。温かい笑みを浮かべ、やさしい目で、たがいの顔を見た。

「白状するけど、わたしがまちがっていた」ペギーがいった。「あなたには無理だと思っていたの」

「ありがとう」ジョージがいった。「おおいに力づけられるね。おれよりずっと経験が豊富で、齢《とし》もずっと上のひとにそういってもらえると」

ペギーは、はじめて会ったときにやったように投げ飛ばしてやろうかと思ったが、そうはせずに手を差し出した。

「顔は天使、心はいたずらな小悪魔」ペギーがいった。「いい組み合わせだし、あなたはそれを上手に使っているわ。また会えるといいわね」

「同感」と、ジョージがいった。

ペギーが、半分向きを変えたところで動きをとめた。「彼に会ったら——わたしを参加させるのに渋々同意したひとに会ったら、お礼をいってくれる」

「チーム・リーダー？」ジョージがきいた。

「いいえ」ペギーがいった。「マイク。そのひとが、わたしが失ったものをいくらか取り戻す機会をあたえてくれたの」

「伝えよう」ジョージが約束した。

蛾《が》が火に向かうように太陽のほうを向くと、ペギーはひと気のない通りを歩いていった。

77

金曜日　午前八時　ワシントンＤＣ

　昨夜の雨のために、デラウェア州のドーヴァー空軍基地の滑走路はじっとりと濡《ぬ》れて、靄《もや》がかかっていた。Ｃ‐１４１輸送機を待っている少人数のものたちの気分も、それと似通っていた。非の打ち所のないいでたちの儀杖兵《ぎじようへい》の一団の横に立つポール・フッド、マイク・ロジャーズ、メリッサ・スクワイア、スクワイアの息子のビリーなど、全員が、心をひとつにして、胸の奥で血の涙を流していた。

　霊柩車《れいきゆうしや》につづいてリムジンで到着したとき、ビリーのために自分はしっかりしなければならないと、ロジャーズは思った。だが、いまはそれがむしろ不自然であるばかりか不可能だと悟っていた。貨物扉があき、国旗に包まれた棺《ひつぎ》が出てくると、ロジャーズの頬は温かい涙に濡れ、ビリーと変わらぬひとりの少年のように、苦しみ、慰めをもとめ、しかし慰めなどないと知って絶望した。ロジャーズは気をつけの姿勢で、左に立つスクワイアの未亡人と息子のすすり泣きに精いっぱい耐え忍んだ。右にいたフッドが母と子のうしろにまわり、風にトレンチ・コートの裾《すそ》をすこしふくらませて、両手をふたりの肩に載せ、言葉、支え、力、必要なことはなんであれ授けるそなえをしたので、ロジャーズはいくぶんほっとした。

そのときロジャーズは思った。わたしはこの男をだいぶ見損なっていた。

儀杖兵が発砲し、棺がアーリントン墓地へ運ばれるために霊柩車に載せられ、四人がそのそばに立っていたとき、ひょろりとした体つきの五歳のビリーが、やにわにロジャーズのほうを向いた。

「列車に乗っていたとき、パパは怖かったと思いますか？」幼い子供らしい澄んだ声でたずねた。

ロジャーズは、取り乱しそうになったのをこらえるために、唇を噛《か》んだ。少年の大きな目が答を待っていると、フッドがその前にしゃがんで答えた。

「きみのパパは、警察官や消防士のようなものだった」と、フッドはいった。「犯罪者や火事に立ち向かうとき、怖いと思わないものはひとりもいないが、それでもひとを助けようとする。そういうときにここから勇気を出すんだ」ビリーのブレザーのラペルの、心臓の真上にそっと指で触れた。

「どうしてそんなことができるの？」ビリーはすすりあげていたが、きちんと話を聞いていた。

「わからない」フッドが答えた。「みんな英雄のようにそうするんだ」

「それじゃ、パパは英雄？」それなら嬉《うれ》しいというような口調で、ビリーがたずねた。

「偉大な英雄だ」フッドがいった。「スーパーヒーローだ」

「ロジャーズ将軍よりも偉いんですか？」

「ずっとずっと偉い」ロジャーズがいった。

メリッサが、ビリーの肩に片腕をまわし、フッドに精いっぱい感謝の笑みを向けてから、ビリーをうながしてリムジンに連れていった。

ロジャーズは、リムジンにメリッサが乗り込むのを見守っていた。それから、フッドの顔を見た。

「これまで読んだ――」いいかけて言葉を切り、ごくんと唾《つば》を呑《の》んでから、また切り出した。「これまで読んだことのある歴史上の偉大な演説や著述のなかでも、さっきの言葉ほど感動したものは、ひとつもなかったよ、ポール。きみと知り合えたことが、わたしは誇らしい。それを知っておいてくれ。それに、きみの下で働いていることも誇りに思っている」

ロジャーズは、フッドに敬礼し、リムジンに乗った。ビリーに目を向けていたので、つづいて乗ってきたフッドが涙を拭《ぬぐ》ったのには気づかなかった。

78

翌週の火曜日　午前十一時三十分　サンクト・ペテルブルグ

　ポール・フッド、妻のシャロン、子供ふたりは、ネフスキー大通りをすこしはずれた公園を長いこと歩いてから別れた――シャロンと子供たちは、サッカーをやっている学童を見にいった。フッドは老木のそばのベンチに座った。革のフライト・ジャケットを着た小柄な男が、そこで鳥にパン屑《くず》をやっている。

「考えてみれば不思議なものだ」まずまずの英語で、その男がいった。「空の生き物が、餌《えさ》を食べ、巣をこしらえ、雛《ひな》を育てるのに、地面におりてこなければならない」空に向けて手をふった。「彼らのための場所はあそこにあるとは思わないか」

　フッドはにっこりと笑った。「あそこから眺めると、ひとは地上の物事を見る目が変わるといいますね。格別ちがって見えるんでしょうね」男の顔を見た。「そうじゃありませんか、オルロフ将軍？」

　元宇宙飛行士が、下唇を噛んでうなずいた。「そう。そのとおりだよ」フッドのほうを見た。「元気ですか、友よ？」

「元気そのものですよ」と、フッドが答えた。

オルロフは、半分にちぎったパンで公園のほうを示した。「ご家族を連れてきたようだね」

「まあその」フッドがいった。「休みの残りの分、家族に貸しがあったんです。それを返すのにここがちょうどいいと思って」

オルロフがうなずいた。「サンクト・ペテルブルグほどいいところはない。レニングラードと呼ばれていたころでさえ、ソ連の宝玉でしたよ」

フッドの笑みがやさしくなった。「会うのに同意してくださって、ほっとしました。それで倍も貴い旅になった」

オルロフがパンに視線を落とし、すっかり細かくちぎった。それをまき散らすと、両手をはたいた。「おたがいに、驚くべき一週間でした。われわれはクーデターを抑え、戦争を阻止し、それぞれに弔った――あなたは友人を、わたしは敵を。ふたりとも早すぎる死でした」

フッドが顔をそむけ、まだ消えやらぬ悲しみを押し殺した。「なにはともあれ、ご子息が元気でよかった。だから、なんとか耐えられるんでしょうね。万事が意味のあることだったといえるようになるかもしれません」

「運よくいけば、そうなるでしょう」オルロフがおなじ思いであることを示した。「息子は、この街のわたしのアパートメントで静養しています。話をして古疵《ふるきず》を癒すのに何週間も日にちがある。師と仰いでいたスペツナズ将校の名誉が傷つき、コシガン、マヴィク両将軍が軍法会議にかけられたことで、前よりはわたしを受け入れてくれるようになるだろうと思っています。野蛮な破壊者たちとつるむのに勇気などほとんどいらないということが、わかればよいのですが」オルロフは、ポケットに手を入れた。「ほかにもわたしが望んでいることがあります」背表紙と表紙の文字に金箔《きんぱく》を置いた革装の古い薄手の本を出し、フッドに渡した。

「なんですか？」フッドがきいた。

「サトコです」オルロフが答えた。「古い本です――あなたの副長官に差しあげます。サンクト・ペテルブルグの部隊に配布するために、新しい版を注文しました。わたしも読みましたが、じつに感動しました。われわれの文化の豊かさをアメリカ人に教えられるとは、妙なものですね」

「つまりは概観《がいかん》ですね」と、フッドはいった。「正しい相互関係をつかむのに、鳥になるのがいいときもあれば、地面にいるほうがいいときもある」

「まったくです」オルロフはいった。「今回のことでは、ずいぶんいろいろなことを学びましたよ。いまの地位を受けたときに思いました――あなたもおなじようなことを思ったでしょうが——これから一生、補給係将校よろしく他人の情報の需要を満たすのかと。しかし、いまは、そうした資源を有益に使うのがわれわれの責務だとわかっています。ですから、息子が勤務に復帰した晩には、怪物ショヴィッチを狩り出す任務を担《にな》う特殊部隊に配属します。その点については、そちらのオプ・センターと協力したいと思っているのです」

フッドがいった。「喜んで協力しますよ、将軍」

オルロフが、時計を見た。「息子の話で思い出しましたが、女房のマーシャと息子と、三人で食事をすることになっています。ロケットに乗っていたころ以来、絶えてなかったことなので、たいへん楽しみにしているんです」

オルロフが立ち、フッドも立ちあがった。

「地に着かない期待はしないことです」と、フッドはいった。「ニキータ、ジャーニン、将軍、わたし——みんなただの人間ですよ。それ以上でも、それ以下でもない」

オルロフが、心をこめてフッドの両手を握りしめた。「わたしの期待は、いつだってあの上のほうにありますよ」片方の眉《まゆ》で、空を示した。それからフッドのうしろに目を向けて、にっこり笑った。「あなたがどう思っていようとも、坊ちゃんやお嬢ちゃんには、そう教えなさい。どれほど物事がうまくいくか、きっとびっくりしますよ」

離れてゆくオルロフを見送ってから、フッドはアレグザンダーとハーレーがいるはずの公園の隅をちらりと見た。シャロンが独りで立っていて、子供たちが見つかるまで、あちこちに視線を向けなければならなかった。ふたりはロシアの子供たちとサッカーをしていた。

「いやまったく、そのとおり」フッドはつぶやいた。

ポケットに両手を突っ込むと、フッドはオルロフに最後の一瞥《いちべつ》をくれてから、足取りも心も軽く、妻のそばへと歩いていった。

訳者あとがき

本書は、トム・クランシーとスティーヴ・ピチェニックの共同執筆による危機即応チーム〈オプ・センター〉シリーズの第二弾である。ピチェニックはロシア通でもあり、その知識が随所に生かされている。たとえば、本文にこういう描写がある。

結局、バルバロッサ作戦はドイツ軍に悲惨な結果をもたらした。だが、ソ連軍には、これが、防御戦ではなく攻撃戦を行なうほうが望ましいことを示すいい教訓となった。爾来《じらい》四十年余、ソ連軍は攻撃戦を開始して長期間つづけられることを狂信的なまでに最終目標として、膨張の一途をたどった――（中略）〝仮にまた世界大戦が起きて参戦するようなときは、すべて他人の領土で戦う〟のが、ソ連軍の目標だった。

このソ連地上軍の攻撃思想が、ソ連がロシアに変わってもそのまま受け継がれたことはいうまでもないが、もとはといえばロシア皇帝の軍隊の攻撃思想である。さらに遡《さかのぼ》るなら、イワン四世（雷帝）の時代から、火器・小銃などの武力の充実こそがフロンティアを平定して国の安全を図る手段であるとする強い確信が、ロシアにはあった。スターリンは一九四一年、政治局における演説で、近代戦はエンジンの戦いであり、陸・空・海上・海中のエンジンの力と数が勝敗を決めると述べて、それを敷衍《ふえん》している。

こうした被害者意識の裏返しともいえる極端な感情は、〝タタールのくびき〟と呼ばれる二百五十九年にわたる異民族による暴力支配の時代に根付いたとされている。そしてまた、このキプチャク汗《ハン》国の支配体制は、ロシアによるロシアの支配にも影響をおよぼした。ロマノフ王朝末期の政治家ヴィッテ伯爵《はくしゃく》は、異民族が人口の三分の一強を占めるロシアにおける最善の政治形態は、徹底した独裁政治であると述べている。〝ソ連帝国〟崩壊後の旧ソ連の各共和国の紛争を見るにつけても、この言葉の深意を思わずにはいられない。

また、ゴルバチョフの時代もエリツィンの時代も〝旧ソ連〟を復古しようとする動きが絶えないことからも察せられるように、それが現在のロシア人の一部に確実に存在する感情であることは疑いを容《い》れない。

そういう情勢を梃子《てこ》に〝旧ソ連帝国〟復活をもくろむロシア国内の不穏な動向をいちはやく察したオプ・センターが、直属の特殊作戦チーム〈ストライカー〉をロシアの奥深く潜入させ、未然に防ごうとする——というのが、本書の筋書きである。

新大統領が誕生したばかりで政権の安定しないロシアで、軍部の強硬派が、周到な準備のもとに軍事作戦を進めつつあった。だが、ロシア軍は資金が枯渇《こかつ》している。ウクライナ、ポーランドを巻き込むこの侵攻の資金を調達するために、将軍たちはロシア・マフィアの手を借りた。この資金は、日本を経由し、シベリアから運ばれる手はずになっていた。さらに、ロシア・マフィアがニューヨークで爆破事件を起こし、アメリカ市民を人質に、アメリカの介入を妨げようとする。

また、おりしもサンクト・ペテルブルグのエルミタージュ美術館の地下に設置されたばかりのロシアの超極秘機関〈作戦センター〉が、強硬派の道具として情報収集を担当する運びになっていた。*Mirror Image* という原題は、この組織がアメリカのオプ・センターと酷似しているからである。

ポール・フッド長官の指揮のもと、オプ・センターはこれらの動きに対してサンクト・ペテルブルグとシベリアで両面作戦を展開する。サンクト・ペテルブルグへは潜水艇で潜入、シベリアへはロシア軍機を装った輸送機からパラシュート降下——チャーリー・スクワイア中佐率いるストライカー・チームは、またしても不可能を可能にする作戦に挑まなければならなかった……。

オプ・センターの作戦は、例によって時間との勝負だ。刻々と展開する事件と現場のからみのテンポのよさが本シリーズの特徴だろう。読むほうも最後まで気が抜けないこと請合いである。

（二〇〇〇年六月）

T・クランシー
S・ピチェニック
伏見威蕃訳

ノドン強奪

韓国大統領就任式典で爆弾テロ発生！　米国の秘密諜報機関オプ・センターが、第二次朝鮮戦争勃発阻止に挑む、軍事謀略新シリーズ。

T・クランシー
村上博基訳

レインボー・シックス（1〜4）

国際テロ組織に対処すべく、多国籍特殊部隊が創設された。指揮官はJ・クラーク。全米を席巻した、クランシー渾身の軍事謀略巨編。

T・クランシー
田村源二訳

合衆国崩壊 1〜4

国会議事堂カミカゼ攻撃で合衆国政府は崩壊した。イスラム統一を目論むイランは生物兵器で合衆国を狙う。大統領ライアンとの対決。

T・クランシー
村上博基訳

容赦なく（上・下）

一瞬にして家族を失った元海軍特殊部隊員に「二つの任務」が舞い込んだ。麻薬組織を潰し、捕虜救出作戦に向かう〝クラーク〟の活躍。

T・クランシー
田村源二訳

日米開戦（上・下）

大戦中米軍に肉親を奪われた男が企む必勝の復讐計画。大統領補佐官として祖国の危機に臨むライアン。待望の超大作、遂に日本上陸。

T・クランシー
平賀秀明訳

トム・クランシーの戦闘航空団解剖

「戦闘航空団」への組織改革、F-22までを含めた戦闘機の概要など、最新の米空軍の全貌を徹底解剖。軍事ノンフィクションの力作。

新潮文庫最新刊

沢木耕太郎著
檀
愛人との暮しを綴って逝った「火宅の人」檀一雄。その夫人への一年余に及ぶ取材が紡ぎ出す「作家の妻」30年の愛の痛みと真実。

帚木蓬生著
逃亡(上・下)
柴田錬三郎賞受賞
戦争中は憲兵として国に尽くし、敗戦後は戦犯として国に追われる。彼の戦争は終わっていなかった——。「国家と個人」を問う意欲作。

村松友視著
鎌倉のおばさん
泉鏡花文学賞受賞
祖父・梢風を〈文士〉たらしめ、虚構の中を生きぬいた女。その姿はいつしか〈私〉自身の複雑な生い立ちと微妙に交錯し始めて……。

島田雅彦著
そして、アンジュは眠りにつく
光のない世界でアンジュが見る夢は？ 言葉が、音楽が、匂いが、彼女の世界を創造する表題作など、ノスタルジーと官能の短編集。

雨宮町子著
骸の誘惑
新潮ミステリー倶楽部賞受賞
謎の美女の誘惑に、次々と破滅していく男たち——。現代を生きる男女の不安、心の渇きに付け入る社会の悪意を活写したミステリー。

瀬戸内寂聴ほか著
生きた書いた愛した
—対談・日本文学よもやま話—
瀬戸内寂聴が、河盛好蔵、丸谷才一、萩原葉子、里見弴と、明治・大正・昭和の文豪たちの私生活や色恋話を縦横無尽に語り尽くす。

Title : TOM CLANCY'S OP-CENTER : MIRROR IMAGE
Author : Tom Clancy & Steve Pieczenik

ソ連《れん》帝《てい》国《こく》再《さい》建《けん》

新潮文庫　ク - 28 - 16

Published 2000 in Japan
by Shinchosha Company

平成十二年八月一日発行

訳者　伏《ふし》見《み》威《い》蕃《わん》

発行者　佐藤隆信

発行所　株式会社新潮社

郵便番号　一六二—八七一一
東京都新宿区矢来町七一
電話　編集部(〇三)三二六六—五四四〇
読者係(〇三)三二六六—五一一一

価格はカバーに表示してあります。

乱丁・落丁本は、ご面倒ですが小社読者係宛ご送付ください。送料小社負担にてお取替えいたします。

印刷・錦明印刷株式会社　製本・錦明印刷株式会社

ISBN4-10-247216-9 C0198